Bo Giertz

Die Ritter von Rhodos

Bo Giertz

Die Ritter von Rhodos

*Aus dem Schwedischen
übersetzt von Sabine Grauer*

Bernardus-Verlag 2020

Impressum

1. Auflage 2020
© Bernardus-Verlag
In der Verlagsgruppe Mainz
Alle Rechte vorbehalten
Printed in Germany

Bernardus-Verlag
Verlagsgruppe Mainz
Süsterfeldstraße 83
52072 Aachen

www.bernardus-verlag.de

Gestaltung, Druck und Vertrieb:
Druck & Verlagshaus Mainz
Süsterfeldstraße 83
52072 Aachen

www.verlag-mainz.de

Abbildungsnachweis
Umschlag: https://upload.wikimedia.org/wikipedia/commons/
thumb/1/1b/SiegeOfAcre1291.jpg/800px-SiegeOfAcre1291.
jpg?159428045389

ISBN-10: 3-8107-0331-1
ISBN-13: 978-3-8107-0331-6

Inhalt

Personenverzeichnis	7
Prolog	13
Auf Rhodos	15
Schot-Franz	20
Der Kanzler	26
Ihr eigener Untergang	30
Das Krankenhaus	34
Der Unergründliche	42
Die Mauern und die Hand	46
Der Drache im Sumpf	54
Die Probe	61
August 1521	66
Kurz-Oglu	74
La Mogharbine	83
Der 11. September	89
Die Hospitaliter	94
Der Alarm	102
Belgrad	108
Krieg?	113
Krieg!	119
Dem Mangel abhelfen	124
Die Deserteure	129
Alles bereit	136

Der Erzbischof	145
Sie kommen!	148
Die Kunst zu überleben	156
Juli 1522	160
Die Spaten	171
Das Feuer	174
Die Kessel des Sultans	178
Die Minen	183
Der erste Angriff	187
Der zweite Angriff	193
Der Schatten	196
Der dritte Angriff	198
Der Verräter	200
Der große Sturm	206
Der Turm in Margat	218
Siegen oder sterben	223
Die Meisterschützen	226
Schwerer als zu sterben	234
Winterregen	242
Des Ruhmes und der Ehre wegen	251
La Ritirata	262
Epilog	279

Personenverzeichnis

DER JOHANNITERORDEN ENTSTAND IM 12. Jahrhundert im Heiligen Land, zunächst als Krankenpflegeorden im Dienst für Pilger und Kreuzfahrer. Er unterhielt ein großes Krankenhaus in Jerusalem mit 2.000 Betten sowie Herbergen und Krankenstuben entlang der Pilgerwege Südeuropas. Sehr schnell erhielten die Ordensbrüder auch Verteidigungsaufgaben und der kämpfende Teil – die Ritter – wurde dominierend. Als Palästina 1291 verlorenging, schuf sich die »Religion« (wie der Orden von seinen Mitgliedern immer genannt wurde) eine Heimat auf Rhodos und einigen anderen Inseln südwestlich von Kleinasien (ab 1309) und bildete so ein eigenes kleines Inselreich.

Die Ordensbrüder setzten sich aus *Rittern, dienenden Brüdern* und *Kaplanen* zusammen. Sie waren entsprechend ihrer Nationalität in acht *Zungen* aufgeteilt. Drei davon waren das, was wir als französisch bezeichnen würden: Provence, Auvergne und Frankreich; zwei waren spanisch: Aragonien und Kastilien (mit Portugal); hinzu kamen Italien, England und Deutschland.

Jede Zunge hatte ihre *Herberge* auf Rhodos, eine Mischung aus Kloster und Offiziersmesse. Jede Zunge wurde von einem *Pfeiler* geleitet, der gleichzeitig ein hohes Amt innehatte und zwar immer dasselbe innerhalb der jeweiligen Zunge. Der Pfeiler der Franzosen war *Hospitalier* (Leiter des Krankenhauses), der der Auvergner *Marschall*, der der Italiener *Admiral*, der der Engländer *Turcopolier* (Befehlshaber der Küstenwache) und der Pfeiler von Kastilien war *Kanzler*. Sie alle – sowie einige andere – waren »Ritter des Großen Kreuzes« und wurden *Großkreuzer* genannt. Diese hatten einen Sitz im *Rat*, der Regierung von Rhodos. Ordenschef und zugleich Staatoberhaupt war der *Großmeister*.

In seinen Heimatländern besaß der Johanniterorden – so wie auch andere Orden und Klöster – Güter und

Höfe. Das Eigentum war in *Kommenden* zusammengefasst, denen jeweils ein *Komtur* vorstand, in der Regel ein pensionierter Ordensbruder, manchmal auch ein aktiver. Der Komtur erhielt einen Teil der Einkünfte und lieferte den Rest an die Ordenskasse ab. Die Kommenden bildeten ihrerseits eine *Provinz*, die so groß wie ein Land sein konnte und von einem Prior oder einem Großprior geleitet wurde. Der *Großprior* war der höchste Repräsentant des Ordens in seinem Heimatland.

[Redaktionelle Anmerkung: *Die folgenden Personen finden sich in sämtlichen Quellen wieder mit Ausnahme derer, die mit einem Stern * gekennzeichnet sind. Ein Stern in Klammern (*) bedeutet, dass die Person als namenlose Nebenfigur flüchtig erwähnt wird.*]

Großmeister:

Fabrizio del Carretto, etwa 70 Jahre, Italiener, Großmeister seit 1513, verteidigte 1480 erfolgreich St. Nicolas, die vorgeschobene Festung auf der Hafenpier, gegen die Übermacht der Osmanen; starb am 10. Januar 1521.

Philippe Villiers de l'Isle Adam, 57 Jahre, trat bereits als Jugendlicher in den Johanniterorden ein, bekleidete eine Reihe von Ämtern und war Großmeister von 1521–34; starb auf Malta.

Von den früheren Großmeistern, deren Erinnerung auf Rhodos noch lebendig ist, werden genannt:

Dieudonné de Gozon	1346–1353
Philibert de Naillac	1396–1421
Pierre d'Aubusson	1476–1503
Emery d'Amboise	1503–1512

Grosskreuzer:

Andrea d'Amaral, etwa 70 Jahre, Portugiese, Kanzler.

Gabriel de Pomerolx, Franzose, Hauptkommandant, stellvertretender Großmeister, Pfeiler der Provenzalischen Zunge.

Paolo d'Acola, Italiener, Admiral, starb im Frühjahr 1521.

Bernardino d'Airasca, Italiener, Admiral von 1521–25.

John Buck, Engländer, Turcopolier (Befehlshaber der Küstenwache).

Christoph von Waldener, Pfeiler der Deutschen, führte den Befehl auf der Deutschen Mauer; war außerdem Kastellan und verantwortlich für Recht und Ordnung in der Stadt.

Preian de Bidoulx, zuvor in französischen Diensten, kam 1518 nach Rhodos, wurde Prior von St. Gilles, Kastellan auf Lango (Kos) u.a.; einer der wichtigsten Männer der Provenzalischen Zunge, starb mit 60 Jahren an einer kleinen Verletzung nach einem Kampf mit Osmanen vor Marseille.

RITTER:

Didier de Tholon, Provenzale, Großmeister von 1535–36.

Passim (eigentlich: Antoine de Grolée), Komtur, der viele Jahre auf Rhodos diente, Auvergner; ihm wurde die Ordensstandarte anvertraut.

Raymond Rogier, Befehlshaber auf der Mauer der Auvergner.

Jean de Fournon, Befehlshaber der Artillerie auf demselben Mauerabschnitt.

Jean Beaulouys, genannt *Le Loup* [»Der Wolf«], Auvergner; einer der besten Seeleute des Ordens.

Pierre Dumont, Auvergner.

*Jean Chalant, 37 Jahre, Auvergner.

*André Barel, 18 Jahre, Auvergner; kam 1521 nach Rhodos und wurde als Novize aufgenommen.

Jacques de Bourbon, »Der Bastard von Bourbon«, Komtur, später Großprior von Frankreich, unehelicher Sohn von Louis Bourbon, Fürstbischof von Liège (gest.

1482). Er schrieb einen ausführlichen und anschaulichen Bericht über die Belagerung (*La grande et merveilleuse et très cruelle oppugnation de la noble cité de Rhodes*, Paris 1526); starb 1537.

Antoine de Golart, 21 Jahre, wurde mit 17 Jahren Novize, Angehöriger der Französischen Zunge.

Lodovico de Moroso, Italiener.

Gabriele Solerio, Italiener.

Jacobo Palavisino, Italiener.

Ramon de Marquet, Aragonier, Befehlshaber der Reserve.

Juan de Barbaran, Befehlshaber des Mauerabschnitts der Aragonier (sog. Spanische Mauer).

William Weston, Engländer, Befehlshaber der Englischen Mauer, wurde Kapitän von *Saint' Anne*, dem größten Schiff der Welt; Großprior von England; soll am Himmelfahrtstag 1540 an gebrochenem Herzen gestorben sein, als Heinrich VIII. den Johanniterorden in England auflöste.

Henry Mansell, Engländer, führte das Banner des Großmeisters und erhielt am 9. September beim Kampf um die Englische Mauer einen Kopfschuss; lebte noch einen Monat lang, bevor er starb.

Thomas Pemberton, Engländer.

Dienende Brüder:

Antonio Bosio, geboren in der Lombardei, spanischer Herkunft. Sein Bruder Tomaso wurde Bischof von Malta. Sein Neffe Giacomo Bosio schrieb eine berühmte Geschichte des Johanniterordens.

Bartholomeo Policiano, Italiener, Vizekanzler, »Expeditionschef« des Ordens, verantwortlich für das Archiv.

Bruder François, genannt Schot-Franz, etwa 35 Jahre, Provenzale, geboren auf Rhodos als Sohn einer griechischen Mutter.

Bruder Gierolamo, etwa 50 Jahre, Italiener, Chirurg des Krankenhauses.

Kaplane:

Bruder Giovanni, etwa 38 Jahre, Italiener, Kaplan des Großmeisters.
Vater Dominique, etwa 45 Jahre, Franzose.

Übrige:

Gabriele Tadini da Martinengo, 41 Jahre, geboren in Norditalien, Offizier und Festungsingenieur in venezianischen Diensten, wurde 1522 Johanniterritter, nahm an vielen späteren Feldzügen teil, u.a. im Dienst des Kaisers bei Padua 1525; starb 1543 in Venedig.
Süleyman, in der westlichen Welt genannt »der Prächtige«, im Osmanischen Reich »der Gesetzgeber« (Kanoni), 26 Jahre, Sultan von 1520–66.
Amuratte (Murad), osmanischer Thronanwärter, Sohn von Zizimi (Djem) [Cem Sultan, Anm. d.Ü.], welcher 1482 vor seinem Bruder Bayezid (Süleymans Großvater) nach Rhodos floh.
Jacob Fonteyn (Jacobus Fontanus), Jurist aus Brügge in Flandern, kam 1521 als Richter an das Obergericht nach Rhodos; er schrieb später auf Latein einen Bericht über die Belagerung von Rhodos (*De Bello Rhodio libri tres*, Rom 1524).
(*) *Richard Craig*, Engländer, Befehlshaber der Legionäre.
Anasthasia, ihre Geschichte hat Fonteyn erzählt, ohne ihren Namen zu nennen. Der Überlieferung nach hieß sie Anasthasia.
Iaxi, Proviantmeister der Galeerenflotte.
(*) *Vater Gennaios*, griechischer Priester.
(*) *Jannis*, Grieche aus Rhodos, Koch.
Leonardo Balestrini, Genueser, Erzbischof »von Rhodos und Kolossä« (für die »lateinische« Kirche). Es gab auch einen »Metropolit für die Griechen auf Rhodos« (Klemens), der mit Rom uniert war.
Gianantonio Bonaldi, venezianischer Kaufmann und Kapitän zur See mit Wohnsitz auf Kreta.

Apella Renato, jüdischer Arzt, Konvertit, Angestellter des Krankenhauses.
Blas Diez, spanischer Jude, getauft, d'Amarals Kammerdiener.
(*) *Ibrahim*, osmanischer Kriegsgefangener, d'Amarals Gärtner.
Roberto Peruzzi, Richter, gehörte zu einer italienischen Familie, die sich auf Rhodos niedergelassen hatte.

B.G.

Prolog

DAS JAHR 1521 HATTE begonnen. Ein neues Jahr über einer neuen Welt mit neuen Nationen, neuen Kontinenten, neuem Wissen, neuen Gedanken und neuen Herrschern. Schon lange nicht mehr war so viel Macht in so jungen Händen vereinigt gewesen.

In Frankreich regierte Seine Allerchristlichste Majestät, der 26-jährige König Franz – sofern er gerade regierte und nicht mit Jagen oder Tanzen beschäftigt war oder damit, in holprigen Versen Liebesbriefe an Madame de Chateaubriand zu schreiben. Verwöhnt, bewundert, erfolgreich und mit sich selbst beschäftigt, konnte er bereits auf große Erfolge zurückblicken. Zu seinen größten Erfolgen zählte, dass er die unüberwindbaren Schweizer bei Marignano geschlagen und seinen Cousin Heinrich im Ringkampf besiegt hatte. Das war, als sie sich letzten Sommer im Camp du Drap d'Or, dem Feld des Güldenen Tuches, getroffen hatten, einem riesigen Galaspektakel von aberwitzigem Luxus.

Heinrich VIII., der Unterlegene, war der Älteste unter den jungen Herrschern und bereits 29 Jahre alt. Mit unersättlichem Appetit hatte er sich bisher all das einverleibt, was die Macht eines Königs und eine gut gefüllte Staatskasse einem glänzenden, lebenshungrigen Athleten gewährten. Er hatte nach Herzenslust gejagt, geschlemmt, geliebt, getrunken und getanzt und den verhassten Papierkram seinem Lordkanzler überlassen; was ihn nicht daran hinderte, ein gelehrter Mann zu sein, ein eifriger Disputant und Autor, der soeben eine Streitschrift gegen den Ketzer Luther zu Papier gebracht hatte. Im vergangenen Jahr hatte er damit begonnen, die Zügel allmählich wieder straffer zu ziehen. Nach all der Pracht im Feld des Güldenen Tuches und der spektakulären Verbrüderung mit seinem Cousin Franz hatte er in aller Stille mit Kaiser Karl verhandelt, um sich andere Möglichkeiten offen zu halten.

Kaiser Karl war der Jüngste unter den Jungen, noch keine 20 Jahre alt. Im vergangenen Oktober war er zum Kaiser des Heiligen Römischen Reichs Deutscher Nation gekrönt worden. Er galt als wenig begabt, ein Stümper in Sachen Fremdsprachen, und er war hässlich, ernst und schweigsam. Von seinem Vater und seinen Großvätern hatte er Länder und Kronen geerbt, und er hatte die burgundischen und österreichischen Erbländer mit Spanien und all seinen Vasallenstaaten in Süditalien und jenseits des Meeres zu einem immer größer werdenden Imperium vereinigt. Cortez war gerade dabei, die Eroberung Mexikos zu vollenden, und Magellan hatte Kap Horn umrundet, um anschließend den Stillen Ozean zu durchqueren und damit die erste Weltumsegelung zu vollbringen. Die ausländischen Gesandten, die den jungen, vorsichtigen und zurückhaltenden Kaiser auf seiner Reise durch die Niederlande und Deutschland begleiteten, berichteten, dass dieser nicht ganz so unbedeutend zu sein schien wie alle glaubten.

In Deutschland ritt man auf verschneiten Wegen zum Reichstag in Worms. Die Neugier auf die Begegnung mit dem Kaiser war groß; noch größer vielleicht wegen der Aussicht, Bruder Martin aus Wittenberg sehen zu können. Er hatte das Geleit des Kaisers und man wusste, dass er zu kommen gedachte. Doch was dann geschehen würde, wagte keiner sich auszumalen.

In Rom warf Papst Leo X. am 3. Januar endgültig den Bannstrahl auf den kleinen, aufrührerischen Mönch. Mit 45 Jahren war Leo bereits ein alternder Mann, fett und unförmig, dazu kurzsichtig und bis über beide Ohren verschuldet. Seit Kindesbeinen daran gewöhnt, die Einkünfte der Kirche für seine eigenen Bedürfnisse verwenden zu dürfen, war er als Achtjähriger mit einer Abtei, als Elfjähriger mit einem Erzbistum und als 13-Jähriger mit der Kardinalswürde beglückt worden. Er war freundlich und in der Heiligen Stadt wohl gelitten, doch auf tragische Weise unfähig, Menschen zu verstehen, für die die Frage nach ihrer Errettung bitterer Ernst war.

Im gleichen Monat Januar fuhren drei Männern auf Skiern durch die tief verschneiten Wälder an der schwedischen

Grenze in Richtung Mora. Zwei von ihnen hatten den Dritten, einen 26-Jährigen aus dem Geschlecht der Wasa, abgeholt. Keiner von ihnen ahnte, dass sein Name einmal ebenso berühmt sein würde wie Valois, Tudor, Habsburg oder Medici.

Jenseits der Grenzen der Christenheit hatte ein weiterer junger Mann die Führung übernommen. Während Karl V. in Aachen zum Kaiser gekrönt wurde, bestieg gleichzeitig der zehnte Sultan aus dem Geschlecht der Osmanen den Thron seiner Väter, auch er 26 Jahre alt. Es war Süleyman, Herrscher über eines der größten Reiche der Welt, auch er ein unbeschriebenes Blatt. In Rom, Paris und Madrid atmete man erleichtert auf. Selim, sein Vater, hatte dafür gesorgt, dass sich die Bedrohung aus dem Osten zu unheilschwangeren Gewitterwolken zusammenbraute. Nun hoffte man auf eine Verschnaufpause, plante die Festlichkeiten des Frühjahrs, intrigierte und pflegte alten, gegenseitigen Groll.

Auf Rhodos

AUF RHODOS LAG DER Großmeister, der alte Fabrizio del Carretto, im Sterben. Er atmete schwer hinter den Vorhängen des großen Bettes, das aus Zypressenholz geschnitzt war. Es war dunkel und kalt in dem Raum. Die verriegelten Fensterläden aus Holz knarrten und quietschten im Wind. Man hörte, wie der Regen an die Außenseite des Fensters prasselte.

Am zweiten Tag des Jahres hatte sich der Großmeister mit Schüttelfrost ins Bett legen müssen. Nun war der siebte Tag, das Fieber stieg immer höher, und er verstand allmählich, dass er nie mehr wieder die große Steintreppe in den Burghof hinuntergehen würde. Wie die Statuten es vorschrieben, hatte er bereits seinen Stellvertreter ausgewählt, Kanzler d'Amaral. Und nun lag er da, fieberheiß, hustend und röchelnd, während die Erinnerungen an der Grenze zwischen Wahn und Bewusstsein an ihm vorüberzogen.

Wo war er eigentlich? Ach ja – in San Nicolò, in jener Nacht des großen Jahres 1480, in der alles an einem Haar hing. Hier lag er also zwischen den Steinblöcken – Befehlshaber des kleinen, zusammengeschossenen Forts, das nicht fallen *durfte*. Tag und Nacht hatten die fürchterlichen Geschütze der Osmanen ihr Feuer über der Bucht ausgespien, aus Mündungen, die so groß waren, dass man in sie hineinkriechen konnte. Heulend und johlend kamen sie herangefahren wie Hunde aus dem Abgrund, diese steinernen Kugeln, die so riesig waren, dass ein ausgewachsener Mann bequem seine Arme um sie herum legen konnte. Sie krachten hinein in die steinernen Hügel, sodass diese in sich zusammenfielen. Weit weg auf der anderen Seite spürte man die Einschläge wie Faustschläge gegen die Brust. Alles war in Ruinen zerfallen, aber mitten in dem Gerümpel hatten sie mit ihren zerschundenen Händen die zersplitterten Steinblöcke zu neuen Wällen aufgeschichtet. Dort lagen sie – eine Handvoll Ritter und vielleicht zweihundert Soldaten, die das Unmögliche vollbringen sollten. *Er* sollte es tun. Er, Fabrizio del Carretto, hatte die Ehre, in dieser entscheidenden Kraftprobe mit den Osmanen den Befehl über die Feste zu führen, die nicht fallen durfte.

Heute Nacht war es ruhig. Drei Tage und drei Nächte lang hatten die steinernen Kugeln ihre Furchen in die Ruinenhügel gepflügt, unbarmherziger als je zuvor. Nun schwiegen die Kanonen dort drüben auf der anderen Seite des schwarzen Wassers im Hafen von Mandraki. Er ahnte, was das bedeutete, und er wartete. Es war eine warme, feuchte Julinacht, und der Wind, der vom Meer herüberwehte, durchnässte alles, ohne Kühlung zu schenken. Seit vielen Tagen war er nicht mehr aus der Rüstung herausgekommen. Der Schweiß rann in kleinen Rinnsalen zwischen den Fugen der Hüftschienen hindurch, und es brannte und klebte unter der Rückenplatte. Die Steine unter ihm waren heiß wie ein Ofen.

Der Großmeister warf sich in seinen weißen Laken hin und her, ein Bein brannte gegen das andere … Mochten sie bald kommen.

Und sie kamen! Lange, schwarze Schiffskörper drüben bei der Landzunge mit Rudern, die vorsichtig ins Wasser getaucht wurden. Eins, zwei, vier, sechs … Es war unmöglich, sie alle zu zählen. Die ganze Wasseroberfläche war mit Galeeren bedeckt. Sie teilten sich, glitten zu beiden Seiten hinunter, hinein nach Mandraki und an der Außenseite hinab in Richtung der Mühlen auf dem Pier. Ein großes Zangenmanöver, ein Drache, der seinen schwarzen Schlund öffnete, in dem jeder Zahn eine Galeere war.

Es bedurfte keines Alarms; nur ein Flüstern ging zwischen den Steinhügeln von Mann zu Mann. Die Lunten hinter den Blöcken glühten bereits rot. Alle Befehle waren erteilt worden. Kein Schuss würde fallen, ehe nicht La Bella Batteria, die dicke deutsche Kanone hier an seiner Seite, das Feuer eröffnete.

Jetzt war es soweit. Er musste nur kurz zu Meister Gerhard hinübersehen und den Zeigefinger heben, und sogleich sprühte ein Feuerschwall aus der breiten Kanonenmündung. Dann brach die Hölle los, und das Feuer schoss aus allen schwarzen Löchern des blutdurchtränkten Steinhügels. Der schwarze Rauch wurde durch neue Blitze rot gefärbt. Aus der Mauer der Franzosen weiter hinten brach Salve um Salve. Auf dem schwarzen Wasser peitschten Schaum und Gischt. Boote hoben sich, neigten sich zur Seite und sanken. Dennoch kamen sie voran, und ständig neue Reihen von Rudern schimmerten zwischen den Blitzen hindurch. Wie eine mächtige Dünung rollten die Janitscharen über die Blöcke an der Strandlinie hinweg, ein Wellenkamm, der sich brach und sank, um gleich darauf wiederzukommen.

Dann begann das Handgemenge. Hauen und Stechen mit dem schweren, zweischneidigen Schwert, das die Netzhemden der Osmanen mit den eingenähten Platten durchschnitt, als seien es Steppjacken. Hauen und Stechen – den schwingenden Krummsäbeln immer um eine Haaresbreite voraus. Das war der Vorteil eines Fränkischen Schwerts. Es hatte zwei Schneiden. Es traf auf beiden Seiten. Es konnte sowohl schneiden als auch stechen. Aber es war harte Arbeit. Hauen und Stechen – und auf die Augen achten. Dort, unter dem Rand des Helms, war man ungeschützt. Diese Stelle versuchten sie zu treffen. Genau da, wo der Schweiß das Gesicht hinunter rann. Hinunter rann und in die Augen lief, sodass der Blick verschwamm.

Er stöhnte und versuchte, seine Augenlider zu trocknen, kam wieder zu Bewusstsein und verstand, dass dies vielleicht das letzte Mal war. Es war also an der Zeit.

»Luigi.«

»Eminenz?«

Ein runzliges Gesicht sah durch den Spalt zwischen den Bettvorhängen hindurch.

»Sag dem Prior, dass es Zeit ist für die Sakramente.«

»Si, Eminenz.«

Nun blieb also nur noch warten. Bald würde die große Glocke im Kampanile läuten. Alle Ritter würden aus ihren Herbergen herbeiströmen. Der Prior von San Giovanni würde in aller Eile sein Bischofsgewand überziehen. Sie würden durch die Loggia gezogen kommen, hinein in den Burghof und vor bis zur Großen Treppe. Dort würden sie stehenbleiben und warten, alle acht Zungen, jede von ihnen mit ihrem Pfeiler, dem Ältesten an der Spitze, all die vielen Ritter, die es in der Stadt gab, mit Fackeln in den Händen, während ihr Großmeister für den Tod vorbereitet wurde.

Er begann, Gott zu danken. Was für ein Leben hatte er leben dürfen: spannende Jahre auf den Galeeren, glitzerndes Meer, sonnenüberflutete Inseln, schnelle Angriffe, dazwischen Dienst im Kastell mit seinen duftenden Pinienwäldern unterhalb der Mauern und dem tiefblauen Meer in Sichtweite. Das große Jahr 1480 … »Danke, Herr, wir haben durchgehalten. Der Sultan musste seine hunderttausend Mann zurückziehen, angeschlagen und seiner Ehre beraubt. Plötzlich waren wir bekannt und wurden in der ganzen Christenheit verehrt. Und dann gabst du mir, Herr, diese sieben Jahre als Großmeister.«

Mühevoll waren sie gewesen. Und voller Sorgen. Die Osmanen hatten in dieser Zeit ihre Macht und ihre furchteinflößenden Mittel mehr als verdoppelt. Sie waren nun nicht mehr nur im Norden, in Sichtweite von Rhodos, so, wie es jahrhundertelang der Fall gewesen war. In einem vernichtenden Eroberungszug hatten sie alles Land im Osten und Süden unterworfen: Syrien, Damaskus, Jerusalem und ganz Ägypten. Mitten in diesem Weltreich lag nun Rhodos, der letzte und trotzigste Außenposten der Christenheit. Wie lange noch?

Er hatte getan, was er konnte, um dem Sturm zu begegnen. Er hatte gebaut, gebaut und nochmals gebaut, Wälle, Mauern und Festungsanlagen von einer Breite und Stärke, wie man sie nie zuvor auf dieser Erde gesehen hatte. In Sachen Festungskunst war Rhodos die Nummer Eins in der Welt.

Es war allgemein bekannt, dass Sultan Selim, genannt »der Grausame«, einen Vernichtungsschlag gegen jene Insel vorbereitete, auf der die Heere seines Großvaters so schmählich geschlagen worden waren. Alle wussten das. Der Papst hatte Hilfe gesandt, König Franz von Frankreich ebenso. Im Hafen lagen noch immer ihre Schiffe, eine Flotte von 20 Segelschiffen.

Doch dann war Selim gestorben. In Syrien hatte sein Statthalter Gazali die Fahne des Aufruhrs erhoben, und der Großmeister hatte eine Möglichkeit gesehen, dieser tödlichen Umklammerung, die von allen Seiten drohte, zu entkommen. Er hatte Gazali alle Hilfe geschickt, um die er bat: Unmengen an Kanonen und Munition. Er hatte den Papst und die Fürsten der Christenheit bestürmt: Jetzt oder nie, nun müsse man sich endlich zusammenschließen in einem gemeinsamen Kraftakt. Wenn man Syrien und Ägypten helfen könnte, wieder frei zu sein, wäre das Gleichgewicht wiederhergestellt. Er hatte eine große Hoffnung aufleuchten sehen. Schon lange hatte er kein so schönes Weihnachtsfest mehr gefeiert. Nun konnte er in Frieden von hier scheiden.

Nun läutete die große Glocke. Nun kamen sie also – nein, er sollte kommen, der alte, müde Carretto, fort von seinen Zeichnungen und Rechnungen, seinen Paraden und Ratsversammlungen, heim zu seinem Herrn. Und er würde die heiligen Märtyrer treffen – auch die, die an seiner Seite zwischen den Steinhügeln von San Nicolò verblutet waren in jenem ruhmreichen Jahr 1480.

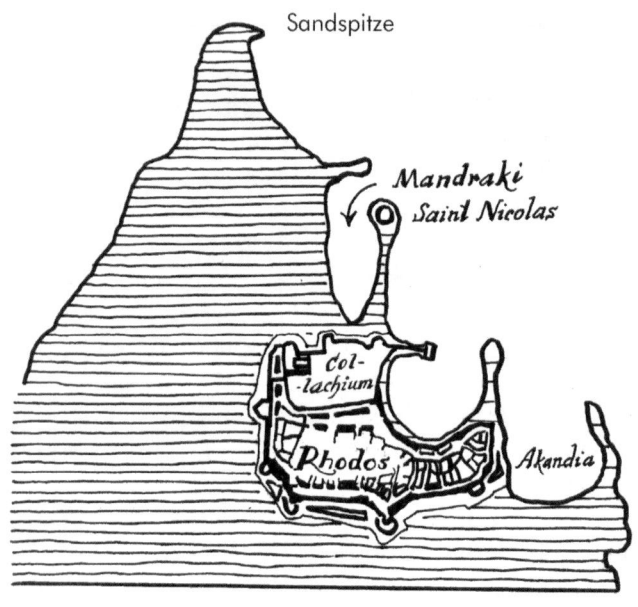

Schot-Franz

BRUDER FRANÇOIS BEGANN VORSICHTIG, seinen einzigen schwarzen Mantel zu bürsten. Er war an den Säumen so zerschlissen, dass er vorsichtig mit der Bürste zu Werke gehen musste. Doch er war froh heute, so froh wie schon lange nicht mehr.

Eigentlich wurde er nie anders als Schot-Franz genannt. Das gefiel ihm nicht. Es war ein Zeichen von Minderwertigkeit, und dieses Zeichen musste er sein ganzes Leben lang mit sich herumtragen. Als ob er es nicht schon schwer genug hatte.

Er gehörte zu den dienenden Brüdern des Ordens vom Hospital des Heiligen Johannes zu Jerusalem – zur »Religion«, wie man sie auf Rhodos nannte. Ritter konnte er niemals werden, da er nicht adlig war. Und nur mit knapper Not war er frère servant, dienender Bruder, geworden. Seine Mutter war Griechin und sein Vater – den er nie kennengelernt hatte – ein französischer Matrose auf den Galeeren der Religion. Sie wurden in letzter Minute und in größter Eile getraut, als die San Giovanni – das Galeeren-Flaggschiff – plötzlich hinaus in die Karawane musste und alle Urlaube gestrichen wurden. Bruder François hatte Ärger und Mühe gehabt, als er darum ersuchte, als dienender Bruder aufgenommen zu werden. Man musste nämlich ehelich sein – wenn man nicht zufällig einen Grafen oder dergleichen als Vater hatte. Zum Glück lebte damals noch der alte Pfarrer Eusebius, und mit seiner Hilfe hatte er nachweisen können, dass seine Mutter christlich getraut war, als er geboren wurde.

Sein Vater blieb für immer bei der Karawane, und von da an gehörte seine Mutter zu den Armen, die auf Kosten der Religion im Krankenhaus essen durften. Im Hospital, dem prachtvollen Krankenhaus gegenüber der großen Marienkirche, war er aus- und eingegangen, seit er ein Junge war. Dort hatte er begonnen, den dienenden Brüdern zur Hand zu gehen, hatte Eimer getragen, den Hof gekehrt und nach und nach den Kranken das Essen geben und ihre Betten machen dürfen.

So hatte er Lust bekommen, Mönch zu werden. Bei den Mädchen hatte er nie Glück gehabt. Auf Affären verstand er sich nicht. Er wurde immer gehänselt, traute sich nicht, frei zu sprechen, stammelte und wurde schnell rot. Gehorsam zu geloben, war nicht schwer für ihn.

In seinem Orden zählte er zu den Provenzalen, obwohl er auf Rhodos geboren war. Doch die einzige Sprache, in der er sich richtig zuhause fühlte, war Griechisch. Wenn er Französisch sprach, kam eine Mischung aus Provenzalisch und Italienisch dabei heraus, ganz verschiedene Arten von Italienisch, mit einem Zusatz von Kastilisch, Katalanisch und

Portugiesisch. Eine solche Mischung sprachen viele hier, nicht zuletzt die Kaufleute. Aber sie wurden nie ausgelacht.

Warum wurde er immer ausgelacht? Er konnte doch nichts dafür, dass einer seiner Füße beim Gehen nach außen zeigte, dass er schon immer klein und dick war, dass er leicht rot wurde, lispelte und spuckte, wenn er ein »s« sagte.

Er wollte so gerne zeigen, dass er zu etwas taugte, und deswegen hatte er versucht, vom Krankenhaus zum Militärdienst zu kommen. Schließlich war es ihm gelungen, und das wurde ihm zum Unglück. Wenn er im Hospital geblieben wäre, hätte er wenigstens nicht Schot-Franz heißen müssen.

Sie hatten ihn zur Artillerie geschickt. Dort machte es nichts aus, wenn er ein wenig schief ging: Die Geschütze standen bereits an Ort und Stelle. Er stieg langsam auf von den Munitionskörben über die Ladestange bis zur Lunte, so wie es üblich war. Es war ein großer Tag, als er seinen ersten Schuss abfeuern durfte. Er hatte die Augen geschlossen, und fast wäre es schief gegangen, als der riesige 24-Pfünder zurücksprang. Sie hatten über ihn gelacht – wie üblich.

Dann war er zur Großen Karacke versetzt worden, dem größten Schiff im Mittelmeer und der ganze Stolz der Religion. An seinem Unglückstag war er stolz und ein wenig nervös an der Lunte steuerbord an der hintersten Handbombarde gestanden. Sie befand sich an Deck, innen unter dem Halbdeck. Das Dach war niedrig und es roch nach Pech, Schweiß und schmutzigen Kleidern. Den ganzen Morgen über hatten sie einen osmanischen Parandaria gejagt, einen breitbauchigen Frachter, der vor Karpathos mit gerefften Segeln fuhr. Sie hatten ihn eingeholt und machten sich mit vollen Segeln zum Entern bereit, ein wenig vor den Steuerbordhalsen. Sie lagen fast gleichauf, und da der Osmane nicht beidrehen wollte, wollte man ihm eine Breitseite geben. Bruder François stand da mit seiner brennenden Lunte. Es galt, sie in das Zündloch zu legen, kurz bevor die Mündung direkt auf den Osmanen zeigte, denn es war hohe See, und die Karacke tauchte auf und nieder, auf und nieder. Dann kam der Befehl zum Schießen. Nur war es aber so, dass Bruder François sich nicht entscheiden konnte, welches der richtige Augenblick war. Er schoss später als die anderen, und als sein Schuss endlich losging, geschah etwas Unglaubliches: Ein Klotz, groß wie ein Pferdekopf, mit einer abgerissenen Trosse als Schwanz dahinter, kam über das Deck gefegt. Er schlug in den Helm von Bruder Preian de Bidoulx ein, der zum Entern bereitstand. Das Seil fegte drei Stücke der Reling mit sich, haute eine Pulvertonne und zwei Artilleristen um und schaffte es sogar, die Krüge auf der Sandkiste des Kochs umzuwerfen und die Mittagssuppe zu verschütten, bevor es wie ein riesengroßer Peitschenknall über dem Vorkastell ausschlug und das Großsegel mit sich riss, das daraufhin wie ein Banner im scharfen Wind flatterte.

Die Karacke bäumte sich auf. Der Wind packte das Heckkastell, und, drehfreudig wie es war, legte sich das Schiff gegen den Wind, sodass die Segel knatterten und nach allen Seiten ausschlugen, während die Osmanen lachten, lange Nasen machten und davonlenzten.

Es kam zum Verhör. Man befand, dass er das getan hatte, was mit einer Wahrscheinlichkeit von eins zu Hundert möglich war: Es war ihm gelungen, die Großschot zu treffen, die vom Zipfel des Segels weit außerhalb des Dollbords bis hin zu dem kleinen schwarzen Loch in der hinteren Beplankung reichte.

Nach seinem Meisterschuss hatte er wieder an Land gewechselt. Von diesem Tag an hieß er Schot-Franz, und so würde er bis zu seinem Tod heißen.

Doch heute war sein großer Tag, der Tag, an dem ihm niemand seine Würde nehmen konnte.

Er würde den Großmeister wählen.

Am zehnten Januar war der alte Carretto gestorben. Am elften lag er aufgebahrt in dem schwarz verkleideten Ratssaal auf einem erhöhten schwarzen Katafalk, an dessen vier Ecken Ritter auf Schemeln saßen, dazu eine schwarz gekleidete Ehrenwache mit Hellebarde. Am zwölften war die Beerdigung gewesen, und Schot-Franz war in der Prozession an dem für ihn vorgesehenen Platz gegangen, nach den Rittern und Kaplanen natürlich, aber vor den vielen in Zivil gekleideten Herren, sogar noch vor den berühmten Festungsarchitekten, den päpstlichen Galeerenkapitänen und all den reichen Kaufleuten. Es war schon etwas, dem Hospital- und Ritterorden des Heiligen Johannes zu Jerusalem anzugehören.

Und heute, am 22., sollte *er* den Großmeister wählen.

Schon seit der Beerdigung hatte man über die Wahl diskutiert. Man diskutierte in allen Herbergen und in der gesamten Ritterschaft, unter den Großkreuzern und Komturen, unter den Gutsverwaltern und den gewöhnlichen Rittern. Selbst die Novizen mischten sich ein, obwohl sie kein Stimmrecht hatten.

Doch *er* hatte es, Bruder François, dienender Bruder der Provenzalischen Zunge. Und das hatte man bemerkt. Man sprach gerne mit ihm über die Wahl, sowohl Ritter als auch Kaplane.

Es gab drei Parteien, das merkte man bald. Wie üblich hielten die Franzosen zusammen – zu ihnen hätte er sich eigentlich selbst rechnen müssen. Sie wollten den Großprior von Frankreich haben, Philippe Villiers de l'Isle Adam. Er war ein gewichtiger Name, das wusste jeder: ein bewährter Militär, großer Festungsbauer, erfahrener Diplomat und bekannt dafür, gut mit Menschen umgehen zu können.

Die Spanier waren wie üblich nicht geneigt, einen Franzosen zu wählen, und wie üblich würden sich die Italiener ihnen anschließen. Auch die Spanier besaßen ein Schwergewicht: Andrea d'Amaral, den Kanzler. Doch man hatte Zweifel. Keiner sprach es offen aus, aber alle wussten es. Amaral war ein erstklassiger Militär, knallhart, diszipliniert und völlig angstfrei. Außerdem war er ein gebildeter Mann, der seine Klassiker mindestens ebenso gut auswendig zitieren konnte wie die blassen Schreiberlinge, die in seiner Schreibstube saßen. Doch er konnte nicht mit Menschen umgehen. Er verkehrte nicht mit anderen und galt als hochmütig. Seine Art, mit erhobener Nase und hochgezogenen, graugesprenkelten Augenbrauen herumzulaufen, ärgerte die Leute. Wenn er mit jemandem sprach, sah er immer ein wenig schräg nach unten, und beim Zuhören spielte eine Art säuerliches Lächeln um seine Lippen. Falls er sich überhaupt die Mühe machte zuzuhören. Manchmal wirkte er einfach nur gelangweilt. Nein, niemand wollte Amaral ernsthaft ins Feld führen.

Deshalb war irgendein heller Kopf auf eine dritte Möglichkeit gekommen. Könnte man nicht wenigstens einmal einen Engländer nehmen? Man hatte doch den Turcopolier Docwra, Großprior von England, ein schlauer Kerl, guter Militär und vor allem ein ausgezeichneter Diplomat, der überall an den Fürstenhöfen Europas, die er als Botschafter der Religion fleißig bereiste, wohl bekannt und gern gesehen war. Konnte man denn keinen Diplomaten gebrauchen? Gerade jetzt?

Wegen genau diesem Punkt war man in den letzten Tagen bei Bruder François vorstellig geworden und hatte in vertraulicher Unterhaltung freundliche Andeutungen gemacht. Er hatte seine Bedeutung gespürt und das hatte ihm unendlich gutgetan.

Nun war die Sache aber so, dass er den Großmeister nicht direkt wählen durfte. Er durfte nur dabei sein und drei Männer aus seiner eigenen Zunge wählen, die dann zusammen mit drei anderen aus jeder der anderen Zungen drei mächtige Männer wählen durften. Und diese drei durften ihrerseits einen Vierten wählen, der mit dabei sein durfte, um den Fünften zu wählen – ja, das Ganze war ein wenig verzwickt, aber schließlich wären es Sechzehn, die in Konklave gehen und den Großmeister wählen würden.

Deshalb hatte er eigentlich nicht viel dazu zu sagen. Denn die Provenzalische Zunge würde französisch wählen, das stand fest. Doch allein die Tatsache, dass man mit ihm rechnete als ein kleiner Teil eines möglichen Sprengkeils in den Block der Franzosen, gab ihm ein ungewohntes, aber angenehmes Gefühl der Bedeutung.

Der Kanzler

DER KOMMANDANT VON VERA CRUZ, Ritter des Großen Kreuzes und Großprior von Kastilien, Don Andrea d'Amaral, ging im Großen Saal auf und ab, unfähig, still zu sitzen. Er sah hinaus auf den Garten, ging zurück zur Tür auf der Längsseite des Raums, sah gedankenverloren zwischen den Gewölbebögen im Treppenhaus hindurch, wandte sich abrupt um, blieb stehen und knallte mit der Schuhsohle auf den Steinboden. Dann ging er wieder zum Fenster und trommelte auf den kalten Marmorsims.

Heute, am 22. Januar, war also Wahl. Da er Carrettos Stellvertreter war, würde er die Wahl eröffnen. Als Hauptkandidat hätte er darauf verzichten können, aber es gab wenig Grund dazu. Es war ja eine reine Formsache.

Hauptkandidat?

War das wirklich so sicher? Eigentlich müsste die Sache klar sein. Er war der beste Seeoffizier des Ordens. In der Tat hatte er das ganze letzte Jahr über die Leitung innegehabt, während der alte Carretto langsam die Segel gestrichen hatte. Doch da war dieser Philippe Villiers de l'Isle Adam, der ihm – seit er sich erinnern konnte – immer in die Quere gekommen war. Er konnte den Mann nicht ausstehen. Wie er sich bei den Leuten anbiederte. Nach rechts und links lächelte. Voller Wertschätzung aussah, wenn andere Unsinn redeten. Hier und da ein kleines Lob verteilte, wo ein ordentlicher Rüffel besser gepasst hätte. Kein Wunder, dass er so beliebt war. Das zahlte sich aus an einem Tag wie diesem.

Seltsamerweise hatte er immer im Schatten gestanden, wenn sie sich einmal begegnet waren. Wie an dem Tag bei Lajazzo vor zehn Jahren, dem größten Siegestag, den sie in diesem Jahrhundert erlebt hatten – *sein* großer Sieg. Wie viele dachten noch daran, dass es seiner war?

Der Kanzler erinnerte sich. Bei grober See, die über die Ruderbalken schlug und sich über die Ruderer ergoss, hatte er die Galeeren nach Kap Andreas geführt, ganz im Osten Zyperns. Dort trafen sie auf l'Isle Adam mit den Schiffen, alle 18 Segel. Dann stachen sie gen Osten in See mit dem Auftrag, die Flotte des ägyptischen Sultans in der Bucht von Lajazzo, genau vor Alexandrette, zu suchen und zu zerstören. Sie lag da, um einen Konvoi von mindestens 50 Masten zu sichern, der eine der größten Holzfrachten, die man je in diesem Hafen gesehen hatte, nach Alexandria transportieren sollte. Dieses Holz galt es zu zerstören. Es sollte dazu verwendet werden, eine Armada im Roten Meer zu bauen, um die Portugiesen zu vernichten und den Schleichweg nach Indien, den sie gefunden hatten, für immer zu schließen. Das Holz lag bei Lajazzo aufgestapelt – oder war es bereits verladen worden?

Es galt also, schnell und hart zuzuschlagen. Er hatte darauf gedrängt, den Feind aufzusuchen und anzugreifen, wo auch immer er sich befand, selbst auf der Reede. Doch l'Isle Adam war wie immer vorsichtig. Er wollte nicht, dass seine Schiffe unter Feuer standen, das vom Strand herkam (sofern es dort überhaupt Kanonen gab, was nicht wahrscheinlich war). Er hatte Angst, dass der Wind ungünstig war und sie an Land trieb. Daher wollte er warten, bis der Feind in See stach. Sofern es diesem beliebte …

Diesmal waren sie ordentlich aneinandergeraten, hatten gestritten, sich in Kampfstellung begeben und beinahe das Schwert gezogen, sodass der Kaplan dazwischen gehen musste. Dann hatte l'Isle Adam nachgegeben und davon gesprochen, dass er um der Einheit willen das Risiko auf sich nehme, landeinwärts zu segeln. Es hatte fromm und edel geklungen und natürlich Eindruck auf die Kapitäne gemacht, die verlegen und ratlos dabeigestanden waren.

Natürlich geschah das, was er, d'Amaral, vorausgesehen hatte. Sie trafen die Ägypter auf offener See. Es wurde eine herrliche Schlacht. Er hatte das Flaggschiff des Sultans geentert und war selbst als Erster über das Dollbord geklettert. Er erinnerte sich noch an den riesigen Mamelucken, den er derart weggefegt hatte, dass sein Kopf auf das Deck prallte. Er erinnerte sich an das Duell mit dem jungen Admiral, dem Neffen des Sultans. Tapferer Junge – aber was half ihm das?

Dann verbrannten sie das Holz am Strand, füllten den Frachtraum mit Gefangenen und das Deck mit Kanonen, versorgten die eroberten Schiffe notdürftig mit Besatzung, nahmen die Havaristen ins Schlepptau und kamen fast doppelt so stark zurück, wie sie losgesegelt waren.

Wie viele erinnerten sich heute noch daran? Wenn sie sich noch an irgendetwas erinnerten, dann an den Edelmut von l'Isle Adam.

Der Kanzler sah wieder hinaus in seinen Garten. Dort unten ging Ibrahim, der osmanische Sklave, den er zum Gartenmeister gemacht hatte. Ibrahim war ein Geschenk des Himmels. Er hatte ihn eines Sommertages auf der Galeere San Giovanni entdeckt. Sie waren länger als geplant in der Karawane gewesen. Die Ruderer wurden allmählich krank, weil sie wochenlang angekettet saßen. Sie hatten eitrige Sitzwunden, bekamen Krämpfe in den Beinen und fielen wegen Hexenschuss aus. Da hatte er etwas sehr Ungewöhnliches getan: Er hatte sie nacheinander in einer geschützten Bucht, die ringsum von unzugänglichen Bergen umgeben war, an Land gehen lassen. Unter der Bewachung treffsicherer Kreter, die ihre Armbrüste gespannt hatten, hatten die Ruderer in dem warmen, klaren Salzwasser baden, ihre eitrigen Wunden waschen, sich im Sand ausstrecken und in einem verwilderten Weinberg Unmengen an Trauben essen dürfen. Als sie nach drei Stunden im Paradies wieder hinunter an Bord in die Hölle gingen, war sein Blick auf einen Osmanen gefallen, der sich ein paar kleine rote Blumen in seine nassen Haare gesteckt hatte. Das hatte sein Interesse geweckt. Nicht alle nehmen Blumen mit in die Hölle. Er ließ den Kerl zu sich rufen, der zu seinem Erstaunen ziemlich gut Griechisch sprach. Es war ein Gartenarbeiter, der am Stadtrand von Konstantinopel wohnte und vor Mytilene auf einem Frachtkutter, der Gemüse geladen hatte, gefangen genommen worden war.

Da er gerade einen Gärtner brauchte, hatte er Ibrahim der Religion abgekauft. Er hatte es nie bereut. Still und in sich gekehrt verrichtete dieser seine Arbeit, langsam, aber ordentlich. Und wenn er einmal den Mund auftat, lohnte es sich immer, ihm zuzuhören.

Nun begann die Glocke im Kampanile zu läuten. Die Wahl würde beginnen. Bevor es Abend war, würde er vielleicht seine erste Rede als Großmeister gehalten haben. Wie viel sollte er sich zu sagen getrauen? Es war wohl das Beste, behutsam zu beginnen und die alten Phrasen zu verwenden von heiligen Erinnerungen und einem Erbe, das verpflichtet. Dann aber auch etwas über die Siege sagen, die von klugen Vorgängern am Verhandlungstisch gewonnen worden waren. Sie hatten es verstanden, nach dem Wind zu segeln und das Schicksal nicht unnötig herauszufordern – alles für das eine Ziel, das über allen anderen stehen musste: dieses kleine Reich, das mit so großen Opfern erbaut worden war, nicht aufs Spiel zu setzen.

Doch nun musste er gehen …

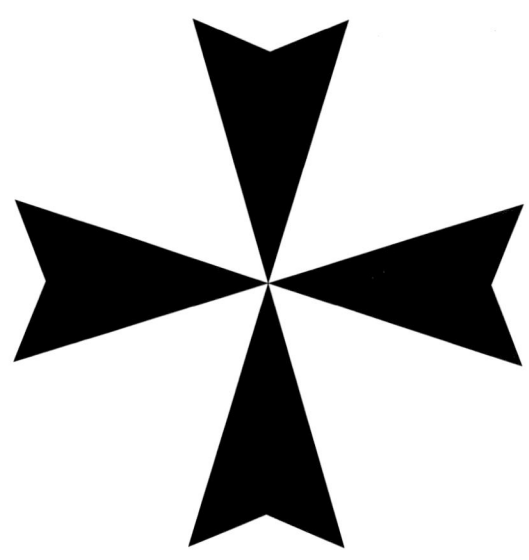

Ihr eigener Untergang

DIE UNERTRÄGLICH LANGE PROZEDUR ging ihrem Ende entgegen. Das Konklave war beendet. Die Zungen wurden in die Kirche gerufen. Die 16 Wahlmänner saßen feierlich im Chor, einer neben dem anderen. In der Mitte stand der Admiral, der alte Paolo d'Acola, gedrungen, breitschultrig und mit einer Nasenspitze, die beinahe das kräftige, gebogene Kinn streifte, sodass er aussah wie ein Papagei. Er sah seine Kollegen an und fragte sie wie vorgeschrieben:

»Signori, tenete per fatto qual que habbiamo fatto?« [»Meine Herren, betrachten Sie es als rechtmäßig, was wir getan haben?«]

Ohne sich um die Bestätigung der anderen zu kümmern, blickte er geradeaus vor sich hin und war sich dabei der atemlosen Spannung, die in der Kirche herrschte, bewusst.

»Zum dreiundvierzigsten Großmeister des Hospital- und Ritterordens des Heiligen Johannes zu Jerusalem wurde gewählt ...«

Noch eine Sekunde lang genoss er die atemlose Spannung, ehe er fortfuhr:

» ... Bruder Philippe Villiers de l'Isle Adam, Priore di Francia.«

Der Rest ging in dem tosenden Beifall unter, der durch die Kirche brandete. Die Franzosen hatten spontan damit angefangen, doch auch die Verlierer der Wahl fielen mit ein.

D'Amaral verachtete es, etwas vorzuspielen. Er machte kehrt und ging, ohne einen Blick nach rechts oder links zu wenden, geradewegs durch das Gedränge hindurch zur Loggia, dann hinunter zur Grande Rue und hinein in sein Haus.

Der treue Blas Diez wartete am Eingang. Er sah sofort, wie die Wahl ausgegangen war. Wortlos nahm er den schwarzen Umhang mit dem weißen, achtzackigen Kreuz entgegen, faltete ihn sorgfältig zusammen und trug ihn in die Kleiderkammer unter dem Gewölbe. Er war enttäuscht. Sogar ein Kammerdiener in einem der feinsten Häuser der

Stadt kann davon träumen, als Camarero ins Schloss ziehen zu dürfen.

Der Kanzler war die Treppe hinaufgegangen, nach rechts in sein kleines Arbeitszimmer hinein, der einzige Raum im Haus, der eine Feuerstelle hatte. Es war sehr still.

Es war noch keine Stunde vergangen, als die Türklappe beinahe schauerlich in dem dunklen Treppenhaus widerhallte, in dem die Dämmerung bereits dicht unter dem Gewölbe stand und der erste Stern durch die Deckenöffnung hindurch zu sehen war.

Blas Diez musste zweimal klopfen, ehe der Kanzler antwortete.

»Was ist?«

»Besuch, Herr.«

»Sag ihm, dass ich heute niemanden empfange.«

»Herr, es ist Señor Comendador Luis.«

Einen Augenblick lang war es still. Dann ging er hinaus – groß, aufrecht und totenbleich, so, wie seine Matrosen ihn fürchteten, il Terribile.

Der Kommandant kam etwas zögernd die Treppe hinauf.

»Was willst du, Luis?«

»Nur mich verbeugen und sagen, dass ich meinen Prior verehre, meinen bewunderten Chef so vieler Karawanen, meinen Kanzler und meinen Freund.«

In seiner Stimme lag eine Wärme, die d'Amaral dazu brachte, das zu fragen, was er am liebsten wissen und am wenigsten fragen wollte.

»Wie ist das Stimmverhältnis?«

Der Kommandant sah betrübt aus.

»Neun zu sieben, wenn es stimmt, was man sagt.«

Der Kanzler sog die Luft zwischen seinen bleichen Lippen ein.

»Madre de Dios, an zwei Stimmen lag es also. Wenn zwei Irre nur einen Funken Verstand hätten, könnte Rhodos gerettet werden.«

Der Andere hob fragend den Kopf.

»Ja, genau, *gerettet*«, brach es aus dem Kanzler heraus,

»vor dem Untergang. Heute haben sie ihren letzten Großmeister gewählt. Sie haben ihren eigenen Untergang gewählt.«

»Señor Canciller, so etwas soll man nicht sagen.«

»Doch, bei meiner Ehre. Es ist mein Ernst. Das bedeutet, dass Rhodos fallen wird. Er wird der Letzte sein. Aber sie haben es nicht besser verdient. Undankbar und engstirnig sind sie, gefangen in ihren Erinnerungen an Anno Dazumal, wehrlos, sobald ihnen jemand nach dem Mund redet und verspricht, dass alles so bleibt, wie es war.«

Der Kommandant bekreuzigte sich. Er sah bleich aus in der Winterdämmerung, die allmählich in Dunkelheit überging.

»Señor Canciller, möge Gott euch vor solchen Gedanken bewahren. Ich will nur noch sagen, dass viele von uns *nicht* undankbar sind. Darf ich meinem Kanzler eine gute Nacht unter der Barmherzigkeit Gottes wünschen? Ich sollte jetzt zum Komplet gehen.«

Er verbeugte sich und verschwand im Dunkeln.

Komplet? Nicht heute Abend. Der Kanzler schloss die Tür wieder hinter sich.

Das Feuer, das Blas Diez in dem großen offenen Kamin entfacht hatte, sank allmählich zu einem Gluthaufen zusammen. Er stellte sich davor und wärmte sich die Hände.

Ja, er war überzeugt. Es war ihm schon lange klar. Wenn das kleine Inselreich bestehen wollte, mitten im Reich der Osmanen, dann musste man Frieden schließen. Dann musste man das aufgeben, was die Johanniter zu tun gelobt hatten: immer, überall und mit allen Mitteln den Unglauben zu bekämpfen. Warum eigentlich? Wer glaubte noch länger an den einzigen Weg zum Himmel? Besaßen nicht sogar die Osmanen mehr Glauben als die in Rom?

Sieben gegen neun. Außer ihren eigenen sechs Stimmen war es den Franzosen also gelungen, drei weitere zusammenzukratzen. Blieb nur die Frage, von wem.

Als Blas einen Moment später mit weiteren Holzscheiten hereinkam, fragte er, so gleichgültig er konnte:

»Blas ... hast du gehört, wie sie gewählt haben?«

»Ja, Herr ... es waren neun für Señor Villiers und sieben für den Turcopolier.«

»*Was* sagst du?«

»Ja, für Herrn Thomas Docwra. Aber wer wen gewählt hat, darüber kann man nur rätseln.«

Der Kanzler war aufgestanden. Er ging vor zu seinem Kammerdiener und packte mit seinen starken Händen dessen Jacke auf beiden Seiten des Kragens, dort, wo die Hemdspitzen hervorstanden.

»Docwra?! Was sagst du – wer hat das gesagt?«

»Alle sagen es. Tomaso bei Pomerolx, Pierre und André im Haus der Franzosen und unsere eigenen Jungs hier oben ...«

Das war der ganze, gut informierte Dienerstab. Manchmal war es ganz gut, ihn zu haben. So musste er nicht mit jemand Gleichgestelltem über diese Sache reden.

»Danke dir, Blas. Du kannst gehen.«

Ja, *so* schändlich hatten sie also gehandelt! Ihn fallen gelassen, um einen jämmerlichen Kompromiss zu basteln. Der in einem Fiasko geendet hatte! Und für einen solchen Orden hatte er tausend Mal sein Leben aufs Spiel gesetzt, hatte auf dem Meer gefroren, auf einem Sarg geschlafen, verschimmeltes Brot mit ranzigem Öl gegessen, sich vor Ekel und Müdigkeit übergeben, war sechs Mal verletzt worden und hatte mit einem zerschmetterten Bein drei grässliche Tage lang auf einer stampfenden Galeere liegen müssen.

Was hatte er falsch gemacht? Er war im Zeichen des Löwen geboren und hatte sein Schicksal von den besten Astrologen seiner Zeit deuten lassen. Wenn Gott sich zurückzog, dann leuchteten wenigstens noch die Planeten am Himmel. Und die sagten, dass er alles erreichen konnte, was er wollte, wenn er nur im rechten Augenblick den richtigen Wurf tat.

Hatte er nicht kühn genug gehandelt? Vielleicht war das eine Lehre für das nächste Mal. Das Spiel würde weitergehen. Nun konnte er es frei und ohne falsche Rücksicht spielen.

Das Krankenhaus

Ein kleiner Grieche von der Insel Symi lag in einem der kleinen Räume des Hospitals, dem großen Krankenhaus der Religion, dem »Palast unserer Herren, der Kranken«, und starrte zur Decke. Er war kaum 20 Jahre alt, frisch für die Flotte angeworben und gerade einmal eine Nacht in der großen Kaserne einquartiert gewesen, als er Fieber bekommen hatte und nichts anderes mehr von sich geben zu können schien als Wasser, Schleim und Blut. Doktor Apella hatte ihn sogleich als ansteckend eingestuft, und jetzt lag er dort, zusammen mit einem Unglückskameraden, umgeben von vier steinernen Wänden mit einem kleinen Fenster zur Straße hin und einem offenen Kamin an der Innenwand. Einige Holzstumpen brannten darin, und das tat gut bei der Kälte.

Er lag da und hoffte, dass Bruder Franz, den alle Schot-Franz nannten, hereinschauen würde. Er sprach Griechisch und das taten nicht viele hier – ja, Doktor Apella natürlich. Aber keiner der Priester, die auf ihrer Morgenrunde hereinzukommen pflegten, nachdem sie im Großen Saal die Messe gelesen hatten. Der kleine Grieche sehnte sich nach einem Priester, einem richtigen Priester im schwarzen Rock, mit einem hohen, runden, pechschwarzen Hut und einem goldenen Kreuz auf der Brust. So einer wie Vater Eusebius zuhause auf Symi. Er fühlte sich unglücklich und verlassen und sehr, sehr müde.

Doch Bruder Franz kam nicht. Heute trug er die Verantwortung für die Reinigung des Großen Saals. Er stand neben dem Pfeiler ganz hinten in der langen Reihe, die die hohe Decke trug, und warf einen hilflosen Blick auf den endlosen Fußboden. Die 32 Betten mit ihren Vorhängen und Baldachinen standen wie Zelte an der Straße eines Feldlagers entlang. Auf dem schönen Ziegelboden hatten nachlässige Diener und gedankenlose Ritter alles Mögliche verstreut. Es war kalt geworden, und die Kranken husteten schwer und hatten hohes Fieber. Außerdem war es Winter, draußen lagen keine Boote, und die Ritter hatten Zeit, sich mit ihren Krämpfen,

Ausschlägen, Geschwüren und Koliken herumzuschlagen. Daher war man so gut wie voll belegt, obwohl es den ganzen Herbst über keine richtigen Kämpfe gegeben hatte. Jeder Ritter hatte das Recht, einen Gehilfen mitzubringen. Das war das Schlimmste. Diese verstreuten Hemden und Pantoffeln, Wärmflaschen und Nachthauben, Gebetbücher und Medikamentenfläschchen um sich herum, ohne jeden Respekt vor den geltenden Vorschriften. Trotz der Schilder an den Wänden, dass sich nichts im Saal befinden dürfe außer dem, was der Kranke in seinem Bett brauchte. Der Rest sollte fein säuberlich in dem kleinen Vorratsraum verstaut sein, der eigens zu diesem Zweck hinter jedem Bett in die Mauer eingebaut war. So wollte es Doktor Apella, wenn er seine Runde ging. Und das würde er in einer halben Stunde tun.

Nichts fiel Schot-Franz schwerer, als andere zur Arbeit anzuhalten. Er gab seine Befehle, als bäte er um einen Gefallen. Er wirkte unglücklich, wenn er jemandem sagen musste, dass dieser Nachttopf da auf keinen Fall dort bleiben dürfe und dass es nicht anging, das Tablett mit dem Essen darauf zu stellen. Es kostete ihn viel Überwindung umherzugehen und seine zaghaften Hinweise hervor zu stottern. In der Regel durfte er die Sachen selbst wegräumen, zusammenkehren und aufwischen, damit sie erledigt waren. Erst wenn Bruder Bartolomeo angelaufen kam und mitteilte, dass der Doktor gerade über den Platz lief, kam Schwung in die Arbeit. Und wenn der Doktor in der riesigen Türöffnung auf der Längsseite gegenüber dem Kreuzgang stand, der um den Garten herumlief, dann sah es in dem Saal sicherlich nicht perfekt aus, aber dennoch bestand Hoffnung, dass er – Bruder Franz – um einen Tadel wegen Versäumnisse im Dienst herumkam.

Da stand nun Doktor Apella in der kühlen Winterluft: klein und stämmig, mit rundem Gesicht, einer breiten, gebogenen Nase und hervorstehenden Augen, etwas wehmütig, manchmal ängstlich, oft freundlich beobachtend. Dieser jüdische Arzt war ein bemerkenswerter Mann. Als er nach Rhodos gekommen war, hatte er wie die meisten anderen eine private Praxis eröffnet. Er war tüchtig und hatte viele dankbare Patienten, auch unter den Rittern. Irgendwann konvertierte er und ließ sich taufen. Bei seiner Taufe wählte er den Namen Giovanni Battista, eine klare Huldigung an die Johanniter und ihren Schutzheiligen.

Der Doktor hatte wie üblich ein ganzes Gefolge bei sich. Da war der Leiter des Hospitals, der Dominus Infirmarius. Da war der Chirurg, Bruder Gierolamo, und da standen zwei Revisoren der Ritter, die heute Aufsicht hatten und am Abend die Buchführung bestätigen sollten, indem sie ein paar unleserliche Schnörkel darunter setzten. Schot-Franz, der mit Mühe lesen, aber nicht schreiben konnte, verdächtigte einen Teil der Ritter nicht ohne Grund, dass diese in der Kunst des Schreibens nicht recht bewandert waren.

Doktor Apella begrüßte das Personal mit freundlichem Nicken nach allen Seiten. Die Kranken konnte er nicht sehen, da sie hinter dicken Vorhängen lagen. Die konnten sie angesichts der kühlen Luft gebrauchen. Eine Feuerstelle gab es nur an der Schmalseite der Wand, und davon hatten nur diejenigen Betten etwas, die am nächsten standen. Der Kälte wegen hielt man alle Fensterluken unter der Decke geschlossen. Dadurch war der Raum dunkel, aber kaum wärmer.

Der Doktor begann seine Runde am südlichen Ende. Dort hatte er seine eigenen Fälle: die Hustenden und die Lungenkranken, die mit Steinen oder mit Ausschlägen oder die, die einfach immer magerer wurden und langsam dahinsiechten. Er blieb bei allen stehen, ließ sie reden und sah sie zuweilen mit seinen großen, freundlichen Augen an. Er roch an allen Flaschen und Behältern, kontrollierte, was sie zuletzt genommen hatten, änderte seine Verschreibungen, fühlte ihre Beulen und sah unter ihre Pflaster. Er war ein merkwürdiger Arzt, Doktor Apella, studiert und belesen, also einer von der feinen, kostbaren Sorte, die nie eine Wunde anrührte und selbstverständlich nie ein Messer in die Hand nahm. Das überließ man den Badern und Chirurgen, denn die waren Handwerker und hatten einen weiten Weg hinter sich, wenn sie überhaupt so weit gekommen waren, dass man sie zum Stab des Krankenhauses rechnete.

So wie Bruder Gierolamo. Nach vielen Jahren als einfacher Aderlasser, Beulenschneider und Knochendoktor stand er in dem Ruf, so gut wie ein Unterarzt zu sein, was Wunden und Knochenbrüche betraf. So war er an das Krankenhaus gekommen, als dienender Bruder aufgenommen worden und hatte sich einen Ruf erworben ähnlich dem Doktor Apellas. Doch Doktor Apella schien überhaupt nicht eifersüchtig darauf zu sein. Er konnte dabeistehen und mit großem Interesse zusehen, wie Bruder Gierolamo Därme in einen Bauch stopfte, den die Osmanen durchbohrt hatten, nachdem er ihn zuerst mit lauwarmem Öl geschmeidig gemacht und sich vergewissert hatte, dass kein Loch darin war. Doktor Apella pflegte guten Rat zu geben, wenn es darum ging, wo genau man das Pflaster setzen sollte, und er und Bruder Gierolamo konnten beide lange Diskussionen darüber führen, ob man das Ganze wieder zusammennähen oder ein abziehbares Pflaster darauflegen sollte, das die Wundränder zusammenhielt.

Allmählich hatte die Runde das andere Ende des Saales erreicht. Dort übernahm Bruder Gierolamo die Führung. Hier lagen die Knochenbrüche, die Eiterbeulen und Knochenwunden, die er mit Messern und Salben und seinem eigenen, geheimen Wundtrank behandelte. Und in dem Bett ganz am Ende lag Bruder Amery, Bruder Gierolamos ganzer Stolz an diesem Tag. Bruder Gierolamo beherrschte nämlich eine Kunst, auf die sich niemand anderes hier verstand. Er konnte einen Darm zusammenflicken, in den ein Loch hineingeraten war. Das geschah, wenn die Leute Lanzen und Krummsäbel in den Unterbauch bekamen oder einfach einen Dolchstich bei einer Schlägerei im Hafen. Solche Fälle galten beinahe als hoffnungslos verloren. Doch Bruder Gierolamo, der aus Piemont stammte, war einmal über die Alpen gen Norden gereist. Das würde er nie wieder tun, hatte er versichert, denn dort hatte es nur schlechtes Wetter, schlechten Kohl, schlechtes Bier und schlechten Wein gegeben. Eine gute Sache aber hatte er mit nach Hause gebracht: die Kunst, einen Darm zu flicken. Er hatte sie von Bruder Heinrich gelernt, einem alten Wundarzt, der beim Deutschorden gedient hatte. Dieser hatte ihm gezeigt, wie man das schadhafte Stück entfernte, ein kleines Silberrohr mit einem Durchmesser von ungefähr einer dreiviertel Daumenlänge, dessen Kanten nach außen gebogen waren, einführte, beide Darmenden darüber schob und festband. Der erste, an dem er diese Kunst versucht hatte, war ein dienender Bruder gewesen, der eine hässliche Bauchwunde abbekommen hatte, als er ein Piratenschiff entern sollte. Alle waren traurig seinetwegen, denn er war ein ungewöhnlich tüchtiger Kerl, und alle waren ebenso froh, nachdem man ihn wieder hatte zusammenflicken können. Das war ziemlich mühsam gewesen, denn es war ein kräftiger Bruder, und obwohl man ihm zwei Opiumschwämme unter die Nase gehalten hatte, war es schwierig gewesen, ihn festzuhalten. Jetzt fühlte er sich pudelwohl und behauptete, er könne den Silberring spüren, wenn er lange gefastet hatte und mit der Hand auf eine Stelle unterhalb seines Nabels drückte. Seitdem hatte Bruder Gierolamo einen kleinen Vorrat an solchen Silberringen neben seinen Instrumenten liegen, und er hatte dasselbe Kunststück einige Male wiederholt. Viele bekamen danach jedoch Wundfieber, das niemand aufhalten konnte, was auch immer die Ursache war. Doch einige schafften es.

So schien es nun auch bei Bruder Amery zu sein. Er fühlte sich frisch und fieberfrei heute und behauptete, dass er hungrig sei. Der Doktor und Bruder Gierolamo waren sich einig, dass er noch eine Zeit lang weiter fasten sollte, wenn ihm sein Leben lieb war. Als er weiter darum bat, essen zu dürfen, wurde der Doktor böse und rief, dass der, der sich unterstehe, ihm auch nur eine Brotkante zu geben, im Turm landen würde.

Mit dem Großen Saal war man durch, und nun kamen all die kleinen Säle dran, die im Obergeschoss rings um den großen Hof herum lagen, jeder mit einer Tür zum Kreuzgang. Hier lagen die Leute von den Schiffen im Hafen, die aus der Stadt und die von den Dörfern auf dem Land, notdürftig nach ihren Gebrechen sortiert. Es gab ein Zimmer für Wöchnerinnen und ein anderes für solche mit Krätze und Ausschlag. Ganz hinten in der Ecke war der Raum für die Ruhrkranken. Auch da hinein ging Doktor Apella, aber niemand anderes durfte mitkommen als Bruder Franz. Er sah den kleinen Griechen an und schüttelte den Kopf. Dann sah er den anderen an und meinte, dieser könne Rotwein trinken, vermischt mit zwei Teilen Wasser. Und dann befahl er, viel Kalk in den Latrine-Eimer zu schütten, mindestens eine Stunde, bevor man ihn leerte.

Schot-Franz stand da und sah den kleinen Griechen an, der fast noch ein Kind war. Er lag da mit einem Gesicht, das vor lauter Fieber glühend rot war, und über seinen Augen lag ein feuchter Schleier. Bruder Franz hatte schon viele Ruhrpatienten gesehen und konnte sagen, wie es weitergehen würde. Dieser hatte noch etwa acht Stunden vor sich, vielleicht auch zwölf. Er wäre gerne bei ihm geblieben, aber der Doktor ging weiter und er musste ihm folgen.

Nach der Visite war Inventur. Im Hospital wurde oft die Bettwäsche gewechselt. Die Religion war stolz darauf, dass sie alles so sauber hielt, zur großen Überraschung der Besucher. Doch das erforderte, ständig die Wäschevorräte zu überprüfen. Bruder Franz rechnete, stapelte, faltete zusammen, vergaß das Ergebnis und musste wieder von vorne anfangen. Immer wieder dachte er an den kleinen Griechen. Die Stunden vergingen, viele hatte dieser nicht mehr vor sich. Und er war ganz allein. Er kam ja von den Inseln. Ob die zuhause wussten, dass er krank im Bett lag?

Endlich war der erste Teil der Inventur beendet, nachdem Decken, Laken, Matratzen, Bettvorhänge, Zinnbecher und Federkissen gezählt waren. Es war Zeit für die Mittagspause. Schot-Franz nutzte die Gelegenheit und schlich hinein in das Zimmer mit den Ruhrkranken. Es war so, wie er erwartet hatte: Dem kleinen Griechen ging es noch schlechter. Er ging nach vorne und stellte sich neben das niedrige Bett.

»Soll ich dir beim Trinken helfen?«
Der Kleine nickte.
»Möchtest du noch etwas anderes?«
Der Kleine blickte hilflos nach oben. Er versuchte, seine Lippen mit der Zunge zu befeuchten.
»Einen Vater«, sagte er.
»Willst du einen Priester haben? Hast du nicht heute Morgen das Sakrament bekommen?«
Der Kleine schüttelte den Kopf. Er wollte etwas anderes.
»Ein Vater. Einer, der Griechisch kann. So wie du.«
Schot-Franz dachte nach. Das war schwierig. Vater Athanasius war verreist. Die anderen Kaplane waren alle Franzosen oder Italiener. Das war in der Regel kein Problem. Die Absolution, das Sakrament und die Letzte Ölung konnten sie trotzdem erteilen.

Er grübelte nach. Der Kleine sah ihn eindringlich an.
»Ein Vater, ein richtiger. So wie zuhause …«
»Ich werde es versuchen.«
Er trat hinaus in den Gewölbegang, ging die breite Treppe hinunter und zum Tor hinaus, wo er ratlos stehen blieb. Dann ging er langsam hinunter in die Stadt. War es eigentlich richtig, was er hier tat? Was, wenn die Kaplane böse auf ihn wurden? Aber dann fiel ihm ein, dass der Junge die Ruhr hatte. Da würde niemand böse werden. Natürlich würden sie auch zu jemandem gehen, der die Ruhr hatte. Auch zu denen, die Pocken oder die Pest hatten. Doch sie waren wohl ebenso froh, wenn sie nichts damit zu tun hatten.

Er ging aufs Geratewohl zur griechischen Kathedrale. Irgendjemand würde er hier immer treffen. Doch dort drinnen war es leer bis auf ein paar Frauen, die vor dem Bild des Heiligen Phanourios beteten. Genau in diesem Moment kam tatsächlich ein Priester durch das Seitenschiff geschritten. Schot-Franz hinkte zu ihm hin und stammelte ein paar Worte, gerade als der Priester hinter der Ikonostase verschwinden wollte. Als er hörte, dass dieser Franzose Griechisch wie ein Einheimischer sprach, wurde er sogleich freundlich und hörte genau zu. Ja – er würde mitkommen.

Dann sammelte er seine Sachen zusammen und folgte ihm. Es stellte sich heraus, dass er eigentlich auf dem Weg zu einer Taufe war, aber ein Sterbender ging vor. Schot-Franz bekam sofort ein schlechtes Gewissen. Was, wenn er sich geirrt hatte? Wenn es doch nicht so dringend war?

Doch der griechische Priester sah nicht so aus, als könne er auf jemanden böse sein. Er hatte schmale Schultern und wehmütige Augen. Er hieß Gennaios und stammte selbst von den Inseln, wie er erzählte. Er erkundigte sich nach dem kranken Jungen, nach dem Wenigen, was Schot-Franz über ihn zu berichten wusste, und dann nach ihm selbst.

Als sie angekommen waren, ging der Priester sogleich in den Raum mit den Ruhrkranken und schloss die Tür hinter sich. Schot-Franz ging weiter ins Refektorium, aber dort hatten sie bereits abgedeckt. Er erfuhr, dass der Infirmarius nach ihm gefragt hatte und suchte ihn auf. Es wurde ein ziemlich strenges Verhör: wo er gewesen war, was er in der Stadt zu tun gehabt hatte, warum er beim Essen gefehlt hatte, wer dieser Priester war, den er auf das Gelände des Hospitals gelassen hatte, ob es tatsächlich einer von den katholischen Griechen war, die den Papst anerkannten, und nicht ein Schismatiker. Schot-Franz stammelte, verbeugte sich, wurde rot und starrte hilflos vor sich hin, und er war unglücklich, dass er immer irgendetwas verkehrt machte. Schließlich wurde ihm befohlen, den griechischen Priester zu holen.

Auch das erfüllte ihn mit Sorge. Er wollte nicht stören, und Vater Gennaios blieb lange in dem Zimmer. Doch als er endlich herauskam, wurde Schot-Franz von dem Priester getröstet, denn der bedankte sich, dass er gerufen worden war. Man habe ihn dort drinnen gebraucht, sagte er. Dann ging er zum Infirmarius. Die beiden sprachen miteinander, zuerst ziemlich laut, dann in ruhigerem Ton. Als der Grieche davonging, sah der Infirmarius richtig ehrfurchtsvoll aus. Zu Schot-Franz sagte er nie mehr etwas über die Sache.

Bevor es Abend war, starb der kleine Grieche. Irgendwie war das auch ein Trost für Bruder Franz. Wenigstens hatte er den Priester nicht umsonst gerufen.

Der Unergründliche

In der herrlichen Februarsonne saß Kanzler d'Amaral an einer Wand im Garten und wärmte seine Beine, die vom Frost ganz steif waren. Es war ein kalter Vormittag gewesen in dem ausgekühlten Ratssaal, und die Verhandlungen hatten sein Herz und seine Füße wahrlich nicht erwärmt. Alles lief jetzt genauso verkehrt, wie er vorausgesehen hatte. Natürlich hatten sie sofort Boten nach Rom und Marseille gesandt, um den Ausgang der Wahl mitzuteilen. Der neue Großmeister befand sich gerade in Frankreich als Botschafter, Besucher und Korrektor mit besonderen Vollmachten, um mehr Truppen, mehr Schiffe und neue Kanonen auszuhandeln. Und um ausstehende Forderungen, rückständige Pachteinnahmen und ordentliche Spenden von den Ordensgütern einzutreiben, dazu extra Kriegssteuern und so viel, wie er an Vorschüssen und Krediten herauspressen konnte.

Dann hatten sie den Stellvertreter gewählt und – natürlich! – war es ein Franzose geworden, dieser dickbauchige, rosige, lächelnde und verschwenderische Gabriel de Pomerolx mit seinem rotblonden Bart.

Auch in der großen Politik sah es düster aus. Natürlich war alles so gekommen, wie er vorausgeahnt hatte. Gazalis Aufstand war niedergeschlagen worden. Die Belagerung von Haleb hatte er aufheben müssen, und vor Damaskus war er von Süleymans Janitscharen besiegt worden, die sich nach unglaublichen Tagesmärschen auf ihn gestürzt hatten. Manche sagten, er habe – als Derwisch verkleidet – zu fliehen versucht, sei aber von seinen eigenen Leuten verraten worden. Jedenfalls war sein abgeschlagener Kopf nun per Kurierpost auf dem Weg nach Konstantinopel. Und alle Kanonen, die der alte Carretto ihm so großzügig zur Verfügung gestellt hatte, waren nun in den Händen der Osmanen. Die Berater und Instruktoren, die er mitgeschickt hatte, hatten sich über das Meer nach Hause gerettet, vor allem dank eines ordentlichen Januarsturms, der die besten Kapitäne der Osmanen in die Nothäfen getrieben hatte.

Der Kanzler saß da und sah zu Ibrahim hinüber, dem Gartensklaven, der langsam und gleichmäßig Steine um eine neue Terrasse herum an der oberen Seite des Gartens legte. Was dachte er eigentlich? Osmanen waren die besten Leute, die man als Ruderer und Handlanger haben konnte. Sie stritten nicht. Sie arbeiteten. Sie waren geduldig – und sie schwiegen.

»Ibrahim?«

»Ja, Herr.«

Der Osmane sah ein wenig verwundert auf.

»Komm mal einen Augenblick her … Du arbeitest und arbeitest und beklagst dich nicht. Woran denkst du eigentlich?«

Etwas in den abwesenden Augen des Osmanen erwachte zum Leben, so, als habe er einen Entschluss gefasst. Dann sagte er:

»An das Paradies, Herr.«

Der Kanzler sah erst verblüfft, dann gerührt aus.

»Und du glaubst, dass du dorthin kommst?«

»Natürlich, Herr, denn ich habe den besseren Glauben.«

»Besser? Als was?«

Wieder leuchtete plötzlich etwas auf in den dunklen, samtbraunen Augen.

»Als Ihrer.«

»Das musst du mir erklären.«

Der Sklave zögerte.

»Darf ich aus dem Herzen sprechen?«

»Du darfst, Ibrahim.«

»Gott ist Einer.«

»Richtig, Ibrahim.«

»Er ist erhöht, höher als der Himmel, unfassbar, über allen Verstand erhaben, unmöglich zu begreifen …«

Mehr als man sich wünschen kann, dachte der Kanzler. Aber er sagte es nicht.

»Wenn wir ihn fassen könnten, wäre er nicht mehr Gott.«

»Stimmt, Ibrahim.«

»Und wenn er wäre wie wir, wäre er nicht mehr Gott.«
Der Kanzler schwieg. Hier müsste er etwas dagegen sagen, doch er wollte mehr hören. Er sah den Osmanen aufmunternd an. Dieser stand da, fingerte an seinem Hosenbund herum und fragte sich, wieviel er wohl sagen konnte, ohne wieder auf der Ruderbank zu landen.

»Herr, *wir* würden uns nie erdreisten zu sagen, dass der unendlich Erhöhte mit einer Frau einen Sohn hat, dass die Herrlichkeit und Göttlichkeit, die selige, unbeschreibliche, für die wir keine Worte finden können – dass die sich in einem erbärmlichen, verschwitzten menschlichen Körper befindet, der Scheuerwunden und Koliken kriegen kann, der wie wir Grütze in sich hineinstopfen und auf den Abort gehen muss. Herr, das ist *Gotteslästerung*. Deshalb hat Gott uns den Sieg gegeben … Sehen Sie selbst, Herr, Ägypten, Syrien, Afrika, Byzanz und Bulgarien – alle sind befreit. Überall ist Gottes Ehre wiederaufgerichtet. Durch uns, seine unwürdigen Diener. Wie hätten wir das tun können, wenn Gott nicht mit uns gewesen wäre?«

Genau das ist die Frage, dachte der Kanzler. Doch er sagte nur:

»Letzten Endes kommt es doch darauf an, wie man lebt.«

»Ja, Herr, genau deshalb stehlen wir Osmanen nicht. Wir geben unsere Almosen, beten die vorgeschriebenen Gebete und sind alle bereit, für Ihn zu sterben.«

»Und der Wein, den ihr nicht trinken dürft? In Konstantinopel soll es Weinstuben und Säufer geben.«

»Manche trinken ihn, Herr. Gott wird sie strafen. Wir schämen uns für sie. Aber dürfen Christen ehebrechen? Oder lügen? Und doch tun sie es ganz offen, ohne sich zu schämen.«

»Nun darfst du gehen, Ibrahim.«

»Seid Ihr böse auf mich, Herr?«

»Nein, Ibrahim. Aber wir haben anderes zu tun, als die Zeit zu verplaudern; wir beide, du und ich.«

Er ging hinein zu seinem Schreibtisch. Doch er kam nicht recht damit voran, das Schreiben an die Gutsverwalter von

Barletta, Messina und Capua aufzusetzen mit dem üblichen Genörgel, sie sollten sich mit ihren Hilfssendungen beeilen und alles Geld und Personal, das sie hatten, zusammenkratzen. Die Worte des Osmanen gingen ihm nicht aus dem Kopf.

Wenn Christus Gottes Sohn war, warum gab er ihnen dann nicht den Sieg? Seit 350 Jahren hatte er seinen Getreuen nur Niederlagen beschert. An den Hörnern von Hattin, bei Margat und Akko, bei Nikopolis und Warna. Jerusalem, Cäsarea, Nizäa, Konstantinopel. Smyrna, Ephesus und Korinth, alle waren sie gefallen. All die heiligen, apostolischen Städte standen nun unter dem Halbmond. Außer Rom – und das würde eines Tages wohl auch fallen, wenn man nicht klug genug war, Frieden zu schließen.

Einst hatten ihn diese Fragen geplagt, waren fast unerträglich gewesen. In warmen, feuchten Nächten war er auf dem Achterdeck der Galeeren gelegen, hatte zu den Sternen emporgeblickt, die im Dunst verschwommen zu sehen waren, mitten im Gestank der Ruderer, die schnarchten oder in ihren Ketten und ihrem Kot stöhnten, während das Lateinersegel seine Spitze gen Himmel streckte. Schwarze, gezackte Strandlinien zeichneten sich in der Ferne ab, und fast immer war es Feindesland, Inseln, die bereits gefallen waren oder jeden Tag fallen konnten. Er hatte sich gefragt: Was tut Gott? Was tun seine Heilige Muttergottes und alle seine Heiligen? Nun hatte er aufgehört zu fragen. Er hatte die harte Lektion des Lebens gelernt. Wenn Gott sich überhaupt darum kümmerte, dann war er jedenfalls immer auf der Seite der besten Galeeren, der stärksten Artillerie, der härtesten Disziplin. Was letztlich den Ausschlag gab, waren Geld, Waffen, Klugheit, Eigenwille. Es war ein Spiel, in dem der klarste Kopf und die härteste Hand den Sieg davontrugen. Gott in dieses Spiel hineinzumischen, machte es nur noch schwieriger.

Die Mauern und die Hand

Im Wirtshaus »Fünf Floriner« hatte Bruder Antonio Bosio mit einem Schrei des Entzückens seinen alten Freund Gianantonio Bonaldi entdeckt, war ihm um den Hals gefallen, hatte ihn auf beide Wangen geküsst, ihn mit Fragen überschüttet und ihm den besten Wein des Hauses vorgesetzt, der zufällig aus Kreta kam, wo auch Freund Bonaldi, der aus Venedig stammte, zuhause war.

Bruder Antonio Bosio war ein Tausendsassa, ein wahrer Zauberer. Er war der meisten Sprachen kundig, die man in dieser Gegend sprach, war bekannt mit den meisten Kaufleuten, Rittern, Dienern und Spionen, die hier herumstrichen, und der Busenfreund eines jeden, der der Religion einen Dienst erweisen konnte – nicht zu vergessen die Heiligen –, ein bewährter Kenner aller Weine, Boote und Piraten des Mittelmeers, der von seinem Großmeister mit vielen heiklen und gefährlichen Aufträgen betraut worden war. Unter den dienenden Brüdern des Ordens vom Hospital des Heiligen Johannes zu Jerusalem hatte er seit vielen Jahren eine Sonderstellung, die ihm allerlei Freiheiten gab, welche grundsätzlich bedenklich waren, aber, soviel man wusste, nie seine kindliche Begeisterung darüber gemindert hatten, seinem Orden und seinem Großmeister dienen zu dürfen.

Jenen Gianantonio Bonaldi hatte er an einem windigen Abend am Kai von Chios kennengelernt. Sie waren beide in derselben verzwickten Lage gewesen, hatten keine Gelegenheit, per Schiff nach Hause zu gelangen und riskierten, vom Kastellan von Genua eingebuchtet zu werden, der zu jener Zeit über die Johanniter genauso aufgebracht war, wie er es immer über die Venezianer gewesen war. Bruder Antonio war es gelungen, einen griechischen Fischer mit dem Versprechen eines Trinkgelds zu überreden, das höher war als der Halbjahreslohn eines armen Fischers. Bei Sturm und Dunkelheit stachen sie in See. Als sie vor Negroponte von einer venezianischen Fusta aufgebracht wurden, kamen sie dank Bonaldis gutem Namen noch einmal davon, und als sie an den alten Seeräuber Santolino gerieten (der außer Osmanen auch den einen oder anderen Venezianer kaperte), umarmte Antonio Bonaldi ihn an Deck, klopfte ihm auf den Rücken und erinnerte ihn daran, wie lustig sie es während des Winters gehabt hatten, als Santolino sich vor der Galeerenflotte der Osmanen nach Rhodos gerettet hatte, die ausgesandt worden war, um ihn zu fangen – tot oder lebendig. Dann fuhren sie weiter nach Lango, entwischten allen Osmanen und entkamen noch einmal der Galeerenbank – die riskierte man immer, wenn man in diesen Gewässern segelte. Von Lango aus half Antonio seinem neuen Freund weiter nach Kreta, obwohl Venedigs Ansehen wieder einmal einen neuen Tiefpunkt erreicht hatte, nachdem die Venezianer behauptet hatten, die Johanniter hätten als Piraten verkleidet ein Schiff für sie gekapert. Auf Rhodos erwiderte man entrüstet, Venedig habe das Ganze erfunden als Entschuldigung dafür, dass man mit den Ungläubigen unter einer Decke stecke und den Handel vor die Religion stelle, ganz nach dem alten Rezept: Veneziani, poi Christiani. Zuerst Venezianer, dann Christ.

Nun saßen sie da und tranken ihren guten Wein. Gianantonio Bonaldi war mit einer Ladung Holz, Wein, Öl und Schießpulver aus Kreta gekommen, alles Waren, die auf Rhodos guten Absatz fanden, besonders jetzt im Spätwinter, wenn die Seefahrt darnieder lag, die Lager leer waren und die Preise stiegen. Es war das erste Mal, dass er auf Rhodos war, und Bruder Antonio lud ihn sofort ein, die herrliche Stadt zu besichtigen.

»Du musst den Garten des Großmeisters sehen. Als ich ein Junge war, gab es dort richtige Strauße, die der Sultan dem seligen Großmeister d'Aubusson geschenkt hatte. Stell' dir vor, sie haben altes Eisen gegessen und Eier gelegt, so groß wie dein Kopf. In den Sand hinein. Sie haben sie nie ausgebrütet, sondern nur angestarrt, und bald sind sie von alleine aufgeplatzt. Dann gab es dort einen seltsamen Hund, auch vom Sultan. Groß wie ein Windhund, grau wie eine

Ratte, ohne ein Haar am Körper, außer auf der Nase, und so wählerisch, dass er kein Fleisch anrührte, das nicht am selben Tag geschlachtet worden war. Und springen konnte der: so hoch wie du lang bist.«

»Lebt er noch?«, fragte Bonaldi etwas kleinlaut.

»Nein, er starb vor Ärger, als Carretto Großmeister wurde. Er konnte Piemonteser nicht ausstehen.«

Bruder Antonio bezahlte großzügig. Zumindest hielt er es mit der apostolischen Armut so, dass er das Geld, wenn er einmal welches besaß, bald wieder ausgab.

»Jetzt gehen wir zu den Mauern«, entschied er. »Du musst Carrettos neuen Turm sehen.«

Sie nahmen den Weg durch den Teil der Stadt, in dem einst die Juden gewohnt hatten, und Bruder Antonio erzählte.

»Hier brach 1480 Misac Pascha in die Stadt ein. Es gelang ihm, die Italienische Mauer zusammenzuschießen und hier durch die Bresche hereinzukommen. Doch d'Aubusson hatte jedes zweite Haus von hier bis zur Mauer abreißen und die Steine zu einer Hilfsmauer aufschichten lassen. In der Bresche und auf den Mauern waren so viele Osmanen wie Bienen in einem Bienenstock. Man konnte keine Lücke zwischen ihnen sehen. Der Großmeister stand mitten im schlimmsten Gedränge, schwang das Schwert und hieb, als würde er dreschen, bis er einen Stich in die Seite bekam. Der ging direkt in die Lunge, und er wäre fast daran gestorben. Doch wir kamen noch einmal davon, dank unserem Herrn, dem Heiligen Johannes dem Täufer, und der Heiligen Muttergottes. Stell' dir vor, man konnte sie hier oben am Himmel sehen.« Er zeigte direkt nach oben.

»Habt ihr sie wirklich gesehen?«

»Nicht unsere Leute. Sie standen genau darunter, denn sie waren gerade mit anderem beschäftigt. Aber vom Graben und von der Mauerkrone auf der anderen Seite aus konnte man sie deutlich sehen. Das haben die Gefangenen und Überläufer hinterher erzählt. Deshalb gaben sie auf und liefen davon.«

Bonaldi nickte nachdenklich. Er gehörte nicht zu den Leichtgläubigen.

Sie stiegen die lange Treppe zur Mauerkrone hinauf, alle 32 Stufen. Dort blieb der Venezianer überrascht und überwältigt stehen.

»Das ist ja ein richtiger *Platz*!«, rief er.

Recht hatte er. Auf beiden Seiten breitete sich die *strada di rondo* aus, der Verbindungsgang auf der Mauerkrone, breiter als die breiteste Straße der Stadt, sodass gut und gerne 15 Mann nebeneinander gehen konnten. Zur Rechten wurde gearbeitet, und der Weg war voll mit Steinblöcken, Hebearmen, Sklaven und Steinmetzen, deren Meisel wie ein einziges, ununterbrochenes Vogelgezwitscher klangen. Zur Linken, wo man auf das dunkelblaue Meer hinaussah, lag der Weg dagegen offen, strahlend weiß und völlig eben. Nur die Brüstung entlang der Außenkante warf einen blauen Schatten. Die Kanonen streckten ihre krummen Rohre in gleichmäßigem Abstand heraus, und eine Patrouille mit blanken Spießen und wippenden Helmen ging wie üblich ihre Runde.

»Das hier ist unsere Mauer«, sagte Bruder Antonio stolz. »Posta d'Italia, der Abschnitt, den die Italienische Zunge verteidigt. Das alles hier hat Carretto bauen lassen. Sieh nur, zwölf Schritte hinter der alten Mauer haben sie eine neue gebaut; der ganze Zwischenraum ist mit Steinen und Mörtel, Splittern und Lehm gefüllt, fest gestampft und hart wie richtiger Boden. Dieses Mal werden sie nicht so leicht durchkommen.«

»Bist du sicher, dass sie kommen werden?«

»Früher oder später. Aber nun komm, ich will dir das Beste von allem zeigen.«

Er ging vor zur Mauerkrone und sah durch eine der Schießscharten.

»Feinste französische Schießscharten, das neueste Modell. Zwölf Fuß dick. Außen abgeschliffen, damit ihre verdammten Steinkugeln daran abrutschen und wegspringen.«

»Es sind keine Schutzklappen da, die man herunterklappen kann«, stellte Bonaldi fachmännisch fest.

»Die haben wir weggelassen. Sie sind nur im Weg. Sieh nur, alle Schießscharten hier verlaufen schräg. Sie sind so schmal, dass man fast so leicht hindurchschießen kann, wie wenn man zwei Schritte vor einer Tür steht und durch das Schlüsselloch spucken will. Trotzdem decken sie das ganze Gelände dort drüben ab. So genau hat man sie berechnet.«

Bruder Antonio war auf die Schutzmauer gestiegen und zog seinen Freund mit sich nach oben. Wieder stand der Venezianer sprachlos da. Einen solchen Graben hatte er noch nie gesehen. Er sah aus wie ein Flussbett, das zwischen senkrechten Wänden mitten durch ein Bergmassiv verläuft. Aus diesem Tal ragte der neue Turm empor. Sein Inneres war massiv, und rundherum war etwas, das aussah wie ein riesengroßer, kreisrunder Käse. Er war nicht besonders hoch, vollkommen glatt und ohne eine einzige scharfe Kante. Nur an der Mauerkrone waren ein paar rechtwinklige Schießscharten zu erkennen.

»Sieht er nicht schick aus?« fragte Bruder Antonio.

»An und für sich schon«, antwortete Bonaldi vorsichtig. Insgeheim dachte er, dass die Baumeister früherer Zeiten sich im Grabe herumdrehen würden, wenn sie wüssten, dass ein solch plumper Brocken ihren stolzen Turm ersetzte.

»Außerdem haben wir die besten Festungsbauer der Welt. Letztes Jahr hat Carretto Basilio della Scuola hiergeholt, aber der Kaiser möchte ihn bestimmt wieder zurückhaben. Und unser Zuenio ist auch einer, der seine Sache versteht. Du hättest die Karte sehen sollen, die Luigi d'Andugar mitgenommen hat, als er vor drei Wochen zum Papst gereist ist. Aus Gips, verstehst du? Damit man die Türme und Bastionen erkennen kann. Mit innerer und äußerer Ringmauer und Wehren – und alles sah genauso aus wie in Wirklichkeit. Auf dem Gebiet sind wir der ganzen Welt voraus.«

»Stell dir vor«, sagte der Venezianer, »wir haben einen auf Kreta, der jeden aus dem Feld schlagen kann.«

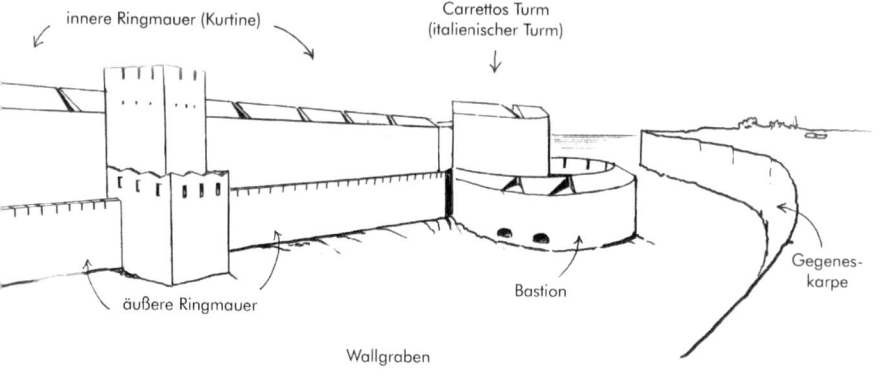

»Und wer soll das sein?«

»Martinengo heißt er, Gabriele Tadini da Martinengo. Die Herrschaft hat ihn geschickt, um unsere Festungen zu kontrollieren. Er sieht sich Festungen an wie andere Leute die Frauen. Es ist ihm sofort klar, was man tun muss, um sie zu erobern – oder den, der es versucht, daran zu hindern. Er sieht genau, wohin die Kugeln treffen und welchen Schaden sie anrichten werden. Du kannst ihm zwanzig oder hundert Geschütze geben. Er weiß sofort, wohin er sie hinstellen soll und welche Wirkung sie haben werden.«

»Den Kerl könnten wir hier gebrauchen.«

»Aber ich glaube nicht, dass ihr ihn bekommt. Der Herzog von Kreta passt genau auf, dass niemand bei euch in Dienst tritt. Er will die Osmanen nicht reizen.«

Sie stiegen wieder von der Mauer hinunter und gingen kaum zehn Minuten durch die Stadt bis zur Quermauer, die Collachium, die Ordensstadt, vom bürgerlichen Teil der Stadt trennt. Der Venezianer wunderte sich über die vielen neuen Häuser.

»Haben die Osmanen wirklich so großen Schaden angerichtet?«

»Nur teilweise. Schlimmer war das Erdbeben im Jahr darauf.«

Bonaldi erinnerte sich. 1481 hatte es ein schreckliches Erdbeben gegeben, das ungewöhnlich verheerend auch für diese Gegend gewesen war.

»Wirklich merkwürdig. Ausgerechnet in dem Jahr nach der großen Belagerung.«

»Merkwürdig?! Das war doch der Tag, als der Sultan starb. Mohammed, der Erztyrann. Der, der Konstantinopel eingenommen hat und dann versucht hat, uns zu erobern. Wenn solche mächtigen Herren zur Hölle fahren, muss man sich nicht wundern, wenn sich die Erde ein bisschen bewegt.«

Bonaldi schielte ein wenig von der Seite zu seinem Freund hinüber. Es war schon seltsam, über was manche Menschen so Bescheid wussten. Doch Bruder Antonio war bereits bei einem neuen Thema angelangt.

»Weißt du, dass sich dort oben in der Kirche die rechte Hand Johannes des Täufers befindet, die, mit der er den Erlöser getauft hat?«

»Wo habt ihr die her?«

»Vom Sultan selbst, er hat sie in Konstantinopel geraubt. Bayezid hat sie uns geschenkt, damit wir seinen Bruder Cem Sultan gut aufnehmen und behandeln. Du weißt ja, dass er hierher geflüchtet ist. Sein Sohn Murad wohnt übrigens immer noch im Schloss von Feraklos. Das war ein Tag, glaub mir, als die Heilige Hand hierherkam! Die Alten erzählen heute noch davon. Es gab eine Prozession, die von der Porta San Antonio bis hinunter zur Piazza reichte. Aus allen Fenstern hingen flämische Gobelins und türkische Teppiche, und zwischen den Häusern waren Girlanden gespannt und über dem Platz ein Sonnendach. Das war auch nötig, denn es war heiß. Der Augustiner, der predigte, ließ sich Zeit und redete kunstvoll und in drei Teilen, und trotzdem schaffte er es nicht, alles zu erzählen. Ich habe sie selbst gesehen, so wahr ich dich jetzt sehe. Es stimmt, was man sagt, dass man noch den Abdruck der Zähne sehen kann.«

»Der Zähne?«

»Ja, weißt du das nicht? Als die Hand in Antiochien war, gab es einen Drachen, der die ganze Gegend tyrannisierte. Meistens nahm er sich Tiere, und damit er die Menschen in Frieden ließ, opferte man jedes Jahr jemanden aus der Bürgerschaft, der ausgelost wurde. Einmal fiel das Los auf ein armes Mädchen. Ihr Vater war ein frommer Mann und ein wahrhafter Verehrer der Heiligen Hand. Also ging er hin und küsste sie, wie er es immer tat. Aber dieses Mal passte er auf und schnappte sich den Daumen, und es gelang ihm, ein Stück davon abzubeißen. Er buk ihn in ein Brot ein, und als der Drache kam, um das Mädchen zu verschlingen, warf er ihm das Brot in den Rachen, und das Untier fiel auf der Stelle um. Es röchelte noch ein wenig und starb …«

»Ich frage mich, ob es überhaupt Drachen gibt«, sagte der Venezianer zweifelnd. »Heutzutage, meine ich«, fügte er vorsichtig hinzu.

»Und *ob* es sie gibt. Komm und sieh!«

Bruder Antonio strahlte triumphierend und zog ihn mit sich hinter die Kirche, hinaus zum Antonius-Tor, weiter entlang der neugebauten Wehre zwischen den Mauern und hinaus durch das nagelneue Amboise-Tor. Währenddessen gelang es ihm, die übrigen Kostbarkeiten der Kirche aufzuzählen: ein Dorn aus Christi Dornenkrone – »er soll jeden Karfreitag blühen, aber ich habe es noch nie gesehen« –, ein Kreuz, das die Heilige Helena von dem Bronzebecken hat anfertigen lassen, das der Erlöser verwendete, als er den Jüngern die Füße wusch, oder einen der dreißig Silberlinge, die Judas bekam – »ich habe ihn selbst gesehen, du kannst einen Wachsabdruck haben, er soll bei Seenot und im Kindbett helfen«; ein großes Stück des Heiligen Kreuzes, ein Arm des Heiligen Blasius, einen des Heiligen Stephanus, einen des Heiligen Georg, einen des Apostels Thomas, den Kopf der Heiligen Euphemia, einer der elftausend Jungfrauen von Köln, den der Heiligen Jungfrau Philomena, einen des Heiligen Polykarp …

Jetzt waren sie draußen auf der Zugbrücke angelangt, und Bruder Antonio zeigte triumphierend auf den Drachenkopf, der genau über dem Stadttor angebracht war. Er war alt und verschrumpelt, aber immer noch furchteinflößend, größer als ein Pferdekopf, mit einem grinsenden Maul, das bis zu den Ohren reichte und seine tückischen Zähne zeigte.

»Ich finde, es sieht aus wie ein Krokodil«, sagte der Venezianer.

»Was ist das?«

»Eine Art Untier; es lebt in Ägypten. Im Nil.«

»Gibt es in Ägypten Drachen? Bei den Ungläubigen? Geschieht ihnen recht. Hätte man sich denken können.«

»Aber wie ist er hierhergekommen?«

»Weißt du das nicht? Ich dachte, die ganze Welt wüsste es.«

Und während sie durch die Stadt zurückwanderten, erzählte Bruder Antonio.

Der Drache im Sumpf

»Es geschah zu der Zeit, als Hélion de Villeneuve hier Großmeister war. Damals wohnte ein Drache auf der anderen Seite des St. Stephansbergs in einem Sumpf, nur eine halbe Stunde von hier entfernt. Dort wütete er viele Jahre lang. Zuerst verschwanden nur Ziegen oder der eine oder andere Esel. Dann fing er an, sich Kinder zu holen, und die Leute begannen, sich beim Großmeister darüber zu beklagen; der setzte einen Preis aus für den, der den Drachen fing, ob tot oder lebendig. Doch das hätte er nicht tun sollen. Einige kamen zurück, blutig, lehmverschmutzt und mit schlotternden Knien, als seien sie bei einer peinlichen Befragung gewesen. Von anderen hörte man nie wieder etwas. Die, die entkommen waren, konnten berichten, wie er aussah. Es bestand kein Zweifel, dass es ein Drache war: zwanzig Fuß lang und mit einem Schwanz, der ein Pferd hinwegfegen konnte, sodass es auf der Stelle umfiel. Den Schenkel eines Mannes biss er ab wie eine Grützwurst. Man schoss mit den härtesten Armbrüsten auf ihn. Doch die Kugeln prallten einfach ab von den schrecklichen Beulen auf seinem Rücken, und der Drachen spürte nicht mehr davon, als wenn man ihn hinter dem Ohr gekrault hätte.

Für den Großmeister war es eine ärgerliche Geschichte, denn auf diese Weise machte der Drache alle Wege, die in die Stadt führten, unsicher. In der Morgenfrühe lag er da, weit weg von seinem Sumpf, und lauerte den Menschen auf, die zum Markt gehen wollten. Es war beinahe unmöglich, ihn zu erkennen, denn er konnte sich in einen umgefallenen Baumstamm verwandeln. Doch wenn jemand in seine Nähe kam, schlich er los wie eine Schlange und haute sein Maul in eine Stute oder einen Bauernjungen.

Der Großmeister wollte nicht noch mehr Brüder verlieren und befahl, dass niemand hinausgehen und mit dem Drachen kämpfen dürfe. Am Ärgerlichsten war, dass die griechischen Priester das Gerücht verbreiteten, der Drache sei eine Strafe Gottes, weil wir auf die Insel gekommen waren und den wahren Glauben eingeführt hatten. Sie gingen herum und erzählten, der Patriarch von Jerusalem hätte uns mit einem Bann belegt, und da sei es nicht verwunderlich, wenn ein solches Untier hier sein Unwesen treibe.

Nun war da aber dieser Gozon, der später Großmeister wurde. Er war ein großer, hagerer Kerl aus der Auvergne. Als Junge war er dort in der Heide herumgeritten, und die Sonne hatte ihn so ausgedörrt, sodass er nur aus Haut und Sehnen bestand. Und stark war er. Es gab niemand Besseren, den man vorausschicken konnte, um eine Galeere abzuräumen. Er nahm es mit dem Verbot des Großmeisters nicht so genau, sondern fand, man könne sich das Untier ja einmal *ansehen*. Das tat er dann auch. Mehrmals sogar. Dann nahm er Urlaub und fuhr nach Hause in die Auvergne. Doch er musste immer wieder an diesen Drachen denken und daran, wie man ihm das Handwerk legen konnte. Er bekam eine solche Lust, es zu versuchen, dass er zuhause zu seinem Hofschmied ging und den Drachen beschrieb. Der Schmied war ein heller Kopf, und nach ein paar Tagen hatte er ein paar Eisenstangen zusammengebogen und sie so geschickt mit Eisengarn umwickelt, dass der Drache mit seinem Schwanz schlagen und das Maul öffnen konnte, wenn man an ein paar Riemen zog. Dann musste man nur noch die hölzernen Füße an den Stangen befestigen, und fertig war der Drache.

Gozon hatte zwei Diener, die gerne mit dabei waren, wenn es gefährlich wurde. Denen brachte er bei, an den Riemen zu ziehen, sodass der Holzdrache sich aufführte, als ob er lebendig sei. Dann befestigten sie lange Seile an den Riemen und setzten sich in sicherer Entfernung nieder, während Gozon mit gezückter Lanze herbeisprengte. Sie durften ziehen, so viel sie wollten, damit der Drache sich aufbäumte und niederwarf und Gozon mit dem Schwanz schlug, während dieser versuchte, ihn mit der Lanze zu treffen. Doch damit nicht genug. Er trainierte zwei seiner Bulldoggen, keine Angst vor dem Untier zu haben. Er lehrte sie, es in den Bauch zu beißen, denn er hatte gesehen, dass die Haut dort dünner war, und sich dort festzuhalten, so viel der Drache auch herumsprang.

Als er fand, dass sie genug geübt hatten, brach er seinen Urlaub ab und nahm die Diener, das Pferd und die Doggen mit sich zurück nach Rhodos. Da er immer noch frei hatte, konnte er kommen und gehen, wie er wollte. Schon am nächsten Tag schmuggelte er seine Rüstung in die Kapelle auf dem Berg. An diesem Abend kamen die Diener mit dem Pferd und den Doggen, und er legte die Rüstung an. Er verbrachte eine Zeit lang in der Kirche und betete vor dem Altar um so viel Schutz wie möglich vor dem Drachen und seinen Teufelskünsten.

Dann ging er hinaus, um ihn zu suchen. Die Diener bekamen ihre Befehle. Er hatte vor, alleine anzugreifen. Falls er getötet würde, sollten sie einfach zurückkehren, drei Messen für seine Seele bestellen und das nächste Schiff zurück nach Marseille nehmen, ohne irgendjemandem etwas davon zu sagen. Wenn es ihm jedoch gelang, den Drachen mit der Lanze zu treffen, sollten sie ihm zu Hilfe kommen.

Es dauerte nicht lange, bis sie Spuren im Gras entdeckten, die ungefähr so aussahen, als habe jemand im Wald einen Baumstamm hinter sich hergeschleppt. Sie folgten der Spur, und plötzlich gab Gozon seinem Pferd die Sporen und fing an zu galoppieren. Er konnte gerade noch rechtzeitig das Tempo drosseln, denn der Drache lag genau vor ihm auf der Lauer. Doch die Lanze traf daneben, denn das Pferd warf sich im letzten Augenblick zur Seite. Gozon trabte im Kreis herum und versuchte es wieder, doch nun brach die Lanze ab, genau wie bei einem Turnier. Da wurde das Pferd ganz wild vor Schreck und machte kehrt, sodass Gozon vom Sattel fiel. Das Pferd wieherte, völlig außer sich vor Schreck, und lief davon, vorbei an den zu Tode erschreckten Dienern, die die Felsen hinaufkletterten, weil sie dachten, ihr Herr sei aufgefressen worden. Doch der hatte sich wieder aufgerappelt und hieb mit dem Schwert auf den Drachen ein. Doch wie ich schon sagte, das Biest war verhext, und man hätte genauso gut auf eine steinerne Kanonenkugel der Osmanen einschlagen können. Das Biest versuchte zu beißen und Gozon musste schwitzend davonrennen, um ihm zu entkommen. Die Hunde versuchten, ihm zu helfen und bissen sich am Bauch fest, so, wie sie es gelernt hatten, doch das Monster schüttelte sie ab, sodass sie in hohem Bogen mit großen Fleischstücken zwischen den Zähnen davonflogen. Dann bekam Gozon einen Schlag mit dem Schwanz und fiel um, und der Drache schlug wild nach ihm, aber genau in dem Moment, als er den Kopf hob, rammte Gozon von unten das Schwert in seinen Hals und durchbohrte die verhexte Haut. Der Drache bäumte sich auf und nieder, doch Gozon hielt den Griff mit beiden Händen, und wie sie so hin und her rollten, muss er wohl die Halsschlagader des Untiers durchschnitten haben. Das Blut spritzte aus dem Loch wie Wasser aus der Dachrinne bei einem Unwetter. Es ergoss sich über Bruder Gozon, denn er ließ den Griff des Schwerts nicht los. Als der Drache nicht mehr konnte, sank er über Gozon zusammen, der ebenfalls nicht mehr konnte und in dem Schlamm in Ohnmacht fiel. Dort wäre er wohl ertrunken, wenn nicht die Hunde gebellt und die Diener von den Felsen heruntergeholt hätten. Als diese sich hervorwagten und sahen, wie es stand, schoben sie den Schaft der Lanze und einen Baumstamm unter den Drachen, drehten ihn um, zogen Gozon hervor, klappten sein Visier hoch, sahen, dass er lebte, wischten den schlimmsten Schmutz von ihm ab und stellten ihn wieder auf die Beine. Bald danach war er wieder munter, doch da es verboten war, mit dem Drachen zu kämpfen, wollte er sich nicht bei der Wache melden, um in die Stadt hineingelassen zu werden, sondern zog sich in ein Landhaus vor der Stadt zurück, das einem Genueser gehörte. Als der Genueser erfuhr, was geschehen war, holte er seinen besten Wein hervor und deckte den Tisch mit Käse, Oliven und Brot. Und Bruder Gozon aß mit großem Appetit.

Am nächsten Morgen kam ein Bauer mit einem Pferd, das über und über mit Lehm und Schweiß bedeckt und noch gesattelt war. Gozon wurde so wütend über die feige Kreatur, dass er den Sattel abnahm und das Pferd dem Genueser als Dank für die Bewirtung schenkte – unter der Bedingung, dass er es nur als Zugtier bei der Arbeit verwenden und ordentlich mit Prügel versorgen würde, falls es sich zu fein dafür war.

Doch nun beginnt die eigentliche Geschichte, die ich dir erzählen will. Bruder Gozon kam zurück in die Herberge in seinen Kettenhosen, die von dem getrocknetem Lehm ganz steif waren, mit Beulen im Harnisch, einem blauen Auge und einem ganzen Schwarm Matrosen und Bauern hinter sich her. Sie riefen und schrien, denn die Nachricht von seinem Abenteuer hatte sich schon verbreitet. Die Brüder umarmten ihn und die Auvergner wollten eine Siegesfeier abhalten. Doch da kam einer von den Pfeilern, der Prior von Aups, und fragte, ob es stimmt, dass Bruder Gozon ganz alleine mit dem Drachen gekämpft hatte.

›Das ist wohl wahr‹, antwortete dieser. ›Obwohl: Die Hunde haben mir geholfen.‹

›Dann hat Bruder Gozon einen Befehl verletzt. Ich muss Bruder Gozon bitten, seine Waffen abzulegen und mir zu folgen. Der Vogt wird den Weg zeigen.‹

Und so führte der Weg in den Gefängnisturm, hinunter in den Keller, und Bruder Gozon wurde in Eisen gelegt, die Hände in einen Schraubstock und am Fuß ein zehn Pfund schwerer Eisenklotz. Draußen auf der Straße aber entstand ein riesiger Lärm, doch der Prior schickte die Wache hinaus, um die Leute zu vertreiben, und Patrouillen sorgten dafür, dass sie sich nicht zusammenscharten und stehenblieben, um miteinander zu reden. Denn Ordnung muss sein.

Was sollte man nun mit Bruder Gozon tun? Man hätte ihn auf der Stelle erschießen können. Denn er hatte genau das getan, was bei Todesstrafe verboten war. Das Mindeste, was man tun konnte, war, ihm die Ritterschaft abzuerkennen und ihn ohne Schwert und Sporen nach Hause zu schicken. Doch das wollte im Grunde niemand. Da das Volk und die Matrosen sich nicht draußen versammeln durften, gingen sie in die Kirche und bestellten eine Messe, das konnte ihnen ja niemand verwehren. Zuerst bestellten sie eine Dankmesse und dann drei Bittmessen, und so ging es den ganzen Vormittag lang in allen Kirchen. Das Gedränge war unbeschreiblich, es brannten Unmengen an Kerzen, und alle riefen den Heiligen Paulus, den Heiligen Michael und den Heiligen Stephanus an. Dann ging man nach Hause und hatte das Gefühl, dass die Heiligen sich Bruder Gozons annahmen und ihm zu helfen gedachten.

Es dauerte bis Freitag, bis das Kapitel zusammentrat. Der Großmeister wollte keine extra Zusammenkunft abhalten und die Pfeiler nur wegen einer Disziplinarangelegenheit belasten. Einen Gefangenen konnte man ebenso gut am Freitag wie am Dienstag verurteilen. Ordnung muss sein.

Also wurde das Freitagskapitel abgehalten, und am Samstag sickerte durch, dass der Großmeister die Todesstrafe beantragt hatte. Er musste ja die Ordnung aufrechthalten und das konnte ihm sauer werden. Er rechnete damit, überstimmt zu werden, und so kam es dann auch. Die Pfeiler zählten auf, was Bruder Gozon alles geleistet hatte und wie er mindestens hundert Osmanen und dazu noch einen Drachen getötet hatte, und so bekam er die mildeste Strafe, die es gab. Man ging hinunter in die Kapelle, rief Bruder Gozon aus seinem Loch heraus, nahm ihm seinen roten Überwurf mit dem weißen Kreuz und die Sporen ab und schickte ihn in sein Privatquartier, wo er unter Hausarrest stand und auf die nächste Gelegenheit warten sollte, nach Hause zu fahren.

Doch damit war man draußen in der Stadt nicht recht zufrieden. Übrigens auch nicht die Ritter in Collachium. Es war durchgesickert, dass der Gefangene darum gebeten hatte, lieber enthauptet statt unehrenhaft nach Hause geschickt zu werden. Aber das hatte der Großmeister rundweg abgelehnt.

Daher verfassten einige Brüder eine Bittschrift für Bruder Gozon, die jeder einzelne Komtur unterschrieb. Der Großmeister nahm sie mit unbeweglichem Gesicht entgegen.

Dann kam der Johannistag. Nach dem Fasten, als alle gebeichtet und das Sakrament empfangen hatten, sollte im Großen Saal die Vollversammlung abgehalten werden. Dort saß der Großmeister ungerührt auf seinem Thron, umgeben von allen Pfeilern, Komturen und Gutsverwaltern, während die Ritter, Kaplane und der Truppenbefehlshaber auf ihren Plätzen standen. Der Großmeister erklärte die Versammlung für eröffnet und ließ die Türen aufmachen. Draußen standen die Leute dicht an dicht und nun quollen sie herein, drängten und schrien, bis die Wache sie zur Ordnung rief. Dann wurde es totenstill, als der Pfeiler der Provence seine Glocke läutete und die Bittschrift für Gozon verlas.

Nun hatte der Großmeister genau das erreicht, was er wollte. Er ließ Gozon hereinrufen und sagte, dass er sich ernsthaft schuldig gemacht habe und kein Orden so etwas durchgehen lassen könne. Doch Zorn hat seine Zeit und Vergebung hat seine Zeit, wie der Prediger sagt. Und so fragte er, ob der ehemalige Ritter Dieudonné de Gozon aufs Neue in die Religion aufgenommen werden wolle. Das wollte er. Er musste auf der Stelle niederknien, seine Sünden bekennen und seine Gelübde erneuern und bekam seine Überweste und sein Schwert zurück. Und der ganze Saal jubelte und das Volk läutete die Glocken und in der Stadt gab es ein Johannesfest, wie man es noch nie gesehen hatte. Dann wurde Bruder Gozon gleichzeitig zum Komtur, zum Befehlshaber am Platz und zum Großmeister ernannt. Doch als er den Drachen tötete, durften sie ihn in Eisen legen und absetzen. Denn Ordnung muss sein.«

Die Probe

»Vielleicht diese?«

Der Schatzmeister hielt eine dicke Goldkette hoch, klirrte ein wenig damit herum und ließ sie in dem schmalen Bündel an Sonnenstrahlen leuchten, das durch die halbgeöffneten Holzluken fiel. Sie, das heißt er selbst, der Stellvertreter des Großmeisters und der Kanzler, waren hinaufgegangen unter das Dach eines der Türme im Tor. Dort bewahrte der Großmeister Kostbarkeiten auf, die sich als Ehrengeschenke für fremde Machthaber eignen könnten.

»Zu wertvoll ... und zu gewöhnlich«, sagte Pomerolx, der Stellvertreter. »Das Gold wird er einfach nur wiegen und dann taxiert er uns, als seien wir eine seiner Provinzen.«

Es ging um Sofi, den Schah von Persien. Er hatte Boten zu Carretto gesandt. Ratlos und enttäuscht waren sie gewesen, als sie erfuhren, dass er tot und begraben war. In ihrer unverständlichen Sprache hatten sie beratschlagt und darum gebeten, Pferde ausleihen zu dürfen. Dann waren sie nach Feraklos geritten, wo Thronanwärter Murad – ein Cousin von Süleymans Vater – als Gast und Geisel auf Kosten der Religion wohnte. Vermutlich hatten sie ihm Freundschaft und ewige Hilfe gelobt, wenn er einen kleinen Aufstand gegen Süleyman veranstalten könnte. Gerade jetzt konnten sie so etwas gebrauchen. Der Schah fürchtete jeden Tag, dass die Janitscharen über die Grenze gehen würden. Dass die Osmanen auch Persien unter ihre Herrschaft bringen wollten, war kein Geheimnis.

Da Sofi ein möglicher Bundesgenosse war, sollte man ihm passende Geschenke der Freundschaft schicken, doch sie mussten sich in gewissen Grenzen halten, denn man wusste nicht, welche Politik der neue Großmeister zu führen gedachte.

Der Schatzmeister sah sich ratlos in dem Gerümpel um. Es sah aus wie bei einem Pfandleiher, der Kunden aus dem Hochadel hatte. Ringe und Halsketten lagen dort herum, vergoldete Sporen, goldene Stoffballen, osmanische Prachtgewänder, Krummsäbel mit Säbelscheiden, die vor lauter Edelsteinen nur so glitzerten, und ziselierte Helme. Das meiste war Kriegsbeute, ein Teil waren Fürstengaben, die man für unbrauchbar hielt und weggeräumt hatte, vorsichtshalber mit einer kaum sichtbaren Aufschrift über ihre Herkunft versehen. Hinzu kamen Erbstücke, die verstorbenen Ordensbrüdern gehört hatten.

Pomerolx, der Stellvertreter, räumte einige venezianische Schüsseln weg und zog einen großen Schrein hervor, der mit goldenen Verzierungen, Edelsteinen und Emailplättchen beschlagen war. Er hob den Deckel hoch und zeigte ein Schachbrett mit farbigen Feldern.

»Man muss in einer ganz bestimmten Reihenfolge darauf drücken. Keiner schafft es, das Geheimschloss ohne Anleitung zu öffnen. Die schicken wir in einem versiegelten Brief mit; dann ist er der Einzige, der das Geheimnis kennt und er wird uns mit seinen undurchsichtigen Abmachungen und Giftflaschen in Ruhe lassen. Das wird es ihm wert sein. Das hier also und ein Ballen grüner florentinischer Seide, einige Jagdbüchsen und eine von den feinen Nürnberger Pistolen mit Radschloss – und zwei Falken natürlich. Das genügt.«

Falken gehörten zu den üblichen Geschenken. Die Johanniter waren Meister dieser Art zu jagen. Auf der ganzen Welt gab es keine besseren Falken. Und sie hatten viele davon.

Der Kanzler nickte widerwillig. Es wäre klüger, Süleyman Geschenke zu schicken, als sich mit seinen Feinden auf guten Fuß zu stellen.

»Wir müssen auch an die Franzosen denken«, sagte er. »Und an die päpstlichen Galeerenkapitäne. Sie müssen ein ordentliches Trinkgeld bekommen, wenn sie nach Hause fahren.«

»Wer sagt denn, dass sie nach Hause fahren?« Pomerolx klang verärgert.

»Der gesunde Menschenverstand und die Berichte aus Konstantinopel.«

Pomerolx schwieg. Gerade eben waren sie die geheimen Berichte aus Konstantinopel durchgegangen, die von Geheimagenten verfasst worden waren, deren Namen nicht einmal Pomerolx und der Kanzler kannten; Berichte, mit unsichtbarer Schrift zwischen den Zeilen von Schiffspapieren und Warenverzeichnissen geschrieben nach Rezepten, die eifersüchtig gehütet wurden, von Kaufleuten herausgeschmuggelt, deren Namen man ebenso sorgsam geheim hielt. In den Berichten war einstimmig von umfangreichen Aufrüstungen die Rede. In den Kanonengießereien wurde rund um die Uhr gearbeitet. Es wurden Getreidevorräte angelegt, hoch wie die Berge, mindestens tausend Transportkamele waren auf dem Weg nach Konstantinopel und alle Reiter in Anatolien und auf dem Balkan wurden gerade einberufen. Dagegen sah es auf den Galeerenwerften aus wie immer. Kein Zweifel, dieses Jahr würde es einen Feldzug geben, wahrscheinlich gegen Ungarn; das war umso wahrscheinlicher, als die Ungarn, diese Dummköpfe, Süleymans Botschafter schändlich misshandelt, getötet und seine abgeschnittenen Ohren und seine Nase nach Hause geschickt hatten.

Der Kanzler sprach trocken und ein wenig verächtlich aus, was die anderen dachten.

»Sobald das bekannt wird, werden unsere verehrten Bundesgenossen darum bitten, nach Hause segeln zu dürfen. Und was können wir anderes tun, als ihnen ein paar Goldketten umzuhängen und sie ziehen lassen?«

»Dann sind wir uns also einig?«, fragte Pomerolx. »Mag der Herr Kanzler ein Protokoll darüber aufsetzen?«

D'Amaral nickte müde. Fünfzig Jahre als Johanniter hatten ihn gelehrt, einen Befehl entgegen zu nehmen, ohne mit der Wimper zu zucken. Aber auch, wie bitter es war, ihn von jemandem entgegen nehmen zu müssen, der weit weniger Dienstjahre hatte als er selbst.

Finster und entschlossen ging er über den Burghof und beantwortete zerstreut das Salut der Wachen und die vielen Verbeugungen, die ihm überall mit entblößtem Haupt und wippendem Barett entgegengebracht wurden.

Zuhause nahm er sich die Geheimberichte noch einmal vor und machte daraus eine Zusammenfassung für die Ratsversammlung. Er war bereits eine ganze Weile damit beschäftigt, als es an der Tür klopfte. Es war Ibrahim, der Osmane.

»Was willst du?«

Der Kanzler zog seine buschigen grauen Augenbrauen zusammen und sah den Sklaven verärgert an. Ungebeten zu kommen, hieß, sich unerlaubte Freiheiten zu nehmen.

»Fasse dich kurz.«

»Herr, ich möchte mich freikaufen.«

»Du? Was kannst *du* denn bezahlen?«

»Was immer Sie wünschen, Herr. Ich bin reich geworden.«

»Du? Wie das?«

»Mein Onkel ist gestorben. Gott sei seiner Seele gnädig. Er hat nie nach mir gefragt und auch nach keinem anderen.«

Der Kanzler warf seinem Sklaven einen forschenden Blick zu. So war das also – er könnte frei sein, wenn nur ein alter geiziger Onkel sein Geld herausrücken würde.

»Ich habe es von einem der Steuerleute der Fusta gehört, die sie letzte Woche bei Lango eingenommen haben. Er stammt aus Galatien, wie ich. Er ist nicht sehr kräftig, daher hat man ihn verkauft. Don Esteban hat ihn gekauft. Wir haben uns getroffen, als ich mit den Klementinen dorthin gegangen bin.«

Der Kanzler lächelte grimmig.

»So, so, du gehst also zum Klatschen in die Küche. Eine richtige kleine Spionagezentrale ist das. Du weißt, dass das verboten ist.«

»Ja, Herr. Und dass Sie an meiner Stelle das Gleiche getan hätten.«

»Du sagst mehr als klug ist. Und genau das gefällt mir. Was gibst du als Lösegeld?«

»Herr, gewöhnlich sind es tausend Aspri.«

»Für einfache Leute, ja. Aber du bist reich.«

»Dann gebe ich viermal so viel.«

Der Kanzler warf ihm einen schnellen Blick zu. Das war keine gewöhnliche Feilscherei. Egal, er hatte wenig Zeit, wie üblich.

»Abgemacht. Wann kannst du bezahlen?«

»Herr, das ist der Haken. Nur Ihr könnt ihn für mich lösen. Ich brauche die Erlaubnis, nach Konstantinopel zu fahren.«

»Kommt nicht in Frage. Warum?«

»Man glaubt, ich sei tot. Wenn ich nicht auftauche, werden ein Halbcousin von mir und sein Halbbruder um das Erbe prozessieren, und dann nimmt der Kadi das Meiste. Aber wenn ich nach Hause komme, ist die Sache klar und ich selbst werde mit dem Geld zurückkehren. Ich schwöre es, beim Propheten.«

Der Kanzler saß reglos da und sah zum Fenster hinaus. Was war das nun? Eine ganz und gar unsinnige Bitte. Ein ungewöhnlich durchsichtiger Betrug. So durchsichtig, dass es vielleicht doch die Wahrheit war.

Was sollte er tun? Don Esteban bitten, seinen neuen Küchenjungen zu verhören? Versuchen zu überprüfen, was er gesagt hatte? Wenn er überhaupt etwas gesagt hatte.

Er sah den Osmanen an, der ruhig wie immer war, überlegen und sicher in der Gewissheit seines Paradieses und seiner besseren Religion.

Besser? Das ließ sich überprüfen. Hier war die Gelegenheit.

»Ibrahim, ich nehme deine Bitte an und vertraue dir. Du schwörst mir beim Propheten, dass du in vier Monaten wieder hier bist und das Geld bei dir hast. Wenn du das Geld nicht beisammen hast, kommst du ohne es zurück und bleibst in meinem Dienst, bis du bezahlt hast. In Ordnung?«

Der Kanzler saß einen Moment lang still da. Der Sklave war gegangen, vielleicht mit einem Hauch neuer Spannung in den langsamen Schritten.

Die bessere Religion? Man würde ja sehen. Das Risiko war es wert.

August 1521

JANNIS, KOCH auf La Gran Carracca, stand in der glühenden Augustsonne und kochte Essen. Das riesige Schiff, die Königin des Mittelmeeres, steuerte in frischem Westwind gen Nizza, gefolgt von drei kleinen Karavellen wie Welpen hinter einem Bernhardiner. Gestern hatte sie Marseille verlassen, schwer beladen mit Kanonenkugeln, die anstelle von Kieselsteinen als Ballast dienten, und mit prächtigen Bronzekanonen, die auf dem Trossdeck verstaut waren. Jeder erdenkliche Zwischenraum war vollgestopft mit Bleikugeln und Salpetersäcken, Helmen, Hakenbüchsen, Schwefeltonnen und Weinfässern – und obendrauf die persönliche Habe des Großmeisters. Denn Seine Eminenz, Bruder Philippe Villiers de l'Isle Adam, war selbst mit an Bord.

Deshalb wollte Koch Jannis nun beim Essen sein Bestes geben. Es war Freitag und Fastentag und die Bohnensuppe für die Besatzung kochte in riesigen Kesseln. Doch seinem neuen Großmeister wollte Jannis etwas Besseres bieten. Er hatte vor, Marides zu kochen, einen kleinen, frittierten Fisch, zum Gefallen seines Großmeisters und sich selbst zum wohlverdienten Lob.

Jannis stand also da und tauchte den knapp fingerlangen Fisch mit einer Kelle in das Öl, das in einem dreifüßigen Topf über einem Kohlefeuer in der großen Sandkiste auf dem Deck siedete und blubberte, genau da, wo das Vorkastell mit seinen beiden Kanonendecks wie ein Turm hinaufragte, mit einem riesigen Holzbogen genau über Jannis Sandkiste – der einzige Ort an Bord, wo offenes Feuer erlaubt war. Das Öl zischte und sprudelte und lockte einen Kreis interessierter Zuschauer herbei: Matrosen aus Rhodos und Lango, Söldner aus Saragossa und Flandern und auch den kleinen Zimmerjungen, der immer hungrig war und ständig in der Nähe, weil er die Achterkajüte sauber halten sollte, sich aber die meiste Zeit von dort fernhalten musste, damit die Herren ungestört beraten konnten.

Natürlich sprachen sie über den Großmeister. Wie war er? Ein Pechvogel, sagte einer der Spanier. Freundlich, aber genau, meinte der Zimmerjunge, der nach zwei Tagen bereits eine beneidenswerte Sachkenntnis auf diesem Gebiet hatte.

»Ich möchte niemand anderen neben mir haben, wenn die Osmanen entern«, sagte einer der Matrosen.

»Aber er ist ein Pechvogel«, beharrte der Spanier. »Sieh dir die Karavelle an, die wir mit dabeihaben müssten. Kaum war sie fertig beladen, ist sie schon auf Grund gelaufen, mitten in der Rhone. War sofort leck und sank wie ein Stein.«

Er schüttelte den Kopf.

»Muy malo. Wer befiehlt, muss Glück haben. Das ist fast das Wichtigste.«

Einer der Italiener nickte: Cattivo augurio, schlechte Vorzeichen. Sie sprachen miteinander, während die große Karacke weiter durch die See stampfte, die allmählich rauer wurde. Das weit nach vorne ragende Vorkastell streckte sich wie ein Schwertfisch gen Himmel, um im nächsten Augenblick in die weiße Gischt zu tauchen. Man musste seetüchtig sein, um das Gleichgewicht zu halten.

Und genau das war der Koch nicht. Er taumelte nach vorne, versuchte, sich an der Schöpfkelle festzuhalten, warf den Topf um, sodass das siedende Öl über die Kohleglut spritzte und sich wie eine Flut von Feuersflammen über das Deck fraß. Dort lagen Holzscheite für das Feuer, Leinen und Seilenden, über die ungewohnte Füße gestolpert waren oder die sie mit sich hergeschleppt hatten, sowie Werg, das die Artilleristen nach ihrem letzten Salut übriggelassen hatten. Eine knappe Elle darüber flatterte die trockene Wäsche des Kochs im Wind auf und ab, bereit, dass man sie abnahm, und genau darüber wehten ein paar Flaggen. Sofort war alles in knisternde Flammen gehüllt, die der Wind vor sich her trieb hinauf ins Kastell. Dort lag neues Werg für die nächste Ladung bereit, und dort stand ein kleiner Korb mit Pulver, nur für ein paar Schüsse, aber dennoch ausreichend, um aus sprühenden Feuerschweifen, umherfliegenden Holzscheiten und rußigen Segeltuchfetzen ein Feuerwerk zu entzünden.

Das ganze Vorkastell war nun in qualmenden, schwefelgelben Rauch gehüllt. Das Feuer kletterte an dem Tau, das den Mast verspannte, auf der rechten Seite hinauf zum Fockmast. Das Tau war gerade neu gedreht worden und es war sauber, trocken, frisch geteert und ohne Salzkrusten. Die Flammen tanzten darum herum und kletterten rasch zum Mastkorb hinauf. Schreiend drängten die Männer in den vorderen Schnabel des Kastells hinein. Sie schlugen die Arme vors Gesicht, um sich vor der Hitze zu schützen. Ein Soldat, der schwimmen konnte, sprang auf der linken Seite ins Wasser, wo sich bereits eines der Geleitboote näherte, um zu Hilfe zu kommen. Zwei andere krängten die Brigantinen von sich weg, um nachzukommen.

»Stehenbleiben!«

Die Männer sahen auf. Es war eine Stimme, die unmittelbaren Gehorsam gebot. Alle hörten zu.

»Keiner verlässt das Boot ohne Befehl. Wenn jemand ins Meer springt, muss er dort bleiben.«

Die schreienden, wild herumfuchtelnden Männer verstummten. Dort stand der Großmeister höchstpersönlich, den einen Fuß auf der linken Reling, den anderen am Tau, das den Mast verspannte, sodass er über das Dollbord hinausragte, für alle sichtbar. Er winkte.

»Alle Mann herkommen! Mit allem, was ihr an Eimern und Behältern habt. Nehmt die Kanonenstopfer mit. Und alle Wasserzuber und Sandsäcke. Fangt einfach an. Ihr habt doch schon schlimmere Feuer gesehen, oder?«

Das hatten sie, alle, die schon ein paar Jahre dabei waren. Sie hatten Tonkrüge, mit Naphtha gefüllt, durch die Luft segeln und wie Vulkane aus Flammen und Rauch auf dem Kabinenendeck aufschlagen sehen. Sie hatten sich mit Wasser und Sand, mit Schaufeln und nassen Segeln ans Werk gemacht und es war ihnen gelungen, sie zu löschen oder über Bord zu werfen. Das Meiste war wirklich zu schaffen.

Auch dieses Mal. Der Großmeister ließ fünf Männer hinauf in den Mastkorb klettern, gefolgt von gewebten Eimern und solchen aus Holz, die in den Flaggleinen befestigt wurden, und bald floss das Wasser an den Wanten hinunter, wo es fauchend und zischend mit den Flammen zusammentraf. Das Deck wurde freigespült, das brennende Gerümpel über Bord geworfen, die Pulvertonnen in Sicherheit gebracht, und die Kanonenstopfer fielen schwer und klatschnass über glühendes Holz und brennendes Tauwerk.

Nachdem das Feuer gelöscht war, hielt der Großmeister sofort ein Verhör. Koch Jannis, der weinend mit ein paar geretteten Fischen dasaß, die auf einem zerbrochenen Teller lagen, während der Rest rußig und verbrannt in der Sandkiste und auf dem Deck verstreut herumlag, gestand unumwunden. Nach einigen Umschweifen kam auch die Wahrheit über das Werg an Deck heraus. Der Großmeister sah sich um.

»Wer ist Kanonenmeister auf dem Vorkastell?«

»Ich, Eminenz.«

»Du also, Sangallo. Das bist du bestimmt zu früh geworden. Warst du früher nicht Erster Schütze?«

»Ja, Eminenz.«

»Dann bist du jetzt wieder Erster Schütze. Und Francesco Fontano ist Kanonenmeister. Wir werden ja sehen, ob wir die Geschütze dann besser im Griff haben.«

Der Großmeister hatte seinen Fuß bereits auf die Leitersprosse gesetzt, um ins Vorkastell hinauf zu gelangen, als ihm Jannis einfiel.

»Lass mich deine Fische probieren ... Nicht schlecht. Aber diese Art von Fisch hat Gott für trockenes Land geschaffen. Und das hat er wohl auch mit dir getan, Jannis. Vielleicht für eine der Herbergen. Wir werden ja sehen, wenn wir nach Rhodos kommen. Und in Zukunft gibst du mir Bohnensuppe wie allen anderen.«

Man putzte, schrubbte, schnippelte und kochte. Und plauderte weiter.

»Er bleibt sich gleich«, sagte einer der Alten.

»Aber er ist ein Pechvogel«, sagte der Spanier. »Übrigens haben wir diese Reise an einem Unglückstag begonnen. Man sollte wissen, was in den Sternen steht.«

»Du redest wie ein Heide. Wozu haben wir die Heiligen? Ich werde in San Nicolò in Nizza eine Kerze anzünden. Ihr werdet sehen, das hilft.«

Doch es schien nicht zu helfen. An Korsika war man glücklich vorbeigekommen und Sardinien lag hinter einem. Doch dann ging es los. Über dem Meer vor Sizilien türmten sich Unwetterwolken auf, die immer höher und schwärzer wurden, je näher sie kamen. Der Wind bot keine Möglichkeit, dem Unwetter aus dem Weg zu gehen. Es lag wie eine breite Bank am Horizont und zog alle Winde an. Gegen vier Uhr wurde es dunkel wie bei einer Abenddämmerung im Winter.

Eine ganze Stunde lang hatte man am Horizont ein Grollen gehört und Blitze hatten die Wolkenbänke von innen erleuchtet. Nun fingen sie an, im Meer einzuschlagen. Sie näherten sich wie ein Vorhang aus weißen, feurigen Schlangen, der sich vor einer blauschwarzen Wolkenwand abzeichnete.

Dann schlugen sie ein. Natürlich in La Gran Carracca, die sich mit ihrem hohen Mast in die Wolken zu bohren schien.

Der Kapitän hatte rechtzeitig Befehl gegeben, die Segel einzuziehen. Das war Schwerarbeit. Die große Rahe war fast dreimal so lang wie das Deck in der Mitte des Schiffs breit war und dick wie ein Mast. Es brauchte zwei Winden, um sie zu fieren. Es waren nur ein paar Ellen bis zum Deck, als die Blitze fielen. Wie viele, wusste keiner. Es krachte, blitzte und brannte, sodass die Menschen in Ohnmacht fielen und Krämpfe bekamen. Die braunen Birkenrinden um die Hebel der Winden herum lösten sich, die Spitze fiel krachend herunter und quer über das Deck und die Menschen wurden zu Boden geworfen und wanden sich dort vor Schmerzen. Am schlimmsten war es auf dem Achterkastell. Drei Stockwerke war es hoch, mit Halbdeck, Kabinendeck und Puppdeck. Ganz oben war die Kajüte des Großmeisters, die aussah wie die Krone eines schiefen Turms. Sie schien von feurigen Schlangen umgeben zu sein. Das musste den Tod bedeuten für die, die drinnen waren.

Doch die Tür ging auf und der Großmeister kam heraus. Er eilte über das Puppdeck zur Leiter und legte beim Laufen sein Schwert an, das er im Dienst immer bei sich trug. Damit es richtig saß, griff er nach dem Schaft, sah sich verwundert um, hob die Hand und starrte auf die verstümmelte Klinge. Sie war abgesprungen, ungefähr eine Handbreit unterhalb des Knebels. Rasch steckte er den Stumpf wieder in die

Scheide, schwang sich die Treppe hinunter zum nächsten Deck und ging weiter, wo die Verletzten lagen, ohne sich etwas anmerken zu lassen.

Aber viele hatten sehen können, was er in der Hand hielt. Es ging ein Flüstern von einem zum anderen, während man die Toten im Platzregen davontrug. Der Blitz hatte das Schwert des Großmeisters zerbrochen. Als hätte man jemanden seiner Ritterschaft beraubt. Das war nun das dritte Vorzeichen. Und das schlimmste.

»Bruder Giovanni ... was meinst du dazu?«

Der Großmeister hatte seinen Kaplan rufen lassen. Die Gefahr war vorüber, das Unwetter zog nach Norden ab und La Gran Carracca war immer noch seetauglich. Die Toten – acht Leute – lagen eingewickelt zwischen den Kanonenrohren auf dem Trossdeck, und auf dem Tisch lag das Schwert, zerbrochen in drei Teile, neben der unbeschadeten Scheide. Man konnte noch das Wappen des Geschlechts der l'Isle Adam erkennen und den Wahlspruch lesen: Pour la Foy.

Der Großmeister sah den Priester mit seinen hellen blauen Augen an und fragte wieder: »Was soll ich davon halten, Bruder Giovanni?«

Der Kaplan zögerte einen Augenblick mit der Antwort. Als sie kam, schien es beinahe so, als wolle er Zeit gewinnen.

»Zuerst soll man danken. Wie immer.«

»Das habe ich getan. Dafür, dass das Schiff kein Feuer fing. Dass das Pulver nicht explodiert ist. Dass der Blitz die Klinge zerbrochen hat und nicht mich ... Aber dann?«

»Dann soll man sich fragen, ob man eine Warnung brauchte.«

»Daran habe ich auch gedacht – an genau das. Glaubst du, Er möchte mir etwas Bestimmtes sagen?«

»Was glaubst du selbst, Bruder Großmeister?«

Mit Mühe war es dem Großmeister gelungen, seinen Kaplan dazu zu bringen, nicht »Eminenz« zu sagen, wenn sie zu zweit waren. Nun sagte er also Fra Gran Maestro. Oder Frater Magne Magister, wenn sie Latein redeten.

Jetzt war es der Großmeister, der mit der Antwort zögerte.

»Zuerst denke ich natürlich, dass das Ganze schlecht ausgehen wird. Das denken wohl gerade die meisten an Bord. Doch wenn dem so ist – sollen wir umdrehen? Soll ich zurücktreten?«

»Das sei ferne!«, sagte der Kaplan. »Kommt nicht in Frage. Wer ein solches Amt bekommen hat wie Bruder Großmeister, der hat es von Gott bekommen. Das kann man nicht aufgeben.«

»Aber warum lässt Er dann zu, dass die Karavelle in Vienne an der Brücke sinkt? Warum lässt er zu, dass Feuer ausbricht? Oder hat das der Teufel getan? Warum hat Er uns heute mit dem Blitz geschlagen? Denn Gott hat doch etwas damit zu tun? Oder war es der Teufel?«

»Vielleicht beide.«

»Aber ist das nicht unmöglich?«

»Umgekehrt. So geht es mit den meisten Dingen auf dieser Welt. Gott und der Teufel spielen Schach. Wir sind die Steine. Aber wir sind nicht ganz weiß oder ganz schwarz. In jedem Herzen steht ein Schachbrett, auf dem Gott und der Teufel spielen.«

»Da müssen aber viele Partien zusammengehalten werden.«

»Und genau deshalb kann es so schwer für uns sein, dem Ganzen zu folgen. Manchmal macht Gott einen Zug, den keiner von uns begreift. Um etwas zu verhindern, was nur Er kommen sieht. Oder um eine Ausgangslage zu erreichen, die nur er nutzen kann. Am Ende hängen all die vielen kleinen Partien zusammen und entscheiden, wie das große Spiel ausgeht.«

»Du meinst also, dass der Teufel persönlich heute die Finger mit im Spiel hatte?«

»So in etwa.«

»Aber du hast gesagt, dass es eine Warnung sein könnte. Wofür?«

»Das muss Bruder Großmeister selbst herausfinden. Vielleicht weil man glaubt, alles sei klar und eindeutig, solange man nur auf Gottes Seite steht. Aber genau dann kommen wir in die schlimmste Bredouille.«

»Meinst du also, ich soll ruhig weitermachen?«

»Ruhig ist vielleicht nicht der richtige Ausdruck. Aber so, wie wenn man unter Gottes Hand reist. Mit Furcht und Beben und dennoch sicher. Ungefähr so wie die Jünger auf dem Weg hinauf nach Jerusalem. Ohne genau zu wissen, was geschehen wird. Praecedebat Jesus et sequentes temebant, steht da. Jesus ging voran, und sie folgten ihm mit bebendem Herzen. Entscheidend war, dass sie ihm folgten, während er voranging.«

Es klopfte an der Tür. Der Großmeister bedeutete seinem Kaplan zu gehen und sagte nur: »Danke, Bruder Giovanni. Ich werde ihm folgen.«

Kurz-Oglu

»Immer noch keiner ...«

Der junge André Barel sprach aus, was alle dachten. Er war erst achtzehn Jahre alt, hochgewachsen, aber stark, braun gebrannt und sehr mager, nachdem er nun schon über drei Wochen lang auf seiner großen Reise war – die erste seines jungen Lebens. Erst jetzt in der dritten Woche war es ihm gelungen war, seine Seekrankheit zu überwinden. Er war schon in Marseille an Bord der Großen Karacke gegangen in Gesellschaft eines Ritters, der Jean Chalant hieß und dem er von seinem Vater anvertraut worden war. Nun reiste er nach Rhodos, um die Aufnahme in den berühmten Orden vom Hospital des Heiligen Johannes zu Jerusalem zu erbitten. In der Kiste, auf der er saß, lag seine Ahnentafel, sorgsam eingehüllt in ein Stück blauer Seide, dazu sein ganzer vornehmer Stammbaum und alle Wappenschilder in prächtig leuchtenden Farben, unter dem Wappen eingeprägt die klingenden Namen und Titel aller Vorväter und Ahnmütter.

Was er als Erstes auf Rhodos tun würde: sich mit seinen jugendlichen Knochen auf den Steinfußboden knien, die Hand des Ordenskanzlers küssen und demütig darum bitten, seine adlige Abstammung prüfen und bestätigen zu lassen.

Ein paar Tage lang hatte er in Syrakus an Land ausruhen dürfen; dort war die kleine Flotte eingelaufen, um die Schäden von Unwetter und Sturm zu reparieren. Während der ersten Tage hatte sich der Boden unter seinen Füßen noch immer auf und ab bewegt. Und nun saß er wieder auf dem schwankenden Schiffsdeck. Wie die anderen hatte er sich auf dem Halbdeck einen Schlafplatz eingerichtet, auf einigen Kisten vor der Kajüte, mit einer umgekippten Tonne als Kopfkissen und einer Kanonenlafette, gegen die er die Füße stemmen konnte, wenn das Schiff krängte. Er war müde und abgeschlagen, aber er hatte sich noch kein einziges Mal übergeben und darauf war er stolz. Doch das lag mehr an Kurz-Oglu als am Seegang.

Schon bevor sie Syrakus verlassen hatten, ging das Gerücht, dass Kurz-Oglu mit seiner ganzen Seeräuberflotte irgendwo zwischen Morea und Kreta lag und wartete. Kurz-Oglu arbeitete mit dem Sultan zusammen, so wie es auch Freibeuter gab, die mit den Johannitern zusammenarbeiteten und deshalb eine Freistatt auf Rhodos hatten. In diesen Gewässern war ein ständiger Seekrieg im Gange – übrigens auch von Syrien bis Algier –, ein Krieg, den Kurz-Oglu meisterhaft beherrschte. Mit seinen schnellen Galeeren, zumeist kleine, leichte Fustas mit vielleicht zwanzig Ruderpaaren, lag er hinter den Inseln in einem Hinterhalt und fegte in weißen Strichen aufgepeitschten Schaums hervor wie ein Schwarm Seevögel, der sich in die Luft erhob. Er hatte gerissene Artilleristen an den Kanonen und eine Mannschaft, die vor Eifer geiferte wie eine Koppel Jagdhunde.

»Immer noch keiner …«

Er verstummte plötzlich und sah sich verlegen um. Hier saßen sie also auf dem Halbdeck, wo man gerade noch unter dem Großsegel hervorgucken und den Horizont im Osten sehen konnte. Er hätte sich besser nicht verraten sollen. Doch keiner der anderen lächelte. Dort saß Antoine de Golart, der nur ein paar Jahre älter war als er selbst, aber bereits seine drei Karawanenjahre hinter sich hatte. Von Anfang an war er freundlich und kameradschaftlich gewesen. Ihn konnte man auch Dinge fragen, für die man sich schämte, weil man sie nicht wusste. Von ihm hatte er viele nützliche Informationen erhalten. Nun wusste er, dass ein »Großkreuz« ein hoher Befehlshaber war und nicht eine Art Dekoration. Er wusste, was es mit den acht Zungen auf sich hatte und mit den »Karawanen« – dass eine Karawane eigentlich ein einjähriger Kriegsdienst zur See war, dass man im täglichen Sprachgebrauch aber jedes Ausrücken mit den Kriegsschiffen Karawane nannte.

Neben dem jungen Golart saß Ritter Chalant, ein Auvergner mittleren Alters, der sein Beschützer sein sollte. Er war breitschultrig, untersetzt, hatte einen schwarzen Bart und dunkle, durchdringende Augen. Neben seiner Nasenwurzel verliefen zwei tiefe Furchen. Vor ihm hatte man sofort Respekt und hütete sich, seine Unkenntnis zu verraten.

Keiner von ihnen hatte eine Miene verzogen. Doch der dritte im Bunde, der Jurist Fonteyn, der auch in Marseille an Bord gekommen war, machte wahrlich keinen Hehl aus seiner Angst. Er war Flame, ein studierter Kerl mit Doppelkinn, etwas blass und gut frisiert.

Es war der Jurist, der den Faden wieder aufnahm, wie üblich mit einer lateinischen Redewendung. Er sprach gerne Latein, ein kunstvoll gedrechseltes Humanisten-Latein.

»Quam mutabilis fortuna! Wer hätte das gedacht? In Brügge hat man gesagt, La Gran Carracca sei das größte und bestausgerüstete Schiff der ganzen Welt ...«

»Nicht mehr das größte«, sagte Ritter Chalant sachkundig. »Das war damals, als wir sie übernommen hatten. Seitdem haben die Portugiesen Santa Catarina do Monte Sinai und die Engländer ihre Henry Grace à Dieu gebaut. Die sind jetzt am größten. Bis wir unsere Saint' Anne fertig haben.«

»Also die Nummer drei«, sagte der Jurist gereizt. »Und trotzdem müssen wir hier sitzen und uns vor ein paar kleinen osmanischen Piraten fürchten.«

Seine kurzsichtigen Augen, die sonst ein bisschen Schwierigkeiten hatten, ihr Gegenüber anzuschauen, waren etwas feucht geworden. Er sah aus, als sei er bei Gericht und habe einen Straftäter der Lüge überführt. Der Auvergner sah ihn amüsiert an.

»Angst soll man nicht haben, Herr Doktor. Aber Krieg ist eine riskante Sache. Wir haben schwere Last, ein wenig zu schwer. Wir haben nur Segel und alles hängt vom Wind ab. Die anderen haben Segel und Ruder. Wenn es windstill ist, haben sie alle Vorteile auf ihrer Seite. Sie können uns von vorne angreifen, und dann können wir ihnen nichts entgegensetzen. Wenn wir ihnen die Breitseite hinhalten, rudern sie einfach außer Schussweite und kommen zurück, und dann haben wir sie wieder genau von vorne. So wie Hunde ein Wildschwein angreifen, das nicht mehr aufstehen kann.«

»Aber wir haben doch frischen Wind. Genau aus Westen, nicht wahr?«

»Zum Glück, Herr Doktor. Aber wir haben den sechsten September, und da kann man keinem Wind trauen.«

Ein Fünfter kam und gesellte sich zu der Gruppe, Sir Thomas Pemberton, ein alter erfahrener Galeerenkapitän. Er hatte zugehört, über was geredet wurde.

»Was glaubt ihr, welchen Weg er einschlagen wird?«

»Bei dem Kurs, den wir gerade haben, fahren wir ganz klar den äußeren Weg. Südlich von Kythira, wie du siehst«, sagte der Auvergner und wies zur Erklärung mit einer Hand auf die untergehende Sonne und mit der anderen in Längsrichtung des Schiffs, den Blick auf den Winkel zwischen beiden Händen gerichtet.

Pemberton nickte. »Also rechnet er damit, dass die Osmanen im Sund warten.«

Der Sund war die Passage bei Kap Malea, nördlich von Kythira. Dort hindurch verlief der kürzeste Weg zwischen Italien und Rhodos.

»Aber ein alter Fuchs wie Kurz-Oglu verlässt sich nicht darauf, dass wir den kürzesten Weg segeln. Wenn ich ihn recht kenne, ist er bereits dabei, die Sache zu erkunden.«

»Ich habe viel mit Osmanen zu tun gehabt«, fuhr der Engländer nachdenklich fort. »Bessere Ruderer gibt es nirgendwo. Sie schuften und rackern sich ab. Syrer und Ägypter sind hoffnungslos. Sie sind ständig am Überlegen und Diskutieren und meckern herum. Egal, wie sehr man sie prügelt, es hilft nichts. Von den Schwarzen ganz zu schweigen. Die müssen nur einen Nachmittag lang im kalten Wasser sitzen, schon sind sie erkältet und sterben. Nein, da lobe ich mir die Osmanen.«

Der Franzose wirkte belustigt.

»Das klingt beinahe so, als wäre der Bruder am liebsten dort auf der anderen Seite, beim Sultan, weil der Bruder so entzückt von den Osmanen ist.«

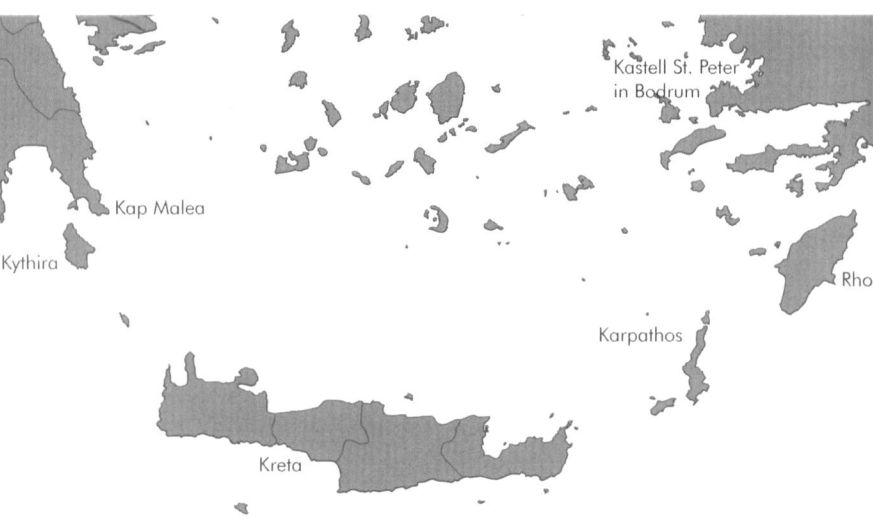

»Als Sklaven, sage ich. Wenn ich da drüben wäre, könnte ich keinen Osmanen dazu bringen, für mich zu rudern.«

»Ist das so sicher?« fragte der Franzose. »Es geht das Gerücht, dass Kurz-Oglu seine Galeeren mit lauter Osmanen bemannt, Freiwillige, die kämpfen, wenn es zum Streit kommt, und ihren Teil der Beute bekommen.«

Der Engländer sah beinahe aufgebracht aus.

»Wenn das stimmt, dann sieht es wirklich schlecht aus. Auf diese Weise haben sie mindestens doppelt so viele Soldaten auf einer Galeere wie wir. Und wir können nicht verlangen, dass sich richtige Soldaten an unsere Ruder setzen. Das wäre ja so, als müssten sie Steine ausgraben und tragen!«

Der Franzose sah aus, als wolle er etwas antworten, aber jemand kam ihm zuvor.

»Segel voraus, schräg backbord!«

Die gellende Stimme des Ausguckers rief ihre Nachricht vom Großmast herunter.

Vom Kabinendeck her hörte man den rauen Bass des Kapitäns.

»Wie viele?«

»Fünf oder sechs.«

Im gleichen Augenblick erschien der grau gesprenkelte Bart des Großmeisters über ihnen am Geländer.

»Ritter Pemberton!«, rief er. »Tu mir den Gefallen, geh nach oben und sieh nach. Erstatte mir dann Bericht.«

Er sagte nicht: Schrei nicht so laut, dass das ganze Boot es hört. Doch Pemberton wusste sofort, was gemeint war. Mit einem Satz war er an der Want und kletterte nach oben, vorbei am Mastkorb, die Strickleiter hinauf bis an die Spitze des Masts. Einen Moment lang hing er mit beiden Armen über der Außenkante des Segels. Sie konnten seinen Kopf wie einen kleinen schwarzen Punkt vor den leichten Abendwolken, die einen hauchdünnen rosa Rand hatten, vor- und zurückschwingen sehen. Dann kletterte er wieder hinunter und lief an ihnen vorbei die Treppe hinauf zum Kabinendeck. Es dauerte eine ganze Weile, bis er zurückkam.

»Und?«

»Wahrscheinlich zwei Fustas und eine Brigantine. Man konnte nur die Spitzen sehen. Handelsschiffe waren es nicht.«

»Was haben sie gemacht?«
»Sind umgedreht. Nach Norden.«
Niemand sagte etwas. Den Alten genügte das. Die Jungen durften raten. Nur der Jurist fragte.
»Haben sie uns gesehen?«
»Ich hoffe es«, sagte Pemberton trocken. Sowohl der Jurist als auch die Jungen sahen ihn verblüfft an, aber mehr wollten sie jetzt nicht mehr fragen. Der Engländer lächelte zufrieden und rieb sich langsam die langen, sehnigen Hände.

Chalant nickte.

»Natürlich haben sie uns gesehen, wie die feinste Gravur am Abendhimmel. Lange, bevor wir sie gesehen haben. Genauso, wie sie es geplant haben.«

André Barel sah seinen Freund Golart ratlos an. Doch nicht einmal der sah aus, als begreife er, mit was sie eigentlich so zufrieden waren. Der Jurist murmelte etwas auf Latein über gladiatores isti sanguinem semper sitientes – diese streitlustigen Gladiatoren. Pemberton sah noch zufriedener aus.

Die kleine Flotte setzte ihren Kurs, Südost bis Ost, unverändert fort. Das Segel war für eine Halse steuerbord gesetzt. In der Ferne leuchtete im Westen orangerot das letzte Tageslicht.

Jemand schlug dreimal die Glocke vor der Kabine. Das bedeutete, sich zum Komplet oben auf dem Kabinendeck zu versammeln, wo der Reisealtar aufgestellt war. Alle Ritter und dienenden Brüder kletterten die Stufen hinauf. Für sie als Mönche waren die Stundengebete eine selbstverständliche Pflicht. Der junge André Barel kam mit und auch der Jurist. Oben wartete der Kaplan mit der Stola über den Schultern. Der Großmeister stand bereits an seinem Platz rechts vom Altar. Es war sehr still an Bord, als sie ihr Schuldbekenntnis sprachen und die Absolution erhielten. Viele der Männer an Deck knieten nieder zwischen all dem Gerümpel und bekreuzigten sich. Sie wussten, dass sie in gefährliche Gewässer geraten waren.

Es war jetzt fast dunkel. Die kleinen Öllampen auf dem Altar waren abgeschirmt, sodass sie vom Meer aus nicht gesehen werden konnten. In ihrem Licht hätte niemand etwas lesen können. Das war auch nicht nötig. Wie so viele Male zuvor auf dieser Reise war André Barel verblüfft, dass diese wetterfesten Ritter so viel Latein auswendig konnten. Psalmengesänge und Responsorien schafften sie ebenso schnell und gut wie Truppenaufstellungen und Morgenrapporte. Das war eine Seite des Ritterlebens, an die er kaum gedacht hatte. Er selbst war gewöhnt, jede Art von Liturgie den Pfarrern zu überlassen.

Nach dem Segen erteilte der Großmeister die Befehle für die Nacht. Alle sollten auf ihrem Posten schlafen mit ihren Waffen und ihrem Treffzeug in Reichweite. Kanonen und Hakenbüchsen sollten geladen sein. Die Matrosen sollten weitere Anweisungen abwarten. Dann wünschte er allen eine gute Nacht und bat sie, den Schlaf vor Mitternacht zu nutzen.

Ein jeder ging an seinen Platz. Es quietschte und knarrte, als schwere Kisten auf dem Deck herumgeschoben wurden. Eimer sanken klatschend ins Wasser und wurden wieder hochgezogen. Der Boden des Decks hinter den Kanonen wurde sauber gemacht, damit man mehr Platz hatte, um zurückzustoßen, und auf den nackten Decksplanken drängten sich die Artilleristen zum Schlafen zusammen.

Die Herren schliefen auf ihrem Gepäck. Während sie ihre Mäntel ausbreiteten, konnte der junge Barel nicht umhin zu fragen: »Er hat also vor, den Kampf aufzunehmen, wenn wir Kythira umrundet haben? Oder rechnet er damit, dass wir es vor Kurz-Oglu schaffen?«

Ritter Chalant antwortete etwas kurz angebunden.

»Du wirst schon sehen. Er weiß, was er tut. Halte die Augen offen, dann kannst du vielleicht etwas lernen.«

Der Junge schwieg und versuchte zu schlafen. Als er kurz davor war einzuschlafen, wurde er von Kommandorufen, tastenden Schritten, knarrenden Kisten und dem Quietschen der Takelage hoch über seinem Kopf geweckt. Vor dem Sternenhimmel konnte er erkennen, wie die schweren Rahen um den Mast herum schwangen. Der Wind, der von der Vierung steuerbord gekommen war – er hatte gelernt, dass man nicht »schräg von hinten« sagte –, kam nun von backbord. Sie mussten den Kurs von Südost auf Nordost geändert haben. Falls es nicht der Wind war, der auf Nordwest umgeschlagen hatte. Er sah hinauf zu den Sternen. Das war nicht der Fall. Der Polarstern stand dort, wo er stehen sollte. Etwas hatte er jedenfalls gelernt auf seiner ersten Seereise.

Der Tag graute perlmuttbleich mit einem Hauch von Rosa. Der Wind blies immer noch frisch. Als er den Horizont prüfend absuchte, lag das Meer offen vor ihnen, doch achtern zu beiden Seiten war Land zu sehen und dazwischen ein breiter Sund. Ritter Chalant war schon wach. Er zeigte auf das Land im Norden, das ganz nah war.

»Kap Malea«, war das Einzige, was er sagte.

Der junge André Barel verstand. Sie waren also doch den kürzesten Weg gesegelt, durch den Sund, wo Kurz-Oglu hätte warten müssen. Wieder sah er sich lange und sorgfältig um. Kein Segel war zu sehen. Wo war Kurz-Oglu?

Es gab nur eine Erklärung. Er lag irgendwo vor der Südspitze von Kythira mit einer Kette von Bewachern bis hinunter nach Kreta, um niemanden durchzulassen. Gestern Abend musste man ihm über den Kurs der Großen Karacke berichtet haben. Die der Großmeister dann umgeleitet hatte!

»Haben wir deshalb so lange gewartet, damit wir wenden konnten? Bis es dunkel wurde?«

Chalant sah ihn wohlwollend an.

»Ganz genau. Man muss sich vorsehen, wenn man den Abendhimmel achtern hat, verstehst du? Es bedarf nur eines einzigen kleinen blassen Streifens am Horizont, schon wird man gesehen. Du kannst dir sicher sein, dass sie irgendeine kleine Fusta draußen hatten, die nach uns Ausschau gehalten hat, aus möglichst großer Entfernung. Wenn wir den Kurs eine Minute zu früh geändert hätten, hätte man Kurz-Oglu davon berichtet. Nun sucht er unten bei Kreta nach uns.«

»Schlau eingefädelt«, sagte der Junge.

»Sieht hinterher vielleicht einfach aus. Doch weißt du, was das Beste ist? Dass wir genau an der richtigen Stelle waren, als es so dunkel war, dass wir wenden konnten. Hast du gemerkt, wie wir gestern das Mastsegel und die Beisegel eine Weile lang eingezogen haben?«

»Ich dachte, weil es so windig war.«

»Ganz und gar nicht. Mit dem Wind wären wir zurechtgekommen. Es war nur deshalb, weil wir *zu* gute Fahrt hatten. Wir wären so nahe an Land herangekommen, dass wir den Kurs hätten ändern müssen, bevor es richtig dunkel war. So etwas muss man wissen, wenn man es mit Kurz-Oglu aufnehmen will.«

»Aber wenn wir ihre Spähboote *nicht* gesichtet und *nicht* gewusst hätten, dass sie uns gesehen haben?«

»Dann muss man einen sechsten Sinn haben. Die, die ihn haben, werden die besten Befehlshaber. Und Philippe Villiers hat ihn.«

La Mogharbine

DIE STIMMUNG AN BORD war gut. Es war bereits Nachmittag, und sie hatten frischen Rückenwind. Von Kurz-Oglu war keine Spur zu sehen und von Stunde zu Stunde kamen sie Rhodos näher. Wenn der Wind weiter so blies, wären sie in weniger als zwei Tagen zuhause.

»Monseigneur, der Heilige Johannes, hält seine Hand über uns, das merkt man.«

»Das hat er schon immer getan. Sieh nur …« Ritter Chalant machte eine Geste in Richtung Norden. »Alles osmanisch, seit Modon gefallen ist. Es war das Letzte, was die Venezianer an Festland besaßen. Keine Katze ist mit dem Leben davongekommen. Jetzt gehört alles den Osmanen, bis hinauf nach Ungarn und in die Ecke von Venedig. Kythira und ein paar kleine Inseln, die nicht viel wert sind, haben sie noch, aber meist nur wegen uns.«

»Aber sie haben doch Zypern«, wandte der Jurist ein.

»Dafür werden sie Abgaben zahlen müssen. So war ich Recht habe. Sie versuchen es zu verheimlichen, aber sie sind schon am Verhandeln. Der Sultan soll 15.000 Dukaten im Jahr verlangen. Er rechnet schon halbwegs damit, dass es ihm gehört, und das werden sie zu spüren bekommen.«

»Und sieh in die andere Richtung«, fuhr er fort. »Kreta haben sie noch, das Einzige, worüber sie in diesen Gewässern noch selbst bestimmen können. Aber alles andere ist in der Hand der Osmanen, alles. Syrien, Ägypten und Kyrenaika, dazu Algerien, seit Barbarossa sich dort festgesetzt hat. Wir allein sind noch übrig. Nur wir haben noch einen Fuß auf asiatischem Boden, in St. Peter. Wir allein machen noch, was wir wollen. Bis dort drüben – zwei Tagesreisen von hier, wenn der Wind günstig ist.«

Er zeigte nach Osten zum Horizont, wo das dunkelblaue Meer sich endlos ausbreitete und fügte hinzu: »So der Herr Täufer seine Hand über uns hält.«

Sie hatten um eine der Kisten herum auf dem Halbdeck Platz genommen und kauten an ihrem Vesperbrot. Der junge André Barel merkte, dass er allmählich akzeptiert wurde und wagte sich mit der Frage vor, die ihm schon lange auf dem Herzen lag.

»Sag, Ritter, wie kam es eigentlich dazu, dass die Religion dieses Schiff hier den Osmanen wegnehmen konnte?«

»Vom Sudan von Ägypten, mein Junge. Osmanen waren keine an Bord. Das war vielleicht auch gut so. Nein, sie wurde auf Bestellung des Sudans gebaut, auf einer Werft in Tunis. Deshalb erhielt sie auch den Namen Mogharbine. Das soll ›Tochter des Abendlands‹ oder so etwas heißen. Zu der Zeit war sie das größte Schiff der Welt. Ein bisschen unförmig, um ehrlich zu sein, mit sieben Decks, das Achterdeck viel zu hoch und drehfreudig. Aber gut gebaut: lauter Teak und Eiche und Nieten aus Kupfer. Es sollte Kräuter von Alexandria aus transportieren. Meistens fuhr sie nach Tunis oder Venedig, nur ein paar Reisen im Jahr. D'Aubusson hatte bereits ein Auge auf sie geworfen, als wir mit Ägypten im Streit lagen, aber er hatte nie das Glück, sie zu Gesicht zu bekommen. Dann wurde d'Amboise Großmeister und gab Jacques Gastineau den Befehl über La Gran Nave, unsere Karacke, mit der man zu jener Zeit wirklich nicht prahlen konnte.

Dieser Gastineau hatte einen guten Riecher. Als er auf dem Rückweg war, südlich von Kreta, merkte er auf einmal, dass es weiter unten in Richtung Afrika etwas zu holen gab und setzte Kurs darauf. Alle an Bord waren unzufrieden, denn wir wollten nach Hause.«

»Waren Sie mit dabei, Ritter?«

»Selbstverständlich. Es war mein zweites Karawanenjahr. Wir waren so lange auf See gewesen, dass das Wasser knapp zu werden begann und alle sehnten sich nach frischem Fleisch und frisch gebackenem Brot. Außerdem sagten unsere griechischen Lotsen, dass es sinnlos sei, um diese Jahreszeit unten an der afrikanischen Küste nach etwas zu suchen. Alle größeren Schiffe mussten sich in die Höhe von Karamanien begeben, um die Nordostwinde zu nutzen, und deshalb war es besser, heim nach Rhodos zu fahren und dort vor Anker zu gehen und abzuwarten. Doch Gastineau wollte einfach nicht darauf hören.

Am nächsten Morgen hatten wir wie üblich die Messe gehört. Gastineau sprach hinterher immer ein eigenes Dankgebet und dabei durfte man ihn nicht stören. Beinahe hätte ich es doch gemacht, denn ich hatte Wache. Und was sehe ich? Einen ganzen Berg von Segeln, der aus dem Meer auftaucht, so wie Stromboli oder der Ätna. Als ich mich endlich traute, Bericht zu erstatten, hing die ganze Besatzung über der Reling und starrte auf das Ungeheuer.

Gastineau kletterte ruhig an Deck hinauf, sah hinüber und sagte: ›So, da haben wir sie also.‹ Dann blies er zur Aufstellung und hielt eine seiner Reden. ›Mit den großen Karacken ist es wie mit dem Himmel‹, sagte er. ›Sie sind schwer zu erobern, doch es ist der Mühe wert. Aber wir müssen uns sputen. Deshalb war ich so streng mit euch.‹

Und das war er tatsächlich gewesen. Schon die ganze Reise über mussten wir ständig die Segel umsetzen und den Bug wenden, und wenn es nicht schnell genug ging, mussten wir das ganze Manöver wiederholen.

›Jetzt werden wir zeigen, was wir können‹, sagte er.

Der Wind blies von Süden, und La Mogharbine kreuzte so nah am Wind wie nur möglich. Sie war anscheinend auf dem Weg nach Tunis. Es ging ziemlich langsam voran. Wir legten uns luvwärts und warteten. Gastineau ließ das Beiboot herunter und schickte seinen nächsten Mann – er hieß d'Ecluzeaux –, um mit den Ägyptern zu reden. Ich hatte die Ehre, ihm folgen zu dürfen. Es war ziemlich spannend, zum ersten Mal auf dieses Schiff hinauf zu klettern. So etwas hatte noch keiner von uns gesehen. Wir dachten, wir stünden auf dem Großen Platz von Rhodos, als wir oben an Deck waren, und kamen uns ziemlich klein vor. Um uns herum standen Mamelucken und Artilleristen mit gezückten Säbeln und keiner hieß uns willkommen. Wir sahen sofort, dass sie mindestens dreimal so viele Leute hatten wie wir. Wir wurden zwischen den Krummsäbeln hindurch gelassen und kamen hinauf auf das Kabinendeck. Genau da, wo jetzt der Altar ist, warteten der Kapitän und der Erste Steuermann und der Aga der Mamelucken und der Befehlshaber der Artillerie und all die anderen feinen Leute, die sie an Bord hatten. Es blitzte nur so von Turbanen und Säbelscheiden und silbernen Tressen, und die Goldfäden in ihren schweren Stoffen leuchteten. Aber sie waren schlecht ausgerüstet. D'Ecluzeaux verneigte sich höflich, ließ Grüße ausrichten von seinem Herrn und sagte, dass wir den Befehl hätten, La Mogharbine nach Rhodos zu holen und dass es viel einfacher sei, wenn sie uns kampflos folgten, damit er keine harten Bandagen anlegen müsse. Den Ungläubigen fiel fast der Kiefer herunter, aber der Kapitän, ein feiner alter Herr, hielt eine lange Rede, die uns der Dolmetscher übersetzte. Er hatte seinem Herrn, dem Sultan, während dessen gesamter langer Regierungszeit, die Allah um hundert Jahre verlängern möge, gedient, und obwohl er völlig unwürdig sei, im Dienste eines so strahlenden Herrschers zu stehen, war er mit dem Befehl über das stattlichste Schiff betraut worden, das je auf einem Meer gesegelt ist. Ehe er ein solches Vertrauen enttäuschte, würde er lieber Frauenkleider anziehen und Befehle von einem Eunuchen entgegennehmen. Und am Allerwenigsten würde er sich vor einem ungläubigen Seeräuberkasten fürchten, der neben seiner Mogharbine nichts weiter war als ein rostiger, kaputter Blecheimer neben dem Marmorbrunnen vor dem Palast des Sultans. Ja – das war nur ein Teil dessen, was er sagte. Wir verbeugten uns, dankten und sagten, dass wir seine schönen Worte weitergeben würden, soweit sie uns in Erinnerung blieben. Dann wünschten wir ihm, dass sein Bart wachsen und sein Schatten nicht schmaler werden möge und sagten noch andere Artigkeiten. All das dauerte ziemlich lange, und das war genau der Sinn der Sache, denn jetzt war Gastineau so nah herangekommen, wie er wollte. Als wir in unser Boot stiegen, gaben wir mit einem roten Tuch das vereinbarte Zeichen, welches bedeutete, dass die Ägypter zum Kampf bereit waren. Im gleichen Augenblick richteten sich alle Segel wieder gegen den Wind, und dann sah ich das schönste Manöver, das ich je von einem Schiff habe vollführen sehen. Sie kam den Ägyptern mit voller Fahrt entgegen, von Luv, schräg gegen ihr Vorschiff, luvte ein wenig Richtung steuerbord und feuerte backbord eine Breitseite ab, die den Brettergang, der auf ihrem Deck entlanglief, zusammenschlug und die Batterie zerstörte, die für uns bereitstand. Wenn die Ägypter erwartet hatten, dass Gastineau uns zuerst aufnehmen würde oder was auch immer – jedenfalls waren sie nicht darauf vorbereitet, Feuer zu geben, und auf einmal war alles in schwarzen Rauch gehüllt, der sich immer dichter auf sie herabsenkte. Mitten in der Feuerwolke machte Gastineau eine Kehrtwende Richtung backbord, genauso schnell und sicher, wie wir es geübt hatten, und als der Rauch sich zu entfernen begann, glitt er neben die Großen Karacke, nur ein paar Armlängen von ihr entfernt, die ganze Breitseite steuerbord gegen ihr zerschossenes Kanonendeck gerichtet. Wir waren so nahe herangekommen, dass die Ägypter ihre Kanonen auf dem Kastell nicht benutzen konnten, da sie viel zu hoch standen und unser Schiff viel zu niedrig lag. Es war gut für sie, dass wir nicht noch eine Breitseite durch die kaputte Beplankung schießen mussten, direkt hinein in das Gedränge an Bord. Doch obwohl sie kapituliert hatten, wagten wir uns nicht an Bord, ehe sie nicht all ihre Befehlshaber zu uns herübergeschickt hatten. Sie waren ja mindestens dreimal so viel wie wir. Dann gingen wir an Bord, entwaffneten ihre Mamelucken und übernahmen den Befehl über die Matrosen. Ich bin wohl einer der Ersten der Christenheit, die dieses Deck betreten haben, denn ich war der Erste auf der Leiter, als wir kamen, um ernsthaft mit ihnen zu reden.

Und dann? Nun, das war schon nicht schlecht, heim nach Rhodos zu kommen. Niemand an Bord schimpfte mehr auf Gastineau, weil er so hart mit uns umgegangen war. Das Schiff war ja ungefähr ein ganzes Jahreseinkommen all unserer Ordensgüter wert. Der Sudan selbst war Teilhaber. Er hatte sich verpflichtet, die Waren innerhalb einer bestimmten Zeit zu liefern. Damit er nicht in Verruf kam, musste er sie von uns zurückkaufen, und er bekam sie nicht zum Freundschaftspreis. Er soll darüber krank vor Ärger geworden sein.

Doch eigentlich waren es glückliche Zeiten, als wir einen Sultan in Kairo und einen anderen in Konstantinopel hatten. Jetzt haben wir an beiden Orten den Sultan, und das ist keine Verbesserung. Eigentlich ging es uns ganz gut mit den kleinen Streitereien, die wir mit dem alten Camsoun-Gauri und seinen Mamelucken hatten.

Und dann haben wir sie umgebaut. Es war nur gut, dass wir sie mit unbeschadeter Takelage übernommen haben. Sie hatte Knoten und Taue von einer Art, wie wir sie noch nie gesehen hatten. Wenn alles zusammen in einem riesigen Wirrwarr auf dem Deck gelegen hätte, dann frage ich mich, ob wir jemals damit klargekommen wären. Nun senkten wir das Puppdeck, verstärkten das Vorkastell und entfernten eines der Decks unterhalb der Wasseroberfläche, sodass man direkt hinuntergehen kann. Und dann setzten wir unseren Herrn, den Heiligen Johannes, und die anderen Heiligen auf den Hintersteven anstelle der krummen Schnörkel der Ungläubigen. Und jetzt hat sie uns fünfzehn Jahre lang treu gedient, viel Pulver gerochen und viele Schläge abbekommen.«

Ritter Jean Chalant schwieg und sah nachdenklich in Richtung Osten, wo eine neue Nacht aus dem Meer emporzusteigen begann. Dann sagte er: »Das wird wohl ihre letzte Reise für dieses Jahr sein. Ich frage mich, wohin sie als Nächstes segeln wird.«

Der 11. September

Tilos, Chalki, Attavyros, symi …

Den ganzen Morgen hatten sie an der Reling gelehnt und Antoine de Golart hatte zu den Inseln und Bergen hinübergezeigt, die nach und nach in der Ferne auftauchten. Nun fuhren sie an der Küste von Rhodos entlang. Es war ein sonderbares Gefühl der Sicherheit, wieder in das Gebiet der Christenheit zu kommen, sozusagen in heimische Gewässer.

Der junge André Barel musterte die Landschaft und den Strand mit wachem Blick. Weiße Dörfer, gelbgraue Kastelle und viel Wald, der erstaunlich grün war. Es war ja schon der 11. September.

Während sie an der Küste entlangfuhren, war im Norden eine neue Bergkette aus dem Meer aufgetaucht, hinter der Insel Symi und näher an Rhodos als irgendein anderes Festland.

»Und was ist da drüben?«

»Das Land der Osmanen«, antwortete Golart. »Die äußerte Spitze von Karamanien. Hinter der Landzunge ganz in der Ferne liegt die Bucht von Marmaris. Dort haben sie einen schönen Hafen. Fisco heißt er. Von dort sind sie 1480 hergekommen.«

»Wie lange braucht man von dort bis hierher?«

»Vier Stunden bei gutem Wind. Von da an, wenn sie Kap Marmaris umrunden, bis wir sie sehen.«

Doktor Fonteyn, der Jurist, sah nachdenklich aus. »Sie meinen, mein junger Freund, die Osmanen können in vier Stunden hier sein?«

»Genau das, Herr Doktor. Hier auf Rhodos wissen wir nie, ob wir länger als vier Stunden Frieden haben. Obwohl, ein großes Invasionsheer können sie nicht zusammenbringen, ohne dass wir davon erfahren. Aber kleine Angriffe gegen unsere Küste können sie immer führen. Deshalb haben wir immer Leute in Bereitschaft und die Wachtürme sind immer besetzt. Doch seht – hier kommt die Capitana!«[1]

Sein waches Auge hatte sie sofort hinter der Landzunge entdeckt. Ganz hinten an der Nordspitze schimmerte eine Sandbank und dahinter bewegten sich ein paar rote Standarten mit weißem Kreuz. Nun streckte der Bug seine schwarze Nase mit dem furchterregenden Sporn hervor, der mit einem Wolfskopf aus Bronze bedeckt war. Dann folgten die buntbemalte Kanonenbrücke, die Rambade[2] und die 31 Ruderpaare, die mit unbestechlicher Präzision ins Wasser

---

1 Flaggschiff des Generalkapitäns.
2 (Kampf-)Plattform und Kommandoposten.

tauchten, ein und aus. Über dem Ruderbalken, auf dem sie lagen, flatterte eine Fahnenreihe, allesamt rot mit weißem Kreuz. Schließlich kam das Achterdeck mit seinem roten Zelt aus Seide und den flatternden Wimpeln. Es sah aus wie ein heller Vogel, der umherstolzierte und sich mit seinen aufgeplusterten Federn brüstete. An den Nocken der Rahe, den Mastspitzen und den Fahnenstangen flatterten rote Fahnen, goldverbrämte Standarten und lange, doppelzüngige Wimpel.

Nach dem Flaggschiff kamen die anderen Galeeren. Die Kanonen auf der Rambade schossen Salut und die Große Karacke mit ihren kleinen Begleitern antwortete, indem alle Flaggen nach oben gezogen wurden. Rhodos empfing seinen Großmeister.

Sie umrundeten die große Sandbank und steuerten hinunter zum Hafen auf der anderen Seite. Auf einen Schlag hatte Antoine Golart mehr zu erklären als das, was er dem Doktor der Jurisprudenz und dem jungen André Barel zeigen konnte. Wohl hatten sie von dieser bemerkenswerten Stadt gehört, der stärksten Feste der Christenheit, mitten im Meer der Osmanen. Doch so etwas hatten sie dann doch nicht erwartet. Das war ja eine moderne Stadt, neu gebaut mit löwengelben Mauern aus schimmerndem Kalkstein, mit Türmen und Wällen, Gräben und Außenwerken, die in gutem Zustand waren und Wohlstand ausstrahlten. Die mächtigen, schweren Verteidigungsanlagen kletterten an der Böschung entlang hinauf bis zur Mauerkrone, wo die Turmzinnen des Großmeisterpalasts herausragten. Der Hafen war wie ein runder Binnensee, flankiert von Fort und Wachtürmen, umschlossen von einer hohen Ringmauer und abgesperrt mit einer riesigen Kette, die wie eine schwarze Schlange aus der Tiefe hervorkroch und in dem dunklen Loch am Fuße eines schlanken Turms verschwand, der über die Stadt hinausragte.

Und welch eine Farbenpracht! Alle Mauerkronen, alle Wellenbrecher und alle Kais waren voller Menschen, die ihre schönsten und farbigsten Festkleider trugen. Sie winkten und riefen: »Hoch soll er leben!«, und schwenkten ihre

Hüte; die Frauen stießen spitze Jubelschreie aus wie bei einem Hochzeitszug, die Trompeten schmetterten, die Kirchenglocken läuteten und von den Mauern herunter donnerten die Kanonen.

Außerhalb von Fort St. Nicolas, das sich stattlich, von der Sonne beschienen und mit Kanonen bespickt, einsam draußen im blauen Meer erhob, ging La Gran Carracca vor Anker. Die Capitana setzte sich mit ihrem Hintersteven daneben, eine Leiter wurde hinuntergelassen, der Großmeister stieg hinunter und kletterte an Bord, wo er von seinem Stellvertreter, Bruder Gabriel de Pomerolx, empfangen wurde. Der Gong ertönte, die Ruder tauchten wieder im Gleichtakt ins Wasser und die schlanke Galeere glitt in den Hafen hinein.

Der Großmeister saß da und sah vor sich hin. Man hatte eine lange Holzbrücke in dem flachen Wasser vor der Hafeneinfahrt ausgelegt und sie in billige, farbenfrohe Stoffe eingehüllt, so wie es üblich war, wenn hohe Herren an Land gingen. Der Großmeister folgte ihr mit den Augen. War sie nicht ein paar Ellen länger als letztes Jahr?

»Sag, Pomerolx, ist der Hafen noch mehr versandet?«

»Ja, Eminenz, so ist es.«

Der Stellvertreter sah unglücklich, beinahe schuldbewusst aus. Als ob das sein Fehler war.

»Sag dem Hafenwachtmeister, dass ich einen Bericht darüber möchte. Sagen wir … bis Dienstagvormittag.«

Ja, so war das. Früher machte er nur eine Meldung, wenn die Große Karacke den Grund berührt hatte, weil sie schwer beladen in den Hafen einfuhr. Dann mussten andere die Verantwortung übernehmen. Nun musste er sie selbst tragen. Denn er war Großmeister.

Sie stiegen hinunter auf die Landungsbrücke. Der Lärm war nun ohrenbetäubend. Die Salutkanonen versprühten neue Feuersalven. Auf allen Mauerkronen wurden Hüte, Kopftücher und Umhänge geschwenkt. Trommeln und Trompeten gingen in dem Lärm unter.

Sie gingen durch die Porta Marina. Auf der anderen Seite warteten in der Sonne unter den hohen Mauern der Rat, die

Pfeiler und die Großkreuzer, der Prior von San Giovanni, der griechische Metropolit, die gesamte Geistlichkeit, sowohl Griechen als auch Lateiner, alle Ritter und die Repräsentanten der Bürger der Stadt, der Kaufleute, der Bankiers und der Handwerker – Venezianer, Genueser, Florentiner, Franzosen und Griechen, Katalanen und Portugiesen.

Die Leibwache in roter Livree stand in Reih und Glied an der langen, geraden Straße, die hinauf zur Oberstadt führte, an der Mauer von Collachium entlang und zwischen den Kasernen hindurch. Langsam ging der Großmeister hinauf und grüßte bei jedem Schritt alte Freunde und neue Gesichter. Zwischen den beiden Türmen mitten in der Mauer kamen sie unter neuem Salut und neuen Ovationen in die Ritterstadt hinein, drängten sich zwischen den Gassen hindurch, erreichten die Grande Rue genau vor der Herberge der Franzosen, zweigten nach links ab und gingen weiter in Richtung Schloss. Doch dorthin zweigten sie nicht ab. Noch nicht – zuerst würden sie in San Giovanni die Messe feiern.

Der Großmeister setzte sich auf den Hocker unterhalb des Throns. Bevor er dort Platz nahm, würde er den Eid ablegen, dass er gemäß den Statuen der Religion regieren werde, mit Unterstützung des Rates, zu Gottes Ehre und zum Wohle der Religion. Gleich nach der Messe, im Großen Saal des Palastes.

Er hörte zu. Der Prior – der auch Bischof des Ordens war – zelebrierte an diesem Tag selbst. Heute war der Tag der heiligen Märtyrer Protus und Hyacinthus. Nun sang der Prior die Epistel über Ihn, der der Vater der Barmherzigkeit und Gott allen Trostes ist, Er, der uns in all unseren Prüfungen tröstet, auf dass wir andere trösten können …

»Amen«, murmelte der Großmeister. »So geschehe es, auch mit mir und durch mich.«

» … sicut abundant passiones Christi in nobis«, sang der Prior. »Wie das Leiden Christi im Übermaß über uns kommt …«

Merkwürdig, welche Gefühle man an einem solchen Tag hegen konnte. Ein Tag, den die Meisten als Höhepunkt all dessen betrachten würden, was ein Mensch sich wünschen kann. Was er heute am meisten brauchte, war Trost, Kraft und jemand, den er an der Hand halten konnte. Bisher hatte er immer jemanden über sich gehabt, jemand, von dem er Befehle erwarten konnte. Nun war er es, der Befehle erteilen würde. Er stand da und wartete. Sie würden tun, was er sagte – und ihm die Schuld geben, wenn es schief ging. Er spürte, wie sich alles zu einem Berg über ihm auftürmte, hinter und über aller Pracht, dem Räucherwerk, dem Chorgesang, dem Menschengedränge und den neugierigen Blicken. Ein Berg, der über ihm zusammenstürzen würde, sobald er sich im Festsaal des Palasts auf den Thron des Großmeisters setzen würde und alle nach vorne kämen, um ihm die Hand zu küssen. Dann würde es losgehen. Schon heute: Festungsarbeiten, Kassenschwierigkeiten, vertrauliche Berichte, Inventurbescheide, Klageschriften, Personalsachen, Vollmachten, Geleitbriefe, Todesurteile und Gnadengesuche. Pomerolx hatte bereits angedeutet, dass man alle wichtigen Angelegenheiten in Erwartung seiner Ankunft beiseitegelegt hatte. Und mitten in dem Ganzen sollte er mit seinem Hab und Gut einziehen und sein Haus einrichten – sein riesiges Haus. Alleine. Ganz alleine. Er brauchte ihn wirklich, den barmherzigen Vater und Gott allen Trostes.

Die Hospitaliter

RITTER CHALANT STIEG DIE breite Treppe zur Loggia hinauf, die am oberen Stockwerk der Herberge der Auvergner entlangführte. Die Zeremonie im Palast war lang gewesen und er war noch ganz ergriffen vom Ernst des Augenblicks. Auch er hatte die Hand seines Großmeisters geküsst als Zeichen des Gehorsams, den er ihm gemäß seines Ordensgelöbnisses schuldig war. Sie hatten dagestanden, vielleicht 300 Ritter, alle in ihren schwarzen, bodenlangen Mänteln mit dem weißen, achtzackigen Kreuz auf der linken Schulter und einem ebensolchen mitten auf der schwarzen Leibjacke. Sie hatten sich sowohl vom Pomp der Prälaten als auch von den farbenprächtigen Gewändern der Bürgerlichen unterschieden. Sie hatten gespürt, dass sie Mönche waren und nicht nur Ritter.

Er öffnete die Tür. Hier in der Herberge hatte er ein Zimmer und dahinein hatte er seinen Schützling André Barel verfrachtet, der bei den Festlichkeiten im Schloss nicht dabei sein durfte und auch nicht auf eigene Faust in der Stadt herumstreifen sollte, wenn er als Novize aufgenommen werden wollte. Der Junge schien ein wenig verwundert zu sein, dass man in einem Ritterorden so streng behandelt wurde. Nun – das würde er schon noch lernen.

Ritter Chalant merkte sofort, dass der Junge das Vernünftigste getan hatte, was er tun konnte, um die Wartezeit zu überbrücken: alle viere von sich strecken und schlafen. Er weckte ihn und gab ihm ein Stück Brot, das dieser gierig in sich hineinstopfte. An Bord hatten sie keine Zeit gehabt, Mittag zu essen, und das Abendbrot wurde erst etwa eine Stunde nach Sonnenuntergang serviert, kurz vor dem Komplet.

Jemand klopfte an die Außentür. Sie hörten, wie Antoine Golart nach ihnen fragte.

»Ich habe ihn gebeten zu kommen«, sagte Chalant zur Erklärung. »Ich dachte, ihr könntet hinausgehen und euch die Stadt ansehen.«

André verbeugte sich artig, strich seine Jacke glatt, schnürte den Gürtel um seinen hungrigen Bauch ein Loch enger und folgte dem Freund hinaus auf den Altan der Loggia, die breite Steintreppe hinunter und hinaus auf den kleinen Platz. Sie waren beide hochgewachsen, André Barel noch ein Jugendlicher, linkisch und ungelenk in seinen Bewegungen, Golart rundlicher und mit einem hellen, gutmütigen Gesicht. Er bewegte sich bereits mit einer Sicherheit, die daher rührte, dass er gewohnt war, Befehle zu erteilen. Er trug die pechschwarze Ordenstracht, und der Freund in seiner roten Jacke und den blauen, enganliegenden Hosen stach grell davon ab.

Es begann bereits dunkel zu werden und über ihnen brannte golden der wolkenlose Himmel. Sie bogen unter einem dunklen Gewölbe hindurch nach links, gingen an der Hauptkirche vorbei und traten auf einen anderen kleinen Platz hinaus. Links davon stand ein großer Baum, in dem die Spatzen gerade ihr Abendkonzert aufführten. Das Steinpflaster neigte sich zur Meeresseite hin, sodass der Platz durch die Gassen hindurch in Richtung Hafen auszulaufen schien. Rechts lag ein prächtiges Haus mit dicken Gewölbebögen über schwarzen, verriegelten Toren. In der Mitte der Fassade ragte eine Apsis mit drei Fenstern hervor, die vielleicht zu einer Kapelle gehörte. Ansonsten wirkte die fensterlose Mauer stumm und abweisend.

»Was ist das?«

»Das Hospital. Unser Krankenhaus.«

»Sieht aus wie ein Palast.«

»Gewiss. Er wird auch Palais des Malades genannt. Dort haben wir unsere Herren, die Kranken. Dort musst du gleich anfangen, wenn du angenommen wirst.«

»Dort? Ich dachte, ich soll lernen, mit Kanonen und Schiffen umzugehen.«

»Langsam, langsam. Erst musst du zeigen, ob du dazu taugst.«

»Dort drinnen?«

Der 18-Jährige klang so entrüstet, dass sein Freund zu lachen anfing – ein gutmütiges, glucksendes Lachen, das sein großes, helles Gesicht zum Strahlen brachte. Er versuchte, ernst zu klingen.

»Ganz genau. Wer nicht gelernt hat zu gehorchen, wird nie befehlen können. Wer den Kranken nicht dienen will, auf den kann man sich auch bei keinem anderen Dienst verlassen. Wir sind nämlich Hospitaliter, Diener der Armen Jesu Christi.«

Der junge Barel war schweigsam geworden.

»Was muss man dort drinnen machen?«

»Alle möglichen groben Arbeiten. Was immer einem befohlen wird. Und wenn du etwas Unangenehmes tun musst, dann denk daran, dass man darauf achtet, wie du damit umgehst. Oder hast du etwa Angst, Eiter, Schleim, Schmutz oder Erbrochenes wegzumachen?«

»Weiß ich nicht. Hab es nie versucht.« Er klang etwas kleinlaut. »Wie lange muss man dort Dienst tun?«

»Das ganze Leben lang. Ich muss am Dienstag dorthin. Bei uns ist jeder einmal dran. Auch die Großkreuzer und die Pfeiler. Aber komm jetzt, wie gehen in die Stadt.«

Er führte ihn unter zwei dunklen Gewölben zwischen einem Gewirr von Festungsmauern hindurch. Plötzlich standen sie außerhalb von Collachium auf einer hell erleuchteten Straße, die voller Läden und Menschen war. Über ihnen konnte man schwach die zwei runden, mit Zinnen bekränzten Türme der Porta Marina erkennen. Man merkte, dass es ein großer Festtag war. Alle Läden waren offen, überall brannte Licht, nicht nur vor den Heiligenbildern, auch in allen Fenstern und auf allen Tischen und Theken. Im flackernden Lichtschein leuchteten farbenfrohe Gobelins und bunte Jacken mit geschlitzten Ärmeln. In den Tavernen drängten sich die Menschen dicht an dicht. Es roch nach Ziegenfleisch und Knoblauch, man schmatzte, lachte, rief laut und spielte Flöte und Fiedel. Es war wie an einem großen Markttag.

Sie kamen hinaus in das Gewimmel auf dem Großen Platz und bahnten sich ihren Weg zu dem großen Gebäude im Hintergrund, einem dunklen Würfel mit einer breiten Außentreppe, die hoch in den zweiten Stock führte, darunter eine wuchtige Pfeilerhalle.

»Die Gerichte«, erklärte Antoine. »Dort drinnen sitzt das Seegericht, das über Havaristen oder gekapertes Gut und solche Dinge entscheidet. Darüber ist das Berufungsgericht. Dort soll unser Freund Fonteyn Dienst tun. Und hier unten ist der beste Treffpunkt der Stadt …«

Das hätte er nicht zu sagen brauchen. Unter dem Gewölbe hingen schmiedeeiserne Kronen mit einem leuchtenden Schwarm kleiner Öllampen. Auf Steinbänken an den Wänden entlang saßen gut gekleidete Herren in weiten Mänteln von italienischem Schnitt, die Wein, Spielkarten und Schachspiele vor sich hatten.

Hinter den Gerichtsgebäuden verlief die Straße im gleichen Bogen an der Hafenmauer entlang, dicht gesäumt von Läden und Tavernen. Irgendwo wurde gesungen.

»Spanier, die man angeworben hat«, sagte Antoine sachkundig.

Sie gingen vor und lauschten.

»Dale, si le das, mozuela de Carasa ...«

Eine Trommel schlug den Takt, die Stimmen klangen rau und heiser. Plötzlich verstummte die Trommel und eine grelle Falsettstimme sang allein eine schnelle Tirade, die plötzlich durch ein lang gezogenes o-o-o unterbrochen und unter dröhnenden Lachsalven ebenso rasch fortgesetzt wurde.

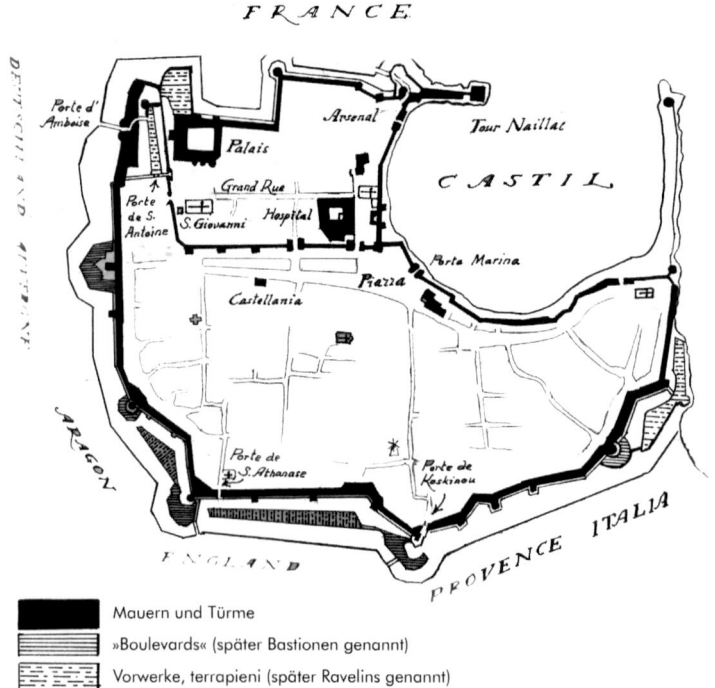

Mauern und Türme
»Boulevards« (später Bastionen genannt)
Vorwerke, terrapieni (später Ravelins genannt)

»Das ist ein unanständiges Lied. Aber sie singen das Unanständige nur bis zur Hälfte und überspringen den Rest. Und dann lachen sie, bis ihnen die Bartstoppeln abfallen.«

Der junge Barel sah die Männer an. Er hatte von diesen spanischen Knechten gehört, den gefährlichsten Widersachern von König Franz.

»Diese Leute sollen das schlimmste Gesindel sein, das es auf der Welt gibt. Und gleichzeitig sind sie die beste Infanterie der Welt.«

»Nein, die beste Infanterie haben wir hier auf der Insel und auf Kreta. Wenn ich ein Kastell befehlen würde, nähme ich lieber sie als die Spanier.«

Sie gingen weiter, vorbei an offenen Ständen mit Bergen von Trauben und Wassermelonen, Granatäpfeln und Auberginen. Es kamen noch mehr Tavernen mit noch mehr Liedern.

»Horch«, sagte Antoine. »Das sind unsere Griechen.«

Der Gesang kam aus einem offenen Kellergewölbe. Dort standen ein paar grobe Holztische, an denen dicht an dicht Männer in halblangen Hosen und offenen Hemden saßen.

»Das sind Matrosen von der Galeone und von unseren Brigantinen«, sagte Antoine. »Sollen wir zuhören?«

Sie sangen auf ihre orientalische Art mit halb geschlossenen Augen wehmütige, seltsame Tonfolgen.

»Was singen sie?« frage André.

»Weiß nicht ... Doch warte!«

Er hatte jemanden im Gedränge entdeckt, einen kleinen dicken Mann, dessen einer Fuß beim Gehen nach außen zeigte. Auf seinen Lippen spielte ein verlegenes Lächeln.

»Bruder François, guten Abend!«

»Guten Abend, Herr Antoine.«

Der Kleine sah beinahe erschrocken aus. Was sie wohl von ihm wollten? Hatte er nicht das Recht, hier zu gehen?

»Kann ich mit irgendetwas dienen?«

»Ganz genau, das kannst du, Bruder François; du kannst doch so gut Griechisch. Kannst du uns sagen, was hier gesungen wird? Übersetze uns doch ein wenig.«

Schot-Franz hörte einen Moment zu, errötete leicht und sagte:

»Herr Antoine, das ist ein Liebeslied.«

»Ausgezeichnet, lass hören, was die Griechen für Liebeslieder singen. Wir haben soeben die Spanier gehört.«

Schot-Franz hörte wieder zu und begann dann langsam zu übersetzen. Da das Lied langsam und in langen Melismen gesungen wurde, konnte er ihm in etwa folgen.

Oh Mutter ... frag mich nicht,
wie mein Geliebter aussieht.
Wer könnte ihn beschreiben?
Die Signorinas von Venedig
wenden sich auf der Piazza nach ihm um ...
In Genua sagen sie:
Woher kommt dieser Mann?
Wenn die Alarmglocke klagend
von den Höhen von Monolithos klingt,
ist er der tapferste
unter den Turcopolen ...

»Was sind Turcopolen?«, frage André Barel nüchtern.

»Das ist unsere Küstenverteidigung. Leute von den Inseln, die wir anwerben und drillen ... Danke, Bruder François. War schön, dich zu treffen. Wir sehen uns am Dienstag bei unseren Herren, den Kranken.«

Er winkte dem kleinen Mann zu, der verlegen lächelte und sich verbeugte. Dann ging er allmählich in Richtung Herberge zurück.

»Die Turcopolen sollen von Anfang an unsere leichte Kavallerie gewesen sein, als wir im Heiligen Land gegen die Sarazenen kämpften. Sie waren auch angeworben. Jetzt sind es Griechen, die unsere Wachtürme bemannen und ausrücken, wenn die Osmanen an den Küsten landen und sie verwüsten. Der Turcopolier kümmert sich um sie. Er ist einer der Pfeiler und immer ein Engländer. Er heißt übrigens John Buck. Er glaubt nicht, dass die Osmanen kommen.«

»Nicht kommen? Wer glaubt, dass sie kommen?«

»Die meisten von uns … Hier ist übrigens die Herberge der Engländer, in der Buck Pfeiler ist. Du kannst sicher sein, dort drinnen diskutieren sie darüber. So wie überall.«

Sie waren wieder an dem kleinen Platz angelangt, an dem das Hospital lag. Die Herberge der Engländer lag genau gegenüber an der unteren Seite des Platzes.

»Dort wohnt unser Grand Hospitalier, der Vorsteher des Krankenhauses. Er ist Pfeiler der Französischen Zunge.« Er zeigte auf das nächste Haus, genau auf der anderen Seite der Gasse.

»Ist das sein Wappen dort oben an der Wand?«, wunderte sich André.

»Ach, das hast du gesehen? Nein, das war ein Herr de Melay. Er war zu d'Aubussons Zeit Hospitalier. Wurde aber abgesetzt, weil er nicht sofort zur Stelle war, als der Großmeister unsere Reserve einberief. Das war 1479, als wir auf die Osmanen warteten. Melay nahm das nicht so ernst. Er glaubte wohl nicht, dass sie kommen würden. Aber er wurde auch wegen Ungehorsam entlassen, obwohl er ein Großkreuz war.«

Sie waren zur Herberge der Auvergner zurückgekehrt, wo André Barel einquartiert war. Die Glocke in Sainte Marie du Château über ihren Köpfen schlug sieben.

»Das bedeutet Essen und Komplet. Jeder in seiner Herberge. Eine Septime für den, der zu spät kommt.«

»Eine Septime? Was ist das?«

»Du kannst es gerne ausprobieren. Ich habe es getan und habe keine Lust, es noch einmal zu tun. Gute Nacht also.«

Er verschwand in der Dunkelheit. Der junge Barel ging zögernden Schrittes die Steintreppe hinauf, einem neuen Leben entgegen.

Der Alarm

DER 12. SEPTEMBER versprach, ein ebenso klarer Sommertag zu werden wie alle anderen auf Rhodos. Lange vor Sonnenaufgang rüttelte Ritter Chalant seinen Schützling wach, um ihn zur Morgenmesse nach San Giovanni mitzunehmen. Er sah, wie der Junge schlaftrunken und unbeholfen die Grande Rue hinaufstolperte und dabei auf den Treppenstufen strauchelte. Um ihn zu trösten, sagte er: »So ist nun einmal das Ritterleben. Aufwachen, wenn man schlafen will; ins Bett gehen, wenn man aufbleiben will. Genauso, wie es einem gesagt wird, wenn man zum Ritter geschlagen wird. Aber man gewöhnt sich daran.«

Nach der Messe gingen sie gleich hinüber zum Palast in das Arbeitszimmer des Kanzlers. Sie trafen nur den Vizekanzler Policiano an, doch dieser nahm sowohl den Handkuss, als auch die Papiere entgegen und versprach, dass es nicht lange dauern werde, bis sie Bescheid erhielten. Die Religion brauchte neue Leute und deshalb musste man keine unnötigen Scherereien befürchten, solange die Papiere in Ordnung waren.

Nach dem Frühstück in der Herberge bei Wasser, Brot und Oliven war Ritter Chalant im Arsenal beschäftigt, und wieder durfte sich Antoine Golart um den Neuling kümmern. Sie sahen den Ritter über den Platz gehen und hinter der Tür des Arsenals verschwinden. Dort wurde niemand hinein- oder hinausgelassen, es sei denn, er hatte dort Dienst. Sie selbst gingen hinauf auf die Mauer, die um die ganze Herberge herumlief, um einen Blick auf den Hafen zu werfen. Heute war es fast menschenleer auf dem *chemin de ronde*, dem Rundgang auf der Mauerkrone, und die dicken Brüstungen mit ihren Schießscharten waren besser zu erkennen als gestern. Die Stadtmauer führte im Halbkreis um das Wasser herum, und die Verteidigungslinie wurde durch einen Wellenbrecher fortgesetzt, der von einer Anzahl Mühlen gekrönt war. Ganz links erhob sich ein stattlicher Turm mit vier überhängenden Ecktürmen unterhalb des Dachs. Genau dort lief die große Kette hinein.

»Er heißt Naillac-Turm, nach dem Großmeister«, erklärte Antoine.

Der Hafen war voller Schiffe, die alle entlang des Piers vertäut waren, wo es am tiefsten war. Antoine fing an, sie zu beschreiben: ein Genueser, eine portugiesische Karavelle, eine Galeote aus Neapel … Er hielt inne.

»Was ist denn das? Da liegen ja noch die beiden Venezianer. Vor den anderen … vor den Karacken dort mit dem blaugestreiften Sonnendeck und den roten Wimpeln auf dem Bonaventura. Sie sind gestern Mittag fortgesegelt. Ich habe es selbst vom Palast aus gesehen. Da muss etwas passiert sein …«

Sie gingen vor zu der langen Batterie, die den Naillac-Turm mit der Ringmauer verband. Ein Landsmann von Antoine hielt gerade Wache und sie wurden hineingelassen. Von hier aus konnte man in den Hafen hineinsehen, nach Norden, zum Meer hin und zum Land der Osmanen.

Der Franzose bestätigte, dass die Venezianer, die Pilger aus Jerusalem transportiert hatten, heute Morgen umgedreht waren. Doch das lag nur am Gegenwind. Die Kapitäne hatten unchristliche Flüche über ihr Unglück ausgestoßen und sowohl Gott als auch dem Heiligen Nikolaus gezürnt. Mit einer solchen Last hatten sie Anspruch auf eine bessere Behandlung.

»Manchmal ist der Gegenwind eine Wohltat«, sagte Antoine. »Habt ihr Kurz-Oglu gesehen?«

Der Franzose hatte kaum Zeit, den Kopf zu schütteln, als die Wache auf dem Naillac-Turm ihre weiße Fahne schwenkte. Alle verstummten.

Die Wache musste nicht rufen, was das bedeutete. Alle hörten es. Kanonendonner, schwach, aber gut hörbar, irgendwo im Nordwesten.

Im nächsten Augenblick rannte der Wachhabende zu seiner Glocke und schlug Alarm. Die Glockenschläge hallten zwischen den Mauern wider, und der Alarm wurde von einer anderen Glocke drinnen im Arsenal aufgenommen und von einer dritten unten auf der Piazza.

»Das ist der kleine Alarm«, sagte Antoine. »Er gilt nur für die Galeeren.«

Sie gingen vor zur Mauerkrone auf der Innenseite, in Richtung des Hafens. Dort unten lagen die Galeeren Seite an Seite, unbemannt und mit hochgezogenen Rudern. Sie kamen gerade rechtzeitig, um zu sehen, wie das Tor, das vom Hafen direkt ins Arsenal hineinführte, hochgezogen wurde. Heraus kamen im Laufschritt eine Abteilung Matrosen, dann Artilleristen, Ritter und Soldaten, etwa Hundert an der Zahl. Sie gingen rasch an Bord der Galeere, die am nächsten lag.

»Sie ist in Bereitschaft«, sagte Antoine. »Jetzt kommen die Galeerensklaven.« Und da kamen sie, ein brauner Strom nackter Menschenkörper, strauchelnd, stolpernd und fluchend. Sie strömten an Bord und wurden von den dunklen Ritzen zwischen den Ruderbänken aufgesogen. Man sah die blanken Rückenplatten der Knechte glänzen, als sie sich bückten, um die Fußfesseln festzuschrauben. Der saure Geruch ungewaschener Menschenkörper stieg die Mauer empor. »Ganz schön unangenehm«, sagte André.

»Das Gesetz des Krieges«, sagte Antoine. »Wir riskieren alle, dort zu landen. Hoch und niedrig. Es gibt keinen Unterschied.«

»Dieses Gesetz sollte man ändern.«

»Man müsste viele Gesetze ändern ...«

Die erste Galeere hatte bereits von Land abgestoßen. Die anderen füllten sich nach und nach mit ihrer Besatzung, die in kleinen Gruppen aus Herbergen, Kasernen, Tavernen und armseligen Mietlöchern kam, vom Alarm herbeigerufen.

Nun blieb nur noch abzuwarten, was passiert war. André versuchte zu fragen, doch Antoine schüttelte den Kopf.

»Hier kann alles passieren. Man macht es nur schlimmer, wenn man sich alles Mögliche ausmalt. Nun gehen wir hinaus in die Stadt. Du hast ja die Mauern noch nicht gesehen.«

Sie liefen die lange Straße mit den Läden entlang, die von der großen Piazza, auf der sie gestern gewesen waren, in Richtung Westen verlief. Bei Tageslicht sah die Stadt mindestens genauso beeindruckend aus. Neue, wohl gebaute Häuser, alle aus demselben gelben Kalkstein; Läden, einer neben dem anderen und reichlich ausgestattet mit allem, was man zwischen Indien und den Azoren bekommen konnte.

»Das ist das Haus des Kastellans.«

Antoine zeigte nach links auf ein neues Haus mit breiter Außentreppe und gemeißelten Steinbögen um die riesigen Fenster herum. Er musste nicht erklären, wozu es diente. Zwei Knechte mit offenem Visier und langen Hellebarden kamen vom Hafen herauf und schleppten einen Osmanen mit sich. Es war tatsächlich ein Osmane, mit Turban, Leibjacke und Pluderhosen, dem Stoff und den Verzierungen nach zu urteilen ein wohlhabender Mann. Der Osmane protestierte. Antoine hörte, wie er etwas auf Griechisch sagte, aber die Wachen verstanden ihn nicht. Eine kleine Menschenmenge hatte sich um sie herum versammelt.

»Was sagt er?« fragte einer der Knechte auf Italienisch. Er hatte einen Schankwirt erblickt, den er kannte.

»Er bittet darum, dass man ihn zum Kanzler führt. Er sagt, er habe ihm etwas zu überbringen.«

Der Knecht kratzte sich hinter dem Ohr. Dann sah er den anderen an.

»Der Kastellan soll das klären.«

Sie gingen weiter die Treppe hinauf.

»Ich habe schon viel erlebt«, sagte Antoine. «Das ist das Seltsamste, was ich je gehört habe. Ein gut gekleideter Osmane, der nach d'Amaral fragt. Wir werden ja sehen.«

Sie brauchten nicht lange zu warten, während sie unter der alten Steineiche vor Kastrofilakas Weinstube saßen. Nur wenige Minuten später eilte eine Ordonanz den Weg zu Collachium hinauf.

Nach einer Viertelstunde kam sie in Gesellschaft eines gewissen Blas Diez zurück, eines getauften spanischen Juden, der Kammerdiener des Kanzlers war. Und dann ging es

wieder zurück in die andere Richtung: Blas Diez, der Osmane und zwei Wachen. Antoine starrte hinter ihnen her.
»So etwas Seltsames habe ich noch nie gesehen.«

Der Kanzler sah von seinem Schreibtisch auf. »Ach so, Ibrahim, du bist es.«
»Ja, Herr Kanzler.«
Er sagte nicht »Herr«, wie er früher immer gesagt hatte. D'Amaral verstand und nickte. »Hast du das Geld dabei?«
»Ja, Herr Kanzler.«
Er kramte in seinen Pluderhosen und fischte einen kleinen Lederbeutel hervor. Er streckte ihn vor, höflich, aber nicht untertänig.
»Dann bist du also ab jetzt ein freier Mann. Ich wünsche dir Glück.« Es klang beinahe so, als verkünde er, dass die Audienz beendet sei.
»Will Herr Kanzler das Geld nicht nachzählen?«
»Nicht nötig, Ibrahim. Ich weiß, dass du mich nicht betrügst. Wie bist du hierhergekommen?«
»Mit einem Fischerboot von Fisco. Sie haben mich festgenommen, als ich an Land ging, vor aller Augen und friedlich. Ich glaube, dass die Stadtwächter noch unten in der Halle sind und warten.«
»Was sagst du?«
Der Kanzler zog die Glocke. Blas Diez steckte den Kopf herein. So, so, da unten standen sie also.
»Schaff' die Idioten fort und sag dem Kastellan, dass ich die Verantwortung für diesen Mann hier übernehme. Er ist mein Gast.« Die letzten Worte hatte der Kanzler gebrüllt. Dann beruhigte er sich wieder.
»Du bist mein Gast, Ibrahim, solange du hier auf Rhodos bleiben musst. Du darfst im Gästezimmer wohnen, nicht in deinem kalten Loch, und an meinem Tisch essen.«

Sie saßen beim Abendbrot.
»Ibrahim?«
»Ja, Herr Kanzler.«

»Eines wüsste ich gerne.«

»Was denn, Herr Kanzler?«

»Warum bist du nicht zuhause geblieben mit deinen 4.000 Aspri? Die hättest du dir sparen können.«

»Das wäre ein schlechtes Geschäft gewesen, Herr Kanzler. Ich hätte meinen Gott verloren.«

Der Kanzler sah hinunter auf seinen Holzteller, auf dem ein paar Reste der Paella lagen, die es heute Abend gegeben hatte. Er schwieg und dachte: Ausgerechnet ein Ungläubiger sagt so etwas.

Er sah hoch. »Woher weißt du, dass es Gott gibt?«

Der Osmane sah ihn erstaunt an. »Aber das wissen doch alle, Herr Kanzler.«

»Aber wenn man es nicht weiß? Und genau das wissen will?«

»Daran habe ich nie gedacht, Herr Kanzler.«

So war das also. Dieser Osmane war grundehrlich, seines Gottes wegen. Doch ob es Gott gibt, darüber hatte er sich nie Gedanken gemacht. Das passte nicht zusammen.

In der Herberge der Auvergner saß man ebenfalls um den nackten Tisch herum beim Abendbrot und unterhielt sich.

Eine der Galeeren war umgekehrt als Eskorte für eine übel zugerichtete Karacke aus Kreta. Sie war Kurz-Oglu, der dort lag und auf die beiden venezianischen Pilgerschiffe wartete, genau in die Arme gesegelt.

Man konnte sich vorstellen, wie der alte Seeräuber sich geärgert haben musste, dass ihm der Großmeister entwischt war, ohne dass er einen Schimmer von ihm erblickt hatte. Am späten Abend des Neunten hatte man ihm noch einmal bestätigt, dass die Flottille mit vollen Segeln auf das Fahrwasser vor Kythira zusteuerte – und dann war das ganze Geschwader vom Meer verschwunden, als sei es fortgeweht worden. In seinem Ärger war er in Richtung Rhodos geeilt. Es wäre kein schlechter Trost, die beiden vollbesetzten Pilger-Karacken zu erwischen. Doch der Gegenwind hatte sie in den Hafen zurückgetrieben.

»Sie hätten gerne etwas weniger blasphemisch über diese gute Gabe Gottes fluchen können«, sagte einer der dienenden Brüder mit einem Seitenblick auf einen der Ritter, der ein ziemlich grobes Mundwerk haben konnte.

Es gab noch mehr zu berichten. Für den Kreter war es schlecht ausgegangen. Er segelte gut, doch die Osmanen waren schneller. Der Schiffer war klug genug und begann, aus großer Entfernung zu schießen in der Hoffnung, man würde es bis Rhodos hören. Bevor die Galeeren dort waren, hatten sich die Osmanen bereits längsseits gelegt und die Anker zum Entern geworfen und die Kreter schickten sich an, ihr Leben so teuer wie möglich zu verkaufen. Sklaven wollten sie nicht werden. Doch als die Galeeren auf Schussweite herankamen, gaben die Osmanen sofort auf, rissen sich los und entkamen in ihren schnellen Booten. Der Kreter dankte Gott und steuerte mit seiner Eskorte gen Rhodos, während zwei Galeeren zurückblieben, um nachts auf dem Meer zu patrouillieren und den Venezianern am Morgen ein Stück zu folgen, wenn sie günstigen Wind hatten.

Das ungefähr war es, was man sich bei der abendlichen Wache nach diesem ereignisreichen Tag erzählte. Etwas leiser sprach man auch über das andere Ereignis. Das Gerücht hatte sich bereits in der ganzen Stadt verbreitet. Ein vornehmer Osmane aus Konstantinopel war zum Kanzler gekommen. Einer, der behauptete, dass er sein Sklave gewesen sei und gleich wieder zurückreisen werde.

Ritter Chalant schüttelte den Kopf.

»Eine seltsame Geschichte. Jemand sollte d'Amaral fragen.«

Aber das wollte keiner tun, das wusste man bereits im Voraus.

Belgrad

DER SEPTEMBER NEIGTE SICH DEM ENDE ZU. Der Himmel in der Morgensonne war leicht verhangen und die Luft bei

Tagesanbruch noch kühl. In der Herberge der Auvergner standen wie üblich Wasser, Brot und Oliven auf dem groben Holztisch. Die Brüder, die von der Messe zurückkamen, kauten ihre Brotscheiben und langten mit ihren Fingern nach den eingelegten Oliven in dem Tongefäß. Das Gespräch kam nur schwer in Gang. Sie hatten einen langen Tag vor sich und jeder war mit seinen eigenen Gedanken beschäftigt. Der junge André Barel dachte an die riesigen Stapel an Laken, Hemden und Kissenbezügen im Krankenhaus, die gebügelt und gezählt werden mussten. Einige Brüder sollten die nächste Wache auf der Mauer übernehmen und hatten bereits ihre Westen aus Sämischleder angezogen, die sie unter ihrem Harnisch trugen. Sie hatten es eilig, lasen schweigend ihr Tischgebet und wollten gerade aufstehen, als die Tür aufgerissen wurde und ein spanischer Ritter in voller Rüstung hereinpolterte, direkt von der Hauptwache, den Helm auf dem Kopf als Zeichen, dass er im Dienst war.

Alle sahen verwundert auf. Er wirkte aufgebracht.

»Seine Eminenz bittet den Herrn Marschall in den Palast. Sofort.«

Und dann fügte er hinzu: »Belgrad ist gefallen.«

Es wurde ganz still – ein Schweigen, das nichts Gutes verhieß. Nur der Marschall stand auf. Alle ahnten, was das bedeutete. Belgrad war das sichere Schloss der Christenheit auf dem Festland, so wie Rhodos es drunten im Meer war. Bisher hatte es sich gegen alle Angriffe erfolgreich verteidigt. Selbst Mohammed der Eroberer hatte umkehren müssen, so wie vor den Mauern von Rhodos. Wenn der neue Sultan der Christenheit ans Leben wollte, musste er diese beiden Schlösser aufbrechen. Nun war es geschehen. Das eine Schloss hatte er zerschmettert. Wie würde es weitergehen? Die Brüder gingen schweigend an ihre Arbeit.

Die Wachen präsentierten ihr Gewehr, Türen wurden aufgerissen und rasche Schritte ertönten in dem breiten Treppenhaus. Die hohen Herren wurden durch den Großen Saal in den Raum geführt, in dem der Großmeister zu empfangen pflegte. Dort stellten sie sich einer neben dem anderen an der Wand entlang auf.

Der Großmeister kam in Begleitung von Preian de Bidoulx, dem Kastellan von Lango, der in der Nacht mit seiner schnellsten Brigantine gekommen war. Ohne großes Zeremoniell erhielt er das Wort. Er sah auf mit seinem einen Auge – das andere war ihm während der Zeit, in der er dem französischen König diente, vor der englischen Küste ausgeschossen worden – und begann seinen Bericht.

Auf einem der üblichen Wege hatte man Nachrichten aus Konstantinopel erhalten. Man konnte damit rechnen, dass sie im Wesentlichen das enthielten, was man aus gut informierten Kreisen wusste, die Verbindung zum Serail hatten.

»Wie ihr wisst, ist Sabatsch schon Anfang Juli gefallen. Die Besatzung war nicht stark, die Mauern mittelmäßig, ungefähr so wie in Feraklos, wenn auch viel schlechter gelegen. Süleyman selbst leitete die Belagerung. Der Wassergraben wurde mit Reisigbündeln gefüllt. Die Ungarn hielten tapfer stand, aber die feindliche Artillerie schoss sofort zwei große Breschen. Sie hätten sich über die Save zurückziehen können, doch sie blieben, stellten sich dem Ansturm entgegen und fielen bis zum letzten Mann. Sechzig aufgespießte Köpfe bildeten Spalier, als Süleyman einzog. Das sagt etwas darüber aus, wie viele bei dem Kampf zum Schluss mit dabei waren. Die Osmanen sollen ungefähr 700 Mann verloren haben.«

Alle hörten gespannt zu. Der Kastellan fuhr fort.

»Danach ließ Süleyman eine Brücke über die Save schlagen. Eine schwere Arbeit, die sie mit großer Entschlossenheit Tag und Nacht ausführten. Süleyman saß auf einer Anhöhe unter seinem Thronbaldachin. Alles hatte er im Blick. Nach zehn Tagen war sie fertig. Da kam eine Überschwemmung und sie mussten wieder von vorne anfangen. Dann wurde die Haupttruppe hinübergeführt, marschierte gen Osten und kam am 1. August nach Belgrad. Pir Pascha hatte zu der Zeit einen Monat lang dort gelegen. Durch Überläufer wussten sie, dass die Mauern an der Stelle, wo die Save in die Donau mündet, am schwächsten sind. Auf einer Insel genau gegenüber stellten sie ihre schweren Batterien auf. Die Ungarn leisteten entschlossen Widerstand, aber sie hatten nicht genug Kanonen und außerdem konnten sie sich nicht auf die Serben verlassen. Die Stadt war nicht zu halten, da die Bevölkerung nicht ihr Bestes gab, und daher fiel sie auch beim ersten Ansturm. Die Garnison zog sich zum Schloss zurück. Dort hielten sie sich tapfer und wehrten einen Angriff nach dem anderen ab. Die Mauern wurden zusammengeschossen, aber sie bissen sich in den Ruinen und hinter ihren Hilfsmauern fest. Dann begannen die Osmanen, sich mithilfe von Sklaven und Bergarbeitern unter den Mauern hindurch zu graben. Sie errichteten auch ein Netz von Laufgräben und Erdwällen um die Festung herum, um sich vor dem Feuer zu schützen. Stück für Stück arbeiteten sie sich voran, und in der letzten Augustwoche sprengten sie eine große Pulverladung unter einem der größten Türme und schufen ein Loch in der Verteidigungsanlage, das keiner abdichten konnte. Die Ungarn hatten zu der Zeit noch 400 Mann und diese hätten wohl bis zum letzten Mann ausgehalten, wenn die Serben nicht mit Meuterei gedroht hätten. Daraufhin kapitulierten sie am 29. August gegen das Versprechen von freiem Abzug. Doch als sie die Tore öffneten, wurden sie niedergesäbelt. Soviel man weiß, hat keiner überlebt. Ja, das war soweit das Wichtigste.«

Alle sahen zum Großmeister hinüber. Er bekreuzigte sich langsam und sagte dann mit halblauter Stimme: »Requiem aeternam dona eis, Domine. Gib ihnen, Herr, die ewige Ruhe – und den Lohn der wahren Märtyrer«, fügte er hinzu. Dann sah er auf.

»Und nun, meine Brüder, welche Lehren zieht ihr daraus?«

Er sah seinen alten Freund John Buck, den Turcopolier, beinahe eindringlich an. Alle wussten, dass der Engländer seinen besten Windhund gegen Pomerolx' alte Küchenkatze gewettet hatte, dass sich die Osmanen zu seinen Lebzeiten nie vor den Mauern von Rhodos zeigen würden. Er antwortete respektvoll: »Ich denke, dass der, der ein Schloss aufbricht, auch durch die Tür hereinkommen möchte. Süleyman wird nächsten Sommer weiter durch Ungarn ziehen, vielleicht bis nach Wien. Er wird uns in Frieden lassen.«

»Und der Herr Kanzler?«

Der Großmeister sah d'Amaral an. Seine kräftigen Gesichtszüge waren wie in Stein gemeißelt. Er sah geradeaus vor sich hin und wandte den Blick beim Sprechen nicht.

»Der Herr Turcopolier hat Recht meiner Meinung nach. Es gibt keinen Grund zur Panik. Wenn wir jetzt zu viele Leute einberufen, verschwenden wir nur unsere Mittel. Die können wir später besser gebrauchen.«

Der Großmeister sah sich um.

»Wer möchte sich dem anschließen, was die Brüder gesagt haben?«

Ein paar Hände erhoben sich zögernd.

»Ich danke den Brüdern und hoffe von Herzen, dass Gott ihnen Recht gibt. Doch da ich die Verantwortung trage, kann ich nur Eines tun. Ich muss mit der Möglichkeit rechnen, dass Rhodos als Nächstes an der Reihe ist. Schon deswegen, weil Süleyman keinen großen Angriff gegen Ungarn und Polen oder Deutschland führen kann, wenn er nicht die volle Unterstützung seiner Provinzen jenseits des Meeres hat. Und die hat er nicht, solange wir hier sitzen. Es ist unsere Aufgabe, dafür zu sorgen, dass er sie nicht hat, und das weiß er. Also – lasst uns mit der Möglichkeit rechnen, dass wir Süleyman gegenübertreten müssen. Wann wäre das in diesem Fall?«

In diesem Punkt waren sich alle einig: frühestens nächsten Sommer.

»Und was haben wir heute gelernt?«

Auch hier zeichneten sich bald ein paar Hauptlinien in den zahlreichen Wortmeldungen ab. Zunächst die, dass Süleyman nicht der war, womit der Aufrührer Gazali gerechnet und worauf der alte Carretto gehofft hatte: ein unerfahrener Lebemann, der viele Jahre brauchen würde, um fest im Sattel zu sitzen und zu lernen, die furchterregenden Mittel seines Weltreichs zu nutzen. Im Gegenteil, er hatte gezeigt, dass er das war, vor dem sich die Christenheit am allermeisten fürchtete: ein Sultan vom alten Schlag, ein Soldatenkaiser mit hochfliegenden Plänen, tatkräftig, entschlossen und unnachgiebig.

»Und was das Militärische betrifft …«

Der Großmeister nickte dem Berichterstatter zu, dem einäugigen Preian de Bidoulx, der die Lage zusammenfasste.

»Was die Artillerie betrifft: nichts Neues. Vielleicht brauchen wir noch ein paar neue Geschütze, besonders von denen, die am weitesten reichen. Und vor allem genügend Munition. Neu sind ihre Minenarbeiten und Laufgräben. Wenn sie sich unter der Erdoberfläche hindurchgraben, können wir mit unserer Artillerie nichts ausrichten.«

»Was sollen wir dann tun?«

Der Großmeister sah ihn fragend an.

»Das ist etwas ganz Neues, Eminenz. Wir müssen uns erst einmal darüber Gedanken machen.«

»Also wie immer: drei Kommissare, die die Sache klären und dann Bericht erstatten? Welche wollt ihr haben?«

So war man wieder einmal in alte Gleise geraten. Die Herren lösten sich aus ihrer Spannung, sahen sich wieder an und flüsterten leise miteinander. Doch hinter der Sitzungsroutine und den eingespielten Abläufen blieb ein Druck zurück, beinahe ein Alptraum, der nicht weichen wollte.

Belgrad war gefallen. Nur Rhodos war noch übrig.

Krieg?

»Angelos, Engelskind, Engländer, kleines Entlein, Schlingelchen …. Gregoris, Gotteskind, Goldkrönchen, Naschkätzchen …«

Anasthasia liebkoste ihre Zwillinge. Sie hatte sie in die Sonne hinausgetragen, in die wunderbare Oktobersonne, die so schön wärmte, hier im Hinterhof unter den welkenden Weinranken.

Angelos war eigentlich alles andere als ein Engel. Der Name passte trotzdem gut. Denn sein Vater war Engländer, aus Anglia, dem Land der Angeln. Und ein Engel war er in der Tat, Papa Richard, mit seinen feuerroten Haaren wie Michael in der Kirche, mit denselben blitzenden Augen und genauso sehnig und bartlos. Dass er fromm wie ein Engel war, konnte man von diesem Feuerkopf allerdings nicht behaupten.

»Angelos, Angelos, willst du auch so werden? Du lachst ja, kleiner Schlingel. Gefährlich bist du, genauso gefährlich wie dein Vater. Sieh dir Gregoris an; er könnte Pfarrer werden.«

Sie streichelte beide unter dem Kinn. Angelos lachte und Gregoris sah sie mit großen, klugen Augen an. Angelos hatte rote, flaumige Haare und lachende Augen. Gregoris war würdevoll, blass und großäugig.

»Eines sage ich euch, Jungs. Wenn ihr nicht ordentlicher werdet als euer Vater, ziehe ich von Zuhause aus. Von Zuhause, habt ihr verstanden? Heim zu eurer Oma nach Tilos. Und dann dürft ihr eure Strümpfe und Spielkarten und Feldmesser und Armschienen und Kistenschlösser alleine aufsammeln. G-a-a-n-z alleine. Geschieht euch recht!«

Anasthasia war fest davon überzeugt, dass ihre Jungen sie verstanden. Das war sie schon gewesen, als diese erst eine Woche alt waren. Sie sprach mit ihnen den lieben langen Tag und es waren keine Monologe. Die Babys gluckesten, schmunzelten ein wenig, mussten niesen, und sie wusste genau, was es bedeutete.

»Papa will, dass Krieg kommt, verstehst du, Angelos? Dann kann Papa ein feiner Kommandant werden. Dann darf Papa hierbleiben. Und wenn Papa hierbleibt und Mama heiratet, dann darf es gerne Krieg geben. Aber er muss zu Ende sein, bis ihr erwachsen seid.«

Genau das war Anasthasias Problem. Ihr Richard war mit den angeworbenen englischen Knechten gekommen, die Sir John mitgebracht hatte. Er war eine Art Offizier für sie und solange Gefahr von den Osmanen drohte, durfte er bleiben.

Er war nun schon mehrere Jahre hier und sprach recht und schlecht Griechisch. Er hatte nichts dagegen zu bleiben – jetzt, wo er sie hatte. Jedenfalls sagte er das. Aber er hatte keine sichere Arbeit, von der er leben konnte. Wenn ruhigere Zeiten kämen, würde man alle Angeworbenen wieder nach Hause schicken. Er hatte sich um eine feste Stelle bemüht, doch Sir John hatte nur bedauernd mit den Schultern gezuckt. Es gab nicht viele feste Stellen zur Auswahl für die, die nicht zu den Brüdern gehörten. Und die waren alle mit jungen Leuten besetzt. Sir John hätte seinem Landsmann gerne geholfen, aber leider ... Und dann hatte er wieder mit den Schultern gezuckt.

Doch heute war Richard hereingestürmt, völlig unerwartet, hatte sie geküsst, in die Luft gehoben, herumgeschwenkt und gerufen: »Es gibt Krieg! Es gibt Krieg, Krieg, KRIEG!«

Und dann hatte er erzählt. Eine schnelle Galeere mit einem Boten vom Sultan persönlich war gekommen; so ein seidenraschelnder Pascha mit einem Turban, groß wie ein Mühlstein und glitzernd und funkelnd, als habe es Juwelen über ihn geregnet. So jemanden schickte der Sultan nur aus, wenn er Eindruck machen wollte, und Eindruck wollte er nur machen, wenn er mit einer Forderung kam; doch auf alle Forderungen würde er hier auf Rhodos nur ein glattes »Nein« erhalten, das war klar. Denn jetzt standen alle Anzeichen auf Krieg, ein herrlicher Krieg mit wunderbaren Lücken in den Reihen und allen Aussichten, befördert zu werden.

»Verstehst du, Anasthasia, du Verführerin? Du bekommst deinen Willen. Die Osmanen werden drei, vier Offizieren den Kopf abschießen und eine von den Stellen kriege ich totsicher! Dank sei dem Sultan, dem väterlicher Förderer aller armen Legionäre!«

Ein grässlicher Kerl! Aber man musste ihn nehmen, wie er war. Und sie nahm ihn gerne.

In der Kanzlei bemühte man sich darum, in aller Eile ein würdiges Programm für den vornehmen Gast zusammenzustellen. Der Großmeister hatte sogleich angeordnet, dass der Bote des Sultans mit jeder erdenklichen Höflichkeit behandelt werde. Er selbst empfing die Gesandtschaft bereits am nächsten Tag in einer großen Audienz. Für den Abend war es ihm gelungen, den Botschafter bei den vornehmsten Bürgern der Stadt unterzubringen, sodass sich der Rat vollzählig versammeln konnte. Unterdessen hatte man es geschafft, den Brief des Sultans vom Griechischen ins Französische zu übersetzen. Er konnte also direkt vorgelesen werden. Dies geschah unter atemloser Stille.

Schah Süleyman, mit Gottes Gnade König aller Könige, Herrscher aller Herrscher, allmächtiger Kaiser über Byzanz und Trapezunt, unumschränkter König von Persien, Arabien, Syrien, Ägypten, höchster Herrscher über Europa und Asien, Beschützer von Mekka, Fürst von Aleppo, Herr über Jerusalem, Beherrscher der Meere, an Bruder Philippe Villiers de l'Isle Adam, Großmeister von Rhodos, mit Gruß. Ich beglückwünsche dich zu deiner neuen Würde. Möge deiner Regierung Glück beschieden sein, umhüllt von noch größerer Berühmtheit als die deiner Vorgänger, von denen mehrere die Freundschaft meines Vaters suchten. Auch ich biete dir meine Freundschaft an und bitte dich daher, dass du dich mit mir über die Siege freust, die ich in Ungarn errungen habe, wo ich die wohl gebaute Stadt Belgrad erobert habe und viele andere befestigte Orte und blühende Städte, und alle, die sich erdreistet haben, sich meinem Willen zu widersetzen, habe ich über die Klinge springen lassen.

Ich selbst schicke nun meine siegreichen Heere in ihr Winterquartier, um im Triumph an meinen Hof in Konstantinopel zurückzukehren.

Gegeben in meinem Lager in Belgrad am 10. September 1521.

Der Großmeister sah sich um.

»Was sagen die Brüder?«

»Eine Art Siegesnachricht«, sagte Pomerolx, »die der Sultan an andere Herrscher schickt.«

»Formuliert wie ein Friedensangebot«, sagte der Turcopolier.

»Doch das Ziel ist eine Drohung«, sagte d'Airasca, der neue Admiral. »›Gebt Acht: Belgrad, das so stark war, ist gefallen. Alle, die Widerstand geleistet haben, sind tot. Meine siegreichen Heere gehen jetzt in ihr Winterquartier. Im Frühjahr marschieren sie wieder. Sieh dich vor, Rhodos!‹«

Der Großmeister nickte. »Und was antwortet man auf so etwas?«

Es wurde eine lange Beratung. Der Kanzler wollte eine milde Antwort, passende Gaben und eine repräsentative Gesandtschaft. Andere meinten, nichts sei gefährlicher als nachzugeben. Kurz-Oglu hatte man ausgesandt, um den Großmeister gefangen zu nehmen und ihn nach Konstantinopel zu führen. Dieser Beweis reichte aus, um zu wissen, was Süleyman plante. Wenn man anfing zu verhandeln, würde Süleyman Stück für Stück seine Forderungen erhöhen, während Rhodos seine Rüstungsmittel ruinierte. Es war besser, strengen Bescheid zu geben. Wenn man den Sultan hätschelte, würde er unverschämt werden, wenn man ihn anschnauzte, würde er höflich reagieren – oder zumindest zeigen, was er im Schilde führte.

Man einigte sich auf eine kurze, knappe Antwort. Der Schreiber notierte die Hauptpunkte, die der Großmeister diktierte.

»Und wen sollen wir schicken?«

In diesem Punkt gingen die Meinungen weit auseinander. Der Kanzler bestand auf seinem Vorschlag einer repräsentativen Gesandtschaft. Andere meinten, es sei gefährlich, jemand Bedeutenden zu schicken. Wenn die Osmanen etwas aus ihm herauspressen wollten, dann beherrschten sie es meisterhaft, Leute zu quälen. Und vor der Immunität von Botschaftern hatten die Ungläubigen keinen Respekt.

»Leider auch nicht die Christen«, sagte der Kanzler. »Was haben die Ungarn mit Süleymans Boten gemacht? Ihnen habt ihr es zu verdanken, dass ihr es nicht wagt, zu Süleyman zu fahren.«

Die Angelegenheit wurde vertagt. Man würde sich ohnehin wieder versammeln und die Antwort abstimmen.

Die Frage nach dem Gesandten löste sich von selbst. Der Botschafter der Osmanen zeigte ein höchst unpassendes Interesse für das Festungswesen. Tag und Nacht umschwärmen ihn höfliche Ritter, doch seine Reisegesellschaft zu kontrollieren, war schwieriger. Alle wollten die Stadt besichtigen und hatten eine besondere Vorliebe für die Quartiere entlang der Mauern. Eines Abends musste man zwei ihrer Matrosen an Bord führen, weil sie draußen bei den Wellenbrechern gebadet hatten und bei ihrer Schwimmtour auf den Strand direkt vor das neue Außenwerk der Italienischen Mauer geraten waren, das sie mit großer Geschicklichkeit hinaufkletterten. Danach organisierte man sofort ein würdiges Abschiedsfest, packte die großartigen Geschenke in Tücher und Kisten und legte den Antwortbrief in die Hände eines einfachen Kaufmanns, der eine gewisse Schwäche für Titel und vornehme Herrschaften hatte, aber rein gar nichts über Befestigungen und Artillerie wusste. Und am nächsten Morgen reiste das Schiff der Osmanen ab.

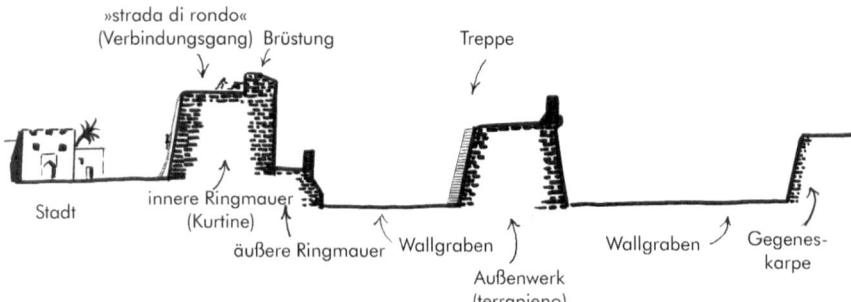

Krieg!

DAS JAHR 1522 hatte mit starkem Regen, eisigem Nordostwind und bösen Vorahnungen begonnen. Oben auf dem Attavyros und dem Eliasberg blitzte Schnee zwischen den Wolken hervor. Alle Fensterluken waren geschlossen, doch der Wind pfiff durch die Ritzen und fegte über den Boden. Wo immer es einen offenen Kamin gab – in den Herbergen der Ritter, den Krankensälen oder den vornehmen Kaufmannshäusern – drängten sich die Menschen um das Feuer herum und kneteten ihre steifgefrorenen Finger. Die einfachen Leute krochen in ihre armseligen, feuchten Hütten, wickelten alles, was es gab, um sich herum, stellten ihre Füße auf eine Kiste und setzten sich Rücken an Rücken. Anasthasia hatte sich mit ihren hustenden Zwillingen ins Bett gelegt, um sie zu wärmen, ihre Nasen zu putzen und sie zu liebkosen.

Dann kam die Sonne wieder hervor. Die Menschen strömten nach draußen, setzten sich an die Wände, die gen Süden zeigten, tauten ihre steifgefrorenen Glieder auf und sprachen über die Osmanen. Wie schon so oft war etwas Neues aus dem Palast des Großmeisters hinausgesickert: erst in die Herbergen der Ritter, dann in die Küche, ins Krankenhaus, ins Arsenal und in die Kasernen und dann weiter hinaus in die Stadt, in die Tavernen und Läden. Man erzählte sich, dass Gott den Tyrannen, der so viele vaterlos gemacht hatte, bestraft habe, indem er seine Kinder mit Pocken geschlagen und ihm eines nach dem anderen genommen hatte. Man wusste, dass der Tyrann Tag und Nacht arbeitete, dass Leute spätabends in den Serail eilten, um Rat zu geben, dass die Russen da gewesen waren und ihm die Hand geküsst hatten und dem Rat in Ragusa ebenso und dass die Venezianer, schamlos, wie sie waren, gerade dabei waren, einen Vertrag mit ihm zu schließen.

Was man nicht wusste, war, dass in aller Heimlichkeit Gesandte zwischen dem Großmeister und Pir Pascha, dem Großwesir, hin und her gingen. Der Pascha wollte unbedingt einen der vornehmsten Ritter in Konstantinopel haben. Es ging einfach nicht an, einen Botschafter von solch niedrigem Rang am Hof zu präsentieren. Der Großmeister forderte eine Geisel oder zumindest einen Geleitbrief mit dem großen Siegel des Sultans. Er wählte wieder einen Boten, der den Osmanen wahrlich nicht viel wert sein konnte. Dieser kreuzte das Meer zusammen mit Pir Paschas Gesandtem. Auf der anderen Seite wartete ein gesatteltes Pferd, nur eines, und der Osmane jagte davon. Der Bote des Großmeisters blieb allein am Ufer zurück, einsam und ängstlich, ohne freies Geleit. Enttäuscht fuhr er mit dem gleichen Schiff zurück. Der Rat zog seine Schlüsse daraus.

Niemand begrüßte die Sonne mit größerer Freude als die Galeerensklaven. Jetzt während des Winters mussten sie auf den Mauern arbeiten, Steine in den Wallgräben brechen, Mörtel anrühren und schwere Schlitten mit Steinblöcken ziehen, die die Steinmetze zurechtgehauen hatten. Schlecht gekleidet wie sie waren, litten sie mehr unter der Kälte als die anderen. Ihre Höhlen im Berg unter dem Palast des Großmeisters, in denen sie als Gefangene lebten, waren jetzt im Winter sicher erträglicher als viele ungeheizte Häuser aus Stein, doch die Arbeit in den Wallgräben und auf den Mauern wurde erbarmungslos in Gang gehalten, egal wie schlecht das Wetter auch war. Man arbeitete spürbar unter Zeitnot. Die Gräben wurden gereinigt und vertieft, und eines Tages kam der Befehl, in gleichmäßigen Abständen seltsame Zickzackgänge und tiefe, brunnenartige Schächte am Fuß der Wallgräben zu bauen – wozu auch immer das gut sein sollte. Auf der großen äußeren Ringmauer außerhalb des alten St. Georg-Tors, das seit langem wieder verrammelt war, trug man alle Zinnen ab und fing an, die Mauern zu erhöhen, Elle für Elle, und den riesigen Hohlraum wieder auszufüllen. Allein diese Arbeit würde Hunderte von Arbeitern monatelang beschäftigen. Eigentlich waren die Gefangenen froh darüber. Wenn die Sonne wieder zu wärmen begann, hatte man es weit besser als auf den Galeeren, vor allem deswegen, weil die Essensrationen größer wurden, wenn die Arbeit forciert wurde. Das hatte einen ganz bestimmten Grund: Der neue Großmeister traute den Suppenkesseln mehr zu als der Peitsche, wenn es darum ging, die Leute an die Arbeit zu bringen. Doch das erzählte ihnen niemand.

Unterdessen mühten sich oben im Palast die Schreiber ab. Es wurde summiert und kontrolliert, Urteile und Bullen ausgefertigt und mit dem Siegel bekräftigt, der Rat trat zusammen und das große Protokollbuch füllte sich Seite um Seite mit Beschlüssen. Viele fleißige Hände waren auf mancherlei Weise damit beschäftigt, Gänsekiele zu schneiden und verschiedene Buchstaben zu formen. Bei all der Schreiberei konnte man kaum ahnen, dass Krieg vor der Tür stand. Hier malte die große Papiermühle, die durch jahrhundertelange Erfahrung geformt worden war, um die Verwaltung eines der größten Unternehmen der Welt zu beherrschen mit seinen Gütern, Mühlen und Abgaben, die es zu verwalten gab, von Zypern im Osten bis nach Irland am äußersten Rand der Nordsee. Jahrhundertelang hatten Menschen Gaben gespendet, zuerst den frommen Mönchen, die die Armen von Jerusalem und alle Pilger Gottes pflegten, dann den guten Rittern, die sie davor schützten, von den Sarazenen totgeschlagen zu werden. Es hatte mit kleinen Witwenscherflein begonnen: ein Huhn pro Jahr oder ein Lamm zu Ostern, ein paar Fuhren Holz oder die Einkünfte eines Ackers. Sie hatten sich zu Ackerstücken und Weinbergen vergrößert, zu Mühlen und Schmieden. Diese waren zu Höfen zusammengelegt worden, die Höfe zu Gütern, die Güter zu Kommenden, jede mit ihrem Komtur, einem Ritter, einem Kaplan oder dienenden Bruder, der seine Jahre auf der anderen Seite des Meeres abgeleistet hatte und nun mit einer sicheren Altersruhe in seinem Heimatland belohnt wurde. Für diese einarmigen, hinkenden, gichtsteifen Veteranen war es eine ungewohnte Arbeit, Zicklein, Holzbündel, Wachsklumpen, Brückengeld und Bruchteile des Zehnten, Tagesgelder und Naturalabgaben zu kassieren, oft nach Gewohnheitsrecht und hoffnungslos veralteten Verträgen. Über ein Drittel davon sollte man dem Prior Rechenschaft abgelegen und diesen Teil nach Rhodos überweisen. Es wurde eifrig gearbeitet und geschrieben, gerechnet und gestrichen, untersucht und gefragt, gefeilscht und geklagt, und schließlich gingen die dicken Abschlussberichte zum Großmeister, in der Hoffnung, seine Prüfer würden bestätigen, dass sie nun »visti, chalculati, verificati et summati« und damit für alle Zeit bestätigt und erledigt waren. Es gab über 500 solcher Kommenden, von Messina im Süden bis zu dem unbekannten Land am Mälar-See im Norden. Jede war ein kleines Reich für sich mit Kirche und Krankenhaus, Mühle und Bäckerei, Gericht und Gefängnis, oft mit einer Ringburg, hinter der sich Volk und Vieh vor Piraten, Raubrittern und Haufen marodierender Soldaten in Sicherheit bringen konnten. Und alle Streitigkeiten um Vorrechte, neue Grenzen oder Beförderungen wurden letztlich im Konvent in Rhodos entschieden. Dort gab es also genug zu tun.

Eines Tages im Februar – es war der 18. – wurde die Routine plötzlich unterbrochen. Man hatte den Rat zusammengerufen und es wurde ein langes Treffen. Die Herren kamen ernst und entschlossen wieder heraus, als hätten sie alle etwas Besonderes aufgetragen bekommen. Der Großmeister hatte viel zu berichten gehabt.

Zu Neujahr hatte der gewohnte Nachrichtenfluss zu versiegen begonnen. Um die Ursache herauszufinden, hatte der Großmeister einen Kleinhändler von der Insel Pergousa losgeschickt, einen pfiffigen Kerl, der Türkisch sprach wie ein Einheimischer. Er war bis nach Konstantinopel gelangt, hatte mit den Leuten geredet, Handel getrieben und sich umgesehen. Es war ihm gelungen, einen chiffrierten Brief hinauszuschmuggeln und nun wusste man Bescheid. Auf den Galeerenwerften wurde Tag und Nacht gearbeitet. Riesige Vorräte an dicken Kanonenkugeln wurden angelegt, an Balken, Planken, Hacken und allem, was man für eine Belagerung brauchte. Die ganze Stadt wusste, dass der diesjährige Feldzug irgendwohin über das Meer gehen sollte. Einige sagten nach Zypern, andere nach Korfu, wiederum andere nach Cattaro in Dalmatien. Man hatte den Verdacht, dass alle Gerüchte venezianischen Besitzungen galten. Venedig hatte ja kürzlich einen Vertrag abgeschlossen und würde eine große Abgabe für Zypern bezahlen. Möglicherweise waren die Gerüchte extra in Umlauf gebracht worden, um die wahren Absichten zu verschleiern.

Dann kam die entscheidende Nachricht. Alle Seefahrt nach Rhodos war gestoppt worden. Kein Schiff mit diesem Ziel durfte mehr auslaufen und der ganze Schiffsverkehr wurde kontrolliert. Kein Wunder, dass die Nachrichten angefangen hatten zu versiegen.

Dem Rat fiel es nicht schwer, einen Beschluss zu fassen. Der Turcopolier schwieg, nur d'Amaral gab zu bedenken, man solle nichts überstürzen. Viele Male zuvor hatte es falschen Alarm gegeben, und man hatte große Summen für unnötige Ausrüstung verschwendet. Doch die große Mehrheit der Anwesenden war der Meinung, man wisse nun, was die Stunde geschlagen habe. Der Großmeister müsse nur vorschlagen, was beschlossen werden solle. Die Liste, die er im Kopf hatte, war fertig. Auf einen Schlag wurden Kommissare und Arbeitsgruppen eingesetzt für die Mauern, für Lebensmittel und Munition, für die Flüchtlinge, die Mühlen, die Bäckereien und die Krankenpflege, für Sklaven und Arbeitskräfte. Alles sollte kontrolliert und in Kriegsbereitschaft versetzt werden.

An diesem Abend ging Bruder Gierolamo seine Instrumente durch und berechnete bekümmert den Vorrat an Opiumschwämmen, die man den Leuten unter die Nase halten würde, denen man einen Pfeil herausziehen oder ein Bein absägen würde. Doktor Apella stand da, sah zum Abendhimmel hinauf und seufzte tief. Eifrige Novizen erkundigten sich in den Herbergen und Brüder mit vernarbten Gesichtern gaben kurze Antworten. Doch zu Hause bei Anasthasia öffnete Richard eine Flasche besten einheimischen Weins, den er auf Kredit gekauft hatte, und trank auf ihr Glück.

Dem Mangel abhelfen

Der Grossmeister unternahm wie gewöhnlich seine Morgenrunde auf der Mauer zusammen mit seinem Stellvertreter, Oberbefehlshaber Pomerolx, und dem üblichen Tross an Leibwächtern und Ordonnanzen. Sie gingen auf der Krone der alten Ringmauer entlang, die direkt vom Palast zur Deutschen Mauer führte und dann geradeaus zur Mauer der Auvergner. Das große Vorwerk glich einem Ameisenhaufen, einem riesigen Hügel loser Steinblöcke, auf dem braungebrannte, durchgeschwitzte Menschen herumkletterten, sich reckten, Steine hoben, transportierten, klopften und brachen. Mantoni, der Vorarbeiter, kam ihnen mit der Mütze in der Hand entgegen.

»Eminenz, wir müssen heute Bescheid kriegen. Sollen wir die alten Zinnen wieder draufsetzen oder sollen es französische Schießscharten werden?«

»Seid ihr schon so weit?«, fragte der Großmeister. »Sieht so aus, als ob noch ein gutes Stück zu tun wäre.«

»Gewiss, Eminenz, aber wenn wir die alten Zinnen nicht mehr draufsetzen sollen, dann wäre es gut, wenn wir die Steine als Mauersteine oder Füllmaterial verwenden dürften. Das würde viel Zeit sparen.«

Der Großmeister überlegte einen Augenblick. »In ein paar Stunden bekommst du Bescheid.«

»Natürlich sollen es französischen Schießscharten sein«, sagte Pomerolx, während sie weitergingen. »Die alten Zinnen halten keinen Volltreffer aus.«

»Man müsste vieles tun, was man nicht tun kann. Diese schrägen Schießscharten da kosten viel mehr Zeit, als ich dachte. Es ist nicht einmal sicher, ob wir mit Provence und England fertig werden.«

»Aber sie haben doch im Herbst angefangen! Dreißig Schießscharten können doch kein halbes Jahr dauern!«

»Sechsunddreißig«, erinnerte der Großmeister. »Wir müssen Meister Ruffini fragen.«

Sie eilten durch die dazwischenliegenden Abschnitte, Auvergne und Aragon, grüßten rechts und links, nahmen Meldungen entgegen und bedeuteten den Leuten weiterzumachen. Hier wurden nur kleine Reparaturarbeiten durchgeführt. Bei den Engländern dagegen war man mit einem großen Umbau beschäftigt. Die erste Hälfte war fertig. Die neue Brüstung erhob sich ungefähr mannshoch, und die Schießscharten, die wie schmale Rinnen aussahen, bildeten Einschnitte in einem ganz bestimmten Winkel. Wenn man durch sie hindurchsah, konnte man sehen, wie dick und massiv die neue Brüstung geworden war. In der Mitte des Abschnitts trafen sie Meister Ruffini in einer Schar von Steinmetzen, die ihre Meisel mit schnellen, klingenden Schlägen über die Steinblöcke tanzen ließen.

»Nun, Meister, wie ist der Stand von heute?«

»Neun sind fertig, Eminenz, fünf werden diese Woche fertig und an siebzehn wird gerade gearbeitet. Mit den letzten fünf können wir nächste Woche anfangen.«

»Und die siebzehn, die in Arbeit sind? Wann werden die fertig?«

»In drei bis acht Wochen, Eminenz.«

Pomerolx wagte sich an einen Vorschlag. »Könnten wir dem Meister nicht mehr Leute geben?«

Der Italiener lebte auf. »Von der Mauer der Auvergner?«, fragte er.

»Unmöglich. Eher umgekehrt: Dort wird Verstärkung gebraucht. Aber wenn du einen Sklaven als Handlanger für jeden deiner Leute kriegen könntest? Als Hilfe?«

»Unmöglich, Herr Oberbefehlshaber. Das hier ist Präzisionsarbeit. Jeder einzelne Stein muss genau passen, keiner ist wie der andere. Überall sind schiefe Winkel. Den ganzen Tag lang muss ich die ausgebildeten Männer hier beaufsichtigen. Ungelernte Leute können wir hier nicht gebrauchen.«

»Seht her«, fügte er hinzu. »Für diese Schießscharte hier brauche ich 87 Steine, allein um die Oberfläche abzudecken. Nur 15 davon sind einander ähnlich. Und das ist noch eine von den leichteren Aufgaben.«

Pomerolx sah missmutig aus. Darauf konnte er nicht viel sagen. So kompliziert hatte das Ganze auf den Zeichnungen nicht ausgesehen.

Der Großmeister winkte eine der Ordonnanzen zu sich.

»Geh zur Mauer der Auvergner und sag dem Vorarbeiter, dass sie die alten Zinnen aufbewahren und wieder auf die neue Mauer draufsetzen sollen.«

Die Ordonnanz ging und der Großmeister kratzte sich nachdenklich zwischen den buschigen Augenbrauen.

Die Märzsonne stand bereits hoch am Himmel, als sie in den Palast zurückkehrten. Man spürte, dass es allmählich ernst wurde.

Im Vorzimmer warteten bereits drei Kommissare. Der Großmeister begann mit den Kommissaren »sopra forni«, also mit denen, die für die Backöfen verantwortlich waren. Die Berichte waren zufriedenstellend. In den Öfen, die es gab, konnte doppelt so viel Brot gebacken werden wie zurzeit üblich. Mehr Flüchtlinge konnte man unmöglich aufnehmen.

»Und der Brennstoff?«

»Reicht normalerweise drei bis vier Monate.«

»Aber wir brauchen Brennstoff für ein Jahr. Mindestens.«

»Ist schon unterwegs, Eminenz. Wenn wir bar bezahlen, dürfen wir so viel wie möglich kaufen. Könnten wir vielleicht einen Vorschuss aus der allgemeinen Kasse haben?«

Der Großmeister machte sich eine Notiz.

»Komm morgen zum Schatzmeister mit einer genauen Aufstellung. Wohin können wir das Holz legen?«

»Fast alle Bäcker haben genügend Platz. Man kann es ja stapeln. Den Rest möchten wir gerne ins Arsenal legen dürfen.«

»Geht nicht. Stell dir vor, jemand von den Sklaven macht damit ein Feuer. Aber es gibt eine Grube hinter St. Pantaleon, wo wir Steine für eine Mauer gebrochen haben. Sieh nach, ob sie dafür taugt.«

Er bedankte sich bei den Herren und ließ sie gehen. Dann kamen vier Kaufleute mit Pietro Lomellino an der Spitze. Sie waren für die Mühlen verantwortlich und hatten viele Probleme. Zwei Drittel der Windmühlen standen auf den Piers, die übrigen an hohen, ausgesetzten Stellen und alle standen in der Gefahr, von Kanonen mit langer Reichweite getroffen zu werden. Wenn die Mühlen zerstört würden, wären die riesigen Getreidespeicher in den Gewölben unter dem Burghof fast wertlos. Deshalb hatte die Kommission bereits eine große Bestellung an Hand- und Pferdemühlen von der Insel Nisyros aufgegeben, die man in Reserve haben wollte. Ob sie um eine Anweisung an die Kasse bitten dürften?

Nach kurzem Feilschen bekamen sie ihr Geld, wurden verabschiedet und gingen.

Dann folgten die Kommissare, die für die Flüchtlingsunterkünfte zuständig waren. Sie waren nicht optimistisch. Am schlimmsten wären die Tiere, die sie sicherlich bei sich hätten. Woher bekam man Futter? Sie seien daher mit einem Plan beschäftigt, wonach die meisten von ihnen an Kastelle auf dem Land verwiesen würden. Dass die Osmanen Leute und Munition verschwenden würden, um diese zu stürmen, hielt man für ausgeschlossen. Vielleicht würde der Feind sie nicht einmal genau bewachen, sodass man die Ziegen gelegentlich um die Mauern herum weiden lassen könnte. Sie sollten wiederkommen, wurden verabschiedet und gingen.

Danach folgte ein Bericht der Kommission für Arbeitskräfte, die gerade das Viertel an Sklaven, das niemand verlangt hatte, für allgemeine Arbeiten verteilte. Der Großmeister verabschiedete sie und wollte gerade seine Papiere zusammenräumen und gehen, als er seinen Kaplan, Bruder Giovanni, draußen in der Halle erblickte. Er ließ ihn hereinholen.

»Wie läuft es bei dir, Bruder Giovanni? Fehlt etwas?«
»Ja, Eminenz, leider.«
»Was denn?«
»Buße, Ihre Eminenz.«

Der Großmeister setzte sich hin, wie er es immer tat, wenn er sich einer Sache annehmen wollte. »Das musst du erklären.«

»Verstehe mich nicht falsch. Nicht bei unserem Großmeister ...«

»Doch«, sagte l'Isle Adam scharf. »Genau dort. Wann wird es endlich richtige Buße geben?«

»Gerade deshalb, weil Bruder Großmeister das spürt, ist es in Ordnung. Und das gilt wohl für viele hier ... Aber es sollten viel mehr sein. Wenn wir dem Sultan widerstehen können, dann ist das ein Gotteswunder.«

»Ich weiß, Bruder Giovanni. Aber wir müssen auch tun, was an uns liegt. Deshalb laufe ich den ganzen Tag auf den Mauern herum und versuche, die Leute auf Trab zu bringen.«

»Dafür danken wir Gott, Bruder Großmeister. Aber letzten Endes liegt es an Gott, und der liebt ein zerknirschtes und betrübtes Herz. Das sollten wir alle haben. Aber viele Brüder haben es nicht. Sie zanken sich um Präzepturen und Kommenden. Sie passen auf, dass keiner dem anderen zuvorkommt. Sie sind eifersüchtig auf die fetten, faulen Brüder, die Zuhause sitzen und es sich gut gehen lassen.«

»Die werden wir jetzt einziehen«, sagte der Großmeister.

»Ja, ich weiß. Und ich habe Angst davor. Welchen Geist werden sie mitbringen? Legionäre unter der Zucht ihres Großmeisters?«

Der Großmeister schwieg, ohne zu verraten, dass er dasselbe dachte.

Bruder Giovanni fuhr fort: »Und dann die spanischen Soldaten und all die Seeräuber und Piraten, die jetzt nach Hause gerufen werden. Sie sind schlimmer als Heiden und Osmanen. Sie zerstören die braven Leute, die wir noch haben. Was soll Gott mit so einer Stadt machen?«

Der Großmeister schwieg immer noch.

»Bruder Großmeister, wir haben doch gerade den Propheten Jeremia im Nachtgebet gelesen. Was sagt Gott dort? ›Ich werde die Stadt zur Rechenschaft ziehen wegen des Bösen, das in ihr ist. Du selbst hast es verschuldet, wenn du deinen Gott verlässt, der dich auf rechtem Weg leiten will. Wie einen edlen Weinstock habe ich dich gepflanzt. Wie konntest du dich in wilde Ranken verwandeln? Sollte ich sie deswegen nicht heimsuchen? Stürme ihre Mauern und zerstöre sie! Reiße ihre wilden Ranken fort, denn sie gehören nicht dem Herrn!‹«

Der Großmeister sah auf.

»Ich habe zugehört, als du das gelesen hast, und darüber nachgedacht. Was willst du, dass ich tun soll? Glauben, dass alles hoffnungslos ist und in den Tag hinein leben? Um unserer Sünden wegen?«

»Es ist nie hoffnungslos, Bruder Großmeister. Wir sollen arbeiten, als ob alles von uns abhängt. Und beten, als ob alles von Ihm abhängt. Diesen Krieg muss Bruder Großmeister auf sich nehmen. Doch ich wäre glücklicher, wenn es mehr Gerechte in der Stadt gäbe. Wenn wenigstens wir in der Religion alle mit dem Herzen dabei wären.«

Der Großmeister schien am Ende seines Gedankengangs angekommen zu sein.

»Gut«, sagte er. »Du hast zehn Minuten Zeit, uns jeden Abend bei der Vesper Jeremia zu erklären. Und ich werde mit dem Erzbischof reden, was wir mit all den Räubern und Missetätern machen sollen, die jetzt für Christus kämpfen sollen … und vielleicht für seine Sache sterben«, fügte er nachdenklich hinzu.

Die Deserteure

»Serpentinen 24 Pfund, Kolubrinen 22, halbe Kolubrinen 12 oder 10, Sacres 5 und Falkonetten 3 oder 4 …«

André Barel saß im Schatten der Loggia vor dem Palast des Großmeisters und lernte. Er las laut, während sein Finger sich Zeile für Zeile über das Papier bewegte, das am Mittelfalz auseinanderzufallen drohte. Es war vollgekritzelt mit unleserlichen Anmerkungen eines früheren Jahrgangs.

Gleich nach dem 18. Februar waren alle Novizen vom Krankenhaus in die Artillerieschule verlegt worden. Keiner von ihnen hätte gedacht, dass man so viel Buchwissen brauchte, um mit Kanonen zu schießen. All die verschiedenen Typen sollte man kennen, und es gab unzählige davon. Manchmal schien es, als meinten die Kanonengießer, sie würden irgendwelche Statuen gießen, die alle unterschiedlich sein mussten. Obwohl der Marschall versuchte, alle ungleichen Geschütze loszuwerden, musste man mindestens 20 verschiedene Kugeln auf Lager haben. Und jeder Ritter musste wissen, welche zueinander passten und sofort erkennen, ob man eine verirrte Kugel – oder eine, die von der anderen Seite angeflogen kam – noch verwenden konnte oder nicht.

Heute war ein großer Tag. Sie wären dabei, wenn man von St. Nicolas über das Wasser hin zu der verlassenen Sandinsel im Norden schießen würde, auf der sie gestern dabei gewesen waren, um etwas zu bauen, was aussehen sollte wie eine Kanonenstellung der Osmanen: stabile Holzkisten, mit Erde gefüllt und mit einem Zwischenraum – von einer Plane überdacht – als Schutz für die Kanone, die, erhöht durch einen Holzstamm, auf zwei Böcken lag.

Doch die Spannung wich, während sie dort draußen in der Wärme standen und unzählige Male das Laden üben mussten, das Einfüllen des Pulvers mit der langen Kelle, um es dann festzustopfen – nicht zu fest! – und darauf zu achten, dass es trotz des scharfen Winds nicht davonflog. Dann kam das Zielen, verbunden mit langen Erklärungen, wie weit man über das Ziel hinaus zielen sollte und warum, und was man hätte machen müssen, wenn die Kanonenstellung doppelt so weit oder nur halb so weit entfernt gestanden hätte.

Endlich war man fertig mit dem Schießen. Doch da rief der Mann im Ausguck oben im Korb, dass von der anderen Seite ein Schiff käme und die Lunten wurden wieder zurückgezogen. Alle sahen über die Brüstung und einer rief: »Das ist der Wolf mit der Galliga!«

Und wahrhaftig, er war es: der Wolf, le Loup, ein Auvergner, ein Landsmann von André, ein rauer und waghalsiger Seemann. Vor einem Monat war er bei schwerem Wetter in See gestochen, um Saatgut aus Italien zu holen.

»Er hat schwere Last geladen«, sagte jemand.

Der Wolf hatte offenbar Erfolg gehabt. In so kurzer Zeit! Sobald er aus der Schusslinie war, wurden Kanonen als Willkommensgruß abgefeuert. Die Planken drüben qualmten in der Luft und Sand spritzte auf. Der Wolf stand auf dem Achterdeck am Ruder und schwenkte seinen Hut.

»Sind die Osmanen schon da?«, rief er.

»Nein, aber wir rüsten zum Fest«, schrie jemand zurück.

Am Mittagstisch in der Herberge der Auvergner saß der Wolf und erzählte. Während des Winters war man zu Hause schier wahnsinnig geworden. Seine Katholische Majestät Kaiser Karl lag sich mit Seiner Allerchristlichsten Majestät König Franz in den Haaren. Ihre Truppen kämpften in der Lombardei gegeneinander, die Franzosen hatten Mailand belagert, Colonna und Pescara waren zur Unterstützung herbeigeeilt und es konnte jederzeit zu einem großen Zusammenstoß kommen. Der Kaiser hatte Belgrad fallen lassen und die Ungarn an den Rand des Abgrunds gebracht, ohne zu sehen, dass er seine eigenen österreichischen Erblande in Gefahr brachte. Die Möglichkeiten des Großmeisters, bei den Fürsten der Christenheit außer den üblichen Versprechungen etwas zu bewirken, sahen düster aus, so der Wolf. Und der neue Papst Hadrian, über den sie so gejubelt hatten, weil er ihr eigener Ordensbruder war, hatte sich als große Enttäuschung erwiesen. Er hatte alle möglichen Kommenden in Italien beschlagnahmt und plante offenbar, sie als Präbende an Leute zu verteilen, denen er helfen wollte voranzukommen.

Die Brüder, die um den Tisch herumsaßen, nickten betrübt. Sie konnten noch schlimmere Dinge berichten. Die Ritter der Italienischen Zunge waren wegen dieser Sache völlig in Aufruhr geraten. Hier schufteten sie wie Hunde, exerzierten auf den Mauern, riskierten jedes Mal, wenn sie in See stachen, Galeerensklaven zu werden, und dann sollten ihre wohlverdienten Pensionsgüter direkt vor ihrer Nase an Stubenhocker verteilt werden! Sie hatten verlangt, eine große Protestdelegation zum Papst zu schicken, doch der Großmeister hatte rundweg abgelehnt. Und das Schlimmste: Vor ein paar Wochen hatte der Rat öffentlich verkündet, dass nach drei italienischen Brüdern gefahndet werde, die verschwunden waren. Man flüsterte, sie seien nach Kreta abgehauen, um von dort aus zu versuchen, nach Hause zu gelangen und diesen ganzen undankbaren Dienst an den Nagel zu hängen. Es war der schlimmste Skandal seit langem.

Doch es gab einen Trost in der ganzen Misere: Antonio Bosio, dieser Zauberer, befand sich gerade auf Kreta, mit löblichen oder weniger löblichen Absichten. Wenn jemand das Ganze wieder geradebiegen konnte, dann er.

Schon in der nächsten Woche kam ein Gruß des Zauberers auf Kreta. Er kam in Form seines Busenfreundes Gianantonio Bonaldi. Sie waren sich auf dem Kai von Porto Castello in die Arme gefallen, als Bonaldi gerade sein Schiff mit Weinfässern belud. Normalerweise verkaufte man seinen Wein auf Rhodos, doch dieses Jahr gab es niemanden, der dorthin segeln wollte, da man der Invasionsflotte der Osmanen geradewegs in die Arme laufen konnte. Bonaldi hatte noch nicht entschieden, wie er es anstellen wollte, aber nach diversen vertraulichen Beratungen mit seinem Freund Antonio, nach geheimnisvollem Flüstern und etlichen Botschaften, die hin und her gingen, hatte er zu verstehen gegeben, dass der Wein nach Konstantinopel solle. Gleichzeitig verstärkte er die Besatzung, nahm eine Menge Passagiere an Bord, alles junge Männer, und stach bald darauf in See. Auf der Höhe von Karpathos änderte er seinen Kurs, und jetzt war er hier, mit 700 Tonnen guten Weins und 20 hervorragenden Bogenschützen, die nichts dagegen hatten, sich anwerben zu lassen, am allerwenigsten, wenn es gegen die Osmanen ging. Samt Grüßen von Bruder Antonio, dass er bald nachkommen würde.

Am gleichen Abend schlich sich Bruder Antonio durch die Hintertür eines vornehmen Hauses in Candia, sah sich vorsichtig um, ging die leere Straße hinunter, nahm einen Abstecher durch die Gärten – einen langen Abstecher – und kam von der anderen Richtung her auf den Platz, genau aus der Gasse, in der das Freudenhaus stand, damit sich niemand wunderte, was er vorhatte, falls sich jemand darüber Gedanken machen sollte. Er ließ sich in der Taverne San Marco nieder, bestellte Wein und wartete.

Es war eine herrliche Zeit gewesen. In all den kleinen Städten hier auf der Nordseite war er herumstrichen, hatte alle enttäuschten und unzufriedenen Weinhändler ausfindig gemacht, die ihr Lager nicht leeren konnten, und ihnen einen guten Preis angeboten. Dann hatte er sich nach Schiffsbesitzern umgesehen, deren Geschäfte schlecht liefen – und davon gab es viele in diesem Jahr –, hatte ihre Schiffe befrachtet und die Beladung organisiert, immer an verschiedenen Stellen und mit unterschiedlichen Andeutungen, was den Tag der Abreise und den Bestimmungsort betraf. Und dann hatte er den kleinen Scherz wiederholt, den er und Bonaldi sich ausgedacht hatten: Überall, wo Wein geladen wurde, wurden auch Leute angestellt, junge Leute, viele Leute, Leute, die man brauchte, um die Segel zu setzen (sie selbst waren alt und ungeschickt), um die Fässer unter Kontrolle zu halten (sie konnten sich verschieben) und die Entladung zu übernehmen (es war schon vorgekommen, dass sie ratlos dagestanden hatten und darauf warten mussten). Und überall wurde gefragt, ob jemand eine Schiffspassage nach Chios brauchte, nach Kythira, nach Smyrna oder Konstantinopel, und immer waren es merkwürdig viele, die gerade jetzt reisen wollten und ihr Gepäck schnell an Bord brachten.

Eigentlich war es verwunderlich, dass er so lange hatte bleiben dürfen. Die Signoria von Kreta hatte jeglichen Verkehr nach Rhodos streng verboten. Niemand durfte sich in die Vereinbarung einmischen, die Süleyman nun mit den Rittern zu treffen gedachte. Venedig sollte um jeden Preis herausgehalten werden. Der neue Herzog von Kreta hatte ja eigenhändig die Verhandlungen mit dem Sultan geleitet und den Vertrag unterzeichnet.

Jetzt kam der Mann, auf den er gewartet hatte. Ein Mann mittleren Alters in schwarzem Mantel, braungebrannt wie ein Seemann, kurze Haare wie ein Knecht, aber aufrecht wie ein Herr.

»Guten Abend, Herr Lodovico, wie geht es Ihnen?«

»Guten Abend, Bruder Antonio.«

Der andere musterte ihn aufmerksam. Er war einer der drei Ritter, die von Rhodos entwichen waren.

»Was machst du hier?«

»Will nur von Zuhause grüßen.«

»Danke, und wie geht es euch?«

»Wie drei Tage vor der Hochzeit. Wir putzen und brauen und bereiten ein Feuerwerk vor. Sodass es viele Wochen lang für ein großes Fest reicht.«

Der Andere konnte ein Lächeln nicht verbergen.

»Was braut ihr denn Leckeres?«

»Schwarze Suppe, brennend heiß. Liebestränke, die sprühen und zischen, so feurig sind sie. Ein paar Schlückchen davon reichen. Das ganze Haus ist jetzt voll leckerer Sachen. Das Einzige, was uns fehlt, sind die Leute. Gäste haben wir genügend, aber die Gastgeber werden ziemlich verstreut sitzen. Zu große Lücken sind nicht gut, wenn man die Gäste ordentlich behandeln will.«

Lodovico de Moroso war wieder verstummt.

»Mir steht kein Urteil darüber zu. Uns allen ist das Leben lieb und wert, und wenn jemand es lieber ablehnt, bei dieser Hochzeit dabei zu sein, dann verstehe ich ihn. Denn es kann sein, dass es heiß hergehen wird.«

»Was sagst du?«

»*Ich* sage nichts, Herr Lodovico. Ich berichte nur, was man sich zu Hause auf Rhodos erzählt, in den Herbergen und auf der Piazza. Wir haben ja alle in den letzten Tagen eine Einladung bekommen, und viele von uns haben überlegt, ob wir uns entschuldigen und abspringen. Doch dann habe ich an die große Hochzeitseinladung gedacht, die unser

Herr ausgegeben hat. Es wäre ganz schön dumm abzuspringen. Und ein bisschen peinlich. Deshalb habe ich vor, morgen nach Rhodos zurückzufahren.«

Der Ritter saß da und starrte einen Moment lang vor sich hin.

»So, so, glauben die wirklich, dass wir *Angst* haben?«

»Nicht ich, Herr Lodovico. Aber einige von ihnen. Das mit den Kommenden kam fast *zu* gelegen. Und die Leute rechnen so gerne mit dem Schlimmsten …«

Das genügte. Der Ritter brach auf, ohne sich groß zu verabschieden. Bruder Antonio trank seinen Wein in Ruhe aus, schlenderte die Straße entlang und war plötzlich im Dunkeln verschwunden.

So kam es, dass die Wache von St. Nicolas eines Morgens ihren Augen nicht traute. Auf dem Meer hinter der Sandbank steuerte eine ganze Flottille gen Rhodos. Doch es waren nicht die Osmanen. Es waren lauter kleine Boote, sechzehn an der Zahl, Frachtschiffe und Fischkutter, schwer beladen und voller Leute, die neugierig die Festung und den Hafen musterten, die sich vor ihnen öffneten. An der Spitze segelte eine der Brigantinen der Religion, und an der Spitze des Mastes flatterte die rote Flagge mit dem Kreuz im Wind. Es war Bosio.

Dann ging es Schlag auf Schlag: Meldung an den Befehlshaber der Wache, Kurier im Laufschritt zum Palast, Unterbrechung der Verhandlungen und großer Menschenauflauf am Kai. Antonio Bosio stieg triumphierend an Land, mit sich vierhundert Mann und sechzehn Schiffsladungen mit Wein und Waffen. Er wurde sofort zum Großmeister beordert, wo er von seiner Fahrt berichtete, auch von seinen Kontakten mit den Ausbrechern – und von Martinengo.

»Und? Wie lief es?«

»Er ist nicht abgeneigt, Eminenz. Im Gegenteil, ich glaube, es lockt ihn, bei einer so spannenden Geschichte dabei zu sein. Aber er will es sich ungern mit dem Herzog verderben. Er ist eben doch Venezianer. Er hat fast alle ihre Festungen umgebaut und einen Ruf zu verlieren – und vielleicht eine große Zukunft. Deshalb bittet er darum, dass Ihre Eminenz der Herrschaft schreibt und darum bittet, Signor Martinengo etwa ein Jahr lang für Festungsarbeiten auf Rhodos ausleihen zu dürfen. Wenn er die Erlaubnis erhält, kommt er mehr als gerne.«

Der Großmeister sah nachdenklich aus.

»Doch wenn er sie nicht bekommt?«

»Dann will er trotzdem kommen. Und dann kann man die Sache immer noch regeln.«

»Möglich, wenn man Antonio Bosio heißt. Halte dich also bereit, falls du wieder dorthin reisen musst. Aber ruhe dich zuerst ein paar Tage aus.«

»Eher ein paar Wochen, Eminenz. Nicht wegen mir«, fügte er erklärend hinzu. »Aber die auf Kreta müssen sich erst ein paar Wochen ausruhen, bevor sie die Kraft haben, mich wieder zu sehen.«

Der Großmeister lachte.

»Drei Wochen also. Länger dürfen wir nicht warten.«

Alles bereit

BERUFUNGSRICHTER FONTEYN – Reverendus Dominus Jacobus Fontanus, juris utriusque doctor, wie es im Protokoll hieß – war auf seinem Sonntagsspaziergang. Sein rundes Gesicht mit den kleinen, kurzsichtigen Augen war genauso bleich wie an dem Tag, als er Brügge verlassen hatte. Er hatte schon viel gearbeitet in seinem Leben, immer drinnen im Haus und oft bis in die Nacht hinein.

Heute war der erste Juni, Sonntag Exaudi, und es sollte wieder Große Parade sein. Schon seit vierzehn Tagen ging das so, und allmählich wurde es ein bisschen viel für einen gebildeten Mann. Doch die Leute waren offenbar immer noch genauso entzückt wie am Anfang. Sie hatten gejubelt, als die Besatzung der Großen Karacke an jenem Sonntagmorgen vor vierzehn Tagen mit Gewehren, Lanzen und

Standarten durch die Stadt marschiert war. Sie hatten anerkennend in die Hände geklatscht, als hundert spanische Ritter am selben Abend die Straßen in ein dunkelrotes Mohnfeld mit hundert weißen Kreuzen verwandelten. Sie hatten getrillert und gejubelt, als am Dienstag ihre eigenen Matrosen von der Marietta und die Galliga mit dem Wolf ihre Große Parade hatten. Am Donnerstag kam dann Seigneur Dinteville mit Rittern mehrerer Zungen, eine stattliche Präsentation prachtvoller Rüstungen und rauschender Standarten, einige davon zu Pferd – obwohl es in dieser Stadt nicht viele Pferde gab. Und dann war letzten Sonntag der Tag der Kaufleute gewesen, als der Genueser Fornari mit all seinen Leuten von der Bürgerschaft bejubelt wurde. Er hatte es wahrlich verdient. Er war mit seiner Karacke aus Alexandria gekommen, voll beladen mit Kräutern und vielen Menschen an Bord. Er war vor Rhodos gelegen, um Neuigkeiten von der osmanischen Flotte zu erfahren, und der Großmeister hatte Galeeren hinausgeschickt, um ihn wohl oder übel, mit großen Versprechungen und höflichem Zwang, zum Bleiben zu bewegen und sich und seine Leute zur Verfügung zu stellen. Auch er schien nun vom allgemeinen Kriegstaumel ergriffen zu sein und wurde mit Beifall begrüßt, als er in seinem Prachtgewand vorüberschritt, das zur einen Hälfte aus rotschimmerndem goldfarbenem Stoff, zur anderen Hälfte aus violettem Samt bestand; dahinter fünfzehn Kaufleute, auch sie in zweiteiligen, langärmligen Gewändern in denselben Farben. Der bisherige Höhepunkt waren jedoch die Kreter gewesen, jene bärtigen Seeleute, die mit Antonio Bosio auf fünfzehn kleinen Küstenschiffen gekommen waren. Als sie letzten Donnerstag mit ihren 400 Mann an Land gegangen waren, mit Bögen und Gewehren und ihren langen, zweischneidigen Schwertern, waren die Leute außer sich vor Freude gewesen. Nicht überall wurden Legionäre auf diese Weise begrüßt. Doch hier kämpften sie sozusagen auf heimischem Boden und nicht nur des Geldes wegen.

Der Berufungsrichter hatte Collachium erreicht und bemerkte wohlwollend, dass die Wachen ihr Gewehr präsentierten. Allmählich erkannten sie ihn wieder. Und bald wäre er einer der bedeutendsten Personen der Stadt. Der Großmeister hatte ihn letzte Woche zu sich gerufen und ihm mitgeteilt, dass alle Prozesse aufgeschoben würden und alle Gerichte ihre Tätigkeit einstellen müssten, wenn die Stadt belagert würde. Fonteyn war entsetzt gewesen. Dann würde ja die Welt zusammenbrechen! Doch der Großmeister hatte ihn getröstet. Er würde drei Kriegsrichter ernennen, die außerordentliche Vollmachten hätten, um alle eiligen Fälle abzuurteilen, mit Macht über Leben und Tod, abgesehen vom Recht des Großmeisters, Todeskandidaten zu begnadigen. Als Beisitzer wolle er nun den Herrn Berufungsrichter ernennen in der Hoffnung, dass dieser sich mit seiner immensen Sachkenntnis zur Verfügung stellen wolle – scientiam praeclaram peritiamque singularem. Der Großmeister hatte nämlich Latein gesprochen – ein Kompliment, das Jacobus Fontanus besonders schätzte. Er bedankte sich also in derselben wohlklingenden Sprache mit langen, wohlgeformten Sätzen, bei denen er sich zum Schluss nicht mehr richtig an das Subjekt erinnerte und fürchtete, das Verb sei im Singular, wo es doch im Plural stehen müsse. Doch das hatte wohl keiner gemerkt.

Vor dem Krankenhaus traf er Doktor Apella, der ebenfalls unterwegs war, um sich die ganze Pracht anzusehen. Er schien bedrückt zu sein. Fonteyn wollte sich höflich und interessiert zeigen und erkundigte sich, wie es mit den Vorräten in der Apotheke stehe für den Fall, dass sie nun einige Wochen von der Außenwelt abgeschnitten wären. Der Doktor sagte, dass es von den meisten Dingen ausreichend Vorräte gebe: von Alraune und Alaun, von Indischem Mohn und Seidenfäden, von Baumwollmull und Rosenöl, aber, dass er gerne ein wenig mehr bolus armenicus hätte.

»Armenica«, berichtigte Fonteyn. »Bolus ist feminin, Herr Doktor.«

Doch da wurde der kleine Jude böse und sagte, es sei ihm völlig egal, ob feminin oder maskulin, wenn er nur so viel bolus armenicus bekäme, dass er genügend Salbe daraus machen könne für all die Wunden, die er in den nächsten Monaten zu Gesicht bekäme. Dann gerieten sie im Gedränge auseinander.

Doch heute war es nicht schwer, jemanden zu treffen. Dort standen ja Antoine de Golart und Ritter Chalant, mit denen er auf dem Schiff Gesellschaft gehabt hatte.

»Hallo, Ritter, was gibt's Neues?«

»So manches, Herr Doktor. Die Galliga und die Marietta sind zurückgekehrt mit Leuten von den Außenposten. Wir ziehen uns jetzt zusammen. Und morgen fangen wir an, die Brücken zu allen Toren niederzureißen. Dann kommt der Doktor nur noch durch das Nordtor hinaus, bei Mandraki.«

Der Berufungsrichter sah ernst aus.

»Sind sie schon so nah?«

»Brücken soll man lieber zu früh als zu spät abbrechen, Herr Doktor. Wir rechnen damit, dass sie diese Woche von Konstantinopel aus lossegeln; falls sie es nicht schon getan haben.«

Er wurde von Trompetenstößen und Jubel unten im Torgewölbe, das zur Stadt hinführte, unterbrochen. Dort kamen sie. An der Spitze ging Gianantonio Bonaldi, der venezianische Kapitän. Er war mit seinem Schiff und seinen Leuten gekommen, um auf der richtigen Seite zu kämpfen, wenn seine Heimatstadt es schon nicht tun wollte. Der Beifall war entsprechend stürmisch und nahm kein Ende. Obwohl es nur 50 Mann waren, wo es 15.000 hätten sein können …

Am Montag bekam der Großmeister die Abschlussberichte über die Stärkeverhältnisse. Die Musterungen hatten vor einem Monat begonnen. Zuerst die Ritter, Zunge für Zunge, dann die Bürgerschaft, die Schiffsbesatzungen, Griechen, die man aufgeboten hatte, und angeworbene Besatzung, vorsichtshalber in kleinen Gruppen, damit ausländische Spione sich nicht so leicht einen Überblick verschaffen konnten. Die Informationen waren also geheim. Sie ergaben insgesamt 612 Ritter und dienende Brüder. An Turcopolen, Matrosen und anderen, die in festem Dienst standen, hatte man 918. Stadtmiliz und Bürgerschaft waren mit Leuten von den Inseln verstärkt worden und waren nun ungefähr 2.400 Mann. Und dann waren da noch die Schiffsbesatzungen und neu angeworbenen Legionäre, zusammen 1.100. Insgesamt waren es also 5.030 Mann.

»Und die Osmanen?« fragte der Großmeister nachdenklich. »Zuletzt waren es 80.000 oder vielleicht 120.000. Diesmal werden es eher mehr als weniger sein. Also sind wir bestenfalls einer gegen fünfzehn, wahrscheinlich einer gegen zwanzig.«

Er dachte einen Augenblick nach. »Solange die Mauern stehen, werden wir es schaffen.«

Am Donnerstag leuchtete ein Feuersignal von Fisco herüber. Es war das Zeichen, dass die Osmanen etwas wollten. Eine Galeere fuhr hinaus. Auf der Rambade, zwischen den Kanonen und eingeklemmt zwischen Artilleristen und Infanteristen, saß André Barel mit seinem Freund Antoine. Sie hatten als vorübergehende Verstärkung mitfahren dürfen.

Sie sahen, wie St. Nicolas vorüberglitt und die Stadt immer mehr zusammenschrumpfte, zuerst zu einer Burg, die von einer Mauer umschlossen war, dann zu einer kleinen buckligen Erhebung am Strand, die einer geschlossenen Faust ähnelte. Vor ihnen stiegen die Berge Asiens immer höher aus dem Meer. Nach ein paar Stunden konnten sie die Uferlinie mit dem hellen Rand erkennen, der zeigte, wie weit die Wellen an Sturmtagen heranreichten. Diese lag sonst außerhalb des Blickfelds versteckt.

Sie hatten guten Wind und die Ruderer konnten sich ausruhen. Der Gestank, der von ihnen ausging, war nicht so stark wie sonst. Das Schiff war ja im Hafen gewesen, und man hatte den Kot aus den Lachen zwischen den Bodenstützen unten am Kiel herausgeschöpft. Sonst wollte man am liebsten luvwärts auf den Ruderbänken sitzen, aber heute war es auch in Lee erträglich.

Was wollten die Osmanen? Sie saßen zusammen und sprachen mit Iaxi, dem griechischen Proviantmeister, der als Dolmetscher mitgekommen war. Er kannte die Osmanen gut. Auf dem Meer wurde ja immer gehandelt, offen und friedlich oder im Verborgenen. Ein Großkunde wie der Einkäufer der Galeerenflotte hatte überall Freunde.

Das zeigte sich auch, als sie endlich angekommen waren. Der steinige Strand lag unbebaut und verlassen unterhalb der Klippen, aber in einer flachen Bucht konnte man ein kleines Lager um ein Feuer herum erkennen. Von dort wurde gewinkt und sie ruderten näher an den Strand heran. Es waren osmanische Kaufleute mit Stoffballen und aufgestapelten Teppichen. Sie hatten sich in einer Lichtung im Gebüsch niedergelassen.

Iaxi rief ihnen von der Rambade aus etwas auf Türkisch zu und bald war das Gespräch in Gang. Niemand an Bord – außer den Sklaven natürlich – konnte verstehen, was gesprochen wurde.

André betrachtete die Osmanen interessiert. Bärtige, hochgewachsene Kerle mit Gürteln, die eng um ihre großen Bäuche herumgewickelt waren. Er versuchte, sie sich 20 Jahre jünger vorzustellen, als Soldaten. Es wäre nicht leicht, es mit ihnen aufzunehmen.

Einen Augenblick später rief Iaxi dem Befehlshaber auf dem Puppdeck zu: »Sie können einen Boten zum Aga schicken, der das Signal heute Nacht entzünden ließ. Aber es dauert einen Augenblick. Sie bitten mich, an Land zu kommen.«

»Nicht ohne Geisel«, rief der Befehlshaber zurück. »Sag ihnen, dass einer von ihnen an Bord kommen muss.«

Iaxi sprach wieder mit den Kaufleuten, die jetzt an den Strand heruntergekommen waren. Er hatte eine geschickte Art, heikle Dinge auszudrücken, und sie schienen ganz und gar einverstanden zu sein. Sie zeigten auf einen der Bestgekleideten in ihrer Gruppe und Iaxi nickte. Das Beiboot wurde ausgesetzt, der Osmane stieg hinunter zu den Steinen, die am Strand lagen, und wurde an Bord genommen, während Iaxi an Land sprang. Das Boot kehrte wieder um.

André warf nur einen flüchtigen Blick auf den Osmanen. Er schien reich, aber nicht besonders schlau zu sein. Dann sah er interessiert zum Strand hinüber. Die Osmanen grüßten höflich und herzlich und Iaxi beherrschte das ganze Zeremoniell. Es dauerte ein Weilchen, bis sie sich in Richtung des Feuers und zu den Warenbündeln hinbewegten, die ein gutes Stück vom Strand entfernt lagen. Sie gingen ein Stück weiter in das Gebüsch hinein. Irgendetwas schien sie köstlich zu amüsieren.

Im selben Augenblick erstarb das Gelächter dort drüben und André hörte sich selbst schreien. Das Wäldchen auf dem Hügel war auf einen Schlag zu seiner doppelten Höhe herangewachsen. Vielleicht fünfzig Mann mit Turbanen, Lanzen und Säbeln warfen sich über Iaxi, schleppten ihn mit sich und verschwanden, gefolgt von den gutgekleideten Kaufleuten.

André starrte seinen Freund Antoine an. »Was sollen wir tun? Schießen? An Land gehen?«

Antoine biss sich auf die Lippen.

»Sinnlos. Da ist nichts zu machen. Man hat uns hinters Licht geführt. Vielleicht könnten wir die Waren dort drüben mitnehmen als kleine Erinnerung an unseren Freund Iaxi.«

Doch nicht einmal das erlaubte Ritter Meneton, der das Kommando hatte. Vielleicht hatten sie noch eine Falle gelegt. Er befahl, in See zu stechen und fing an, den Osmanen zu verhören, der als Geisel gekommen war. Es stellte sich heraus, dass es ein armer kleiner Bauer war, ein Halbgrieche, verkleidet und zu Tode erschreckt. Man hatte sie vollständig hinters Licht geführt.

Proviantmeister Iaxi schaukelte auf dem Pferderücken in schnellem Trab hin und her, und seine Hände, die vorne zusammengebunden waren, konnten sich nur mit Mühe am Sattelbogen festhalten. Um ihn herum trabten Sipahis auf guten Pferden und mit langen Pistolen und Dolchen am Gürtel, die Axt oder das Beil am Sattel, Schild und Bogen auf dem Rücken.

Er hatte sich von seinem ersten Schrecken erholt und begann sich umzusehen, um sich wie üblich alles zu merken.

Sie waren an Marmaris vorbeigeritten. Die Stadt war nicht wiederzuerkennen. Die Burg war umgebaut und vergrößert worden, die ganze Umgebung war voller Zelte, Baracken, Schuppen und Vorratshäuser. Es wimmelte nur so von Soldaten. Kanonenkugeln, groß wie Wassermelonen, waren mit fast unheimlicher Präzision zu langgestreckten Hügeln aufgeschichtet. Balken, Sparren, Bretter und Planken bedeckten stapelweise den Sandstrand. Überall gingen Wachen umher, und es war still, so still, wie es nur die Disziplin der Osmanen in einem Lager zu schaffen vermag.

Zu seiner Verwunderung zweigten sie nicht nach Marmaris ab, sondern ritten die Hügel hinauf in den Kiefernwald. Hier verlief der Weg nach Scutari und Konstantinopel. Allmählich spürte er Angst, doch er sah sich trotzdem weiter um. Den ganzen Weg entlang war der Wald voller Zelte und Pferdebiwaks, Gehege mit Schafen und Ziegen, Feuerstellen mit dampfenden Kesseln, Kanonen, Kamelen und Menschen, Menschen, Menschen, wohin das Auge reichte.

Er wunderte sich, wie sie hatten vergessen können, ihm die Augen zu verbinden. Es war unachtsam von ihnen gewesen, ihn all das sehen zu lassen.

Plötzlich spürte er, wie ihm das Blut in den Adern gefror. Sie wussten genau, was sie taten! Er würde Rhodos nie wiedersehen. Nie mehr mit einem Christen sprechen. Die Einzigen, mit denen er nun würde sprechen dürfen, wären die, die ihn verhörten und die Foltermeister.

Wie lange? Vielleicht drei Wochen, vielleicht sechs. Sie waren Meister darin, Menschen langsam zu Tode zu quälen. Wie viel würden sie aus ihm herausbekommen? Er bat Christus, den Heiligen Täufer und alle Heiligen um Vergebung. Das Wichtigste stand bereits fest: lieber drei Wochen Höllenqualen als eine Ewigkeit zusammen mit ihnen auf der anderen Seite. Den Glauben konnten sie ihm nicht nehmen.

In der Nacht zum nächsten Sonntag, dem Pfingsttag, leuchtete wieder das Feuersignal von Fisco herüber. Wieder fuhr eine Galeere hinaus – mit der leisen Hoffnung, Iaxi doch noch zurückzubekommen. Auf der anderen Seite standen diesmal nur einige Soldaten. Sie sagten, dass ein Brief vom Sultan gekommen sei. Sie würden ihn holen lassen. Da es eine Weile dauern könne, wäre es am besten, wenn sie Anker würfen. Doch der Befehlshaber gab ihnen zu verstehen, dass diesmal keine Tricks halfen. Er fragte sie, was sie mit Iaxi getan hatten, erhielt aber keine Antwort. Da ließ er die Galeere wenden. Als die Osmanen das sahen, warfen sie einen Stein an Bord, an dem ein Brief befestigt war. Er war vom Sultan.

Der Rat musste nicht lange über den Inhalt grübeln. Süleyman verkündete seinen Beschluss, die Insel Rhodos in Besitz zu nehmen. Wenn man sie ihm friedlich überließe, gäbe er seinen Eid darauf, dass alle Einwohner, Groß und Klein, ihren Glauben, ihre Sitten, ihre Arbeit und ihre gewohnte Lebensweise beibehalten dürften. Wenn jemand mit seinen Gütern und Angehörigen wegziehen wolle, stünde ihm dies frei. Wer beim Sultan in Dienst treten wolle, sei eingeladen, dies zu tun und zwar zu besseren Bedingungen als die, die er zuvor gehabt hatte. Auf dieses Angebot erwarte der Sultan eine sofortige Antwort und zwar »Ja«.

»*Andernfalls mögest du versichert sein, dass Unsere Kaiserliche Majestät bereits zu dir unterwegs ist mit allem, was ein Krieg erfordert und dass das Ende so sein wird, wie es von Gott beschlossen wurde, wovon Wir dich gebührend unterrichten möchten, damit du nicht sagen kannst, du seist nicht richtig vorbereitet, gewarnt und informiert worden. Dann werden Wir dein Schloss dem Erdboden gleichmachen, keinen Stein auf dem anderen lassen und dich und die Deinen zu Sklaven machen und einen schnellen, schlimmen Tod sterben lassen nach dem Willen des Höchsten, so, wie Wir es mit vielen anderen gemacht haben. Dessen mögest du dir voll und ganz gewiss sein. Gegeben von Unserer Kaiserlichen Majestät im Hof von Konstantinopel, am ersten Tag im Juni.*«

Das war die Kriegserklärung. Auf so etwas konnte man nur mit Kanonen antworten.

Der Erzbischof

TAG FÜR TAG WARTETE MAN auf die Osmanen. Jeden Abend sprach Bruder Giovanni kurz zu seinen Ordensbrüdern. Er hatte ein unglaubliches Gedächtnis, fast so gut wie das des Erzbischofs, nur mit dem Unterschied, dass Bruder Giovanni sich an Bibelstellen erinnerte und die Propheten zitieren konnte, während Monsignore Balestrini einen unerschöpflichen Vorrat an Zitaten von Cicero und Ovid, Vergil und Petrarca parat hatte.

Bruder Giovanni sprach nicht vergebens. Der Ernst der Stunde war ja zu spüren. Wie Bosio sagte: Man war zur Hochzeit geladen. Die Ritter wussten genügend Bescheid über die Hochzeit des großen Königs, um an ihre Hochzeitskleidung zu denken. Mehr als sonst kamen zu den Beichtstühlen. Man merkte viele Zeichen selbstauferlegter Wiedergutmachung. Vielleicht deshalb, weil die Ordensregeln festlegten, dass ein Bruder, der offen bei einer Sünde der Unzucht ertappt wurde, ausgeschlossen wird, während ein armer Sünder, dessen Fehltritt nicht ans Licht kommt, die Sache mit Gott ausmachen kann, vorausgesetzt, er legte sich selbst eine angemessene Buße auf.

Eines Morgens nach der Messe ließ Monsignore Balestrini, der Erzbischof, Bruder Giovanni zu sich rufen. Er saß gerade an der Predigt, die er den Rittern am kommenden Sonntag halten sollte, am Tag der Heiligen Dreifaltigkeit. Er wollte hören, über was Bruder Giovanni mit ihnen geredet hatte. Könne er vielleicht ein passendes Wort vorschlagen, von dem er ausgehen solle?

»Monsignore sollte vielleicht mit einem Wort der Ermahnung beginnen«, sagte der kleine Italiener vorsichtig und sah ihn mit seinen großen Kinderaugen an.

»Welches zum Beispiel?«

»Vielleicht mit dem, das beim Propheten Jeremia im zweiten Kapitel steht: ›Sie kehren mir den Rücken zu und nicht ihr Angesicht. Aber wenn die Not über sie kommt, sprechen sie: ›Steh auf und hilf uns! Surge et libera nos!‹«

Monsignore schlug beide Hände vor das Gesicht.

»Aber ich soll sie doch aufmuntern! Ihren Mut stärken, ihren Kampfeswillen, ihren Glauben an den Sieg! Da darf man nicht von so etwas sprechen.«

»Reverendissime, ich meine nicht, *nur* davon. Danach kann man ja zu etwas anderem übergehen.«

»Zu was zum Beispiel?«

»Vielleicht zu dem, was im nächsten Kapitel steht: ›Kehrt um, ihr abtrünnigen Kinder, so will ich euch heilen. Ja – siehe, wir kommen zu dir; denn du bist der Herr, unser Gott.‹«

Der Erzbischof sah nachdenklich aus. »Ich werde darüber nachdenken«, sagte er nur.

Der Sonntag kam. Am Abend zuvor hatte eine der schnellen Brigantinen, die draußen auf der Lauer lagen, berichtet, dass die Armada der Osmanen Mytilene passiert hatte. Alle Ritter und dienenden Brüder der Religion standen stumm und feierlich unter der dunkelblauen, mit Sternen übersäten Holzdecke, die sich über die schlanken Pfeiler von San Giovanni spannte. Monsignore sprach.

Es war eine schöne Rede. »Lucullentissima oratio«, dachte Richter Fonteyn, der ganz vorne unter den Ehrengästen saß. Hochwürden streifte die Geschichte, rief eine Reihe Erinnerungen und den siegreichen Kampf der Väter hervor; die große Gefahr, die von den Ungläubigen ausging und die ehrenvolle Aufgabe, der Tyrannei zu widerstehen. Er zeigte auf sein Bischofskreuz und sagte, auch dieses ermahne ihn, die Ungläubigen und all ihre Werke zu vernichten. So wolle er nun einige gute Gründe nennen, warum sie sich des Sieges gewiss sein könnten. Wohl habe Gott viele Gründe zu strafen, doch er sei ein vergebender Gott. Und der Erste unter allen Heiligen, der Täufer selbst, ihr heiliger Vorläufer, streite ja für seinen eigenen Orden. Wie mächtig seien doch die Verteidigungsanlagen, um wieviel besser als zu d'Aubussons Zeit, und dennoch habe man damals einen glänzenden Sieg errungen. Monsignore redete lang und breit über die Mauern, die Artillerie und die Bastionen und nicht zuletzt über die unvergleichliche Führung.

Der Großmeister wand sich innerlich und dachte: Die Mauern mögen gut sein, aber ich würde lieber etwas über eine andere Festung hören. Die, von der es in den Psalmen heißt: Meine Zuversicht und meine Burg, mein Gott, auf den ich hoffe.

Die lange Rede war zu Ende und die Ritter rührten sich wieder. Sie waren ergriffen von dem Schlusswort mit seinen zwei Möglichkeiten: zu siegen und auf dem ganzen Erdkreis verehrt zu werden oder zu fallen und die Krone der Märtyrer zu gewinnen – in beiden Fällen eine unsterbliche Ehre.

Admiral d'Airasca, der Pfeiler der Italiener, ging nach vorne und küsste Monsignore die Hand, dankte für die schönen Worte und versicherte, dass sie alle sehr erbaut und zufrieden seien – molto edificati e sodisfatti.

In der Sakristei wandte sich Monsignore an Bruder Giovanni. »Hast du gemerkt, dass ich sie ordentlich ermahnt habe?«

»Wie meinen Hochwürden?«

»Hast du das etwa nicht gemerkt? Ich habe doch gesagt, dass Gott vergibt, wenn die Menschen anfangen, sich zu bessern und mehr auf ihre Pflichten achten, so wie ihr, edle Ritter, es getan habt – habe ich gesagt – und wie ich wünschte, dass ihr es immer tätet – quod ut semper faciatis velim! Hast du das nicht gehört?«

Bruder Giovanni sah ihn mit seinen frommen Kinderaugen beinahe hilflos an. »Ich habe es gehört, Reverendissime. Gott gebe, dass sie es sich zu Herzen nehmen.«

Er spürte, dass er etwas anderes hätte sagen sollen: »Das hat Euer Hochwürden nur gesagt, um sein eigenes Gewissen zu beruhigen. Nicht, um das der anderen zu wecken.« Doch er fand nicht den Mut dazu.

Sie kommen!

»Sie kommen!«

Das Gerücht verbreitete sich wie ein Lauffeuer an einem windigen Spätsommertag. Von einem der Türme oben auf dem Berg konnte man ihn sehen: einen Wald voller Masten in der Bucht hinter Symi. Alle eilten zu den Mauern, die auf das Meer hinausgingen, und hingen über der Brüstung. Aber nichts war zu sehen und nichts geschah. Stieg man die alte Akropolis hinauf, wo umgefallene Pfeilerstümpfe zwischen Disteln hervorragten, konnte man die Masten sehen, wenn sich der Nebel lichtete. Nur die Masten; der Rest verbarg sich hinter der Wasseroberfläche. Doch die Osmanen schienen nur entlang der Küste hin und her zu kreuzen. Langsam kam der seltsame Wald aus nackten Baumwipfeln, die aus dem Wasser hervorstachen, näher.

Im Palast des Großmeisters wusste man Bescheid. Es war nur eine erste Abteilung, ungefähr 30 Schiffe. Ihr Versuch, auf Lango zu landen und die Küste zu verwüsten, war missglückt; sie hatten sich die Finger verbrannt und waren weitergefahren. Das Leben ging weiter wie immer. Auf dem Land erntete man die halbreife Saat, fuhr sie in die Stadt und hinauf ins Kastell. In den Hafen von Mandraki kam ein ständiger Strom kleiner Boote, schwer beladen mit Flüchtlingen von den Inseln.

»Sie kommen!«

Diesmal war es kein falscher Alarm. Doch es waren nur die 30 Galeeren, und alle wussten, dass es nicht die große Armada war. Dennoch sahen sie respekteinflößend aus. Nur wenige von denen, die auf den Mauern standen, hatten jemals so viele Schiffe auf einmal gesehen.

Es war Dienstag, genau eine Woche, nachdem die Osmanen zum ersten Mal gesichtet worden waren. Und es war der Tag des Heiligen Johannes des Täufers, einer der großen Festtage für die Johanniter. Alles wurde gefeiert wie immer: die große Messe in San Giovanni, die lange Prozession durch die Stadt mit all den Rittern in ihren schwarzen Mänteln mit dem weißen Kreuz, mit langen Litaneien, mit Wachslichtern, mit dem Bild des Täufers unter dem Thronhimmel und mit der großen Standarte – alles wie immer. Die Leute liefen zwischen den Mauern und der Piazza hin und her, um nichts von dem Schauspiel zu verpassen. Währenddessen erhielt der Großmeister laufend Berichte, die ihm diskret hinterbracht wurden, während er direkt hinter dem Bild des Täufers herging, ruhig und freundlich lächelnd wie immer.

Das Geschwader war auf der anderen Seite der Landzunge vorbeigeglitten und weiter nach Süden gezogen, an der Westseite der Insel entlang. Am Abend erfuhr man, dass der Feind vor Fanés lag. Einige Abteilungen waren an Land gewesen und hatten die Saat abgebrannt, die man nicht mehr hatte ernten können. Von einer großen Landung war nicht die Rede.

Am nächsten Morgen waren die Osmanen wieder fort. In der Nacht waren sie nach Symi zurückgesegelt.

Auf der Mauer der Auvergner war der Klang der Meisel, den die Steinmetze verursachten, zum ersten Mal seit einem halben Jahr verstummt. Ein paar Leute fuhren die letzten Fuhren mit Steinsplittern und zerbrochenem Baugerüst fort. Die Zunge der Auvergner schickte sich an, ihre neue Bastion in Besitz zu nehmen. Die Kanonen, die auf der inneren Ringmauer aufgereiht standen, wurden auf das neugebaute Plateau hinausgerollt. Es war auf die gleiche Höhe wie der Rundweg oben auf der Mauer erhöht worden. Dort lag es nun wie ein massiver Berg, bedrohlich nach vorne in den Wallgraben geschoben, der eine große Biegung nach Westen machen musste, um die mächtige Bastion zu umrunden. Ritter Chalant wachte darüber, wie die Kanonen aufgestellt wurden. André Barel hatte den Befehl über die Gruppe, die eine Kolubrine auf der Nordseite in Stellung bringen sollte. Man wollte sie gerade gemeinsam anheben, um das Vorderrad auf die ebene Steinplatte zu stellen, die den Platz für das Geschütz markierte, als jemand angelaufen kam.

»Was macht ihr da? Die Mauer gehört uns! *Unsere* Mauer! Verstanden?«[3]

Es war ein dienender Bruder der Deutschen Zunge und er war nicht alleine. Noch ein paar andere standen dort mit ihrer Armbrust, jeder an seiner Schießscharte. Jetzt kam einer ihrer Ritter herbeigelaufen.

»Abite! Weg von hier!«[4]

Der Chevalier hatte sie erblickt und trat nach vorne. »Was ist los?«

In gebrochenem Französisch versuchte der Deutsche zu erklären, dass dieses Mauerstück – er zeigte auf den nach Norden weisenden Teil der inneren Ringmauer – der Deutschen Zunge zugeteilt war. Wenn nun davor eine Bastion errichtet wurde, gehörte sie gemäß den Regeln und Statuten den Deutschen.

André sah den Deutschen an: ein kleiner, breitschultriger Herr mit roten Wangen, fleischigen Lippen und einer energischen Falte zwischen den Augenbrauen, ziemlich beleibt und mit einem sehr aufrechten Rückgrat.

Chalant versuchte, behutsam mit ihm umzugehen. Er schlug vor, die Kanonen trotzdem aufzustellen, zumindest bis auf weiteres. Doch der Deutsche starrte ihn nur an. Impossibile! Daraus würde sich womöglich ein Vorrecht entwickeln.

»Ich darf unsere Hoheitsrechte nicht aufgeben.«[5]

Unterdessen hatte der verschwitzte Arbeitstrupp etwas weiter hinten sein Geschütz an Ort und Stelle bugsiert. Als der Deutsche das sah, lief er hin, schob den erstbesten Auvergner weg, winkte seine Leute herbei und fing an, die Kanone wieder zurückzurollen. Zuerst gab es ein Handgemenge, dann eine Schlägerei. Überall von der Mauer stürmten Leute herbei. Die Deutschen waren hoffnungslos unterlegen. Sie zogen sich an die Brüstung zurück und standen keuchend und verbittert da. Einer von ihnen hatte eine blu-

---

3 Im Original auf Deutsch.
4 Wie Anm. 3.
5 Wie Anm. 3.

tige Lippe. Der Ritter hatte sein Schwert gezückt. Von der Deutschen Mauer kam Verstärkung herbeigeeilt.

»Ihr Idioten!«, schrie jemand. »Ausgerechnet jetzt, wo ihr hunderttausend Osmanen in Sichtweite habt! Cento mila turchi!«

Es war d'Airasca, der Admiral. Er war gekommen, um sich die neue Bastion anzusehen. Da er Italiener war und somit unparteiisch, gelang es ihm, die aufgebrachten Kerle zumindest wieder auseinanderzubringen. Dann bot er sich an, zum Großmeister zu gehen und den Rat zu bitten, über die Sache zu entscheiden. Bis dahin sollten die Kanonen dort stehenbleiben dürfen, wo sie standen.

Damit gab man sich zufrieden. Die Deutschen standen stumm und mit zusammengebissenen Zähnen an ihrer Mauer. Die Franzosen wandten ihnen den Rücken zu und waren mit sich selbst beschäftigt.

D'Airasca fand den Großmeister im Burghof vor, wo er den zweiten der vier Reservekader inspizierte – der, der hinter die Spanische und die Englische Mauer verlegt werden sollte und unter dem Befehl von Sir John Buck stand. Auch der Marschall nahm an der Besichtigung teil. Besser konnte es sich kaum fügen. Drei Großkreuzer waren bereits versammelt. Zu den anderen gingen sofort ein paar Ordonnanzen und nach einer halben Stunde, als die Besichtigung vorbei war, war der Rat beschlussfähig.

Der Großmeister gedachte, den Skandal eher niedrig zu halten. Er wusste, was die Kehrseite eines seiner großen Erfolge war: dass die Zungen eifersüchtig über das Recht wachten, ihren jeweiligen Abschnitt zu verteidigen. Jede Zunge hatte ihre Traditionen, ihre Siege, ihren Ehrgeiz. Diese sollten sie gerne behalten. Genau dadurch konnten sie manchmal das Unmögliche möglich machen. Die lächerlichen Konsequenzen musste er in Kauf nehmen. Es gehörte zu seinen Aufgaben, sie wieder gerade zu biegen.

Rasch und salomonisch wurde ein Beschluss gefasst. Die Sache sollte an die höchste Instanz der Religion verwiesen werden, an das Generalkapitel, wenn dieses irgendwann in

Zukunft die Möglichkeit hätte zusammenzutreten. Bis dahin sollte die ganze äußere Ringmauer von den Auvergnern verteidigt werden, aber auf dem umstrittenen Abschnitt sollten keine anderen Fahnen gehisst werden als die des Großmeisters und der Religion.

Einer der Schreiber schrieb den Beschluss sogleich nieder: »Nach Anhörung des Prokurators der ehrenwerten Auvergner Zunge, desgleichen des Prokurators der ehrenwerten Deutschen Zunge …« – und so weiter, bis zu dem Schlusssatz: »… und keiner der Parteien soll sich auf die oben genannte Frist als ein Vorrecht berufen können und noch weniger als Beweis besseren Rechts oder eines anderen Rechtsgrunds gleich welcher Art, der über das hinausgeht, was der Entstehung des Streits zu Grunde lag.«

Die Herren kehrten wieder zu ihren Aufgaben zurück. Es war der letzte Beschluss des Rates, der in diesem Jahr zu Protokoll gegeben wurde.

Am nächsten Morgen kamen die Osmanen allen Ernstes. Es war wieder ein großer Festtag, Fronleichnam, und wieder wurde er mit allen üblichen Zeremonien gefeiert. Wie immer trug der Großmeister das Sakrament in einer Prozession um die Kirche herum und ließ die üblichen Gebete lesen, bevor er es wieder auf den Altar stellte. Erst danach ging er in den Palast hinauf, um die Berichte zu lesen, die an diesem Morgen hereingeströmt waren.

Bereits im Morgengrauen hatten alle Kirchenglocken der Stadt geläutet als Zeichen, dass es Zeit war, innerhalb der Mauern Schutz zu suchen. Ununterbrochen waren die Leute aus der Umgebung herbeigeströmt: Bauern mit einer ganzen Armvoll Spaten, Sensen und Spießen über der Schulter; Esel, die unter ihrer Last von Bettzeug und Hausrat kaum zu erkennen waren, und Frauen mit Kindern auf dem Arm, auf dem Rücken und an der Hand. Sie klagten wie Trauernde eines Leichenzugs, mit offenen Haaren und mit Wangen, die von Ruß und Straßenschmutz entstellt waren. Da es gute Sitte war, die Sorgen der anderen zu teilen, fingen die Frauen der Stadt ebenfalls an zu rufen und zu klagen wie auf einem großen Begräbnis, und die Straßen waren voll Jammerns und Wehklagens.

Von den Mauern sah man, wie Masten und Segel am Horizont auftauchten. Es war unmöglich, sie alle zu zählen. Dann wurden die Schiffe sichtbar. Das ganze Meer war übersät damit. Alles war da, was man je im Hafen von Rhodos gesehen hatte: Galeeren, Galeassen, Galioten, Galeonen, Karacken, Parandariae, Lastkähne, Brigantinen, Fustas und Eskirassen.

Sie hielten Kurs geradewegs auf die Stadt, und unter den Menschen auf den Mauern stieg die Nervosität. Da hörte man endlich anhaltenden, rollenden Trommelwirbel, der vom Palast, den Kasernen, von St. Nicolas und von allen Türmen widerhallte. Die Alarmglocken läuteten und klingelten, die Tore zum Palast gingen auf und hinaus ritt der Großmeister in seiner besten italienischen Rüstung mit Goldziselierungen auf Helm und Harnisch, die in der Sonne prächtig glänzten. Hinter ihm kamen die Leibwache, die Musikanten und die erste Reservekompagnie, die von d'Amaral selbst geleitet wurde. Die Trompeten schmetterten ihre Signale, andere Trompeten antworteten entlang der Mauer, und aus allen Herbergen, Kasernen und Mannschaftsstuben draußen in der Stadt strömten Ritter, Soldaten und Bürger in voller Montur. Die weinenden Frauen hörten auf, sich die Haare zu raufen und betrachteten neugierig das Schauspiel. Die Bauern, die gerufen und gestritten, geknufft und gedrängelt hatten, verstummten und ließen sich zur Seite schieben. Selbst sie sahen mit großen Augen zu. Zuerst schien alles ein einziges Chaos zu sein. Alle marschierten umeinander herum, in verschiedene Richtungen. Es war ein Durcheinander von wippenden Helmfedern und von Hellebarden, die geschwenkt wurden. Doch dann leerten sich die Straßen. Alle wussten, wohin sie sollten. In ein paar Minuten waren sie auf den Mauern und Bastionen oder sammelten sich auf den Sammelplätzen der Reserve. Es wurde merkwürdig still. Nur die Musik spielte. Alle Flaggen wurden gehisst, flatterten und schlugen gegen die Brüstung, rot, weiß und goldgelb vor blauem Himmel.

Unterdessen hatte die Armada ihren Kurs geändert und segelte um die Nordspitze der Insel herum nach Westen und in gehörigem Abstand die Küste entlang nach unten. Dann verschwand sie hinter den Bergen von Trianda.

Es wurde Zeit für die Siesta. Die Leute schliefen im Schatten hinter den Brüstungen. Nichts geschah. Doch als die Sonne zu sinken begann, kehrte die Armada zurück. Vielleicht hatte man den Westwind für zu stark befunden, um das Ankern zu wagen. Man wandte sich nach Lee auf der anderen Seite der Insel.

Eine endlose Reihe von Schiffen umrundete die Landzunge in respektvoller Entfernung, während ihre Segel im Wind flatterten und lange, gespreizte Wimpel elegante Schleifen gegen den Himmel vollzogen. Die Musikkorps spielten, die weißen Mützen der Janitscharen leuchteten vor dem blauen Meer und die Leute an den Relings ließen donnernde Kriegsrufe ertönen.

Von den Mauern und Türmen der Stadt antworteten Trommeln und Trompeten und ein donnerndes »Heiliger Johannes!« ertönte aus tausend Kehlen. Das war der alte Schlachtruf der Religion, der schon auf den Schlachtfeldern im Heiligen Land erklungen war.

»Das ist ja wie ein großes Volksfest«, sagte Kriegsrichter Fonteyn zu Gianantonio Bonaldi. Sie waren zusammen auf die Italienische Mauer geraten, ganz im Osten am Meeresufer, von wo man eine vorzügliche Aussicht hatte.

»Fast wie damals vor einem Jahr, als ich mit seiner Eminenz hierhergekommen bin. Krieg kann ja etwas richtig Schönes sein.«

»Die erste Seite eines Buches ist oft die schönste, Herr Doktor.«

Im gleichen Moment donnerte ein Kanonenschuss ein Stück weit von ihnen entfernt. Doktor Fonteyn hielt sich erschreckt die Ohren zu und schloss die Augen. Das große

Geschütz dort hinten hatte einen langen Satz nach hinten gemacht. Der qualmende Rauch war noch zu sehen.

Bonaldi sah interessiert über das Meer hinweg. Er konnte die große Kugel mit den Augen verfolgen. Das Wasser stieg in einer weißen Kaskade auf. »Daneben«, sagte er, »zu weit weg.«

Doch die Italiener auf der Mauer gaben sich nicht geschlagen. Dieses Mal senkten sie das Kanonenrohr und versuchten es mit einem Querschläger. Die Kugel senkte sich langsam, prallte auf dem Wasser ab und stieg von neuem an, als ob jemand einen Kieselstein geworfen habe. Aber auch diese traf ihr Ziel nicht.

»Stellen Sie sich vor, sie schießen zurück«, sagte der Doktor.

»So etwas kommt vor, wenn Krieg ist, Herr Doktor. Aber nicht jetzt. Das da draußen sind Galeeren und sie müssen ihre Nase hierher wenden, bevor sie eine Antwort bekommen. Doch machen Sie sich keine Sorgen, Herr Doktor. Auf solche Briefe pflegen sie immer zu antworten.«

Ganz oben im Naillac-Turm stand der Wolf mit zwei Kameraden und einem Schreiber. Sie sahen hinaus, beratschlagten und diktierten.

»Eine große Galeere, sagen wir 900 … und noch eine, 900, aber das sind Janitscharen, schreib' das auf. Dann haben wir eine Galeasse, eine der größten. Was meinst du, wie viele dort hineinpassen, Pietro?«

»Vielleicht 1.100.«

»Also aufschreiben. Und als Nächstes … ein dickbauchiger Parandaria. Kaum Leute an Deck. Hat sicher Kanonen und Vorräte geladen. Was sollen wir schreiben?«

»Am besten, wir geben an, was er laden kann.«

»Dann müssen wir raten«, sagte der Wolf. »2.000 Salmi – was meint ihr?« Die anderen rieten 2.600 und ungefähr 3.000.

»Schreib 2.500. *Salmi*, hörst du? Nicht mit der Mannschaft vermischen.«

Sie sahen hinüber, schätzten und addierten, bis die Dämmerung ihre Beobachtungen unsicher machte. Dann erstatteten sie dem Großmeister Bericht.

Der Bescheid lautete: Mannschaft – vielleicht 64.000, ohne Ruderer und Matrosen; davon mindestens 8.000 Janitscharen. Große Ladung, mindestens neun große Schiffe, die 500 Kanonen mit allem Zubehör fassen können.

Der Wolf endete mit den Worten: »Das wäre also die erste Lieferung. Ich schätze, sie haben noch mehr auf Lager.«

Die Kunst zu überleben

DOKTOR APELLA SEUFZTE. Seine schwere Stunde war gekommen, die schwerste seines Lebens.

Tief in seinem Inneren gab es einen Instinkt, der stärker war als alle anderen: der Wille zu überleben. Vielleicht war es ein Erbe seiner Väter, die sich während jahrhundertelanger Verfolgung geduldig in dieser Kunst geübt hatten. Die trotz allem ihr Leben durch widrige Verhältnisse hindurch gerettet hatten und es an neue Kinder Abrahams hatten weitergeben können.

Er erinnerte sich an das Haus seiner Kindheit in Smyrna, das wie alle anderen Judenhäuser violett gestrichen war, von den Söhnen des Propheten verachtet und von den Christen verspottet. Sein Vater hatte geduldig alles Unrecht ertragen, sich hindurchgeschlängelt, Kompromisse gemacht, sich angepasst und war dennoch immer derselbe geblieben. Unter ungeheuren Opfern hatte er seinem Sohn geholfen zu studieren. So war er also Arzt geworden. Und das wurde ihm zum Unglück.

Er erinnerte sich an jenen Abend in Konstantinopel, als er in ein kleines, sonderbares Büro in der Nähe des Serails gerufen worden war. Es dauerte eine gute Weile, bis er verstand, dass er einige der mächtigsten und gefährlichsten Herren des Reichs vor sich hatte. Er stellte sich so dumm wie möglich. Doch sie legten ihm unbarmherzig die Daumenschrauben an und zwangen ihn zu begreifen. Er war als Agent ausersehen. Er sollte Informationen sammeln. Als treuer Untertan des Sultans – denn das war er doch? Einer, der im Übrigen nicht unbelohnt bleiben sollte. Der Sultan belohnte immer *nach Verdienst*. Sie sahen ihn vielsagend an.

Es ging ums Überleben. Er versuchte, Zeit zu gewinnen, wollte wissen, worum es ging. Doch damit entkam er ihnen nicht. Zuerst sollte er »Ja« oder »Nein« antworten. Er antwortete »Ja«.

Dann entwickelten sie den Plan.

Der Sultan brauchte einen Agenten auf Rhodos, einen kundigen Mann, der Überblick und Zugang zu den führenden Kreisen hatte. Man wusste, dass es dort an Ärzten mangelte. Er sollte dorthin reisen und eine Praxis eröffnen. Gewiss waren alle Juden dort bereits zu Anfang des Jahrhunderts vertrieben worden – wie immer der Spionage und allgemeiner Unzuverlässigkeit beschuldigt –, doch er würde sicherlich akzeptiert werden, wenn er sich gleich zu Beginn als Konvertit meldete und um Taufunterricht bat.

Er versuchte, Zeit zu gewinnen. Er musste seine Ausbildung abschließen. Das wurde bewilligt. Er überlegte zu fliehen. Doch wohin sollte er fliehen? Überall in der Christenheit würde ihm die Ausweisung drohen. Und wohin sollte er dann gehen, wenn er unter dem Halbmond das sichere Todesurteil zu erwarten hatte? Es ging ums Überleben.

So war er mit allen notwendigen Anweisungen nach Rhodos gekommen. Seine Berichte wurden über Chios geschleust, die Mastixinsel unter Genueser Verwaltung, deren Neutralität von allen respektiert wurde.

Vieles hatte sich besser entwickelt, als er gedacht hatte. Es gab gute und schlechte Leute wie fast überall. Die Ritter waren ein Völkchen für sich, anders als alle anderen. Sie konnten vornehm tun, aber auch charmant sein. Und ihre Tüchtigkeit war bewundernswert.

Auch den Taufunterricht hatte er durchlitten. Lange hatten sich ihm die Haare gesträubt, wenn er an die Taufe dachte, aber dann hatte er etwas entdeckt, was die geschäftigen, redseligen Dominikaner nie erklärt hatten. Dieser Jesus war ja Jude. Petrus war Jude, Jakobus, Johannes, Andreas, Philippus, Thomas – alle waren Juden. Der bewunderte Täufer, Held und Schutzpatron aller Ritter, war Jude.

Als der gefürchtete Tag der Taufe nicht mehr länger aufzuschieben war, schöpfte er genau daraus Kraft: Es war ja ein Jude, ein Landsmann, der das befohlen hatte; einer aus seinem eigenen verfolgten Volk, einen, den sie zurechtgestutzt und getötet hatten. Und es waren eifrige Juden gewesen, die diesen wundersamen Brauch in die Welt hinausgetragen hatten. So verrückt das Ganze auch war, es war dennoch etwas, was mit seinem eigenen Volk zusammenhing und nicht nur eine Erfindung seiner herzlosen Verfolger war.

Seitdem hatte er seine Berichte ohne größeres Risiko und ohne Gewissensbisse versandt. Er berichtete, was vor sich ging, was abgebrochen und was gebaut wurde, wer zurücktrat und wer ernannt wurde, wie viele Leute angeworben und wie viele nach Hause geschickt wurden und welche Gerüchte es über außenpolitische Pläne gab. Das meiste würde der Sultan sowieso erfahren. Er kam sich nie wie ein großer Verräter vor. Zwar hatte er keine Verpflichtungen denen gegenüber, die seinem Volk immer nur Böses angetan hatten. Doch er war nun einmal Arzt. Er war es mit seinem ganzen Herzen, und irgendwie mochte er jeden Menschen, den er hatte heilen können. Und davon gab es viele in dieser Stadt.

Doch nun war es geschehen. Das, was er das ganze letzte Jahr über befürchtet hatte. Er sah sich in dem Raum um. Die Tür war geschlossen, der Riegel vorgezogen. Vorsichtig wickelte er den Zettel aus. Er hatte im Türspalt gesteckt, von außen unsichtbar. Er war auf Türkisch in arabischer Schrift geschrieben, die er seit seinen Studienjahren gut konnte.

Er las ihn aufs Neue: »*Geliebter, ich sehne mich nach Neuigkeiten von dir. Sende einen Gruß von deinem Fenster direkt zu mir hinüber. Ich werde dort meine rote Laterne anzünden. Ich möchte wissen, wie es dir geht, ob meine Gaben ankommen und wie sie angenommen werden. Wenn jemand von den Deinen krank wird, so teile es mir gleich mit. Mein Herz brennt vor Verlangen nach Neuigkeiten von dir. Du kennst den Lohn der Treue wie auch das Los der Untreue.«*

Er lachte bitter. Es war ganz schön schlau von ihnen, den Zettel als Liebesbrief abzufassen, damit die Ritter glaubten, der alte Apella habe irgendwo unter den Gefangenen eine osmanische Geliebte – falls der Brief zufällig auf Abwege geriet.

Ach so, das wollten sie also wissen. Wie ihre Gaben angenommen wurden. Also würden sie bald damit anfangen, die Stadt zu beschießen. Ob jemand krank würde – das bedeutete, dass sie die Verlustziffern wissen wollten. Was die Verletzten betraf, wüsste er besser Bescheid als jeder andere.

Seinen Gruß über alle Hindernisse hinweg zu schicken, war Teil der Ausbildung, die sie ihm hatten zukommen lassen. Man wickelte ein Papier um den Schaft eines Schwingmessers, umwickelte es mit einer Schnur, legte den Pfeil auf die Armbrust und schoss. Die Armbrust hatte er im Schrank stehen. Um auf Nummer Sicher zu gehen, hatte er einmal Tauben und Kaninchen in den Hügeln außerhalb der Stadt gejagt. Und er hatte zusammen mit den Rittern auf Zielscheiben geschossen, unter großem Jubel ihrerseits. Es war nichts Verdächtiges an seiner Armbrust.

Doch nun sollte sie zur Anwendung kommen. Nach so vielen Jahren. So, wie es von Anfang an geplant war.

Er trat ans Fenster. Er wohnte hoch oben und hatte eine ausgezeichnete Aussicht über die Häuser vor der Mauer der Auvergner. Er konnte sie in der Dunkelheit erahnen. Leuchtete dort drüben nicht eine Laterne?

Hinter der Mauer stieg das Gelände zum Berg hin an. Und dort, mitten im Dunkeln, ein Stück außerhalb des Lagers der Osmanen, leuchtete die rote Laterne.

Er dachte nach. Es ging ums Überleben. Zum Großmeister zu gehen und alles zu bekennen war zu riskant. Außerdem war es dumm. Sein gesunder Menschenverstand sagte ihm, dass der Sultan diesen Zweikampf aller Voraussicht nach gewinnen würde. An dem Tag, an dem die Janitscharen in die Stadt eindringen würden, würde niemand verschont werden außer denen, die unter dem besonderen Schutz des Sultans standen.

Diesen Schutz aufs Spiel zu setzen, bedeutete den fast sicheren Tod. Sich dieses Schutzes zu versichern, bedeutete ein Risiko, aber ein angemessenes Risiko. Er musste es auf sich nehmen. Wenn er überleben wollte.

Er nahm ein kleines Papier hervor und schrieb auf Türkisch: »*Meine Herrscherin, ich habe deinen Gruß erhalten. Ich komme irgendwann abends, wenn ich dir ein würdiges Geschenk machen kann. Hänge die Laterne heraus, wenn dir die Zeit recht ist.*«

Er seufzte tief. Dann schloss er die Luken, hob seine Armbrust auf, schnürte das Papier um das Schwingmesser, spannte den Bogen mit der knirschenden Kurbel, legte das Schwingmesser in die Pfeilrinne und blies das Licht aus.

Vorsichtig schob er eine der Luken auf und zielte in Richtung der roten Laterne. Die Stille war unheimlich. Das Schwirren des Pfeils würde über die Mauer hinweg zu hören sein. Doch dann schlug jemand einen Trommelwirbel und ein Hund heulte. Er schoss den Pfeil ab.

Juli 1522

RITTER BAREL INSPIZIERTE seine zwei Kanonen. Nun war er, der kleine Bruder André, also Ritter, mit gerade einmal 19 Jahren. Seit vorgestern. Der Großmeister hatte allen Novizen verkündet, dass sie zum Ritter geschlagen würden, obwohl ihr Novizen-Jahr noch nicht vorüber war.

Andrés Hand strich über seine neue rote Überweste mit dem weißen Kreuz und tastete verstohlen nach dem Griff seines Schwertes. Die goldenen Sporen hatte er zu Hause gelassen. Man hätte ihn nur ausgelacht, wenn er mit den altmodischen Dingern hier zwischen den Kanonen umherstolziert wäre.

Er konnte die Zeremonie vorgestern in der Kirche nicht vergessen. Die Zeit als Novize war hilfreich gewesen. Er wusste nun, dass das alte, pompöse Ritual, das der Großmeister verlesen hatte, einen ernsten Hintergrund hatte. Dort stand, dass der, der darum bat, in die ehrenwerte Gesellschaft der Hospitaliter aufgenommen zu werden, recht daran tat. »Doch wenn du das tust, weil du siehst, dass wir gut gekleidet sind oder auf stattlichen Pferden reiten oder dass wir alles haben, was es zum Leben bedarf, dann irrst du dich. Denn wenn du essen willst, wirst du gezwungen sein zu fasten. Wenn du fasten willst, wird dir erlaubt sein zu essen. Wenn du schlafen willst, musst du auf Wache gehen, und wenn du dich zur Wache bereit machst, musst du schlafen. Man wird dich an Orte schicken, die dir nicht gefallen. Du wirst all deine eigenen Wünsche aufgeben müssen, um den Befehl eines anderen auszuführen. Du wirst in diesem Orden auf mancherlei Weise hart arbeiten müssen. Bist du willig, dich all dem zu unterwerfen?«

Er hatte geantwortet, dass er willig sei, und er meinte es auch so.

Der frisch gebackene Ritter stieg auf ein Pulverfass und sah über die Brüstung hinüber zum Lager der Osmanen. Er tat dies mit einer Sorglosigkeit, die nicht mehr erkämpft war. Hier gab es nicht viel, vor dem er Angst haben musste. Die Osmanen dort drüben machten alles zögernd und ungeschickt. Zwei Wochen hatten sie gebraucht, um an Land zu kommen. Von den Mauern aus konnte man ihre riesige Flotte in der Bucht von Paramboli sehen. Große Schiffe fuhren den lieben langen Tag ununterbrochen vom Festland hinüber und wieder zurück. Menschen waren an Land gegangen, viele Menschen. Zögernd tasteten sie sich voran. Dort drüben, ein wenig über Schussweite hinaus, hatten sie ihr Lager aufgeschlagen und sich hinter einem Erdwall verschanzt. Doch sie hatten sich kaum in die breite, ausgerodete Gegend hinter dem Wallgraben, wo alle Häuser und Gärten schon Wochen vor der Invasion dem Erdboden gleichgemacht worden waren, hineingewagt. Sobald sie es versuchten, trafen sie auf vernichtendes Feuer von den Mauern herunter.

Mehrere Male hatten die Ritter angegriffen. Das war eine Arbeit für erfahrene Leute und André hatte von der Mauer aus zusehen müssen. Zuerst herrschte immer Panik unter den Osmanen. Ihre Schanzenarbeiter liefen um ihr Leben und ihre Azaps, die leichte Infanterie, schlug sich recht und schlecht. Also wurden die Janitscharen nach vorne kommandiert und kamen in geschlossenen Kolonnen unter wippenden Reiherfedern. Dann musste man sich langsam vor ihrer Übermacht zurückziehen. Er war mehrmals dabei gewesen, wenn sie mit ihren Kanonen den Rückzug deckten.

Nun war Schluss mit den Angriffen. Der Großmeister wollte seine Leute nicht verheizen. Mit dem Pulver dagegen musste man nicht geizen. Sobald etwas in Schussweite auftauchte, donnerte es von den Mauern herunter.

Ritter André sah zu den Zelten im Lager hinüber. Einige waren spitz, andere langgestreckt, einige grau-braun, doch die meisten waren farbenfroh und manche sogar über und über mit goldenen Fransen geschmückt. Man sagte, die Stimmung dort drüben sei schlecht. Es waren viele Überläufer gekommen, ein wenig zu viele. Manche hatte man sicher ausgesandt, um zu spionieren. Was sie sagten, war im großen Ganzen dasselbe. Die Soldaten murrten und waren enttäuscht. Sie hatten gedacht, sie kämen nach Italien, um beim größten Plünderungszug aller Zeiten dabei zu sein, und dann waren sie auf diese bergige Insel gekommen, wo alles öde und verlassen war und man höchstens eine rostige Pfanne in einem verlassenen Haus finden konnte. Jede Zwiebel und jedes Stückchen Käse musste vom Festland herbeigeschafft werden und dementsprechend schmeckte das Essen. Das Murren war laut und Mustafa, der Oberbefehlshaber – ein Schwager des Sultans höchstpersönlich –, hatte alle Mühe, die Belagerung voranzutreiben.

Wenigstens stimmten die letzten Nachrichten. Das konnte man mit bloßen Augen sehen.

Preian de Bidoulx, der Befehlshaber von Lango, meldete sich beim Großmeister. Er war braungebrannt, unrasiert und kam geradewegs vom Meer. Flehentlich hatte er darum gebeten, nach Rhodos kommen zu dürfen, um eine »si bonne affaire« nicht zu verpassen. Und man hatte es erlaubt, vorausgesetzt, er könne die Blockade durchbrechen.

Das hatte er also getan. Sonderlich schwer war es nicht gewesen, wie er erzählte. Sie waren versteckt in einer Bucht vor Symi gelegen und hatten die Gewohnheiten der osmanischen Wachboote studiert. Dann hatten sie sich im Schutz der Dunkelheit in die große Fahrrinne geschlichen, in der die Boote Tag und Nacht zwischen Marmaris und Rhodos hin und her fuhren. Vorsichtig waren sie ihnen bis fast zu ihrem Ankerplatz gefolgt, hatten gewendet und waren ihnen auf gleichem Weg zurückgefolgt. Dann mussten sie nur noch vor St. Nicolas eine Kehrtwende machen. Keiner erwartete, dass jemand, der von dort kam, zum Feind abbiegen würde.

Der Großmeister hörte interessiert zu. Es stimmte also, dass die Blockade durchbrochen werden konnte. Damit hatte er gerechnet. Durch die kräftigen Westwinde jetzt im Sommer hatte eine Entsatz-Flotte alle Aussichten, voran zu kommen. Darauf baute sein Plan.

Er erzählte. In der Nacht, nachdem die Armada der Osmanen an der Stadt vorbeigeglitten war, hatte er ein paar schnelle Schiffe mit Sondergesandten zum Papst, zu Kaiser Karl und zu König Franz geschickt. Sie sollten berichten, dass die Belagerung begonnen hatte und dass es nun um Leben und Tod ging. Wenn die Christenheit ihr Schloss im östlichen Mittelmeer behalten wollte, durfte man den Sultan nicht ungestört und so lange wie möglich daran arbeiten lassen, es aufzubrechen. Auch kleine Verstärkungen konnten entscheidend sein. Er warb und bat. Und an alle Ordensbrüder war der Befehl ergangen, sich unverzüglich einzustellen mit allem, was sie an Leuten und Lebensmitteln aufbringen konnten.

»Wann können sie hier sein?«, fragte Bidoulx.

»Frühestens Ende August. Wahrscheinlich im September.«

»Und bis dahin?«

»Werden wir es schaffen. Mit Bravour, wenn die Osmanen in diesem Tempo weitermachen.«

Sie gingen sofort auf die Mauern hinaus. Bidoulx war doppelt willkommen, da er alles über Kanonen wusste. Man hatte genügend Sorgen. Überall waren Leute ohne Erfahrung, die taten, was ihnen gerade einfiel und Unheil anrichteten. Wie gestern auf der Englischen Mauer.

Sie standen vor der zersprengten Kanone, einer prachtvollen Kolubrine, die vor etwa einem Jahr in Lyon gegossen worden war und einen feuersprühenden Basilisken als Relief auf ihrem Lauf hatte. Die prächtige Kanone war genau über der Pulverkammer explodiert. Zwei Mann waren auf der Stelle getötet worden. Man sah noch das Blut auf den Steinen. Warum?

Die Pulverladung war normal gewesen, erklärte der Kanonenmeister, den man hinzugerufen hatte. Soweit man den Angaben der Männer trauen konnte.

»Und gut geladen?«, fragte Bidoulx.

»Worauf sich der Ritter verlassen kann«, sagte einer der Knechte. »Wir haben achtmal gestoßen.« Der Franzose nickte.

»Das also ist es. So etwas habe ich schon einmal erlebt. Das Pulver möchte Platz haben, wenn es tanzt. Sonst zersprengt es die Wände. Vier Schläge sind genug, und die nicht zu hart.«

»Das musst du ihnen erklären«, sagte der Großmeister. »Alle Befehlshaber sollen sich nach der Vesper versammeln.«

Drei Tage später – es war der 19. Juli – wurde Bidoulx zur Mauer der Auvergner gerufen. Bruder Raymond Rogier, der Befehlshaber, bat darum, seinen jüngsten Kollegen vorstellen zu dürfen, Ritter Barel.

»Neu im Dienst, wie ich sehe. Gratuliere.«

Bidoulx sah den Grünschnabel freundlich mit seinem einen Auge an.

»Worum geht es?«

»Der Ritter hat eine kleine Entdeckung gemacht«, sagte Rogier.

André war etwas beunruhigt. Wenn das Ganze nun nichts war?

»Seht her«, sagte er. »Dieser kleine Erdhügel da, genau an der westlichen Kante der Schießscharte. Er ist über Nacht gewachsen und sieht aus wie ein überstehendes Dach aus Holzplanken. Ist das nicht ein …«

»Ma foi! Eine Kanonenblende. Habt ihr geladen?«

André nickte.

»Dann zielen wir. Genau dorthin, wo der Schatten ist. Dort wird sie sich öffnen.«

»Sie ist breit«, fügte er hinzu. »Ich frage mich, wie viele Kanonen sie wohl darin haben. Wie viele habt ihr, um diesen Abschnitt zu decken?«

»Drei«, sagte André, ohne zu überlegen müssen. »Diese hier, die Sechs dort drüben und die Eins auf der Spanischen Mauer.«

Rogier sah zufrieden aus. Seine Leute legten bei Bidoulx wahrlich Ehre ein. Sie berieten sich und gaben ihre Befehle. Dann warteten sie.

Die Hochsommersonne brannte unbarmherzig. Helme, Harnische und Hüftplatten waren heiß wie Kochplatten. Man musste etwas Dickes darunter anhaben, um sich nicht zu verbrennen. Es wurde warm darin, aber man gewöhnte sich daran.

»Jetzt«, flüsterte André, der den Erdhügel dort drüben zu keiner Zeit aus den Augen gelassen hatte.

Langsam, wie eine Zugbrücke, hob sich eine riesengroße hölzerne Klappe. Tief im Schatten erschienen drei oder vier Kanonen. Bidoulx musterte sie sachkundig.

»Passevolants oder Sacres. Keine fetten Ziele. Aber wir werden nicht kleinlich sein. Feuer.«

Der schwarze Rauch verdunkelte alles, doch von der Bastion aus hatte man gesehen, dass es ein Treffer war. Als die Sicht wieder klarer wurde, sah man die zersplitterten Bretter zusammengetürmt über den Kanonen. Jemand bewegte sich zwischen den Trümmern, doch kein Osmane war zu sehen.

Am nächsten Morgen stand die Kanonenblende wieder da und man musste wieder ganz von vorne anfangen. Ganz offensichtlich hatten sie die Bretter ausgetauscht. Und die Leute auch.

Am gleichen Tag saß Antonio Bosio in einem kleinen Fischerboot vor der Küste Kretas. Er war in eine Bucht mit einem Sandstrand geschlüpft, vor dem eine steile Klippe aufragte, und dort war er so gut wie unsichtbar.

Er wartete. Alles war genauso abgelaufen, wie er es geahnt hatte. Der Herzog und die Signoria hatten die höfliche Anfrage des Großmeisters abgelehnt, Gabriele Tadini da Martinengo, den berühmten Festungsarchitekten, ein paar Monate lang auszuleihen. Es war ein brüskes, unhöfliches Nein, das man mit Absicht bis nach Konstantinopel hören sollte.

Bevor es ausgesprochen wurde, hatte sich Bruder Antonio durch den Hintereingang in das vornehme Haus in Candia, in dem Martinengo wohnte, hineingeschlichen. Sie hatten zusammen erörtert, was zu tun war, wenn es zu einer Absage kam. Deshalb lag er nun hier und wartete.

Er hielt gerade seine Siesta in der Mittagshitze, als er von Schritten im Sand geweckt wurde. Es war Matteo, ein alter Freund von ihm – wo hatte er keine alten Freunde? –, der in dem Dorf auf der anderen Seite der Landzunge wohnte und wichtige Neuigkeiten mitbrachte.

Es waren zwei Reiter aus Candia gekommen. Der eine hatte eine rote Livree mit einem goldenen Löwen auf dem Bauch und eine große Trompete in der Hand gehabt. Mitten in der Siesta hatte er schmetternde Fanfaren geblasen und der andere hatte im Namen des Herzogs verkündet, dass ein gewisser Gabriele Tardini, genannt Martinengo, entwichen war und landesverräterischer Umtriebe verdächtigt wurde. Daher waren all seine Güter verwirkt und man würde sie beschlagnahmen. Er selbst wurde gesucht; wer ihn fand, bekäme zwanzig goldene Dukaten, und wer ihn versteckt hielt, den würde man hängen.

Es konnte also spannend werden. Und das wurde es auch. Vom Berg herab war Pferdegetrappel zu hören, drei Herren kamen im Galopp hinabgeritten und schwangen sich aus dem Sattel.

Der erste war groß, breitschultrig und schlank, hatte tief liegende Augen und eine riesige Adlernase. Es war Martinengo.

»Sie sind hinter uns her«, sagte er.

»Dann machen wir, dass wir fortkommen«, sagte Bruder Antonio. »Willkommen an Bord.«

»Nein, sie kommen auf dem Seeweg, mit einer Galeere. Sie wissen, dass wir irgendwo ein Boot haben müssen, das auf uns wartet.«

»Dann tauchen wir unter«, sagte Bosio. »Darf ich die Herren bitten, mir zu helfen?« Schnell löste er das Stag und nahm den Mast herunter. »Noch ein bisschen weiter zum Land hin. Darf ich Euch bitten, mich mitzunehmen? Ein bisschen näher an die Klippe heran. Und dann an Bord mit allem, was ihr mitnehmen wollt. Denn wir müssen Matteo bitten, die Pferde im Wald verschwinden zu lassen. Und dann bauen wir uns eine kleine Hütte«, fuhr er fort. «Wie Jesus auf dem Berg der Verklärung.«

Er hatte das große Lateinersegel von der Spitze gelöst. Es war einmal rotbraun gewesen, aber Sonne und Salz hatten ihm die gleiche Farbe verliehen wie die Strandklippen.

»Darf ich die Herren bitten hineinzukriechen? Hier ist gut sein. Der Herr Täufer hält seine Hand über uns.«

Martinengo sah sich die Vorrichtung an. Seine Augen schimmerten feucht. Das Segel deckte genau die Teile des Bootes ab, die zu sehen waren, wenn die Galeere einen kurzen Blick in die Bucht hineinwarf, um sich umzublicken. Sie krochen hinein, genau im richtigen Augenblick. Sie konnten die Ruderschläge und den Klang des Hammers gegen den Gong hören. Die Galeere ruderte vorüber.

»Jetzt müssen wir nur noch warten, bis sie heute Abend zurückrudern, müde und ärgerlich«, sagte Bosio. »Dann ist das Meer frei, bis das gute alte Rhodos und die Osmanen in Sicht kommen. Möchten die Herren vielleicht ihre Namen sagen? Ich habe sie in der Eile vergessen.«

Nun, sie hießen Scaramosa und Conversalo. Und es kam ihnen bereits vor, als seien sie Freunde fürs Leben.

Am 22. Juli kam Martinengo glücklich an. Nach ein paar Stunden wusste er über das Meiste Bescheid. Er war oben auf dem Kampanile gewesen und hatte die Linien der Osmanen gesehen, ihre Gräben und Erdwälle, die sich nun in einem Halbkreis um die Stadt herum erstreckten, von der Bucht von Akandia bis zum Strand genau gegenüber von St. Nicolas. Er stellte sogleich fest, dass ihre schweren Batterien bald bereit wären und dass der Großteil davon südlich der Stadt lag.

Er ging auf der inneren Ringmauer umher, stieg hinunter auf die äußere Ringmauer, ging durch alle Kasematten, musterte jedes Kanonenloch und jedes Schussfeld. Er ließ sich alles berichten, was die Überläufer erzählt hatten.

»Tausende von Bergleuten aus Bosnien und der Walachei? Das bedeutet, dass sie auf Grubengänge und Sprengungen im großen Stil setzen werden. Was haben wir für Gegenmittel?«

Er sagte bereits »wir«. Der Großmeister merkte es und antwortete: »Als wir hörten, wie es in Belgrad gelaufen war, ließen wir Bidoulx die Sache untersuchen. Als Folge davon gruben wir die Gänge da auf dem Grund der Wallgräben und diese Schächte. Sie sind als Lauschposten gedacht. Und von den Gräben aus müsste man Quergänge anlegen können.«

Martinengo überlegte.

»Es besteht die Gefahr, dass sie Erde hinunterwerfen und unsere Laufgräben füllen. Und dass ihre Heckenschützen bis zur Außenböschung des Wallgrabens gelangen und man sich nicht mehr bei Tageslicht bewegen kann. Wir bräuchten einen bedeckten Gang, einen unterirdischen, den gesamten Wallgraben entlang und ein gutes Stück von den Mauern entfernt. Der würde ihren vielen Tunneln im Weg liegen. Haben wir genügend Leute?«

»Zurzeit sind es ziemlich viele. Die Bauarbeiten sind ja fertig.«

»Dann müssen wir die Gelegenheit nutzen. Wenn sie erst richtig zu schießen beginnen, sind wir vollauf mit Reparieren beschäftigt. Wo soll dieser Gang anfangen? Sollen wir gehen und nachsehen?«

Und schon war er unterwegs.

Im Krankenhaus versorgte man die ersten Verletzungen: ein paar Säbelstiche und diverse Schusswunden. Die Osmanen hatten allerhand Gewehre. Und sie schossen gut, besser als man dachte. Schot-Franz half dem Chirurgen, Bruder Gierolamo. Er wusch die Opiumschwämme und hielt sie den Verletzten unter die Nase. Manche schliefen nach einer kleinen Weile ein. Andere schlugen um sich und sagten, dass sie schon von weitem Gift röchen. Dann zog Bruder Franz ein klein wenig an einem zerschmetterten Bein oder zeigte ihnen Bruder Gierolamos Säge, sodass sie verstanden, dass der bittere Geruch nicht das Schlimmste war. Es war ihm innerlich zuwider, solche Mittel anzuwenden. Er errötete jedes Mal, wenn er dazu gezwungen war, doch ihm fiel nichts Besseres ein.

Doktor Apella hielt sich immer mehr bei den Verletzten auf, obwohl das eigentlich nicht seine Aufgabe war. Bruder Gierolamo war nur froh darüber. Der Doktor wusste viel über Pflaster und Verbände Bescheid und hatte einen guten Riecher, wenn es darum ging, ob man eine Bleikugel wegschneiden oder sie an Ort und Stelle belassen sollte, bis es leichter wäre, sie heraus zu fummeln.

Oft war der Doktor abends noch lange da. Der Kaplan hatte das Nachtgebet gesprochen, der Krankenpfleger seine vorgeschriebene Runde absolviert, aber der Doktor saß noch an irgendeinem Bett mit einer kleinen, abgeschirmten Handlampe neben sich auf dem Boden. Es schien, als zögerte er es hinaus, nach Hause zu gehen.

Eines Abends saß er bei einem Jungen, der irgendwo aus der Gegend von Boulogne stammte. Er hatte einen Stich in die Brust abbekommen, seine Lunge war verletzt und die Sache hatte eine schlimme Wendung genommen. Der Doktor wusste, dass es ein hoffnungsloser Fall war.

Plötzlich sagte der Junge: »Doktor, stimmt es, was Monsignore sagt?«

»Was denn?«

»Dass wir ganz gewiss in den Himmel kommen, wenn wir in diesem Krieg sterben?«

Über das Gesicht des Jungen verliefen Lichtstreifen, die von der Lampe her kamen. Aus seinen großen, ängstlichen Augen sprach die Bitte: Sag mir die *Wahrheit*. Der Doktor war froh, dass er im Dunkeln saß. »Warum fragst du mich?«

»Weil der Doktor ein Christ ist. Ein richtiger.«

Der Doktor schwieg, eingehüllt in seine Dunkelheit. Der Junge fuhr fort:

»Der Doktor ist nicht wie Vater Dominique: Der geht einfach vorbei. Der Doktor kümmert sich um jemanden, der arm ist ... Und das hat Jesus doch auch getan?«

»Das hat er getan«, antwortete der Doktor. Er war froh, dass er das aufrichtig sagen konnte. Der Junge hatte das ausgesprochen, was er selbst viele Male gedacht hatte. Das war ja gerade der Unterschied zwischen den Christen und ihrem Herrn Jesus. Jesus kümmerte sich um die Armen.

»Aber der Doktor hat noch nicht geantwortet. Auf meine Frage.«

Der Doktor stöhnte beinahe. Was sollte er antworten?

»Monsignore wird wohl Recht haben ...«

»Wirklich?«

»Es wird wohl so sein ... aber jetzt musst du schlafen.«

»Aber genau das kann ich nicht, weil ich wissen will, wie es mit mir weitergeht.«

Der Doktor nahm sich zusammen. Irgendetwas musste er sagen.

»Du musst Jesus fragen. Er weiß es besser als ich. Du hast ja gesagt, dass er sich um die Armen kümmert. Versuche, an ihn zu denken.«

»Meint der Doktor, dass ich zu ihm beten soll? Obwohl ich so bin, wie ich bin? Glaubt der Doktor, dass er mich hört?«

Was sollte er antworten?

»Versuche es einfach.«

Plötzlich fiel ihm etwas ein, was er sich zu sagen getraute.

»Erinnerst du dich, dass es ein Räuber war, der neben ihm auf Golgatha hing? Ihn hat er gehört.«

Der Junge sah ihn dankbar an.

»Ich werde es versuchen, Doktor.«

Die Spaten

DER NÄCHSTE TAG – DER 28. JULI – BEGANN verhängnisvoll. Von den Mauern aus hörte man Kanonendonner von der Flotte der Osmanen. Dröhnende Salven und viel Rauch, als wäre eine große Seeschlacht im Gange. Die ganze Bucht war voller Fahnen, die festlich im Wind flatterten. Die Salutschüsse setzten sich an Land fort bis in das Lager der Osmanen hinein. Die heiße Luft schwirrte von Trommelwirbeln und Fanfaren und der Boden dröhnte unter dem Stampfen der Truppen und ihrer Paraden. Süleyman war gekommen.

Als Doktor Apella in den Hof des Krankenhauses kam, verschwitzt nach seiner Wanderung durch die heißen Gassen, stand Schot-Franz unten auf der Treppe, bereit zum Rapport. Er sah traurig aus. Vier Todesfälle heute Nacht. Soviel wie schon lange nicht mehr. Darunter drei Verletzte: zwei Schussverletzungen und ein Stich in die Lunge.

»Der kleine Franzose?«

»Ja, Doktor. Er bat darum, Sie zu grüßen. Er hat sich bedankt für das, was der Doktor gesagt hat.«

»Was habe ich gesagt?«

»Dass er Jesus nicht vergessen soll. Jetzt, wo er sterben wird.«

Der Doktor sah so seltsam aus, dass Schot-Franz errötete und sich fragte, ob er etwas Dummes gesagt hatte. Doch der Doktor sah nur geradeaus vor sich hin und stieg die Treppe hinauf.

Drei Tage lang blieb es ruhig. Dann geschah alles auf einmal. Das gesamte Gelände vor den Mauern begann sich zu bewegen. Erdwälle erhoben sich, der Boden riss auf in schwarze Zickzacklinien, Spaten häuften Steine und Erde auf. Direkt vor der Nahtstelle zwischen Spanischer und Englischer Mauer wuchs etwas, das mehr und mehr einem Berg glich. Etwas anderes, ebenso Bedrohliches, begann vor Carrettos Turm zu wachsen unten bei den Italienern.

Von den Mauern herab wurde geschossen, was die Kanonen hergaben. Die Männer schwitzten und fluchten, luden von neuem, trockneten ihre Finger, tauchten die Kanonenstopfer ins Wasser und gaben sich selbst ein Sturzbad. Die Kugeln pflügten sich ihren Weg durch die Wälle, Erde spritzte auf in schwarzen Kaskaden, Menschenarme wurden in die Höhe gerissen, Holzplankenstücke flogen durch die Luft und Verletzte schrien. Doch der Boden dort drüben rührte sich weiter Tag und Nacht. Schaufeln scharrten, Hacken klirrten gegen Stein, Erde wurde aufgeworfen, zielgerichtet, pausenlos, Tag und Nacht.

An der Brüstung der Englischen Mauer stand Sir John und sah zu. Daneben, eine Treppenstufe tiefer, wie es sich gebührte, stand sein treuer Sergeant Richard Craig.

»Unbegreiflich«, sagte der Turcopolier. »Verstehst du das, Craig? Eine Woche lang haben sie nun dort drüben geschaufelt und gegraben und Erde aufgehäuft. Hast du irgendeine Unterbrechung gemerkt?«

»Nein, Sir.«

»Aber wie halten sie das aus?«
»Sie werden abgelöst. Alle sieben Stunden.«
»Woher weißt du das?«
»Warten Sie, Sir. Bald ist es wieder soweit.«
Sie warteten und in der Zwischenzeit schossen sie. Wieder spritzten Erde und Steine in die Luft und formlose Gegenstände flogen auf. Waren es menschliche Körper? Oder Teile davon?
Plötzlich hörte man etwas, das wie ein halbunterdrückter Freudenruf klang, ein Seufzer der Erleichterung, tausendfach vergrößert.
»Jetzt werden sie abgelöst, Sir.«
John Buck lauschte. Nicht einen Augenblick lang konnte man eine Unterbrechung des Schaufelns und Grabens hören. Die Spaten mussten direkt von einer Hand in die Hand des Anderen fallen. Wie war so etwas möglich?
»Sir, mir ist etwas eingefallen.«
»Was denn, Richard?«
»Wenn sie auf diese Art weitermachen, sind sie schon nächste Woche hoch über unseren Köpfen, sodass sie auf uns heruntersehen können. Dann wird es uns heiß um die Ohren werden.«
John Buck schüttelte ärgerlich den Kopf. Er hielt nichts von moderner Kriegsführung. Das war nichts für einen Gentleman. Doch als Martinengo nachmittags vorbeikam, erhielten Richards Sorgen Gehör.
»Ihr müsst Quermauern bauen«, sagte er. »Hier auf der Ringmauer. Damit man sich in ihrem Schutz bewegen kann, vom Wall bis dort, wo die Kanonen stehen.«
»Viel Arbeit, Sir. Können wir einen Arbeitstrupp vom Arsenal bekommen?«
»Ein paar vielleicht. Aber das Meiste müsst ihr selbst tun.«
»Mit *Soldaten*, Sir?«
»Ganz genau. Mach ihnen klar, dass es um ihr Leben geht. Es ist besser, die Mauern sind fertig, als dass ihr vor ihren Gewehrmündungen davonlaufen müsst.«

Richard verstand.

»All right, Sir. Wir werden unser Bestes geben.«

Martinengo war Ritter geworden. Schon vom ersten Tag an hatte er »wir« gesagt, wenn er über Rhodos sprach. Nach drei Tagen sprach er über die Religion, als ob er dorthin gehörte. Und am sechsten Tag bat er um Erlaubnis. Er wollte in den Orden vom Hospital des Heiligen Johannes des Täufers aufgenommen werden.

Der Entschluss war überraschend gekommen. Eigentlich war er hierhergereist, um seine Arbeit an dem Ort auszuüben, wo es mehr zu lernen gab als irgendwo sonst auf der Welt. Doch dann war er ganz und gar von dem Leben in seinen Mauern gepackt worden. Er wollte es selbst leben.

Und das wurde bewilligt. Unter Auslassung aller üblichen Regeln wurde er am 2. August vom Großmeister persönlich in der Kirche Santa Maria della Vittoria zum Ritter geschlagen in Anwesenheit aller Brüder, die es wagten, die Mauern zu verlassen. Als Ehrengabe erhielt er den Bambusstab, den der alte Carretto zu tragen pflegte als Zeichen, dass er Feldherr war.

Das Feuer

MIT DEN ERDWÄLLEN KAM das Feuer. Hinter ihren Schutzwehren, die gut festgestampft und wohl bepackt waren, rollten die Osmanen ihre Kanonen heran. Nachts wurden schwere schwenkbare Schutzplanken aus Holz aufgestellt, gestützt von massiven Pfeilern aus Eichenholz. Zusammengekauert, eingegraben in die Erde und dicht an ihre Wälle gedrückt, warteten die Artilleristen auf den richtigen Moment. Wenn es oben auf der Mauer aus den furchterregend aussehenden Luken, von denen man sich bewacht fühlte, aufblitzte, hob man den Deckel und schoss. Doch oft kamen die Christen ihnen zuvor und ihre Kugeln schlugen geradewegs in die Artilleriestellung ein und zerstörten Planken,

Kanonen und menschliche Körper. Selbst Mehmed, König der Kanonen und Freund Süleymans, Sohn jenes Topdji Paschas, der die beste Artillerie der Welt geschaffen hatte, wurden die Beine zerschmettert, sodass er in seinem Zelt verblutete.

Man rechnete damit, zwei von drei Stellungen zu zerstören. Doch in der Nacht wurde gearbeitet, geräumt, gesägt, geschuftet, geschaufelt und begraben. Am Morgen konnte man wieder von vorne anfangen.

Auch auf den Mauern gab es Verluste. Das Feuer der Osmanen wurde jeden Tag heftiger. Der Feind hatte entdeckt, dass es tote Winkel gab. Es gab immer eine Ecke, in die er seine Geschütze stellen konnte, sodass sie fast unerreichbar waren. Dann spuckten sie mit derselben Präzision und Ausdauer Feuer, mit denen ihre Schaufeln arbeiteten.

Den ersten richtigen Feuersturm mussten die Deutschen hinnehmen. Steinkugeln, groß wie Wasserzuber, kamen heulend gegen die Mauer geflogen. Die Erde bebte und zitterte unter ihrem Einschlag. Die Erdfüllung dahinter war nicht ausreichend und eine Weile sah es so aus, als ob der ganze Wall zusammenfallen und Menschen und Kanonen mit sich in den Graben ziehen würde. Doch die Deutschen oben auf der Mauerkrone wichen nicht von ihren Kanonen. Auf der Innenseite der Mauer arbeiteten immer genügend Leute, an der Spitze der Großmeister. Sie stützen mit Streben und Tauen, füllten Schubkarren mit Steinen und kippten sie aus und gleichzeitig schoss alles, was es an Artillerie gab, von den Mauern und Vorwerken des Palasts herunter. Die Männer oben auf der inneren Ringmauer duckten sich unter den Steinkugeln, die pfeifend herangeschossen kamen, und unter herabregnenden Steinsplittern und luden ihre Gewehre und schossen. Eines Tages hatten die Osmanen genug und gaben ihren Versuch auf.

Nächstes Ziel wurde Fort St. Nicolas. Es war in der zweiten Augustwoche. Über das Wasser im Hafen von Mandraki flogen scharenweise Steinkugeln und schlugen aus unterschiedlichen Winkeln nach allen Regeln der Kunst in die Mauern ein; zuerst schräg von links, dann schräg von rechts, wie Ohrfeigen und Fausthiebe ins Gesicht, zuerst auf die linke Wange, dann auf die rechte und dann wieder auf die linke, ohne Unterlass, bis es nicht mehr zum Aushalten war. Einige Steine hielten es nicht aus. Sie fielen aus der Mauer und wurden zerrieben, und die Kugeln warfen sich weiter mit siegessicherem Geheul gegen das Loch. Doch das Loch wurde nie größer als dass ein Mann zu Ross hindurchreiten konnte. Und dahinter schimmerte eine neue Mauer, die genauso abweisend und unbeweglich war. Die Osmanen gaben den Versuch auf.

Währenddessen nahm das Feuer Tag für Tag entlang einer Linie südlich der Stadt weiter zu. Es kam vom Meer her, lief um die Englische Mauer ganz im Südwesten herum und vor bis zur Mauer der Auvergner. Die ganze Strecke war mit Batterien gespickt. Sie wurden zerstört, doch es kamen ständig neue. Die Besatzungen wurden niedergemäht, doch andere nahmen ihren Platz ein. Den ganzen Tag über rollte das Donnern der Kanonen, und schwarzer Rauch stieg aus den heißen Hügeln wie aus einem Vulkan. Je weiter die schweren Geschütze nach vorne geführt werden konnten, desto härter schossen sie gegen die Mauern. Schließlich standen sie vorne am Wallgraben in tiefen Schächten, die bis zu jener steinernen Mauer führten, die die Außenkante des Wallgrabens bekleidete. Das ganze Gelände dort draußen war von Schützengräben, Kanonenstellungen und Schutzwehren durchzogen. Zum Wallgraben hin öffneten sich kleine schwarze Luken, wo einer der Steine von innen weggebrochen und in den Graben gefallen war. In den Löchern schimmerten Gewehrmündungen, lange Luntenschloss-Büchsen, die eine unheimliche Treffsicherheit hatten.

Richard hatte Recht. Es war ganz schön was los. Seine Leute hatten sich widerwillig dazu bequemt, Schutzmauern zu bauen. Erst als die Osmanen begannen, auf sie zu zielen, sobald sie die Brüstung verließen, um ein halbe Tonne Wasser oder einen Korb mit Werg zu holen, nahm die Arbeit wieder an Fahrt auf. Nun schleppten und schufteten sie jede Nacht, um das zu reparieren, was tagsüber eingestürzt war.

Kommandant Juan Barbaran stand auf seiner Mauer, die von der Zunge der Aragonier gehalten und von jedem Spanische Mauer genannt wurde. Er hatte Kanonenmeister Rostam zu sich gerufen, um sich mit ihm zu beraten. Sie sahen auf die Ringmauer herab, wo die Männer gegen die Brüstung gedrückt lagen, von der Hitze gequält und mit Steinstaub bepudert, der bei jedem neuen Einschlag über sie herabregnete. Der Wallgraben war voll schwarzen Rauchs, doch durch den qualmenden Ruß hindurch leuchteten die Blitze von der anderen Seite, kaum sechzig Schritt von der Vorderfront der Ringmauer entfernt.

Alles dort unten schien in Trümmern zu liegen. Die neuen Schießscharten waren zu Steinbruch verwandelt worden, zerschlagen, zertrümmert und wieder zu unregelmäßigen Wällen aufgeschichtet. Zerstörte Kanonen mit zersprungenen Lafetten, zertrümmerte Tonnen und Ladestöcke, zerbeulte Sturmhauben und Harnisch-Teile lagen überall verstreut. Auf der Nordseite war ein Stück des Mauerwerks eingefallen, und genau im Winkel zwischen dem Wall und der Mauer lagen so viele heruntergefallene Steine und verstreute Erde, dass man bis zu der Stelle hinaufklettern konnte, wo sie standen.

»Sie werden stürmen. Es wird nicht mehr lange dauern, bis es soweit ist«, sagte der Spanier. »Wir müssen mehr grobe Geschütze herbeischaffen, damit wir mit Schrot schießen können. Große Ladungen aus breiten Mündungen.«

Rostam schlug die Hände über dem Kopf zusammen.

»Die Italiener sagen dasselbe. Und die Provenzalen. Und die Engländer. Wir können ...«

Im nächsten Moment war er tot, von einer schweren Kanonenkugel zerschmettert, die ihn fast im gleichen Augenblick getroffen hatte, als sie die Flamme in der Mündung sahen. Barbaran, der durch den Luftdruck umgeworfen wurde, stand vor vollendeten Tatsachen. Er ließ die blutigen Reste mit einer zerfetzten Flagge bedecken, schickte eine Ordonanz zum Großmeister und wartete auf die Träger. So etwas konnte jedem hier auf der Mauer passieren.

Zwei Tage später traf es ihn selbst.

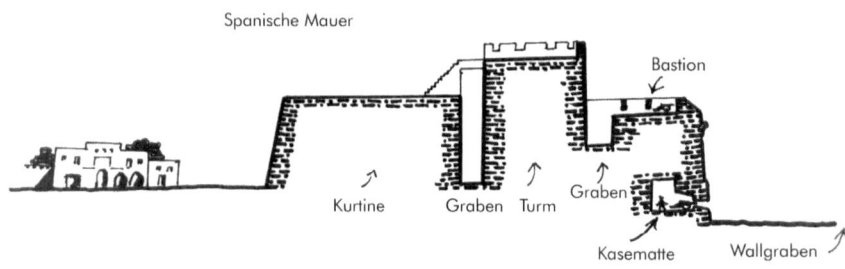

Die Kessel des Sultans

Noch eine Geißel hielt der Sultan bereit. Er befahl, die Mörser hervorzuholen.

In den hinteren Linien wurden sie eingegraben, wie riesengroße Kessel, die halb verborgen in der Erde lagen. Der Boden wurde mit Schießpulver bedeckt, darauf kam Werg, und dann legten ein paar Männer eine glatt geschliffene Kugel hinein, die so groß war, dass sie sie gerade noch fassen und hochheben konnten. Wenn der Schuss losging, stieg die Kugel steil in die Luft, flog in einem sanften Bogen hinüber zur Stadt, um dann mit zunehmender Geschwindigkeit und hämischem Pfeifen zwischen Menschen und Häusern einzuschlagen. Die ersten Kugeln fielen Anfang August. Gegen Ende des Monats hatte der Kastellan über 1.700 Einschläge verzeichnet.

Kriegsrichter Fonteyn stieß in dem langen Kreuzgang vor den Krankensälen mit Doktor Apella zusammen. Er hatte bei einem guten Freund vorbeigeschaut. Der Doktor war auch auf dem Heimweg. Sie gingen zusammen zur Stadt hinunter, sahen im Vorbeigehen beschädigte Häuser und stiegen über Steinhügel, die von alten Männern und Jungen weggeräumt wurden. Von den Mauern herab, die vor ihnen lagen, donnerten Kanonen, und einzelne Schüsse waren wie Peitschenknall durch das Grollen hindurch zu hören. Der Kriegsrichter zog seinen langen Mantel aus. Schweißperlen glitzerten in den Falten seines fleischigen Nackens.

»Sagen Sie, Herr Kriegsrichter …« Der Doktor zögerte ein wenig. »Waren Sie selbst einmal bei einer peinlichen Befragung dabei?«

»Selbstverständlich. Jede Woche, manchmal sogar mehrmals in der Woche. Das gehört zu meinen Amtspflichten. Ich muss ja Fragen stellen und über die Behandlung entscheiden.«

»Was ist eine ›Behandlung‹?«

»Zuerst die kleine Streckbank mit hundertfünfzig Pfund an den Füßen. Das reicht in den meisten Fällen.«

»Und was kommt dann?«

»Dann nehme ich die große mit Winden an beiden Händen und Füßen. Da fangen die Glieder an nachzugeben und zu brechen und man kriegt das Meiste heraus. Wenn nicht, kann man immer noch das Brenneisen nehmen.«

»Wie lange kann man das machen?«

»Das muss man selbst beurteilen. Es ist ja keine Strafe, die kommt erst danach.«

»Und wenn derjenige gleich am Anfang bekennt?«

»Dann kann man die Behandlung sein lassen. Es sei denn, man ist der Ansicht, dass noch mehr zu erzählen wäre. In dem Fall, so finde ich, muss man immer behandeln.«

»Und wenn er tatsächlich nichts zu bekennen hat?«

»Dann wird das im Protokoll verzeichnet und entsprechend beachtet.«

Der Doktor sah den Juristen beinahe erschrocken an; diesen feinen Humanisten, der mit seinem Latein glänzte und

Wein, Musik und geistreiche Gespräche liebte. Wie war es möglich, dass Menschen so sein konnten?

Sie trennten sich und der Kriegsrichter verschwand unten im Hafenquartier, gefolgt von seinem treuen Leibwächter, dem Schwarzen Gasparo.

Eine halbe Minute später hörte man ein unheilverkündendes Pfeifen, das sich zu einem durchdringenden Geheul verstärkte und mit einem fürchterlichen Krachen endete. Der Doktor lief hinüber, um zu sehen, was passiert war.

Es war eine der großen Mörserkugeln gewesen. Von hoch oben war sie in eine Hauswand eingeschlagen und hatte sie weggerissen, so dass man die Zimmer dahinter zwischen den Rauchwolken hindurch erkennen konnte. Die Straße war voller Steine, Kalksplitter und Rauchfahnen. Zwischen den Trümmern lag ein Toter. Es war der Schwarze Gasparo.

Kriegsrichter Fonteyn musste wohl zu Boden geworfen worden sein. Sein schwarzer Mantel war verdreckt, sein Gesicht aschfahl.

»Aber das kann doch nicht sein, Doktor. Tot? Er *kann* nicht tot sein. Er hat doch gerade noch gelebt ... Wie furchtbar ... In dem einen Augenblick lebt er noch und in dem anderen ist er tot ... Wie kann so etwas sein ...«

»So etwas passiert im Krieg«, war das Einzige, was dem Doktor einfiel. Doch dann legte er nach. Etwas musste aus ihm heraus.

»Lieber will ich enden wie dieser da, als vom Herrn Kriegsrichter verhört zu werden.«

»Angelo, Herzchen, nicht weinen, nicht weinen. Sieh Gregoris an, er weint auch nicht...« Anastasia beugte sich über ihre Zwillinge, die im Bett lagen. Sie waren von dem lauten Krach geweckt worden, als eine der großen Steinkugeln mitten in der Nacht in der Nachbarschaft einschlug, vielleicht hundert Schritte von ihrem Haus entfernt. Irgendjemand schrie verzweifelt und die Ziegen meckerten.

Wie sie diese Steinkugeln hasste! Am nächsten Tag lagen sie im Mauerwerk und zwischen den Holzbohlen, rund und zufrieden, wie Eier in einem geschützten Nest. Und rings herum lagen die Tontöpfe und Holzteller der Armen in Scherben – und die Fayence-Schüssel, ein Geschenk an die Hausfrau an ihrem Hochzeitstag, die als einziger Schmuck an der Wand gehangen war.

»Angelo, schäm dich! Was soll Papa sagen, wenn er erfährt, dass du Angst vor den Osmanen hast? Still, Herzchen, das ist nicht gefährlich. Es sind nur Geschenke, die der Sultan dir zum Geburtstag schickt. Ein großer, großer Ball, den Angelo auf der Straße rollen darf, den Hügel hinunter, bum, bum, bum und hopp, hopp, hopp! Und dann rollen wir ihn wieder hinauf …« Sie lag im Bett, hielt den Jungen über sich in der Luft und schwenkte ihn herum. Er lachte.

Anasthasia fragte sich, wer da geschrien hatte. War denn jemand verletzt worden? Es war ein großes Wunder – ein wirkliches Wunder, für das sie Gott jeden Tag dankte –, dass nicht mehr Menschen getötet wurden. Anfangs hatten sie geglaubt, es wäre Aus mit ihnen allen. Doch bald hatten sie gesehen, dass die Kugeln merkwürdigerweise wenig Schaden anrichteten. Es war offensichtlich nicht so leicht, einen Menschen direkt von oben zu treffen. Und selbst wenn die Häuser zusammenstürzten, blieb das Untergeschoss in der Regel stehen. Am Schlimmsten war es nachts. Doch die Menschen zeigten einen verbissenen Trotz. Auf diese Art würde der Sultan, dieser Tyrann, sie nicht in die Knie zwingen.

»So, Angelo, jetzt geht es dir wieder gut. Schlaf jetzt, morgen werden wir eine Suppenküche für die Osmanen bauen, eine schöne, große Küche mit vielen Kesseln. Dann wird Mama schwarze Suppe kochen, Pechsuppe und Schwefelgrütze und warmen Teer. Und dann wird Papa kommen und die Osmanen einladen. Kleine Jungen kriegen aber nichts davon …«

Der Junge schlief und das Lächeln verschwand aus Anasthasias Gesicht. Sie sah müde und abgespannt aus. Dann küsste sie die Zwillinge, legte sich auf das warme Kissen und versuchte zu schlafen.

Doktor Apella machte sich bereit, seinen dritten Bericht zu versenden. Dieses Mal machte er sich nicht die Mühe, einen Liebesbrief zu verfassen, sondern kam gleich zur Sache:

»*Seit dem letzten Mal 254 Verletzte, mindestens 70 Tote. Gesamtverlust 613 Verletzte, etwa 180 Tote. Verluste am größten durch Feuer von Kleinkaliberwaffen, danach folgen Kanonenschüsse. Mörserfeuer auf die Stadt wenig wirksam. Insgesamt nur 21 Tote und 28 Verletzte, die ärztliche Hilfe benötigten.*«

Die Zahlen stimmten. Er schrieb sie mit einem Hintergedanken nieder. Die Osmanen sollten selbst ausrechnen, dass sie jeder getötete Zivilist ungefähr 40 teure Steinkugeln kostete, jede davon ein Meisterwerk der Steinhauerkunst. Die Wirklichkeit, die er hinter diesen Zahlen gesehen hatte, behielt er für sich: das Mädchen mit der zertrümmerten Hüfte; den jungen Bauern, dem er den rechten Arm hatte absägen müssen; die Ehefrau, die ihre Nase und ein Auge verloren hatte und dazu verurteilt war, die hässlichste Frau der Stadt zu sein – alles lebenslange Tragödien. Er versuchte auch nicht den Alpdruck zu schildern, der auf ihnen allen lag und sie jedes Mal zusammenfahren ließ, wenn das wohlbekannte Heulen über ihnen zu hören war. Wenn die Osmanen ihr Feuer einstellen wollten, dann war das ihre Sache. Er selbst würde sich auf seine armen alten Tage darüber freuen.

Er fügte noch etwas hinzu über die Reparaturen auf der Mauer der Deutschen und über die großen Grabungsarbeiten, die im Abschnitt der Auvergner vor sich gingen. Das Ganze war eine ziemliche Geheimniskrämerei, doch so viel wusste man, dass jeden Tag riesige Mengen an Erde und frisch gehauenen Steinen weggeschafft wurden.

Er rollte das Papier zusammen, lud und spannte den Bogen, löschte das Licht und schoss genau in dem Moment, als es vor der roten Laterne aufblitzte. Der Knall erreichte ihn ein paar Sekunden später. Eigentlich hätte er das Geräusch des Pfeils dämpfen sollen, als dieser über die Mauer flog.

Die Minen

Es war völlig unbegreiflich, dass die Osmanen nicht schon längst gestürmt hatten. An drei Stellen hatten sie nun Breschen geschlagen, die sie besteigen konnten. Dass sie zögerten, konnte nur an *einer* Sache liegen. Sie waren dabei, sich unter den Mauern einzugraben, um sie zu verminen und einige Schlüsselstellen in die Luft fliegen zu lassen als letzte Vorbereitung unmittelbar vor dem Angriff.

Martinengo zeichnete, maß, überwachte, verbesserte und beriet sich. Seine Arbeiter waren meist Bauern von der Insel und Steinhauer aus der Stadt. Sie merkten sofort, wen sie als Leiter bekommen hatten. Nach einer Woche gehorchten sie ihm blind.

Der große Gang wurde unter der Mauer der Auvergner hindurchgeführt, weit unter den Wallgraben hinein. Dort teilte er sich. Ein Zweig führte nach Norden, hinauf bis vor den Abschnitt der Deutschen. Ein anderer ging in die entgegengesetzte Richtung, an der Spanischen Mauer entlang bis zur Bastion der Engländer. Dort wandte er sich nach Osten und führte hinunter zum Meer, an der Englischen Mauer entlang. Bis dahin war man bereits fertig. In gleichmäßigen Abständen hatte man Stollengänge mit Lauschposten in Richtung des Feinds getrieben und Verbindungsgänge zurück zu den eigenen Linien.

Man hatte unter Hochdruck gearbeitet. Martinengo hatte um Freiwillige gebeten. Also hatte sich auch Vater Gennaios gemeldet, ein kleiner griechischer Priester mit olivfarbener Haut, wehmütigen Augen und schmalen Schultern. Er war nicht der Einzige aus dem geistlichen Stand. Es gab sowohl franziskanische als auch griechische Mönche. Doch Vater Gennaios war sicherlich der Schwächste. Er schleppte verzweifelt die schweren Körbe voll Erde. Wenn keiner es sah, setzte er sich im Dunkeln hin und keuchte.

Eines Tages war er nahe daran aufzugeben. Er war in den Seitengang gekrochen, der zu einem Lauschposten führte. Dieser war noch nicht besetzt, doch das Gerät stand schon da, ein Eimer Wasser und eine Trommel. Jedes Mal, wenn der Boden vibrierte – und das tat er ununterbrochen, denn 40 oder 50 Fuß von hier entfernt wurde geschaufelt und gegraben, was das Zeug hielt – bildeten sich Ringe auf dem Wasser. Die Trommel war Martinengos Erfindung. Sie war nur auf der Oberfläche mit Haut bespannt. Diese war straff gespannt und direkt unter der Haut hing eine kleine Glocke oder Schelle, die ein leises Klingeln von sich gab, wenn die Lederhaut vibrierte. Das klang richtig hübsch hier unter der Erde inmitten von Schmutz und Dunkelheit.

Vater Gennaios sah apathisch auf die kleine Trommel. Sand und Steinstaub waren auf die Trommelhaut gefallen. Manchmal ging ein Beben durch die leichten Körner, die sich zu einem kreisförmigen Muster angeordnet hatten, ungefähr wie das Wasser in einem Waschbecken.

Jetzt kam die Wache. Sie sah sich alles an, lauschte und drehte die Trommel um, um den Staub abzuklopfen.

»Müde?«, fragte er.

Vater Gennaios nickte.

»Ja, ja, es schadet einem Geistlichen nicht zu spüren, was Arbeit ist.«

Der Priester war zu kaputt, um traurig zu sei. Er stand einfach auf und ging. Er musste seine Niederlage eingestehen und darum bitten, heimgehen zu dürfen, zur Untüchtigkeit erklärt.

Er ging den Gang entlang. Dort standen andere Trommeln und warteten darauf, aufgestellt zu werden, alle mehr oder wenig staubig und mit demselben Muster im Staub. Plötzlich blieb er stehen. Dieser Staub – es war doch verrückt, ihn abzubürsten! Die Ringe im Wasser verschwanden, die Glöckchen läuteten nur für den, der in Hörweite stand, doch diese Muster blieben. Man konnte morgens kommen und sehen, was die Nacht über passiert war.

Er ging geradewegs zu Martinengo, der wie gewohnt inspizierte, maß und die Arbeit vorantrieb. Der Venezianer kam sofort mit. Seine Augen leuchteten.

»Großartig«, sagte er. »Solche Arbeiter wie du sind Gold wert.«

Als er hörte, dass Vater Gennaios Priester war, bat er ihn, die Überwachung der Lauschposten und die Berichterstattung von dort zu übernehmen.

Bereits am dritten Tag hatte Vater Gennaios etwas zu berichten. Er hatte seine Trommeln an einigen neuen Stellen zwischen den Gräben vor der Mauer der Provence aufgestellt. Nach Mitternacht, als der Boden unter dem Kanonenfeuer zu beben begann, hatte er etwas bemerkt. Es war ein unwiderruflicher Beweis und Martinengo wurde herbeigeholt. Er sah sich die Sache an, verglich und legte sein Ohr auf den Boden.

»Sie sind ganz in der Nähe. Wir müssen uns beeilen.«

Von der Mauer der Provence aus konnte man das Ergebnis sehen. Etwa tausend Fuß außerhalb der Mauer lag eine kleine Kapelle. Gleich daneben waren die Osmanen mit einer großen Grabung beschäftigt. Aber das waren sie ja fast überall und niemand hatte sich darüber den Kopf zerbrochen. Heute löste sich das Problem von selbst. Martinengo hatte seine Schaufelarbeiter mit einer Abteilung Kreter verstärkt und war mit Pulverfässern und langen Stangen mit Blasebälgen am Ende verschwunden, die dazu verwendet wurden, Feuer zu schüren. Man spürte einen leichten Erdstoß, und ein paar Sekunden später stürmte eine Rauchsäule mit gewaltiger Kraft drüben bei der Kapelle aus der Erde hervor. Einen Moment später begannen Martinengos Leute, ihre gesammelte Beute osmanischer Hacken und Spaten heraufzutragen.

Vater Gennaios ging es nicht gut. Viele Menschen hatten diese Hacken gehalten. Manche von ihnen waren sicherlich zwangsrekrutiert worden. Vielleicht waren sie sogar Christen. Warum sollte man seinen Verstand, den man von Gott bekommen hatte, auf diese Weise benutzen?

Der dritte September war mörderisch warm. Die Gluthitze und das Feuer der Osmanen machte das Leben für die Engländer auf der Mauer fast unerträglich. Endlich kam der Abend mit Essen und Ablösung. Die Männer hatten gerade ihre Geschütze an die Nachtschicht übergeben, als Martinengo von der äußeren Ringmauer heraufkam. Er sprach leise mit Sir Pemberton, dem Befehlshaber.

Der Engländer drehte sich um und sah seine Leute an.

»Ihr dürft hier essen«, sagte er kurz. »Wir haben heute Abend noch eine Menge zu erledigen, bevor wir nach Hause gehen.«

Die Männer murrten. Sie wollten wissen, warum. Doch Martinengo sagte nur, dass sie ihm jetzt vertrauen müssten.

Widerwillig kauten sie ihr Brot und ihren Käse und tranken den verdünnten Wein. Sie waren in sich zusammengesunken, apathisch und machten keinerlei Anstalten, sich zu rühren.

Pemberton und Martinengo waren an die äußerste Spitze der Mauer vorgegangen. Sie schritten ab und maßen. Martinengo blieb zwischen der zweiten und dritten Schießscharte von links aus gesehen stehen.

»Hier muss sie anfangen«, sagte er. Er legte den ersten Stein an seinen Platz. Sir Pemberton legte den nächsten daneben, nahm noch einen und legte einen Spieß darunter.

Die Männer erwachten zum Leben. Sie trauten ihren Augen nicht. Was war passiert? Brach Sir Pemberton etwa Steine?

Pemberton sah auf. »Nun?«

Mehr bedurfte es nicht. Sie standen auf und fingen an, ihre Spieße hervorzuholen.

Dann kam Verstärkung, die noch mehr Steine brachten. Lange ging das so. Erst nach Mitternacht kam Richard nach Hause.

»Wir haben eine ganz neue Mauer gebaut, quer über die äußere Ringmauer. Martinengo war die ganze Zeit dabei. Aber er hat nicht gesagt, wozu sie dienen soll.«

Der erste Angriff

DER 4. SEPTEMBER war genauso warm. Als die Schatten endlich länger wurden, kam der Großmeister mit den Brüdern, die zu seinem Stab gehörten, und der Leibwache, um die Vesper und das Komplet in der kleinen Kirche vor dem Athanasios-Tor zu lesen. Sie lag gleich hinter der Englischen Mauer und hier hatte der Großmeister sein Quartier, seit die Lage kritisch zu werden begann.

Es war fast unerträglich schwül. Antoine de Golart saß da und sah den Großmeister an. Wieviel hielt dieser Mann eigentlich aus? Nachts besuchte er die Posten und tagsüber nahm er Berichte über Verluste und neue osmanische Batterien entgegen. Er diktierte Briefe, hörte sich Klagen von Bürgern und Offizieren an und besichtigte neue Schäden auf den Mauern. Er schlief nie mehr als ein paar Stunden am Stück. Eigentlich hätte er völlig erschöpft sein müssen. Doch jetzt las er die Psalmen mit und schien ganz bei der Sache zu sein. Im Feld konnte man die Stundengebete durch ein paar Vaterunser ersetzen, doch der Großmeister hatte von dieser Möglichkeit noch keinen Gebrauch gemacht. Man bat die üblichen Gebete, während die Kanonen schossen und die Beter immer weniger wurden.

Nach der Vesper nun sollte Antoine den Großmeister zu Pomerolx' Haus begleiten, das neben der Herberge der Franzosen lag. Der Stellvertreter lag schwerkrank darnieder. Vor ein paar Tagen war er auf der Krone der Bastion umhergegangen, um ein paar Laufgräben zu inspizieren. Er war ausgerutscht und hingefallen. Man hatte den Bewusstlosen aufgehoben, doch er erholte sich wieder und sagte, er habe nur ein paar Schürfwunden. Erst spät am Abend war er dazugekommen, sich um sie zu kümmern und jetzt lag er mit hohem Fieber und seltsamen Krämpfen im Bett.

Es war Donnerstag. In den Psalmen während der Vesper ging es um Gottes unzählige Wunder, die er an seinem Volk getan hatte, das er vor all seinen Feinden gerettet hatte, durch seltsame, schwere Geschicke hindurch, gegen jede menschliche Berechnung. Man konnte unschwer sehen, dass der Großmeister die Worte auf sich bezog.

Unmittelbar darauf sollte das Komplet folgen und der Kaplan hatte gerade »Deus in adjutorium meum intende« (»Gott, errette mich«) sagen können, als ein Erdstoß den Boden anhob und das ganze Haus sich aufrichtete. Dem Stoß folgte ein fürchterliches Donnern, als habe sich die gesamte Mauer da draußen in eine Kanonenmündung verwandelt. Es wurde dunkel um sie herum und Steine und Erde prasselten auf die Kirche nieder. Man hörte, wie die Dachziegel zerbrachen.

Der Großmeister fuhr fort, wo der Priester aufgehört hatte: »Domine, ad adjuvandum me festina« (»Herr, eile mir zur Hilfe«). Dann sagt er: »Amen, so soll es geschehen. Und nun müssen wir das Unsrige tun. Kommt, meine Brüder.«

Mit längeren Schritten als sonst ging er zur Tür und setzte dabei seinen Helm auf. Sie eilten hinaus auf die Straße, unter dem Torbogen hindurch und hinüber auf die andere Seite, wo der Weg zuerst im Schutz der äußeren Ringmauer entlangführte, um dann nach links abzubiegen, vorbei am Maria-Turm, hinaus auf die Bastion.

Mit einem Blick erkannte Antoine, was passiert war. Die Osmanen hatten eine Mine unter der Mauer der Engländer gesprengt. Der hintere Teil stand noch, in Rauch gehüllt und mit Steinscherben übersät. Doch dort drüben klaffte ein Loch, und dieses Loch war bereits voller Osmanen. Sie wälzten sich hinauf über die Schuttmassen. Schon hatten sie die Mauerkrone erreicht. Sie pflanzten ihre Fahnen zwischen die Steine. Zum ersten Mal wehte der Halbmond über den Mauern von Rhodos. Eins, zwei, fünf, *sieben* Fahnen.

Es war ein gutes Stück Wegs die Mauer entlang. Die Osmanen hatten einen gefährlichen Vorsprung. Klirrend, klappernd, keuchend und schnaufend strömte die Entsatz-Truppe durch das mittlere Tor und drängte sich die Treppenstufen und die Böschung hinauf auf das Mauerplateau. Der Kampfplatz war bei der neu errichteten Quermauer. Vier Fuß davor war der Boden weggesprengt. Dort begann der

Steinhaufen und dort hatten die Osmanen bereits Fuß gefasst. Neue Kolonnen drängten in den Graben und drückten von hinten nach. Bei Martinengos Hilfsmauer stand eine dünne Linie, die sie noch zurückhielt.

Zwei Stunden lang dauerte das Handgemenge. Für die Veteranen waren es vertraute Töne von Stahl gegen Stahl, Säbelhiebe gegen Armschienen, Schwertschneiden, die gegen Schuppenpanzer und Harnische hieben. Für die Neulinge war es ein Vorgeschmack der Hölle mit Schreien und Hilferufen, verbittertem Zischen, mit Blut und Verwünschungen.

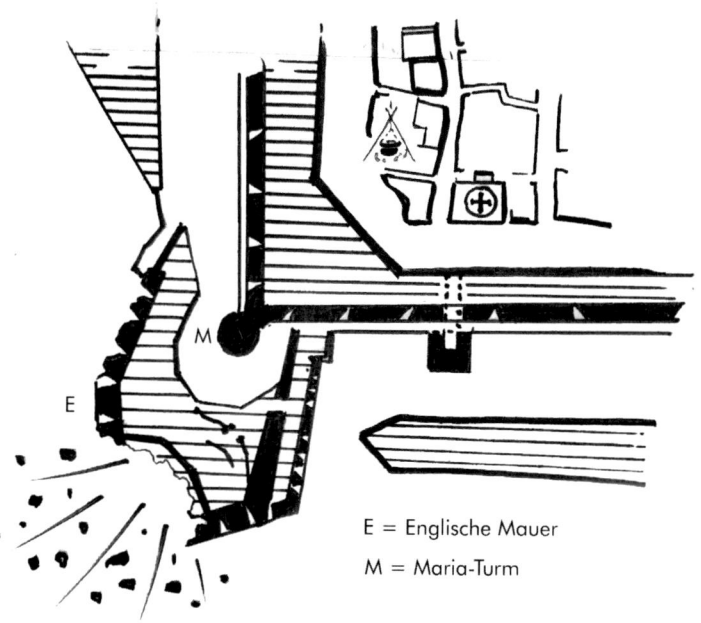

E = Englische Mauer
M = Maria-Turm

John Buck kam mit den Reserven herauf. Heute war er in voller Rüstung mit heruntergezogenem Visier, Stahl vom Scheitel bis zur Sohle. Das war ein Krieg für einen Gentleman. So sollte sich ein Ritter immer schlagen müssen. Er hieb und schlug mit seinem zweischneidigen Schwert, stöhnte und ächzte, schwitzte und fluchte. Von der Mauer hinter ihm und von allen flankierenden Mauern spuckten die Kanonen Feuer, und die Osmanen im Graben stoben auseinander. Als die Dämmerung dichter wurde, hatten sie genug und verschwanden unter Rückzugsgefechten in ihren Gängen und Gräben tief im Innern der Erde auf der anderen Seite des Wallgrabens. Im gleichen Augenblick eröffneten die Kanonen dort drüben wieder das Feuer.

Vor seinem Quartier nahm der Großmeister die Berichte entgegen: Henry Mansell, der die Standarte des Großmeisters trug, hatte einen Kopfschuss bekommen, lebte aber noch. Galeerenkapitän d'Argillemont lag mit einem Pfeil im Auge im Sterben. Vierzehn andere standen auf der Todesliste, dem Großmeister alle wohlbekannt. Danach kamen die Verletzten, achtzehn an der Zahl. Und zum Schluss die einfachen Truppen, alle zusammengerechnet. Eine Sache gab es noch. Sir John durfte sie aussprechen. »Eminenz, ich habe die traurige Pflicht, ihnen mit teilen zu müssen, dass Großkomtur Bruder Gabriel de Pomerolx vor einer Stunde seinen Verletzungen erlegen ist.«

Es war das erste Mal, dass Anasthasias Suppenküche zur Anwendung kam. Da sie gleich neben der Mauer wohnten und der Hinterhof an den breiten Verbindungsgang grenzte, der an der Innenseite der Mauer entlanglief, hatte man beschlossen, dort eine Suppenküche aufzustellen. Kessel wurden herbeigebracht, zusammen mit einem großen Haufen Brennmaterial. Tonnen mit Teer und Pech wurden dorthin gerollt, Eimer und Krüge aufgestellt. Dann kam der Chef, eine Alte, die schon 1480 mit dabei gewesen war und alle Rezepte kannte. Sie hatte drei Frauen zur Unterstützung dabei. Alle richteten sich zwischen Tonnen und Brennmaterial ein.

Als die fürchterliche Explosion die Stadt erzittern ließ und kleine Steine gegen die Kessel im Hof prasselten, hatten die jüngeren Frauen laut aufgeschrien. Doch die Alte von 1480 hielt sie zur Arbeit an. Sie machten Feuer und fingen an, die Tonnen aufzubrechen, während sie dem Lärm auf der anderen Seite ängstlich lauschten. Von der Mauer herab erhielten sie den Befehl, das Pech am Kochen zu halten. Zur

Sicherheit reichte man bereits die ersten Krüge nach oben. Doch die Bastion konnte gehalten werden und die Osmanen schafften es nicht bis dorthin.

Am nächsten Morgen ging Anasthasia hinauf auf die Mauer. Es war ein schwindelerregendes Unterfangen, denn die Mauer war furchtbar hoch und hier gab es keine Treppen, nur Strickleitern. Wenn man dort oben über die Kante klettern sollte, war es am besten, nicht nach unten zu sehen. Anfangs hatte Richard sie an den Händen fassen müssen, doch nun schaffte sie es alleine.

Sie waren bis zur Brüstung vorgelaufen.

»Ja, dort liegen sie«, sagte Richard. »Es sind Janitscharen. Das zeigt, dass sie damit gerechnet haben durchzukommen. Sonst hätten sie nicht ihre besten Leute geopfert.«

Anasthasia sah widerwillig hin. Die Janitscharen waren gehasst und gefürchtet. Und doch waren es keine Osmanen, sondern alle waren von christlichen Eltern geboren. Sie waren der schlimmste Schatz des Tyrannen. Seine alten Unteroffiziere kamen, sahen sich alle Jungen an, wie Pferdehändler, und wählten die gesündesten von ihnen aus.

Nun lagen sie dort, niedergemäht in unmöglichen Stellungen, als seien sie am Boden festgeschmiedet.

Anasthasia fröstelte. Vielleicht waren sie einmal wie Angelos und Gregoris gewesen, vor zwanzig Jahren. Irgendeine kleine Mama in Albanien oder Bosnien hatte sie zum Priester getragen, um sie taufen zu lassen. Und da lagen sie nun.

»Aber Anasthasia, weinst du? Spar dir deine Tränen, du bekommst nur rote Augen davon. Außerdem gibt es Schlimmeres zu beweinen.«

Anasthasia war sich nicht sicher, ob das stimmte. Doch sie schwieg.

Der Großmeister ging seine morgendliche Runde auf der Mauer. Er begann bei den Auvergnern. Ritter Fournon, Chef der Artillerie, erstattete Bericht und ihm wurde für seine ausgezeichnete Arbeit gestern gedankt.

Martinengo kam aus der Kasematte hoch.

»Nun, Martinengo, was brauchst du heute?«
»Alte Rechnungen, Eminenz.«
»Was sagst du?«

Der Großmeister war es gewöhnt, dass sein Festungsarchitekt die seltsamsten Dinge brauchte: feinen Sand, kleine Schellen, Seidenbänder. Aber alte Rechnungen?

»Was willst du damit machen?«
»Komm, ich muss dir etwas zeigen.«

Sie gingen hinunter in die Kasematte, ein großer, gewölbter Raum mit vier kleinen Luken, die alle nach Süden gerichtet waren, sodass man den Graben drüben bei der Spanischen Mauer überblicken konnte.

Martinengo zeigte auf einen Haufen schmutziggrauer Pakete, die in Papier eingewickelt sorgsam an der Längswand aufgestapelt waren. Seine Augen unter den buschigen Augenbrauen leuchteten.

»Das ist Fournons Erfindung. Pulverladungen, fertig abgewogen. Man muss sie nur noch in den Lauf legen. Unheimlich praktisch, wenn der Graben voller Osmanen ist.«

Der Großmeister sah sich die Umschläge an.

»Woher habt ihr das Papier her?«

»Genau das ist das Problem«, sagte Fournon. »Wir bräuchten nämlich noch ein paar Haufen alter Quittungen.«

»Die könnt ihr doch in der Kanzlei bekommen.«

»Wir haben es versucht, Eminenz. Doch Soliciano breitet seine Arme aus, als wolle er seine Kinder verteidigen und sagt, dass er kein einziges kleines Papierstückchen hergeben kann. Man kann nie wissen, ob es irgendwann einmal einen Prozess über ein kleines Ackerstückchen in der Bretagne geben wird und dann möchte er genau wissen, was dieses in der Vergangenheit abgeworfen hat.«

Der Großmeister sah grimmig aus.

»Richte dem Vizekanzler aus, dass gerade ein kleiner Krieg im Gange ist. Zufälligerweise bin ich mit außerordentlichen Vollmachten bekleidet. Alle geprüften Rechnungen dürfen ausgehändigt werden. Wählt einfach aus, was ihr braucht. Vorwärts marsch.«

Die Gesichter der Männer leuchteten im Halbdunkeln. Endlich hatten sie über diese Papierdrachen gesiegt, ihre alten Erzfeinde droben im Palast.

Der zweite Angriff

ES FOLGTEN SPANNENDE TAGE. Überall gruben die Osmanen. Die Trommeln registrierten es, Martinengo horchte und berechnete. Es war hoffnungslos, in all diese Gänge einzubrechen und dort den Kampf aufzunehmen. Man fand einen anderen Ausweg. Man ließ sie fertig graben und ungestört laden. Doch als die Minen losgingen, wurden Gase durch wohl berechnete Seitengänge gepresst, oft mitten ins Gesicht der sturmbereiten Osmanen.

An der Mauer der Engländer gelang es ihnen trotzdem, noch einen Arm der Mauer weg zu sprengen. Dann stürmten sie wieder, fünf Tage nach dem ersten Versuch. Dieses Mal dauerte es drei Stunden, sie zurück zu werfen. Im Graben lagen neue Schichten von Toten, einige von ihnen in kostbar bestickten Mänteln. Sie schonten ihre Leute nicht, und ihre Anführer schonten sich selbst nicht. Der Sultan konnte es sich leisten, verschwenderisch zu sein. Über das Meer fuhren die Galeeren hin und her und brachten neue Leute, neues Holz, neues Pulver.

Von den Rittern und dienenden Brüdern waren noch einmal dreißig gefallen. Und die konnte man nicht ersetzen. Noch nicht. Jeden Tag hielt der Ausgucker vom Palast Ausschau nach den Entsatz-Truppen. Sie mussten nun eigentlich hier sein.

Allmählich machten sich die Lücken bemerkbar. Am Tag nach dem Angriff wurde Richard Craig hinunter zum Kommandostand des Großmeisters gerufen. Er erhielt eine Belohnung von zwanzig Goldmünzen für seine Entschlossenheit und seinen Mut gestern und wurde umgehend zum Befehlshaber über die Turcopolen ernannt.

An diesem Abend wurde bei Anasthasia gefeiert. Das kleine Haus und der Hinterhof waren voller Gäste: die Frauen von der Suppenküche, ein paar Nachbarn und Freunde, fünf englische Bogenschützen und eine Gruppe Kreter und Männer von Rhodos. Richard hatte immer mehr von ihnen unter seinen Befehl bekommen, damit die immer spärlicher werdende Besatzung auf den Mauern möglichst lange reichte. Er fühlte sich wohl in seiner Rolle.

Sie tranken und sangen als kleinen Vorgeschmack auf die Hochzeit, die man feiern wollte, sobald der Krieg vorbei war. Die Griechen besangen Anasthasia mit ihren alten Weisen. Sie sangen von der Braut, die ein Pfeiler aus Porphyr im Palast des Kaisers von Byzanz ist, mit einem goldenen Kapitell und glitzernden Steinen um ihre Stirn. Sie sangen ihre Soldatenlieder, traurige Lieder vergangener Zeiten, als arme Jungen sich von den Venezianern oder vom König von Neapel anwerben ließen.

> Meine Geliebte, werde ich dich jemals wiedersehen?
> Ins Land der Franken werde ich fahren.
> Irgendwo wartet ein Schlachtfeld,
> vielleicht ein Grab im Sand.
> Das Meer sieht so dunkel aus
> und Kurz-Oglu lauert hinter der Landzunge,
> mein Pulver ist trocken und mein Harnisch hart,
> aber das Herz darin ist weich.
> Meine Geliebte, werde ich dich jemals wiedersehen?

Die Zeile mit Kurz-Oglu hatten die Jungen im vergangenen Jahr hinzugefügt. Die Lieder änderten sich immer ein wenig, da sich auch die Zeiten änderten. Und weiter ging es:

> Mein Rhodos, werde ich dich jemals wiedersehen?
> Ins Land der Franken werde ich fahren.
> Irgendwo wartet eine fremde Küste,
> ein Kastell, das ich noch nie gesehen habe.
> Das Meer sieht so dunkel aus.

Lang sind die Stunden des Exils.
Mein Herz will so tapfer sein,
doch es weint, wenn niemand es sieht.
Mein Rhodos, werde ich dich jemals wiedersehen?

Anasthasia sah hinüber zu Richard, der, wie es sich gehörte, drüben bei den Männern saß. Ihre Augen sprachen aus, was sie dachte: »Du wirst nie zurück ins Land der Franken reisen. Du bleibst bei mir. *Mein* Herz weint nicht, es war noch nie so glücklich wie jetzt.«

Doktor Apella sandte seinen vierten Bericht. »*Verluste seit dem letzten Mal: mindestens 350 Tote, 432 Verletzte. Gesamtzahl der Verletzten: 689. Davon sind 114 gestorben. Gesamtzahl der Toten also ca. 650, davon 48 Ritter.*«

Wieviel bedeuteten ihnen diese Berichte? Ein paar sichtbare Ergebnisse hatte er bemerkt. Sie hatten den Campanile zerschossen, nachdem er berichtete hatte, dass das Artilleriefeuer von dort oben geführt wurde. Und den Beschuss mit Mörsern hatten sie eingestellt. Darauf war er ein wenig stolz.

Er fügte noch ein paar Dinge hinzu, etwas über die steigende Holzknappheit und die täglich erwarteten Entsatz-Truppen.

Er hatte immer weniger Lust, das Licht zu löschen und die Luken zu öffnen. Nicht nur deshalb, weil er sein Leben riskierte. Dieses Risiko war er nun einmal eingegangen, um zu überleben. Nein, am entscheidenden Punkt begann er zu schwanken. War es wirklich das Wichtigste zu überleben? Hier starben diese Ritter und einfachen Jungen vom Land, die so treuherzig und unbefangen waren. Er fühlte etwas zwischen Eifersucht und Stolz, wenn er an diesen seinen Landsmann dachte, diesen seltsamen Jesus, der noch nach 500 Jahren Menschen einen solchen Mut einflößen konnte. Auch wenn sie gewiss das Meiste von dem, was er gesagt hatte, zu ihren Lebzeiten nicht beachtet hatten ...

Nein, nun war er ungerecht. Dieses Krankenhaus, das er liebte und mit vollem Ernst das beste der Welt nannte, war doch ihr Werk. Offensichtlich war auch dies eine späte Nachwirkung dieses Jesus.

Von den vier Büchern, die er während seines Taufunterrichts von eifrigen Bekannten bekommen hatte, hatte er drei in sein Bücherregal gestellt – oder so hingelegt, dass es aussah, als lese er sie. Doch das vierte hatte er gelesen. Es war das Neue Testament. Mit bitterer Genugtuung hatte er festgestellt, wie wenig sich die Christen um ihren Christus kümmerten. Sie liefen zu ihren Heiligen, die im Neuen Testament nicht erwähnt werden. Sie schwärmten für ihre Himmelskönigin, von der auch kein Wort darinstand. Doch die Bergpredigt schienen sie nie gelesen zu haben. Über all das Verkehrte, das sie taten, konnte man im Neuen Testament die treffendsten Aussagen lesen. Immer wieder entdeckte er, dass er selbst auf die Seite geraten war, wo Jesus, sein Landsmann, stand.

Er schoss, löschte das Licht wieder und setzte sich hin, um zu lesen.

Der Schatten

Zum ersten Mal seit über einer Woche setzte der Großmeister seinen Fuß in den Palast. Der Kanzler, der Marschall, der Admiral, der Turcopolier und der Kastellan waren dorthin gerufen worden. Er ließ die Türen zum Vorzimmer schließen, stellte Wachen auf und schloss selbst die Innentüren seines Arbeitszimmers.

Er hatte zwei ernsthafte Sorgen.

Erstens: Das Pulver ging allmählich zur Neige. Wie ein Blitz aus heiterem Himmel war der Bericht vom Arsenal gekommen. Angesichts des Verbrauchs der letzten Wochen würde der Vorrat höchstens noch zwanzig Tage reichen.

»Wir hatten doch Vorräte für ein Jahr?«

Er sah den Kanzler, der für diese Sache verantwortlich war und die Berichte erstellt hatte, forschend an.

D'Amaral sah wie gewöhnlich starr vor sich hin. Er sah gekränkt und vergrämt aus.

»Bei normalem Verbrauch hätte der Vorrat gut ein Jahr gereicht. Das muss auf einer unverantwortlichen Verschwendung beruhen.«

Darin steckte etwas Wahres. In der Gewissheit um unbegrenzte Vorräte hatte man nach Herzenslust geschossen.

In aller Eile wurden neue Regeln skizziert. Kein Feuer gegen unsichere Ziele. Kein Feuer ohne Befehl. Strenge Einschränkungen, außer bei Erstürmung.

Zum Glück gab es reichliche Vorräte an Salpeter, und die Mühlen sollten sofort anfangen zu mahlen. Gab es Pferde dafür?

»Ihr dürft meine nehmen«, sagte der Großmeister. »Alle vierzehn.«

»Auch Phaeton?«

»Auch Phaeton.«

Wenige Dinge hätten einen tieferen Eindruck auf sie machen können. Nun war es wirklich ernst.

Dann gab es noch die andere Sorge.

»Wir haben heute spät in der Nacht einen Bericht per Schiff von Lindos erhalten. Sie warnen uns. Überläufer haben ihnen gesagt, dass die Osmanen über alles hier in der Stadt gut informiert sind. Sie kennen unsere Verluste und wissen, was nur ein kleiner Kreis von uns weiß.«

Es herrschte peinliche Stille.

»Bruder Waldemar hat sicher etwas zu berichten.« Er sah den Kastellan an.

Der Deutsche begann bedächtig. Es ging um eine rote Laterne. Immer an derselben Stelle. Und um seltsame Pfeilschüsse. Immer in Richtung der Laterne. So wie gestern – über den Turm der Mauer der Auvergner hinweg. Gegen zehn Uhr abends. Ritter Barel war dort gewesen und vollkommen überzeugt davon. Der Pfeil war aus der Stadt gekommen. Aus der Oberstadt.

Die Stille war bedrückend. Der Kastellan erhielt den Befehl, alle Einzelheiten mit Ritter Barel durchzugehen. Wenn die rote Laterne heute Abend zu sehen war, würde man ihre genaue Lage bestimmen, um eine Luftlinie in die Stadt hinein zu ziehen. Dann musste man dieser Linie folgen und alle denkbaren Spuren überprüfen.

Man trennte sich. Mit tiefer Unlust, beinahe ohne sich in die Augen sehen zu wollen.

Der Kanzler war voller Verbitterung. Er hatte sich in sein Zimmer eingeschlossen.

So, so – sie verdächtigten ihn also des Verrats? Sie wollten ihm die Schuld dafür geben, dass sie ihr Pulver verschossen hatten? Natürlich – alle verlorenen Kriege schob man auf einen Verräter. Doch sie konnten herumschnüffeln so viel sie wollten. Sie würden mit langen Gesichtern dastehen.

Mit wachsendem Widerwillen hatte er seine Pflichten erledigt. Jeder konnte ja sehen, wie die Mauern zerbröckelten und die Besatzung zusammenschmolz. Bald würde der letzte, große Sturm kommen. Dann würden sie alle sterben.

Er hatte keine Angst. Er hatte so viele Krummsäbel an seinem Gesicht vorbeifegen sehen, dass er – ohne mit der Wimper zu zucken – jenen Stich in den Hals entgegennehmen konnte, der der letzte sein würde. Doch es ärgerte ihn, für diesen Philippe Villiers de l'Isle Adam und seine falsche Ehre fallen zu müssen. Wenn es diesen Mann nicht gäbe, sähe sein Leben ganz anders aus.

Der dritte Angriff

ANASTHASIA HIELT SICH DIE OHREN ZU. Der Lärm auf der anderen Seite der Mauer war nicht zum Aushalten. Die Osmanen stürmten nun schon zum dritten Mal innerhalb weniger als zwei Wochen. Sie hatte ihre grellen Kriegsrufe gehört, die nur vom ekstatischen Falsett irgendeines Derwischs übertönt wurden. Dann hatten die Kanonen gedonnert, gefolgt vom sprühenden Geknatter der Hakenbüchsen und Musketen und dem scharfen Heulen der Pfeile. Dann kam der Krach, wenn sich die Angriffskolonnen gegen die in Stahl gerüsteten Verteidiger warfen, die hinter ihren zusammengeschossenen Hilfsmauern saßen. Es klang, als ob ein Riese immer wieder eine Dachplatte auseinanderriss und zusammenknickte. So ging das nun schon seit drei Stunden.

Das Feuer brannte unter ihren Kesseln, aber noch hatten sie erst ein paar Krüge hinaufgezogen. Das bedeutete, dass der Kampf sich noch auf der Bastion abspielte, die durch einen tiefen Graben vom Maria-Turm und der Mauer getrennt war. Erst wenn sie in den Graben hinunterdrängten, würde man ihre schwarze Suppe brauchen. Doch dann würde man umso mehr davon brauchen.

Das Schlimmste war dieses ständige Schießen. Dort lagen ihre Scharfschützen und folgten den Kämpfenden mit ihren langen Büchsen, um zu versuchen, einen nach dem anderen weg zu pflücken. Gegen die half kein Mut.

Gegen Abend wurde es ruhig. Sie kletterte hinauf auf die Mauer. Ja, Richard lebte, sie hatten ihn gesehen. Doch in der Bastion lagen die Toten aufgereiht. Zuerst musste man den Verwundeten helfen.

Spät in der Nacht, während seiner Freischicht, kam Richard nach Hause, sehr müde und sehr ernst. Sir John war tot, in den Kopf geschossen, als er das Visier öffnete, um sich den schlimmsten Schweiß von der Stirn zu wischen und sich die Nase zu putzen. Und das war nicht das einzige Unglück. Preian de Bidoulx war getroffen worden, von einem Schuss quer durch den Hals, und sterbend davongetragen worden.

Er erzählte einsilbig, und dann lag er da und starrte zur Decke hoch. Lange war es still. Doch sie konnte ihn noch nicht schlafen lassen.

»Richard …«
»Ja, mein Kind.«
»Wenn die Osmanen durchbrechen …«
»Das werden sie nicht tun.«

»Aber *wenn* – versprichst du, dass du heimkommst und mich und die Jungen tötest?«
»Still, Anasthasia.«
»Nein, Richard, ich schweige *nicht*. Wir Frauen sind doch auch Menschen. Ich *will* nicht von diesem Gesindel herumgeworfen und von einem nach dem anderen vergewaltigt werden. Und die Jungen *dürfen* nicht für die Janitscharen gefangen werden!«
»Still, Anasthasia, warum sollen wir uns quälen? Wir werden sie schlagen.«
»Aber *wenn* ...«
»Das wird nicht geschehen.«
»Dann kannst du doch versprechen ...«
»Was?«
»Dass du uns tötest, bevor wir in die Hände der Osmanen fallen.«
Richard starrte zur Decke hoch. Dann änderte er seinen Ton.
»Es gibt nichts, was ich dir abschlagen kann, das weißt du, du Erpresserin. Also, meinetwegen. Du bekommst deinen Willen, wenn dich das trösten kann. Ich verspreche es.«

Der Verräter

Im Krankenhaus brannte Licht in allen Gängen. Es hätte schon lange still sein müssen, aber noch waren alle am Arbeiten. Bruder Franz irrte unglücklich umher. Alle, die auf ihren Beinen stehen konnten, hatte man nach Hause geschickt. Pritschen und Matratzen waren zwischen alle Betten und in alle Ecken geschoben worden. Trotzdem kamen sie mit einer Bahre nach der anderen. Er musste damit beginnen, sie in die offenen Hallen zu legen, die auf den Garten hinausgingen. Auf loses Stroh.
Bruder Gierolamo arbeitete verbissen. Doktor Apella war jetzt beinahe sein Assistent geworden. Die beiden anderen Ärzte, die sonst wie unsichtbare Schatten hinter dem klei-

nen Juden wirkten, hatten sich daran gewöhnen müssen, die laufende Arbeit ganz alleine zu verrichten, während Doktor Apella mit hochgekrempelten Ärmeln dastand und auf ein spritzendes Blutgefäß drückte oder ein Bein stützte, das geschient werden sollte.

Mitten in der Nacht kam der Großmeister. Er war auf seiner üblichen Runde unter den Wachen. Heute Nacht streckte er sie bis zum Hospital aus.

Doktor Apella erstattete Bericht.

»48 Neuankömmlinge, sechs Sterbende, voll belegt.«

Tja, das brauchte man nicht zu sagen. Sie hatten kaum Platz, um zwischen den Betten zu stehen.

»Und Henry Mansell?«

»Lebt. Aber es steht in Gottes Hand.«

»Und Preian de Bidoulx?«

»Ist nicht verblutet. Seltsam, die Kugel ging direkt durch seinen Hals. Doch das Rückgrat ist unversehrt. Er ist bewusstlos.«

Der Großmeister sah sich um.

»Wenn ich etwas für den Doktor tun kann, dann lasse er es mich wissen. Der Doktor weiß, dass ich dankbar bin. Für all das hier …«

Er wies mit der Hand auf die Betten auf dem Boden.

»Und für ein Vorbild, das mir gutgetan hat. Wir alten Christen mit all unseren Fehlern können einen Wecker brauchen. Von jemandem, der von außen kommt.«

Es war schwerer als je zuvor für Doktor Apella, seinen Bericht loszuschicken. Heute Morgen war er ziemlich durcheinander nach Hause gekommen, hatte sich aufs Bett geworfen, nicht schlafen können und hatte zu lesen begonnen. Da war er auf ein Wort gestoßen, das ihn nun schon den ganzen Tag verfolgte: »Wer sein Leben erhalten will, wird es verlieren.« Es war ein Wort Jesu, seines Landsmanns.

Oh, dieser Jesus von Nazareth! Konnte der ihn nicht in Ruhe lassen?

Er schüttelte sich. Das waren doch dumme Gedanken. Er war erschöpft, aus dem Lot gebracht, halb totgequält vor lauter Arbeit. Hier galt es, dem Verstand die Führung zu überlassen.

Sein Leben verlieren? Nein, er würde überleben!

Er setzte sich hin und schrieb, rechnete mithilfe der Finger, kam zu den richtigen Ergebnissen, beendete seinen Bericht, verdunkelte das Zimmer, öffnete die Luken mit der üblichen Vorsicht, wartete und schoss.

Er stutzte. Rührte sich nicht etwas dort unten?

Als er das Licht anmachte und zu essen begann, klopfte es an der Tür. Er hörte Schritte, schwere Schritte, viele Schritte. Sie kamen die Treppe herauf.

Als der Kastellan mit der Wache eintrat, fanden sie Doktor Apella zu ihrer Verwunderung ganz still dastehen, wie abwesend mitten im Zimmer. Er nikte vor sich hin und murmelte etwas, wie zur Bestätigung.

»Er wird sein Leben verlieren ...«

Vor den drei Kriegsrichtern bekannte der Angeklagte unumwunden. Er berichtete von seiner langjährigen Tätigkeit als Spion und von seinen fünf Depeschen. Doch er verneinte, irgendwelche Mittäter zu haben.

Doktor Fonteyn drängte auf eine peinliche Befragung. Das mit den Mittätern müsse man näher untersuchen. Doch die beiden anderen stimmten ihn nieder. Die Strafe für einen Verräter würde genügen: gehängt, geviertteilt und gerädert werden.

Der Doktor sah beinahe erleichtert aus, als ihm das Urteil mitgeteilt wurde.

»Hat der Verurteilte irgendeinen Wunsch?«

»Ja, einen Priester: Bruder Giovanni.«

Fonteyn sah verwirrt aus. Erstes konnte man genehmigen.

»Doch es muss der sein, der dazu beauftragt ist. Lass sehen – diese Woche ist es Vater Dominique.«

»Dann soll es so sein«, sagte der Doktor. Doch dann schien ihm ein Gedanke zu kommen. »Herr Kriegsrichter … Seine Eminenz, der Großmeister, hat einmal versprochen, dass er mich anhören will, wenn ich einen besonderen Wunsch habe. Ich bitte das Gericht, ihm meine Bitte auszurichten, dass ich mit Bruder Giovanni sprechen darf.«

Doktor Fonteyn sah noch verwirrter aus und schüttelte den Kopf. Doch die anderen hielten die Bitte für angemessen. Ein Bote wurde hinunter in die Stadt gesandt, während der Verurteilte zurück in seinen Keller im Palast gebracht wurde.

Es dauerte eine knappe Stunde, dann war Bruder Giovanni da. Die Schlüssel rasselten. Die Gittertür wurde geöffnet und wieder geschlossen.

Sie waren alleine. Der Priester saß neben dem Doktor auf der Pritsche.

»Hier gibt es Läuse«, sagte Doktor Apella entschuldigend. »Mir kann das ja jetzt egal sein, aber …«

Bruder Giovannis Kinderaugen sahen den zum Tode Verurteilten verwundert an. War das Bitterkeit? Oder Galgenhumor? Nein, eher Fürsorge. Bis zuletzt.

»Der Doktor bat mich zu kommen.«

»Ja, das war ein Problem. Aber zuerst …«

Und dann erzählte er seine Geschichte, so wie er sie zuvor dem Richter erzählt hatte. Doch er fügte hinzu, was er jenem nicht gesagt hatte: das mit seiner Lust zu überleben. Und jenes Wort Jesu, das ihn so hart getroffen hatte: Wer sein Leben erhalten will …

»Und jetzt möchte ich wissen: Wenn ich nun mein Leben verlieren werde, weil ich es behalten wollte – ist das eine Strafe? Seine Strafe?«

Bruder Giovanni schüttelte den Kopf.

»Keine Strafe, Doktor. Eine notwendige Folge. Ganz einfach.«

Der Doktor schwieg.

»Wenn nun das Unglück geschehen wäre, dass der Doktor sein Leben hätte behalten dürfen – bei den Osmanen –, dann wäre der Doktor verloren gewesen; für Jesus, meine ich.«

Der Doktor nickte kaum merklich.

»Und das hätte er, Jesus, bedauert. Deshalb wollte er es verhindern.«

»Aber nun werde ich es ja auf jeden Fall verlieren?«

»Nein, der Doktor wird es gewinnen.«

Der Doktor schüttelte wehmütig den Kopf.

»Nicht ich.«

»Hören Sie, Doktor. Es ist Zeit, dass der Doktor sich umwendet und sieht, wen er die ganze Zeit mit sich dabeigehabt hat.«

Der Doktor sah verwundert auf.

»Ich meine, hier ging der Doktor mit Christus neben sich. So dicht, dass es hell war um ihn herum und andere es gesehen haben. Alle, außer dem Doktor selbst.«

Der Doktor sah wieder zu Boden.

»Unmöglich. Die ganze Zeit wollte ich doch nur mein Leben gewinnen.«

»Nicht nur. Es war ein Machtkampf im Doktor, so wie in uns allen. Zwischen den beiden Arten zu leben: das Leben zu gewinnen oder es zu verlieren. Und es war *Seine* Art, die immer mehr gewann. Möge sich der Doktor daran erinnern, was Er sagt: ›Wer aber die Wahrheit tut, der kommt zu dem Licht, damit offenbar wird, dass seine Werke in Gott getan sind – von Gott und durch Gott.‹«

Der Doktor schwieg immer noch.

»Und nun ist das Licht da, Doktor. Der Doktor muss nur ein wenig den Kopf wenden, dann sieht der Doktor ihn. Seinen Jesus.«

Nun nickte der Doktor fast unmerklich. »Und was sagt er – in diesem Fall?«

»›Wer an mich glaubt, der wird nimmermehr sterben. Er kommt nicht in das Gericht, sondern er ist vom Tode zum Leben hindurchgedrungen.‹«

»Aber all die Jahre meines Unglaubens? All die Male, in denen ich das Sakrament genommen habe, ohne daran zu glauben?«

»Dafür hat er vor langer Zeit gelitten. Er hat nur Angst gehabt, dass er es vergeblich getan hat. Nun soll der Doktor ihn erfreuen.«

»Kann *ich* das?«

»Ja, wie dieser Sohn, der nach Hause kam. ›Dieser mein Sohn war verloren und ist gefunden worden. Nun lasst uns freuen und fröhlich sein.‹ Er ist es, der das sagt.«

Der Doktor nickte. Nun sah er auf, den Blick nach vorne gerichtet.

»Dann habt ihr also doch Recht gehabt ...«

»*Wir* haben nie Recht«, sagte der Priester beinahe erschrocken. »Nur Er. Er hat immer Recht.«

Der Doktor nickte. »Hinter all dem Verkehrten gab es also doch die große Wahrheit.«

Und dann fügte er hastig hinzu: »Und dafür bin ich dankbar ... Darf ich nun Bruder Giovanni bitten, morgen mit den Sakramenten wiederzukommen? Und mich vielleicht zu begleiten ... das letzte Stück?«

Es war kalt geworden. Vom Meer her blies ein steifer Nordostwind. Die Berge der Osmanen lagen mit ihren klaren Konturen in der Morgensonne, so deutlich, dass sie zum Greifen nah schienen. Bruder Giovanni schlang fröstelnd seinen langen schwarzen Mantel um sich herum, als er von der Padella, wo man den Galgen errichtet hatte, zurück zur Herberge der Italiener eilte.

Am Tisch saßen einige Brüder mit ihren Bandagen und Krücken. Sie sahen auf.

»Und, wie starb der Verräter?«

»Wie ein wahrer Christ.«

Sie sahen ihn verwundert an.

»Ich könnte mir keinen besseren Tod wünschen als seinen«, sagte der Priester leise.

»Das meinst du doch nicht im Ernst!? Gevierteilt und gerädert?«

»Sterben müssen wir doch alle. So oder so. Vergebung benötigen wir alle, für fast alles, was wir getan haben. Das Wichtigste ist doch, dass man Christus an der Hand halten darf, wenn dieser Moment gekommen ist.«

»Und das, glaubst du, hat er getan?«

»Das glaube ich«, sagte der Priester mit Überzeugung. Dann wurde nicht mehr darüber gesprochen.

Der große Sturm

Die Entscheidung rückte näher. Der Feind hatte alle Einheiten zum Kampf aufgeboten. Es war unbegreiflich, wie Menschen einen solchen Lärm zustande brachten und es schafften, die Erde in so große Dunkelheit zu hüllen und Männer und Mauern mit solch unbarmherziger Präzision zu zerquetschen, zersplittern, zermalmen und zu verstümmeln. Alle sagten: Seit Erschaffung der Welt hat es so etwas auf Erden nicht gegeben. Und möge es so etwas nie wieder geben!

Am 23. September gegen Abend wurde das Feuer schwächer. Man konnte wieder das Lager der Osmanen erkennen und den Lärm von dort hören. Das Lager sah verändert aus. Die Muezzins wollten nicht verstummen, die Derwische heulten schriller als sonst, die Herolde trompeteten und gaben Parolen aus, die von Hunderten, Tausenden, von Zehntausenden heiserer Stimmen aufgenommen wurden, bis sie wie ein Donnern über das Lager und die zusammengeschossenen Mauern hinweg in die Stadt hinein rollten.

»Was sagen sie?«, fragte Anastasia, als sie die Mauer hochgeklettert kam, mit Kalksplittern im Haar und einem Korb mit Brot über dem Arm.

»Irgendeine Losung für morgen«, sagte Richard ausweichend.

»Ja, aber welche?«

Einer der Jungen vom Land sah sie mit einem seltsamen Blick an.

»Land und Haus bekommt der Sultan,
Güter und Sklaven bekommen wir.«

»Sie haben freie Bahn bekommen zum Plündern«, fügte er zur Erklärung hinzu.

»Schweig«, sagte Richard. »Hier wird es keine Plünderung geben.«

Der Großmeister hatte die Englische Mauer erreicht. Dort hatte William Weston den Befehl und erstattete Bericht.

»Die Reihen haben sich gelichtet. Buck ist tot, Askew ist tot, Russel und Rawson sind auch tot. Pemberton, Aylmer und Sutton sind verwundet. Pemberton kann stehen und wird wohl kommen, aber er hat den Arm in der Schlinge.«

Der Großmeister überlegte scharf. »Vielleicht kannst du Buet und Baron von St. Nicolas bekommen.«

»Danke, Eminenz.«

»Ansonsten weißt du, wie es steht. Morgen werden sie alle Breschen stürmen, an vier Stellen oder fünf, wenn sie sich zu den Auvergnern wagen. Wir müssen auch mit einem Versuch gegen St. Nicolas rechnen. Gleichzeitig. Du verstehst also …«

Der Engländer nickte und der Großmeister sprach weiter:

»Ein paar zusammengekratzte Reserven habe ich noch, aber wir müssen sparsam damit sein. Also: Du forderst nur dann Verstärkung an, wenn du sie wirklich brauchst. Keine Minute zu früh. Aber auch keine Minute zu spät. Ich verlasse mich auf dich.«

Unterdessen hatte Martinengo ein letztes Mal die Spanische Mauer inspiziert. Dort in der Herzgegend war die Wunde, die große Bresche, die einen offenen Zugang direkt in die Stadt hinein bot.

Er hatte diese Wunde verbunden. Nächte- und tagelang hatten sie gebaut, ein ganzes System von Hilfsmauern und

Traversen, die die bedrohte Stelle hinter einer neuen Ringmauer einschlossen. Überall standen Kanonen und Gewehre, gut versteckt in Ecken und Winkeln zwischen den Steinhaufen, in den Fenstern der Häuser hinter ihnen und droben zwischen den Dachplatten. Sogar dort hinten bei den Windmühlen, die vor dem Tor in Richtung Koskinou das Bild beherrschten, standen Kanonen, die direkt zur Bresche hin zeigten.

Martinengo machte das Kreuzzeichen. Was in des Menschen Macht stand, hatte man getan. Doch es gibt eine Grenze für das, was der Mensch vermag.

Zwei Stunden vor Tagesanbruch begannen sie zu schießen und zwar so fürchterlich, dass der Boden zitterte, die Mauern zerbarsten und der Himmel feuerrot brannte. Bald lagen Gräben, beide Ringmauern und die Bastionen unter undurchdringlichem schwarzem, beißendem Rauch.

Es bedurfte keines Alarms. Alle warteten bei den Kanonen hinter den fest aufgestellten Doppelhaken mit schrotgeladenen Gewehren, die in ihren Scharten ruhten. Das Feuer qualmte unter den Kesseln, das Pech brodelte und es dampfte vor siedend heißem Wasser.

Im Morgengrauen kamen sie. Im selben Augenblick, als die Kanonen verstummten, quollen sie aus dem schwarzen Rauch hervor, hinaus aus Gräben und Gängen, an den Wänden des Wallgrabens entlang, die Steinhaufen, Leichenhaufen und Mauerreste hinauf, heulende Jayalas in loser Formation, blaue Janitscharen in geschlossenen Kolonnen, Syrer, Anatolier, Bulgaren, Albaner und selbstbewusste Mamelucken, frisch aus Ägypten und entschlossen zu zeigen, dass sie das konnten, woran alle gescheitert waren.

Die Verteidiger warteten, bis sie die Kolonnen der Osmanen deutlich durch den Rauch hindurch erkennen konnten, nur einige zig Schritte von der Mauer entfernt. Dann wussten sie, dass der Graben dahinter voller Menschen war und dass jede Bleikugel, jedes Stück Schrot und jede Steinscherbe treffen musste. Wie eine brüllende Feuersäule aus einem Vulkan schoss es hervor und die Männer dort unten wurden einfach weggefegt. Doch an ihrer Stelle kamen andere. Schwingmesser und Pfeile, Gewichte und Schrotladungen fielen von den Mauern herunter, die Kanonen wurden von neuem geladen, Pulverpakete, Werg und Schrotbeutel wurden in die Läufe geschoben von Männern, die sich selbst übertrafen. Doch dort unten drängten sie einfach weiter, alle Lücken füllten sich und die aufgepflügten Straßen schlossen sich wie Rinnen im Kielwasser. Woher kamen die alle her? So viele Leute konnte niemand totschießen. Das ging einfach nicht.

Dann waren sie da. Mit trotzigen, bedrohlich klingenden Triumphrufen und keuchend vor äußerster Anstrengung stießen sie ihre Pfeile in die Schießscharten, hieben hinter die Mauerkrone und feuerten ihre Gewehre aus drei Schritten Entfernung ab. Wenn jemand zurückgestoßen wurde, wurde er von den Vielen, die nachrückten, wieder nach vorne geschoben. Fiel jemand hin, wurde er zum Fußschemel und zur Treppenstufe für die, die folgten.

Wieder erscholl durchdringend schriller Lärm, gellend und trommelnd wie aus dem Abgrund der Hölle, voll Todesangst, Hass und Rufen der Angst. Dieses Mal hörte man ihn bis in die hinterste Ecke der Stadt, bis hinein in die Krankensäle, Gefängniszellen und weit hinunter in die Krypta der Hauptkirche.

Bei den Italienern kämpfte man heroisch und verzweifelt draußen auf il Terrapieno, der großen Verteidigungsanlage. Wie ein Plateau mit zwei steilen Abhängen zwischen den beiden Steilufern eines Flusses stand sie im Wallgraben. Der ganze südliche Sporn war zusammengestürzt und dort drängten die Osmanen nach oben. Niemand konnte mehr einen Steinblock oder einen Fußbreit des Bodens sehen. Es wimmelte nur so von Menschengliedern, die kämpften, kletterten, hieben und zappelten. An den niedrigen Traversen, die quer über das Plateau des schmalen Vorwerks aufgeworfen worden waren, kämpften die Ritter. Alle konnten

Lodovico de Moroso sehen – er, der nach Kreta geflüchtet war und jetzt das zweischneidige Schwert schwang wie ein Waldarbeiter seine Axt. Keiner würde jemals mehr über ihn sagen können, dass er Angst gehabt hatte. Neben ihm standen Gabriele Solerio und Jacobo Palavisino, seine beiden Kameraden, mit denen er geflohen war. Wer glaubte, sie hätten versucht zu kneifen, sollte nur zusehen!

Lodovico fiel, Gabriele wurde als Blinder fortgetragen, doch die Linie hielt stand, noch nach einer Stunde.

Bei den Provenzalen war der Druck genauso groß. Zwei Stunden lang hatte man nun schon der Übermacht standgehalten.

»Wir bräuchten Verstärkung.«
»Jetzt geht es nicht mehr lange.«
»Wo ist de la Roque?«
»Verletzt und weggetragen.«
»Wollte nicht Morgut mit der Reserve kommen?«
»Abwarten, Männer, noch halten wir stand. Seht die Italiener an. Sind wir etwa schlechter?«

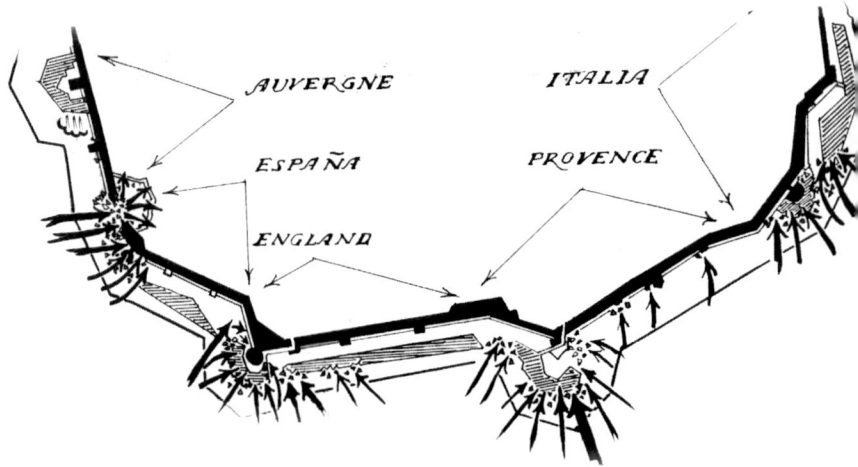

Bei den Engländern sah es kritisch aus. Die zersprengte Mauer war über und über mit Osmanen bedeckt. Der Graben ringsherum war wie eine Frühsommerwiese, auf der dicht an dicht Blumen standen, die in der Sonne glitzerten und aussahen wie eine Explosion von Farben. Das Geschrei, die Rufe und der Jubel waren ohrenbetäubend. Sechs Standarten hatten sie bereits auf der Mauerkrone platziert.

In diesem Menschenmeer gab es nur einen einzigen freien Raum: das kleine Plateau, das von der Bastion noch übrig war. Dort lagen ein paar Tote und Verletzte, umschlossen von einer dünnen, kämpfenden Linie entlang der Mauer. Bald konnte man die Engländer an den Fingern abzählen. Zwischen ihnen standen Franzosen und kastilische Ritter. Man hatte sie von ihren Mauern geholt, die noch nicht angegriffen waren. Und dort standen Kreter und solche aus Rhodos, einfache Leute mit offenem Helm und billigem Harnisch, die ihre Pfeile mit sicherer Hand abschossen.

Bekümmert schickte der Großmeister seine Reserven von der äußeren Ringmauer, und zwar nie mehr als es bedurfte, um die Linie dort oben zu halten. Leute als Reserve hinter sie zu stellen, war gleichbedeutend damit, sie den Scharfschützen der Osmanen als Zielscheibe zu überlassen.

Oben auf der Mauer leitete Richard Craig das Feuer unter seinen Kretern. Von den englischen Bogenschützen war noch ein Dutzend übrig. Heute war ihr großer Tag. Sie spannten ihre langen Bögen und schossen sechs, acht, zehn Mal in der Minute. Wieviel die Armbrustschützen auch schwitzten und kurbelten, sie konnten kaum mithalten. Mit sicherem Auge verfolgte Craig das Gewirr in dem Hexenkessel dort unten und versuchte, seine Schützen dorthin zu schicken, wo sie am meisten benötigt wurden. Doch was half das?

Anasthasia trug Eimer, hielt das Feuer am Brennen und betete. Sie hatte Angst. Zum ersten Mal in diesem Krieg kam die Angst über sie. Drei Stunden lang ging das nun schon so und man merkte, dass die Sache einen schlechten Lauf nahm. Der Lärm war ohrenbetäubend. Ein neuer Ton von Siegesgewissheit war in das Geschrei der Osmanen gekommen, ein Brüllen wie von einem gierigen Wildtier, das sichere Beute wittert. Am schlimmsten war es bei der spanischen Bresche. Dort würden sie sicher bald durchbrechen. Und dort oben auf der Mauer wollten die Männer Pech und Teer haben, siedendes Öl und kochendes Wasser ohne Ende. Sie schrien und riefen ihr zu. Sie forderten, jemand solle hinaufkommen und ihnen dabei helfen, Töpfe und Krüge nach oben zu holen.

Anasthasia kletterte die Strickleiter hinauf. Mit einem einzigen Blick erkannte sie, wie schlimm es stand. Die Osmanen waren unterhalb der Mauer. Die Engländer hatten ihre langen Pfeile alle abgeschossen. Sie schütteten kochendes Wasser hinunter, warfen Steine, entzündeten lange, knisternde Schwefelschnüre, die in die schreiende Menge fielen, aus der niemand entweichen konnte, und sich dort verfingen. Die Griechen kurbelten, zielten, schossen und kurbelten wieder, schweißgebadet und mit verzerrten Gesichtern.

»Wo ist Richard?«, schrie sie.

Sie zeigten in Richtung der Spanischen Mauer und versuchten, den Lärm zu übertönen.

»Der Großmeister hat ihn mitgenommen. Dort drüben sind sie durchgebrochen.«

Anasthasia lief los. Der spanische Teil der Mauer befand sich nur ein paar Schritte von der Stelle entfernt, wo Richard seinen Posten gehabt hatte. Dieser Abschnitt war knapp 300 Schritte lang, verlief in einem schwachen Winkel zur Stadt hin und wandte sich dann wieder in Richtung des Spanischen Turms und der Spanischen Mauer. Anasthasia lief vorbei an Verwundeten, die auf dem Boden lagen oder gegen die Brüstung gelehnt saßen. Sie stieg über Steinhaufen und Kanonenlafetten. Sie hatte nur für Eines Augen: den Hexenkessel drüben hinter dem Turm. Dort war die große Bresche, umgeben von einer schwankenden Linie provisorischer Mauern. Es war ein wahrer Hexenkessel voller Osmanen. Ein Meer von Fahnen flatterte auf den eroberten Steinhügeln, und die wilde Freude in ihren Rufen kündete davon, dass sie den Sieg zum Greifen nahe hielten. Und das Schlimmste von allem: Unten auf der äußeren Ringmauer hatten sie ebenfalls ihre Fahnen gepflanzt. Sie konnte deutlich erkennen, dass Osmanen hinter der Brüstung standen.

Sie musste sich zwischen aufgeregten Männern hindurchdrängen, die versuchten, eine Kanone zu wenden. Sie bluteten, trugen Verletzte fort und schrien sich gegenseitig an. Es herrschte dichter Pulverrauch, und der Lärm machte sie ganz taub.

Unten in dem Hexenkessel entdeckte sie die Standarte des Großmeisters mitten im Handgemenge. Sie schwankte, Hände kämpften um die Stange und Klingen schlugen Funken gegeneinander. Und dort, mitten im Gedränge, mitten im Gewimmel der Leiber, die miteinander kämpften, stand Richard. Er stand, das eine Knie auf dem Boden, den Parierdolch in der linken Hand wie ein Schild erhoben, um sich gegen die Schläge, die auf ihn herab hagelten, zu schützen. Er hob sein Schwert, versuchte aufzustehen, strauchelte wieder und fiel. Im nächsten Augenblick war Hilfe da, Gestalten aus Stahl, roten Mänteln und weißen Kreuzen. Die Osmanen wichen ein paar Schritte zurück.

Sie warf sich über die Mauerkante, kletterte eilig die Strickleiter hinunter und lief zwischen Lebenden und Toten hindurch. Dort – sie trugen ihn, legten ihn auf die Erde. Sie warf sich über ihn, spürte, wie das Blut ihre Kleidung nässte, nahm seinen Kopf in ihre Hände, rief seinen Namen, küsste seine Lippen, suchte nach seinen Atemzügen.

Sie hatten aufgehört. Sie ließ seinen Kopf los. Er glitt auf die Erde, leblos und schwer.

»Weg von hier«, schrie jemand. »Hinauf mit dir. Sie kommen.«

Eine starke Hand griff ihr unter die Achsel, zog sie hoch und führte sie weg.

»Weg mit dir. Lauf' um dein Leben.«

Sie schlug die Hände vor das Gesicht, sah nur den Boden unmittelbar vor sich und lief durch Blutlachen, über ausgestreckte Leiber, zwischen dem angstvollen Getrampel fliehender Füße hindurch.

»Angelos, Gregoris …«

Sie waren ja dort drüben, nur ein paar Minuten Wegs von hier. Nur ein paar Minuten von den Janitscharen entfernt.

Mit Mühe hatte der Großmeister die schwankende Linie wieder dazu gebracht, sich zu festigen. Alle konnten die Standarte ganz vorne sehen und alle wussten, dass der Großmeister kämpfte wie alle anderen. Martinengos Kanonen begannen, ihre Wirkung zu zeigen. Die Osmanen wurden wieder weniger, sie begannen zu zweifeln und sahen sich um.

Genau in dem Moment, als die Leute des Großmeisters sich nach vorne zu drängen begannen, kam Anasthasia herangestürmt. Keiner hatte gesehen, wie es zugegangen war, aber alle sahen, dass sie Richard Craigs blutige Überweste mit den englischen Leoparden trug und sein Schwert in der Hand hielt. Ohne sich umzusehen, stürmte sie wie eine Wahnsinnige auf den nächsten Osmanen zu, stieß ihn zu Boden, schwang das Schwert, traf einen anderen und noch einen, um dann vom nächsten Stich getroffen niederzusinken, ehe jemand sie ergreifen und in Sicherheit bringen konnte.

Sie legten den toten Körper neben den Richard Craigs und liefen zurück, um wieder in dem Hexenkessel zu verschwinden.

»Ritter Bourbon?«

»Eminenz?«

»Versuche herauszufinden, ob unsere Leute in den Kasematten leben. Vielleicht könnte man von dort hinaufdrängen und die Mauer zurückerobern.«

Es war die vierte Stunde. Um die spanische Bresche herum hatte sich der Ring der Verteidiger wieder geschlossen. Wenn sie es nur schafften durchzuhalten, dann würde sich vielleicht alles von selbst ordnen. Es war Schwerarbeit, mit aller Kraft Stunde um Stunde Hiebe und Stöße auszuteilen, wenn man in Stahlplatten gekleidet war, die 20, 30 oder 40 Pfund wogen.

Bourbon nahm seine Männer mit. Durch den unterirdischen Gang gelangten sie in das Kellergeschoss der äußeren Ringmauer mit den versteckten Einheiten und wurden von einer Handvoll Artilleristen überglücklich begrüßt. Diese hielten sich bereits für aufgegeben und glaubten, man habe sie vergessen. Sie nahmen sie mit, drängten sich vorsichtig die Treppe hinauf in den Innengraben und guckten zur äußeren Ringmauer hinauf. Kein Osmane war zu sehen. Sie stürmten die nächste Treppe hoch. Dort lagen Freund und Feind bunt durcheinander. Die Auvergner hatten die Eindringlinge mit ihrer Artillerie fortgefegt. Was übrig blieb, wurde niedergemacht, ihre Fahnen niedergerissen, und dann richteten die Artilleristen die Kanonen gegen das Meer von Osmanen in der Bresche unter ihnen. Die ersten Schüsse wurden mit Jubelrufen von der Mauer auf der anderen Seite der klaffenden Öffnung begrüßt. Das Blatt war dabei, sich zu wenden.

André Barel trocknete sich den Schweiß von der Stirn. Die Sonne hatte bald ihren Mittagsstand erreicht. Es war warm dort oben. Wie würde es wohl denen gehen, die dort drüben mitten in der Hölle standen und seit heute Morgen kämpften? Seine eigenen Leute wurden allmählich müde, obwohl es ein Kinderspiel war, Kanonenwischer und Ladestanden zu schwingen und die Geschütze wieder auf ihren Platz zu rollen, verglichen damit, dort unten zu stehen und mit all seiner Kraft zu hauen und zu stechen.

Heute Morgen hatten sie ihren Teil des Sturmfeuers abbekommen, doch ihre Mauer war nie angegriffen worden. Sie hatten also ungestört auf das Menschenmeer dort drüben schießen können. Sie hatten ja die Spanier als Nachbarn, die Bresche lag in Sichtweite, und alles, was aus den Löchern und Gräben dort drüben auf der Seite der Osmanen hervorquoll, musste an ihren Kanonenmündungen vorbei. Heute Morgen hatte er geglaubt, alles werde schief gehen. Vor zwei Stunden hatte er den Befehl erwartet, sich zurückzuziehen zu einem letzten verzweifelten Kampf um den Palast. Doch nun begann er zu hoffen. Sein waches Auge hatte den Unterschied bemerkt. Heute Morgen waren die Osmanen hervorgestürmt wie jagende Löwen. Nun duckten sie sich, krochen hinter die Erdhügel, standen zögernd in den Öffnungen zu den Verbindungsgräben, bevor sie sich herauswagten. Die Bogenspannung ließ nach.

Und das war nicht verwunderlich. Der ganze Graben war bedeckt mit denen, die die andere Seite nie erreicht hatten. Bei jedem Schritt musste die Verstärkung über sie hinwegklettern. Das war ein Werk der Zunge der Auvergner. In gewisser Weise eine gute Arbeit. Doch – daran wagte er nicht zu denken. Nicht jetzt.

»Eminenz?«
»Ja, Marquet.«
»Die Männer können nicht mehr. Sie haben fast sechs Stunden lang ausgehalten. Für jeden Feind, den sie loswerden, kommt ein neuer, der ausgeruht ist.«
»Ich sehe es, Marquet. Nun ziehe ich meine letzte Karte.«
Die letzte Karte war hinter den Mauern des Arsenals versteckt gewesen. Am Abend davor hatte der Großmeister die halbe Besatzung von St. Nicolas dorthin führen lassen. Wenn die Flotte zum Angriff überging, sollten sie sich zurückziehen. Aber das hatten sie nicht tun müssen. Sie waren noch da. Der Großmeister befahl sie nach vorne.

Alle anderen Reserven hatte er eingesetzt – hier bei den Italienern und bei den Engländern. Die ganze Linie schwankte. Doch die Osmanen hatten überall schlimme Verluste. Die Festungsarchitekten feierten Triumphe. Für einen Moment wie diesen hatten sie ihre Winkel berechnet und ihre flankierenden Einheiten aufgestellt.

»Und wenn es doch irgendwo schief geht …«

»Dann haben wir nichts mehr übrig«, ergänzte der Großmeister. »Deshalb habe ich bis jetzt gewartet. Ich glaube, jetzt ist der richtige Moment. Möge Gott helfen.«

Und es war der richtige Moment. Als die Osmanen zurückgezwungen wurden und ihre Kolonnen sich in der Bresche zusammendrängten, wurden die Verluste so groß, dass Süleyman aufgab. Von einer Estrade aus, die aus Schiffskielen gebaut war, hatte er den Kampf verfolgt, neue Leute nach vorne geschickt, seine Reserven eingesetzt und mit wachsender Unruhe verfolgt, wie der Angriff stockte und zusammenbrach. Eine Flucht würde seine Ehre beflecken und der Moral der Truppe einen Knacks versetzen.

Er ließ zum Rückzug blasen.

Sir Thomas Pemberton konnte endlich daran denken, ins Krankenhaus zu gehen und seinen durchschossenen Arm verbinden zu lassen. Mit dem linken Arm in der Schlinge hatte er den ganzen Tag lang gekämpft. Seine Engländer hatten sich beinahe bis zum letzten Mann geschlagen. Jetzt danach war die ganze schreckliche Wahrheit offenbar. Buet war tot, Baron und Roche ebenfalls. Und Craig, der unersetzliche Craig, mit mindestens der Hälfte seiner Bogenschützen.

Er erhob sich, um zu gehen. Sein Arm tat höllisch weh. Und doch – er musste mit der Todesnachricht zu jenem tapferen Mädchen dort hinter der Mauer gehen, die Richard Craig hatte heiraten wollen.

Sir Thomas bog also in die Gasse nach links ab und kam zur Suppenküche. Zwischen zerschlagenen Tonnen und leeren Kesseln, neben einem riesigen Gluthaufen, der gerade in sich zusammenfiel, saß eine alte Frau mit zerzaustem Haar und toten Augen und starrte vor sich hin. Sie summte ein uraltes Klagelied.

Sir Pemberton fragte nach Anasthasia.

Die Frau starrte ihn an.

Wusste der Herr nicht, dass Anasthasia tot war? Im Kampf gestorben. Gestorben im blutigen Gewand ihres Mannes?

Etwas beinahe Prophetisches kam über sie. Sie hätte Seherin in einem Drama sein können.

Pemberton bekreuzigte sich.

»Und die Jungen? Wer kümmert sich um sie?«

»Das hat Anasthasia schon getan.«

Die Frau sah ihn mit ihren durchdringenden Augen an.

»Da liegen sie! Da! DA!«

Sie zeigte auf den Gluthaufen. Und dann erzählte sie.

Als alles am schlimmsten war und alle damit beschäftigt waren, Töpfe und Eimer zu reichen, war Anasthasia angestürmt gekommen, völlig außer sich, und drinnen bei den Jungen verschwunden. Und dort …

Die Alte brachte es kaum über ihre Lippen. Doch Pemberton verstand. Sie hatte sie umgebracht.

»Sie kam heraus wie eine Wahnsinnige, warf sie ins Feuer und schrie, dass kein Osmane sie anrühren würde. Dann lief sie wieder hinein und kam mit einem Seidentuch heraus, das Herr Richard ihr geschenkt hatte, und mit dem Halsband und den Duftflaschen. Alles warf sie ins Feuer. Alles, Kyrie. Und dann lief sie los.«

Sir Pemberton wandte sich von dem Gluthaufen ab. Er wagte nicht, dorthin zu sehen, so abgebrüht er auch war. Er strich sich nur über die Augen und ging wortlos davon.

Der Turm in Margat

Rhodos hielt vor Spannung den Atem an.

Ein großes Te deum wurde es nicht. Gewiss war es ein großer Sieg, noch einmal ein glänzendes Victoria, das von dieser kleinen Stadt über eine Weltmacht errungen worden war. Gewiss dankte man Gott dafür in den Kirchen. Doch dann wurden dort endlos viele Requiems und Totenmessen gelesen. Alle Herbergen waren in Krankenhäuser für Ritter und dienende Brüder verwandelt worden, während die einfachen Truppen in ihren Kasernen lagen und die alten Männer, Frauen und Jungen, die Schießwunden, Quetschwunden und Säbelstiche bekommen hatten, in die Kirchen und Gerichtsgebäude unten bei der Piazza gebracht wurden.

Schot-Franz arbeitete unten in der Stadt. Er musste auf eigene Faust versuchen, als Arzt zu arbeiten und zu verbinden, schienen, schneiden und nähen. Er fühlte sich ungeschickt und hilflos, und Opiumschwämme waren nach seiner Rechnung nicht mehr übrig.

Das ganze Ausmaß des Unglücks wurde klar, als der Großmeister die Abschlussberichte bekam. Bei der gemeinen Mannschaft konnte man ungefähr die Hälfte nicht mehr mitrechnen. Von den Rittern waren ungefähr zwei Drittel tot oder so schwer verletzt, dass sie nicht auf ihren Beinen stehen konnten. Die restlichen hatten fast alle irgendeine kleinere Verletzung. Dazu zählten verlorene Fingerspitzen, flache Säbelstiche ins Gesicht und mäßige Schnitte in Waden und Schenkel.

Doch man hatte eine Hoffnung. Die Osmanen hatten Verluste erlitten, und zwar so stark, dass keine normale Truppe sie ersetzen konnte. Und es war allgemein bekannt, dass die Ruhr und andere Krankheiten im Lager herrschten, weit schlimmer als drinnen in der Stadt.

Es gab mehr Überläufer als gewöhnlich. Es kamen seltsame Nachrichten. Süleyman rechnete mit seinen Generälen ab. Mustafa, der Oberbefehlshaber, war zum Tode verurteilt worden. Pir Pascha, der Wesir, hatte die Hinrichtung aufgeschoben und auch er wurde zum Tode verurteilt. Alle Paschas waren zum Prachtzelt des Sultans gekommen, hatten sich ihm zu Füßen geworfen und um ihr Leben gefleht. So wurde es jedenfalls im Lager erzählt. Und alle warteten auf den Befehl, sich einzuschiffen.

Auf den Mauern machte man so seine Beobachtungen. Die Kanonen drüben schwiegen, kleine Gruppen von Osmanen räumten auf, brachten Tote und Gerümpel weg und nahmen beschädigtes Material mit. Doch – war es wirklich beschädigt? Oder war das nicht der Anfang des Abzugs?

Der Kanzler hatte eine schlaflose Nacht und einen schrecklichen Tag gehabt. Gestern hatte er mit dem Tod gerechnet, doch heute eröffneten sich ihm ganz andere Möglichkeiten – die schlimmsten, die er sich vorstellen konnte. Wenn die Osmanen abzogen, würde dieser l'Isle Adam ein neuer d'Aubusson werden, ein Held, der von der ganzen Christenheit gefeiert und zu unsterblicher Ehre erhoben würde. Trotz all seiner Fehler und obwohl es unverdientes Glück und reiner Zufall war, die ihm den Sieg gebracht hatten.

Wenn die Osmanen jetzt abzogen, würden sie den größten Fehler in der Kriegsgeschichte begehen. Das sollten sie wissen! Es wäre eine blutige Ungerechtigkeit des Schicksals, wenn sie sich dazu verführen ließen, den Zweig loszulassen, gerade jetzt, wo es ihnen gelungen war, ihn soweit herunter zu biegen, dass sie den begehrten Apfel nur noch pflücken mussten.

Waren es solche Zufälle, die das Schicksal der Völker lenkten? Nur ein sinnloser Zufall? Nein – es gab etwas anderes: der Wille, der eigene Wille, die Möglichkeit des starken Menschen, sein Schicksal zu bezwingen.

Es stand in den Sternen geschrieben, dass er erreichen konnte, was er wollte, wenn er nur den kühnen Wurf wagte. Es gab nichts, was er lieber verhindern wollte, als dass dieser Philippe Villiers de l'Isle Adam zu allem Überfluss auch noch mit unverdienter Ehre gekrönt würde.

Und der kühne Wurf? Es gab nur Eines zu tun.

Er schrieb einen kurzen, sachlichen Bericht, militärisch präzise und korrekt. Er wies darauf hin, wie falsch es wäre, nun die Belagerung aufzuheben. Er unterzeichnete: Einer, der in Frieden unter dem Halbmond leben will.

Letzteres hatte er sich nicht genau überlegt. Doch plötzlich wurde ihm klar, dass darin noch eine Möglichkeit lag für den Willen, der das Schicksal wendete: die Möglichkeit, leben zu dürfen, während alle anderen umkamen. Es *war* möglich. Doch nur unter einer Bedingung: dass er sich und seine Kenntnisse Süleyman zur Verfügung stellte. Wie so viele andere es getan hatten.

Er rief nach Blas Diez.

»Ich geh' ein bisschen hinaus. Hol eine Armbrust. Die kleine, mit der ich sonst immer jagen gehe.«

Er machte den Pfeil fertig. Zur Sicherheit band er ein rotes Band um das Papier und ließ die Enden frei herunterhängen.

Blas Diez fragte wie üblich nichts. Auf ihn konnte man sich in jeder Situation verlassen. Wenn er ihm befehlen würde, vor der Tür ihres Hauses stehen zu bleiben und den französischen Prior niederzuschießen, wenn er schräg gegenüber durch das Tor ging, würde er es tun.

Es war dunkel. Sie gingen zum St.-Georgsturm, hinein in die Bastion der Mauer der Auvergner und hinunter zu den Kasematten. Eine Wache grüßte. Bei den Kanonen war niemand. Heute Nacht würden keine Osmanen kommen, und die Artilleristen genossen einen wohlverdienten Schlaf in ihren Quartieren unterhalb der Mauer.

Auf der Treppe stießen sie mit einer schmalen, dunklen Gestalt zusammen, die dort herumstrich. Der Kanzler rief barsch und Blas Diez leuchtete mit der Laterne. Es stellte sich heraus, dass es Vater Gennaios war, der seine Trommeln inspizierte. Er sah erschrocken aus und verschwand.

Der Kanzler schoss seinen Pfeil ab und wandte sich um, ruhig und zufrieden wie schon lange nicht mehr. An der Hauswand saß das Wappenschild des früheren Besitzers mit seinem Wahlspruch: Firma Fé – ein fester Glaube. Der hatte ihn sonst immer geärgert. Doch heute Abend fühlte er sich von neuer Zuversicht erfüllt. Er wusste, woran er glaubte.

In der Herberge der Auvergner wurde Wein getrunken. Das kam nur noch selten vor, denn die Vorräte wurden allmählich knapp. Doch heute Abend dachte man nicht daran zu sparen. André Barel war gerade von einem Spaziergang entlang der Mauer nach Hause gekommen und wusste große Dinge zu berichten. Es bestand kein Zweifel daran, dass große Abteilungen der Osmanen in Bewegung waren und sich im Schutz der Dunkelheit zurückzogen, nach Süden, in Richtung der Reede von Paramboli, wo die Schiffe lagen.

Man prostete sich zu und trank. Obwohl so viele Brüder heute Abend auf der Totenbahre lagen. Sie waren nicht vergeblich gestorben. Man entspannte sich und schämte sich nicht dafür.

Es war der alte Dumont, der den Kelch stehen ließ und dasaß und vor sich hinsah, als ob ihm das alles nicht gefiel.

»Pierre, was ist los? Worüber grübelst du nach?«

»Im Turm in Margat ...«

Sie starrten ihn an. Der Turm in Margat? Von Türmen und Mauern hatte man genug. Zumindest für heute Abend.

»Habt ihr die Geschichte nicht gehört?«

Er begann zu erzählen.

»Es geschah vor langer Zeit. Zu der Zeit kämpften wir noch im Heiligen Land, obwohl es immer schlechter lief. Nun ging es um Margat. Sie soll eine unserer besten Burgen gewesen sein, fast wie unser Krak. Sie lag oben auf einem Hang, der so steil war wie unsere Mauern hier, aber dreimal höher. Ganz weit draußen am Sporn lag der Hauptturm, der uneinnehmbare Turm von Margat.

Dann kam Kalaun mit seinen Mamelucken. Er war damals das, was Süleyman heute ist. Doch die Unsrigen hielten ihm stand. Sie konnten sogar kleine Angriffe führen. Sie brannten ihre Belagerungstürme nieder und glaubten, dass den Mamelucken nun nichts anderes übrigblieb als abzuziehen. Und am Abend gab es ein großes Fest.

Doch am nächsten Tag kam ein alter, vornehmer Herr mit Juwelen im Turban und nicht mehr als einem Spazierstock in der Hand und sagte, sie müssten nun kapitulieren. Das sei das letzte Angebot. Sie lachten natürlich. Doch er sagte nur, es gebe etwas in der Nähe, was sie unbedingt sehen müssten. Er lud sie äußerst höflich zu einem Besuch ein, so viele oder wenige auch kommen mochten – gegen Geiseln natürlich. Sie beschlossen, ein paar Brüder zu schicken, und der feine Sarazene führte sie um den Berg herum, auf dem der Turm von Margat stand, hinunter in einen Schacht und in einen riesengroßen Keller, den sie direkt unter der Erde angelegt hatten. Die Decke hatten sie mit groben Balken gestützt und dazwischen lag dürres Reisig, das mit Wachs und Teer durchtränkt war. Nun bräuchten sie das Ganze nur noch anzuzünden, sodass die Decke zusammenbrechen und der Turm in das Loch hinunterstürzen würde, zusammen mit allen Brüdern. So machte man das damals.«

»Nun«, schloss Bruder Pierre. »Da blieb nichts anderes übrig als die Kapitulation anzunehmen und abzuziehen. Und das taten sie.«

»Sie hätten bleiben können und in den Ruinen sterben«, sagte jemand.

»Natürlich. Diese Wahl hat man immer.«

»Aber der Entsatz«, rief jemand. »Das ist doch auch eine Möglichkeit?«

»Ja«, sagte Ritter Chalant, der mit dem Arm in der Schlinge dasaß. »Wenn die Osmanen *nicht* abziehen, ist das unsere einzige Möglichkeit.«

Siegen oder sterben

Vier Tage waren vergangen.

André Barel stand an der Brüstung und verfolgte wachsam jede Bewegung auf der anderen Seite. Noch gestern hatte es Anzeichen gegeben, die auf einen Abzug deuteten. Man hatte Spaten, Helme und Gewehre aus den Gräben aufgesammelt, sie auf Bahren gelegt und weggetragen. Doch heute hatten die Osmanen damit begonnen, die Bretterverschalung an den Brüstungen zu reparieren und heruntergefallenen Sand aus den Verbindungsgräben zu schaufeln. Das waren schlechte Zeichen.

Nachdem sechs Tage vergangen waren, war der Gestank aus dem Wallgraben fast unerträglich. Man band Leinentücher vor Nase und Mund, die man mit Knoblauch, Kümmel, Pfefferminzblättern oder was immer man erwischen konnte, eingerieben hatte. Niemand hoffte mehr auf einen Abzug. Die Osmanen würden bleiben und die Leichen in den Gräben ebenfalls. Süleyman hatte es sich anders überlegt.

Man spekulierte über den Grund dafür. Hatte ihn jemand überredet? Irgendein Verräter? Ein Albaner war am Tag nach dem Angriff verschwunden, ein schlauer und kundiger Mann, der gerade sauer war über irgendeine Schelte, die er bekommen hatte.

Am zehnten Tag kam die Bestätigung. Es war ein Ungar, einer der Sklavenarbeiter, der lieber die Chance zur Flucht ergriffen hatte, als sich ganz vorne in den Laufgräben in den Tod schicken zu lassen. Er erzählte, dass sie gerade ein kleines provisorisches Schloss für Süleyman oben auf der Bergseite bauten. Der hatte vor, dort zu bleiben, bis Rhodos gefallen war, falls nötig den ganzen Winter.

Am zwölften Tag schimmerte wieder Hoffnung durch die Trostlosigkeit und den Gestank. Eine Brigantine, geführt von einem Bruder Bresols, war in der Nacht mit der guten Nachricht gekommen, dass sich in Neapel und Messina eine Schar Entsatz-Truppen sammelte. Der Großmeister ließ die Nachricht sofort weitergeben. Man atmete wieder leichter. Es war, als ob der Gestank schwächer würde.

»Blas, heute Abend gehst du also mit diesem Papier wie letztes Mal ...«

Sah der gute Blas etwas zweifelnd aus? Vielleicht war es am besten, mit ihm zu reden.

»Du kannst ganz ruhig sein, Blas. Nichts wird dir geschehen, was nicht auch mir geschieht, das verspreche ich dir. Ich habe vor, nächstes Jahr auch noch zu leben. Ich möchte nichts Schlechtes über jemanden sagen, aber es ist einfach verrückt, was die Führung hier macht, mitten hinein in die Brandung, uns allen zum Verderben. Deshalb werde ich jetzt für eine Rettungsleine sorgen, die mich an

Land hinaufziehen wird. Und ich verspreche dir, dass du dich dranhängen darfst. Verstehst du das?«

Blas beugte den Kopf zu einer leichten Verbeugung. Seine untertänige Kammerdienermiene war unverändert und zeigte einen leichten Anflug von Genugtuung. Er ging.

D'Amaral nahm mit einem Gefühl der Zufriedenheit Platz. Er kannte seine Leute. Er hatte immer geahnt, dass der gute Blas nur deshalb Christ geworden war, um nicht des Landes verwiesen zu werden und dass er vieles unter stillem Protest tat – genau wie er selbst. Er mochte Blas.

Wieder spürte er das seltsam angenehme Gefühl der Einsamkeit. Kein Gott, der durchs Fenster hineinsah. Kein kleinlicher Richter, vor dem man sich fürchten musste. Einsam in einem endlosen Raum, in dem die Sterne ihre Bahn zogen als seien Zeugen geheimnisvoller, unbekannter Mächte. Mächte, die Zufälle und Möglichkeiten schufen, welche dem geschenkt wurden, der sie zu nutzen verstand.

Der Großmeister hatte Ritter Bresols zugehört, alles aufgeschrieben, nachgedacht und abgewogen. Es war bereits ausgemacht, dass Bruder Bresols mit derselben Brigantine zurückkehren sollte, wenn er ein paar Tage ausgeschlafen hatte. Er sollte alles tun, um den Entsatz zu beschleunigen. Er sollte ihnen sagen, dass sie gerne in kleinen Gruppen kommen konnten, dass auch eine Handvoll Leute von entscheidender Bedeutung sein konnte und dass sie Pulver mitbringen sollten, soviel Pulver wie möglich. Ohne sich deswegen mehr als 48 Stunden lang aufzuhalten!

Sie würden also frühestens Anfang November da sein. Bis dahin konnte Rhodos aushalten.

Aber dann?

Er hatte nie mehr als nur den einen Gedanken gehabt: siegen oder sterben. Das war der Tenor all seiner Reden gewesen, im Rat, unter den Rittern, vor der Bürgerschaft.

Doch wenn sich die Betonung jetzt verschob – von »siegen« zu »sterben«?

Sein ganzes Leben hatte er bereit sein müssen zu sterben, seit er als Achtzehnjähriger zum ersten Mal Bleikugeln an seinem Kopf hatte vorbeipfeifen sehen und sie mit einem dumpfen Ton in andere Körper hatte graben hören. Jedes Mal, wenn er einem feindlichen Schiff begegnete und reihenweise Gewehrmündungen und spitze Helme an der Reling sah. Und jetzt jeden Tag aufs Neue. Sie baten ihn ständig, sich zu schonen, nicht in den Kugelregen zu treten, den Gegenangriff nicht selbst anzuführen. Doch er hatte sich geweigert. So wie er sich geweigert hatte, wieder in den Palast hinauf zu ziehen und in einem Bett zu schlafen, statt hinter einer Steinmauer an der spanischen Bresche auf einer Matratze aus Stroh zu liegen.

Er wusste, was der Preis dafür war. Seine Todesfurcht konnte niemand loswerden. Die musste jeden Tag aufs Neue überwunden werden. So wie die Lust, sich zu schonen und Menschen auszuschimpfen, Sündenböcke zu finden oder giftige Bemerkungen zu machen über die, die man nicht mochte. Er hatte sich so lange in dieser Kunst geübt, dass sie begann, ihm zur zweiten Natur zu werden. Doch eine andere – seine alte Natur – war noch da und die gab ihm mehr als genug zu bekennen, wenn er bei Bruder Giovanni beichtete.

Die Meisterschützen

Die Osmanen hatten sich wieder zu rühren begonnen. Die Spaten scharrten und die Erdwälle wuchsen. Der Feind kam näher, tief eingegraben unter einem schützenden Dach aus Balken und Erde.

Während der Tage, in denen es ruhig war, hatte man die äußere Ringmauer am Fuße der Spanischen Mauer gesäubert und alle herabgefallenen Steine in die Bresche getragen. Nun war das kleine Vorwerk mit seiner Mauer und seinen Schießscharten wieder verteidigungstauglich und bemannt.

Das war ein Irrtum. Die Osmanen griffen an und wurden zurückgeschlagen. Wieder fegten die Kanonen auf der Mauer der Auvergner direkt in den Wallgraben hinein. Doch dann begannen die Osmanen, geduldig und systematisch Sand in den Graben hinein zu schütten. Er rann durch die Luken auf der anderen Seite, es plumpste und prasselte, und die Spaten knirschten nächtelang. Ein Wall wuchs quer über den Graben, der vor den bösen, schwarzen Augen auf der Mauer der Auvergner schützte. Der Wall wurde mit einer Mauer verstärkt und darunter verlief ein enger Gang. Nun hatten die Osmanen einen Verbindungsgraben bis zum Fuß der Mauer. Und dann fiel die äußere Ringmauer.

Man versuchte, Pulverladungen und flüssiges Feuer über sie zu schütten. Sie fingen Feuer und wurden massakriert und der scharfe Geruch von verbranntem Fleisch mischte sich mit dem süßlichen Gestank der Leichen. Doch sie bissen sich fest. Sie bedeckten die Mauer mit Balken und rohen Ochsenhäuten und man kam nicht mehr an sie heran.

Man versuchte, Löcher in der eigenen Mauer zu öffnen, um sie von dort aus zu beschießen. Sie schossen zurück. Es wurde ein nervenaufreibendes Versteckspiel, bei dem man hinter die Mauern kroch, durch die Öffnungen sah und versuchte, derjenige zu sein, der als Erster schoss.

Es war im Morgengrauen des 11. Oktober.

Martinengo hatte ein paar Stunden geschlafen und kam, um die Bauarbeiten der Nacht zu besichtigen. Die Artillerieduelle hatten wieder begonnen. Auf beiden Seiten grub man sich ein und stellte seine Geschütze so weit zwischen Erdwälle und Steinhügel hinein, wie man konnte. Martinengo hatte alles im Kopf, ließ jedes Geschütz an die richtige Stelle schieben und jede Öffnung richtig abmessen. Er war überall dabei, zeichnete erklärende Skizzen, gab Befehle und kontrollierte.

Die nächtliche Arbeit war gut gelungen. Sie hätten sie noch besser machen können, wenn sie mehr Holz zum Stützen gehabt hätten. Doch jeder Balken, der zersplittert wurde, war unersetzbar.

Martinengo sah zu und nickte. Die Öffnungen saßen richtig, genauso, wie er es sich vorgestellt hatte. Die erste deckte den rechten Teil des Steinhaufens dort drüben ab, wo sie auftauchen mussten, die andere kümmerte sich um den nächsten Abschnitt.

Als er in die dritte hineinschaute, geschah das, was früher schon so oft passiert war. Es klang wie das Schwirren einer Peitschenschnur, ein Zischen und ein Knall – und dann der unheilverkündende Einschlag, nicht scharf und bissig, nicht wie Metall gegen Stein, sondern weich und dumpf.

Martinengo war vornübergefallen. Sein Helm rollte über die Steine. Mit einem halb unterdrückten Ruf der Bestürzung drehten sie ihn um. Sein rechtes Auge war durchschossen. Der ganze Kopf war blutig.

»Er lebt«, sagte jemand. »Die Kugel ist hindurchgegangen. Hier an seinem Ohr.«

Man holte eine Bahre, hob ihn auf, lief mit ihr davon. Menschen sahen hinter den Steinwällen hervor.

»Wer war das?«

Wie ein Ruf der Angst ging es von Mauer zu Mauer, von Bresche zu Bresche: »Martinengo ist angeschossen worden.«

Bruder Franz war wieder Soldat geworden. Als man die ganze Stadt auf der Jagd nach Reserven durchkämmte, erinnerte sich jemand daran, dass er bei der Artillerie gewesen war. Also zogen sie ihm wieder Harnisch, Hüftschienen und Wams an. Und hier stand er nun in der Kasematte der Mauer der Auvergner. Nun war er ganz einfach wieder der alte Schot-Franz, über den alle lachten.

Ein Ordnungsmensch war er nie gewesen. Doch im Krankenhaus hatte er zumindest gelernt, Sachen vom Boden aufzuheben. Hier konnte er diese Kunst gut anwenden. Werg und zerrissene Papierumschläge, Kanonenkugeln und Lederhandschuhe lagen auf den Steinplatten verstreut. Er machte sauber, schichtete Kugeln auf, legte die Pulverpäckchen zu einem hübschen Haufen zusammen und fegte den Schmutz in eine Ecke. Die Kameraden machten sich über ihn lustig, bis Ritter Fournon bei der Morgeninspektion die Männer von der Drei und Vier für ihre gute Ordnung lobte und die Eins und die Zwei anwies, sofort genauso sauber zu machen.

So ging das ein paar Tage lang. Oben auf der äußeren Ringmauer hatten sie ein paar Verletzte und man entdeckte, dass Schot-Franz Verbände anlegen konnte. Das machte ihn bei den anderen beliebt. Man konnte nie wissen, wann man seine Hilfe brauchte. Er war nicht mehr der, über den sich alle lustig machten. Doch er hieß nie anders als Schot-Franz.

Die Lage hatte sich wieder verschärft. Die Osmanen griffen unten bei der Englischen Mauer an, ein paar Tage lang hintereinander. Man hörte den Lärm und die Schreie, aber man sah nichts, da die Mauer dort drüben eine Biegung machte. Was sie dagegen sahen, war der stille Kampf um die Spanische Mauer. Die hatte man vor Augen, in Verlängerung des Abschnitts der Auvergner, links vom Wallgraben, wenn man durch die langen Schießscharten sah. Von den Osmanen sah man nichts, sie lagen hinter den hohen Erdwällen versteckt, die sie quer über den Graben aufgeschichtet hatten, und unter dem Planendach aus Ochsenhäuten drüben am Fuß der Mauer.

Dort wurde gekämpft. Sie waren ja schon an der Stadtmauer angelangt. Die war zum Greifen nah. Jetzt musste sie nur noch fallen.

Sie gruben sich unter der Mauer hindurch. Erde wurde in den Graben hineingeworfen und verstärkte ihre Schutzwälle. Damit die gewaltige Mauer nicht auf sie stürzte, stützten sie sie mit groben Holzbalken. Zum Schluss ruhte sie auf einer Vorrichtung aus gekreuzten Streben und Stützen. Den Zwischenraum füllten sie mit Reisig und dann zündeten sie das Ganze an, räumten die Mauer und lagen bereit, um in ihre Rattenlöcher und Maulwurfsgänge auf der anderen Seite zu stürmen.

Mit atemloser Spannung spähten die Auvergner durch ihre Schießscharten. Rauch quoll empor, die Flammen schlugen aus, es knackte und knisterte. Es brannte stundenlang, doch die Mauer stand. Zum Schluss sank das Feuer zu einem Aschehaufen zusammen. In der Mauer klaffte ein schwarzes Loch und die Steine darüber waren verrußt. Doch sie stand.

Ein Ruf der Erleichterung stieg von der äußeren Ringmauer nach oben. Man rieb sich die Hände und gab der alten Mauer einen Applaus. Man hatte sich regelrecht in sie verliebt. Seltsam, dass man für eine Steinmauer solche Gefühle hegen konnte.

Die Osmanen gaben nicht auf. Es dauerte einen Tag lang, dann hatten sie den nächsten Trick auf Lager. Durch die Luft segelten schwere Anker, wie man sie verwendet, um große Schiffe zu entern. Sie wurden mit besonderen Geräten abgeschossen, die wie eine riesengroße Armbrust aussahen. Sie flogen durch die Luft wie Drachen, dahinter eine grobe Trosse als Schwanz. Einige trafen die Mauerkrone und fielen hinunter in den Graben. Andere strichen über die Brüstung und hielten mit einem Ruck, wenn das Seil nicht mehr länger auslaufen konnte. Im selben Augenblick straffte sich die Trosse. Wie das zuging, konnte man nicht sehen, denn die Osmanen waren hinter ihren Wällen versteckt. Doch es musste Hunderte von Händen geben, die zogen und die Trosse einholten. Etliche Anker hüpften wieder über die Brüstung zurück und fielen krachend hinunter in den Wallgraben. Doch einige bissen sich mit ihren Zähnen in der Mauerkrone fest.

Die Männer dort oben versuchten, das Seil zu durchtrennen. Die Osmanen hatten damit gerechnet und antworteten mit einem solchen Hagelschauer ihrer Scharfschützen, dass niemand seinen Kopf über den Rand der Brüstung stecken konnte.

So ging das eine ganze Zeit lang. Mit fast atemloser Spannung blickten die Männer durch ihre schmalen Schießscharten. Nun waren es vier, da kam die fünfte. Und sie saß.

Dann begannen die Osmanen zu ziehen. Irgendwo hinter ihren Erdwällen mussten sie Winden aufgestellt haben. Die Seile wurden bis zum Äußersten gespannt, sie schrien und wimmerten und bebten bei jeder neuen Anspannung des Hebels. Die Mauer wimmerte auch. Man sah, wie sie gequält und gestreckt wurde wie ein Mensch auf der Streckbank. Und man litt mit ihr.

Fournon wrang machtlos seine Hände. Hier waren seine Rundkugeln wertlos.

»Bruder Franz, lauf' hinunter ins Lager und sieh nach, ob noch etwas Stangenlot übrig ist. Vielleicht haben wir noch nicht alles verschossen.«

Er wusste, dass es so war. Doch er wollte sein Gewissen mit noch einer Kontrolle beruhigen.

»Wir versuchen es mit Schrot«, sagte er. »Die gröbste Sorte.«

Sie luden und schossen. Es war hoffnungslos. Ein paar Trosse sahen ein wenig zerschlissen aus, sonst war nichts zu merken.

Unterdessen tastete sich Bruder Franz mit seiner Laterne den Gang entlang, der die Vorratskammern miteinander verband. Er leuchtete und suchte. Es gab Kugeln vieler Kaliber. Und Pulvertonnen. Und Platz – viel Platz. Doch Stangenlot ... kein einziges. Es gab altes Zeug, Räder für die Lafetten, Schwämme für die Stangen, Holzbottiche für Wasser. Und in einem der Bottiche lag eine alte Kette mit einem Lot an jedem Ende.

Er erinnerte sich, dass sie mit ähnlichem Kettenlot auf feindliche Schiffe geschossen hatten, um das Rigg herunterzureißen. Es war sicher kein Fehler, sie mitzunehmen.

Er versuchte, sie hochzuheben, doch er musste die Laterne wegstellen und beide Hände benutzen, um das Ungetüm mitzunehmen. Im Schein des Lichts tastete er sich zur Treppe vor. Atemlos, unsicher und errötend kam er in die Kasematte hinein.

»Stangenlot war keines mehr übrig. Aber ... vielleicht kann man das hier verwenden?«

Ritter Fournon machte einen Freudensprung.

»Franz! Der Täufer selbst hat dich hierhergeschickt!«

Dann kam ein Strom von Befehlen, die er zum Teil selbst ausführte, während er sie gab. »Wir nehmen den Vierer ... doppelte Ladung ... vorsichtig stoßen ... hinein mit dem Werg ... und jetzt ...«

Er schoss selbst die Kugeln und die Kette hinein, vorsichtig, als ob er ein goldenes Armband in ein Etui hineinlegte.

So – nun konnten sie zielen. Schot-Franz half mit. Fournon selbst kontrollierte. Gut so ...

Da kam eine Wolke schwarzen Rauchs von ihrem eigenen letzten Schuss und verhüllte die Sicht. Fournon lief zur nächsten Schießscharte, um zu sehen, wann die Seile in der richtigen Stellung zueinander waren.

Man sah die kurze Handbewegung, die »Feuer« bedeutete, doch man hörte den Befehl nicht. Durch die Schießscharte am Vierer kamen ein Heulen und ein Knall, der die ganze Kasematte erfüllte. Der Schütze war vornüber auf die Kanone gefallen, von einem osmanischen Scharfschützen durch die Brust geschossen. Er glitt von der Kanone herunter und wischte das meiste Zündpulver mit sich mit. Die Lunte lag auf der Erde.

Bevor er richtig wusste, was er tat, hatte Schot-Franz sich gebückt, die Lunte an sich gerissen, sie wieder zum Leben entfacht und durch das Zündloch in den letzten Rest Pulver hineingehalten. Das Geschütz donnerte, spuckte Feuer und Rauch und sprang zurück. Der Gefallene rollte zur Seite und kam auf Franz zu liegen, der sich an der Wand festhielt, damit er nicht hinfiel.

Dann beugte er sich hinunter in den Rauch, packte den Angeschossenen unter den Armen, um ihn zurecht zu legen und zu sehen, ob es sich lohnte, einen Verband anzulegen.

Fournon in seiner Schießscharte hatte sehen können, dass der Schuss genau in die richtige Richtung gegangen war. Dann wurde alles vom Pulverrauch verdeckt. Doch von der Mauer herunter hörte man einen sich rasch ausbreitenden Jubelruf, ein Ruf, den man nur mit dem Siegesgeheul nach einem Wettlauf, der großen Einsatz verlangt hatte, vergleichen konnte. Und von drüben auf der anderen Seite kamen als Antwort Gram und Verbitterung.

Sie eilten nach oben, um zu sehen. Im Wallgraben lagen die Trosse. Alle fünf waren durchtrennt, zottig und an den Enden ausgefranst. Wie schlaffe Kuhschwänze lagen sie da.

»Wer hat geschossen?«, schrien die Männer von oben herunter.

»Bruder Franz«, sagte Fournon. »Er hat das Lot beschafft und den Schuss abgefeuert.«

So kam es, dass Schot-Franz, der seinen toten Kameraden traurig auf den Boden gelegt hatte, von den siegestrunkenen Auvergnern beinahe bis an die Decke der Kasematte hochgeworfen wurde. Man sagte ihm, dass er eine Ehre für die Religion war, dass Provence und Auvergne schon immer zusammengehörten, dass man ihn als eine Art Ehren-Auvergner betrachtete und vieles andere.

Dann kam eine Ordonnanz aus der Leibwache. Der Großmeister wollte den Schützen sehen, der den Meisterschuss gegen die Trosse abgefeuert hatte. Er sollte eine Belohnung bekommen.

Also bürsteten sie den verwirrten und freudestrahlenden Bruder Franz ab und winkten ihm hinterher, als er auf die Mauer hinaufhumpelte.

Eine Minute später war er tot. Ein anderer Meisterschütze mit einem langen Gewehr hatte lange genau auf diese Öffnung in der Brüstung gezielt. Der Schuss traf die Schläfen. Bruder Franz fiel auf den Rücken und lag da, mit einem seligen Lächeln auf den Lippen.

»Wie sinnlos«, sagte einer der Männer, der ihn ins Hospital getragen hatte.

»Gott muss ihn sehr geliebt haben«, sagte Bruder Giovanni. »Daher erhielt er seine Rechtfertigung schon hier auf Erden. Und dann durfte er heimkehren und zwar sogleich. Kann man sich etwa Besseres wünschen?«

Schwerer als zu sterben

»Gegeben am 30. Oktober 1522 ...«

Der Kanzler setzte unwillig das Datum unter das fertige Konzept. Er wusste, dass es verlorene Liebesmüh war, dazusitzen und Briefe nach Spanien und Frankreich zu schreiben – Bittbriefe an kaltblütige Fürsten, barsche Briefe an träge Ordensbrüder. Selbst wenn sie glücklich durch die Blockade und die Herbststürme kämen, hätte das keine Auswirkungen, jedenfalls nicht, bevor die Krummsäbel der Janitscharen auf Rhodos reinen Tisch gemacht hatten.

Wie auch immer: Der Großmeister wollte das Konzept sehen. Wen sollte er damit jetzt zu ihm schicken? Wo steckte Blas Diez? Er war gestern Abend nicht von der Mauer zurückgekehrt. Hatte er gar begonnen, auf eigene Faust zu handeln, und war zu den Osmanen übergelaufen? Man konnte ihn verstehen. Jeder hatte letzten Endes nur sein eigenes Leben, mit dem er spielen konnte. Obwohl es am besten gewesen wäre, wenn er die Würfel seinem Herrn überlassen hätte.

Es klopfte an der Tür und der Kanzler sah auf. Dort stand Didier de Tholon, der jetzt den Befehl über die große Bresche hatte. Ein paar andere Herren waren hinter ihm zu sehen, alle in Rüstung.

»Was verschafft mir die Ehre?«

»Der Herr Kanzler ist zum Kastellan gerufen.«

Das konnte kaum stimmen. Wenn einer von ihnen den anderen rufen konnte, dann war es der Kanzler.

»Sag ihm, dass ich in einer halben Stunde komme. Ich bin gerade beschäftigt.«

Die Herren an der Tür hatten sich hineingeschoben, feierlich und hoch aufgerichtet, als wollten sie deutlich machen, dass sie dort von Amts wegen standen. Tholon sagte merkwürdig kühl: »Wir haben den Befehl, den Herrn Kanzler zum Kastellan zu führen. Umgehend.«

»Befehl? Von wem?«

»Von seiner Eminenz, dem Großmeister.«

Der Kanzler warf ihm einen langen Blick zu und musterte ihn dabei gleichsam von oben. Er schien unberührt und überlegen und sagte nur:

»Hier muss man mit allem rechnen. So, wie hier jetzt regiert wird …«

Die Sonne begann hinter dem Stefansberg zu versinken und die Männer auf der Mauer der Auvergner drängten sich hinein in den Schatten der zerschossenen Zinnen. Sie wussten aus bitterer Erfahrung, wie gut man in der Abendsonne gesehen werden konnte.

Wo immer zwei oder drei sich zusammendrängten, sprach man über dieselbe Sache. Der Kanzler war zum Kastellan geführt worden. Es war also tatsächlich etwas faul an diesem Blas Diez.

Sie hatten ihn heute Nacht gefasst. Genau hier unten in der Kasematte mit einer Armbrust in der Hand, die er in dem Gerümpel dort unten in dem unterirdischen Lager versteckt hatte. Mehrmals hatte er sich hier gezeigt, doch die Wachen hatten geglaubt, er käme mit irgendeiner Mitteilung vom Kanzler. Die Diener der Großkreuzer waren nun nicht gerade die ersten, die man verdächtigte.

Aber dass nun der Kanzler zum Kastellan geführt wurde – dorthin *geführt* wurde von mehreren Herren in voller Rüstung – das sah mehr als übel aus.

»Was ist die Strafe für so etwas?«

»Das weißt du genau. Gehängt und geviertteilt werden.«

»Du meinst, wir werden das linke Hinterteil eines Kanzlers hier an der Mauer angenagelt sehen?«

»Pssst, noch wissen wir nichts …«

Zwei Tage später saß Preian de Bidoulx auf einer der schmalen Bänke in einer Fensternische im Großen Saal der Französischen Herberge. Noch trug er einen großen Verband um seinen durchschossenen Hals, doch die Wunde hatte sich geschlossen. Es war ein Wunder, dass er lebte. Es gab zurzeit nur ein Wunder auf Rhodos, das noch größer war: dass Martinengo noch am Leben war und es so aussah, als würde er sich wieder erholen, obwohl nur ein schwarzes Loch an der Stelle war, wo sein rechtes Auge gesessen hatte.

Bidoulx war bei der Vesper in San Giovanni dabei gewesen – was wegen seines Dienstes zurzeit nur noch selten möglich war – und auf dem Rückweg hereingeschlüpft, um Neuigkeiten zu erfahren. Auf der Bank ihm gegenüber saß der Bastard von Bourbon mit seiner Krücke, und auf dem Boden stand Antoine Golart, den Arm in der Schlinge. Bourbon sprach halblaut, damit man ihn draußen nicht hören sollte.

»Er hatte einen Osmanen, den er vor einem Jahr nach Konstantinopel geschickt hat. Der Osmane kam zurück, merkwürdig fein und vornehm gekleidet.

»Ich habe es selbst gesehen«, sagte Golart. »Es sah wirklich seltsam aus.«

»Und er war für die Berichte über den Pulvervorrat verantwortlich«, sagte Bidoulx. »Sie hätten für mehr als ein Jahr reichen sollen. Ich frage mich, ob er es das in gutem Glauben gesagt hat?«

»Und er soll schon bei der Wahl zu einem guten Freund gesagt haben, dass dies der letzte Großmeister von Rhodos sein werde.«

»Das stimmt. Kommandant Luis war beim Verhör dabei. Er hat es gehört.«

»Wie lange ging das eigentlich schon so?«

»Stell dir vor, er war es, der Süleyman geraten hat zu kommen?«

»Jedenfalls hat er ihm geraten zu bleiben ...«

Es dauerte vier Tage, dann hatte das Gericht seine Arbeit beendet. Die Richter drängten sich in dem kleinen Raum in Lomellinos Haus vor der großen Bresche, wo der Großmeister nun schon seit ein paar Wochen sein Quartier hatte. Seine Strohmatratze lag zusammengewickelt in der Ecke und der Tisch war mit Papieren übersät. Stumpfnasige Eisenschuhe, Beinschienen, Knieschnallen, Helme und private Gegenstände hingen an der Wand. Die drei Kriegsrichter und die beiden Großkreuzer, die Beisitzer gewesen waren, füllten den größten Teil der freien Fläche auf dem Boden.

»Hat er bekannt?«

»Nein, Eminenz. So sehr wir ihn auch gequält haben, wir haben kein Wort aus ihm herausgebracht. Kein einziges.«

»Was ist dann die Urteilsbegründung?«

»Zuerst Blas Diez' umfassendes Bekenntnis.«

»Es kann erlogen sein, um die Hauptschuld auf jemand anderen zu wälzen.«

»Es gibt eine Reihe von Indizien, Eminenz. Die Drohungen, die er gegenüber Kommandant Luis ausgesprochen hat …«

»Die hätte er kaum ausgesprochen, wenn er wirklich mit dem Sultan unter einer Decke stecken würde.«

»Dieser unerklärliche Kontakt nach Konstantinopel durch einen gut bezahlten Sklaven …«

»Geschah ebenfalls so offen, dass ich schwer glauben kann, dass es hier um Verrat geht.«

»Gebe ich vollkommen zu. Doch das Entscheidende kommt noch. Vater Gennaios hat sie zusammen in der Bastion der Auvergner gesehen mit einer Armbrust und einem Pfeil mit einem Papier, um das ein rotes Band gebunden war. Das war am Tag nach dem großen Angriff.«

»Warum hat er das nicht sofort berichtet?«

»Weil es ihm nie eingefallen wäre, dass der Kanzler etwas Unrechtes tun würde.«

Der Großmeister dachte einen Augenblick nach.

»Habt ihr ihn Blas Diez gegenübergestellt?«

»Natürlich, Eminenz. Er hat alles gehört. Obwohl es eigentlich so aussah, als ob er kaum zuhörte. Dann hat er nur gesagt, Blas Diez sei ein Schurke, ein vigliacco. Diez hat das sehr schlecht aufgenommen und gesagt, der Kanzler habe ihm versprochen, ihm zu helfen und ihn an einer Rettungsleine herauszuziehen – was auch immer er damit meinte.«

Der Großmeister saß wieder still da und dachte nach. Sie konnten hören, wie sein Atem ging. Dann nahm er rasch einen Stift und unterschrieb die Todesurteile. Blas

Diez sollte gehängt, der Kanzler mit einem Schwert enthauptet werden. Beide sollten gerädert werden.

In der Nacht auf den 6. November schlief der Großmeister ungewöhnlicher Weise in seinem Bett im Palast. Den größten Teil der vergangenen Nacht hatte er in der Schlosskapelle rechts im Treppenhaus zugebracht. Dann hatte er wie gewohnt die Wachen auf einem der Mauerabschnitte begutachtet, ein paar Stunden geschlafen und war dann wieder in die Kapelle gegangen, um mit Bruder Giovanni und einigen Rittern, die sich ihnen stillschweigend anschlossen, das nächtliche Stundengebet zu lesen. Nur ein paar Krücken scharrten und stießen gegen den Steinboden.

Der Großmeister blieb einen Moment lang sitzen, ohne sich zu rühren. Vor ihm lag das prächtige Missale aufgeschlagen, sein eigenes, das er zu Hause in Frankreich hatte machen lassen. Jede Seite war von einer breiten Borte aus Blumenranken auf blauem Grund eingerahmt und jede Borte mit einem gezückten Schwert und seinem Wahlspruch geschmückt: Pour la Foy.

Für den Glauben ... Er hatte nie gezweifelt. Sich selbst, seine Jugend, seine besten Jahre hatte er gegeben. Und er ahnte, dass er nun bald das Letzte und Äußerste geben und irgendwo zu liegen kommen würde, nicht wie seine Vorgänger unter den Steingewölben von San Giovanni mit einem prächtigen Epitaph über sich, sondern in einem Massengrab zwischen anderen ausgeplünderten und verstümmelten Leichen.

Er war dazu bereit. Aber davor? Er spürte, wie er in sich zusammensank. Draußen fingen die Osmanen wieder zu schießen an, und die kleinen Glasscheiben in der Kapelle klirrten. Wieder würden sie die Mauern zersprengen und zerstören, die in der Nacht von einer Handvoll Arbeiter zusammengeflickt worden waren, aus denen man wieder einmal mehr herausgepresst hatte, als sie eigentlich Kraft hatten. Wieder würde sich der Feind ein paar Ellen eingraben, wieder eine Mauer in ihre unterirdischen Löcher einbrechen, wieder einige der wenigen Verteidiger von den Scharfschützen der Osmanen weggefegt werden. Und noch einmal würde er versuchen, Auswege zu finden, ihnen Mut zusprechen, dastehen wie eine feste Mauer, an die sich alle lehnen konnten, wenn sie es nicht mehr schafften, sich aufrecht zu halten.

Wenn nun diese Mauer einfiel? Er wusste, dass sie drauf und dran war, es zu tun. Die letzten Tage hatten ihm mehr abgefordert, als er konnte. Vorgestern Abend hatte er sich zum ersten Mal bewusst einer seiner Pflichten entzogen. Er hatte sich geweigert, der Zeremonie in San Giovanni vorzustehen, als Andrea d'Amaral hereingetragen und seiner Ordenstracht und seinen ritterlichen Insignien entledigt wurde – von der Folter zermartert, doch ungebrochen, wie es einem Großkreuz gebührt, mit versteinertem Gesicht und einer Miene der Verachtung

Und jetzt, in diesem Moment, als die Sonne draußen aufging, war derselbe Andrea d'Amaral, ehemaliger Ritter des Ordens vom Hospital des Heiligen Johannes des Täufers, zum Hinrichtungsplatz gebracht worden.

Der Großmeister zögerte zu gehen. Er sprach mit Gott, wie einst Elia.

»Herr, es ist genug. Nimm mein Leben. Sie haben alle deine Propheten und Kämpfer getötet. Pomerolx ist tot, John Buck ist tot und nun ist d'Amaral diesen furchtbaren Tod gestorben. Man wird ihn zerstückeln und aufspießen wie einen gemeinen Verbrecher. Du weißt Herr, ich konnte es nicht verbieten. Recht muss Recht bleiben, gleich für uns alle. Es ist genug, Herr, nimm mein Leben.«

Auf der Treppe waren Schritte zu hören und er ging hinaus. Es war Tholon, der meldete, dass das Urteil vollstreckt worden war.

»Hat er etwas gesagt?«

»Nichts. Vater Dominique hat ihm ein Bild hingehalten, aber er hat sich einfach abgewandt.«

Der Großmeister nahm den Weg an seinem Arbeitszimmer vorbei, als er zurück zur Bresche ging. Die ganze Zeit über schossen die Osmanen aus schweren Geschützen, und man konnte das Krachen der Einschläge einige tausend Schritte südwärts hören.

Der Großmeister ging durch die Kanzlei. Dort saß Bruder Francesco, der Zeichner, der dem Architekten Zuenio zu helfen pflegte.

»Was machst du heute, Bruder Francesco?«

»Ich zeichne die neue Decke für die Mauer der Engländer, die man errichten wird, wenn wir die Mauer wiederaufbauen. Ich möchte gerne, dass Eure Eminenz einen neuen Wahlspruch billigt.«

»Einen neuen Wahlspruch?«

»Ja, ich habe einen Vorschlag. Er hängt mit den vier Anfangsbuchstaben Eures Namens zusammen, Eminenz, Filippo Villiers de l'Isle Adam. F-V-I-A: Fortis Virilisque In Adversis, fest und männlich im Unglück. Kein schlechter Wahlspruch für einen Großmeister«, fügte er hinzu.

Der Großmeister schwieg. Bei sich dachte er: »Domine, non sum dignus. Herr, ich bin nicht würdig ...« Doch vielleicht war das keine Beurteilung, sondern eine Erinnerung? Kein Lob, sondern ein Befehl?

»Ich billige ihn.«

Drinnen im Arbeitszimmer wartete Bruder Giovanni. Der Großmeister begann ohne Umschweife.

»Bruder Giovanni, hast du ein Wort für mich, das mir helfen kann, damit ich es schaffe weiterzugehen?«

»Nicht ich, aber der Erlöser.«

»Und welches?«

»›Wenn du alt wirst, wirst du deine Hände ausstrecken und ein anderer wird dich gürten und führen, wo du nicht hinwillst.‹«

Der Großmeister schwieg.

»Ich bin gewillt.«

»Ist Bruder Großmeister das?«

Der Großmeister sah den kleinen Priester verwundert an.

»Ja, ich denke, ich kann das so sagen. Ich habe den Tod seit Wochen jeden Tag erwartet.«

»Und vielleicht ist das falsch.«

Der Großmeister sah noch verwunderter aus und fragte: »Sagt Er nicht, dass wir bereit sein sollen, unser Leben um Seinetwillen zu verlieren?«

»Ja, am Ende. Aber erst sollen wir unser Kreuz auf uns nehmen und ihm folgen.«

»Ja, bis in den Tod. Und das ist wohl das, was er uns jetzt bestimmt hat. Wenn der Entsatz nicht kommt.«

»Doch wenn er nicht kommt, dann muss Bruder Großmeister seinen Kelch bis auf den Grund austrinken. Nicht halb ausgetrunken stehenlassen.«

»Was meinst du?«

»Ich meine, dass Bruder Großmeister gewillt sein muss, trotzdem bis zum Ende zu leben. Alles Grauen zu sehen. Die äußerten Schmähungen zu teilen. Nicht den letzten Tropfen dem überlassen, der übrig bleibt.«

Der Großmeister sah den Priester an. Konnte er Gedanken lesen? Wie konnte er wissen, dass der Großmeister soeben gebetet hatte: »Herr, nimm mein Leben?« Der Priester fuhr fort: »Ich will nur sagen, dass ein Vater sich nicht von der Erde fortwünscht, solange seine Kinder ihn brauchen. Sein Leben zu geben, ist ein großes Opfer. Manchmal ist es ein größeres und besseres, weiter zu leben.«

»In einem Krieg gibt es Risiken, die man eingehen muss«, sagte der Großmeister halb entschuldigend.

»Ja, und solche, die man nicht eingehen muss. Was erstere betrifft, so kann man beten: Dein Wille geschehe. Und gewiss sein, dass er hört. Das kann man bei der zweiten Art nicht: Dann fordert man Gott heraus.«

Wieder hörte man Lärm von der großen Bresche, als sei eine Mauer eingestürzt. Der Großmeister erhob sich.

»Ich muss jetzt wohl gehen. Danke für die Ermahnung. Wenn Er es will, nehme ich es auf mich … bis zum letzten Tag.«

Winterregen

GIANANTONIO BONALDI LEGTE SEINEN zerrissenen Mantel über sich. Er fröstelte. Er konnte hören, wie der Regen in die Pfützen auf dem Hof prasselte. Ein kleines Rinnsal war hineingesickert und hatte das Stroh, auf dem er lag, durchnässt. Mühsam rückte er näher zur Wand. Seine geschwollenen Finger schmerzten. Gestern war ein Stein auf sie gefallen.

Wieder schloss er die Augen. Wenn er es wagen und schaffen würde, hätte er den Harnisch abgelegt und sich am Rücken gekratzt. Seit drei Tagen war er nicht mehr aus der Rüstung herausgekommen, und die Läuse regierten ungestraft unter der Oberfläche des Metalls, ohne dass man irgendwie an sie herankommen konnte.

Draußen knirschten Stiefel in dem nassen Kies. Waren es die eigenen Leute, die den Verbindungsgraben vertiefen sollten, oder waren es die Osmanen, die sich näher gruben? Es waren nicht viele Schritte bis zu ihrem ersten Mauseloch. Deshalb musste er hier schlafen, in diesem halb zerfallenen Haus, zwischen all diesen schnarchenden, stöhnenden und stinkenden Menschenleibern.

Er erinnerte sich noch an den Abend, an dem er mit seinen Freunden und seiner Mannschaft paradiert hatte, unter flatternden Wimpeln, durch winkende Menschenmassen und ohrenbetäubenden Jubel hindurch. Damals hatte er denselben Harnisch getragen, neu und blitzblank, darunter ein rotes Wams. Nun war er zerbeult und rostig, von Lanzenstichen markiert und an den Rändern mit Löchern von Säbelstichen.

Der Krieg war zu einer groben, schmutzigen Arbeit geworden, ein Kampf um lehmige Gräben und stinkende Wasserlöcher. Die Osmanen hatten aufgehört zu stürmen. Stattdessen gruben sie sich weiter voran. Durch die große Bresche waren sie in die Stadt hineingedrungen. Dort waren sie auf eine neue Mauer gestoßen oder besser: auf einen Kreis von Gräben, Mauern, Wällen und Wehren, die Feuer über sie ausspuckten. Also waren sie unter die Erde gegangen. Man sah nur ihre Maulwurfshügel. Hier und da ragte eine stachlige Reihe von Bretterspitzen hervor. Man müsste nach vorne stürmen und sie aus der Bresche hinauswerfen – wenn man genug Leute hätte. Man müsste ihre Wehre kaputtschießen – wenn man Pulver hätte. Nun saß man da und wartete, schoss, wenn man sich sicher war zu treffen und war sich sicher, selbst getroffen zu werden, wenn man sich aus der Deckung wagte.

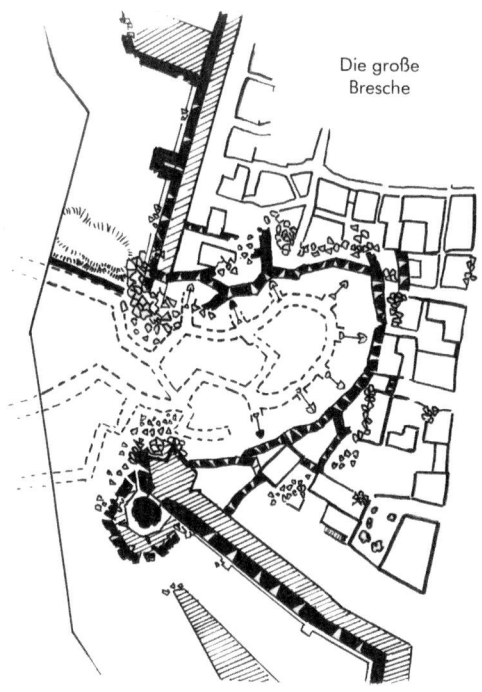

Die große Bresche

Die Osmanen mussten wie Frösche in einem Teich leben, wenn der Regen herabströmte und ihre Gräben füllte. Doch sie hatten die Möglichkeit, ihre Leute auszutauschen und ihnen Ruhe zu gönnen. Sie konnten jede Planke ersetzen, die zerschossen wurde. Und ihre Kanonen arbeiteten ununterbrochen und verspritzten Schlamm und Steinsplitter über die Artilleristen, die im Lehm kauerten.

Bonaldi lauschte. Es mussten ihre Stiefel sein, die er hörte, vielleicht dreißig Schritte von hier entfernt. Sie gruben sich unter der Mauer hindurch – die dritte in der Reihe – um sie zu Fall zu bringen. Früher oder später. Vielleicht schon heute Nacht? Er hatte die Kanonen zurückziehen und die Gewehre von den Stellen entfernen lassen, wo sie am exponiertesten waren.

Er versuchte, an etwas anderes zu denken. Es kribbelte in den Beinen, in allen Gliedern spürte er die Müdigkeit, er lag unbequem, die Hand fühlte sich an wie eine Beule voll Schmerz und Eiter.

Wenn nur Bosio hier wäre! Doch der war in Rom oder Neapel oder vielleicht Marseille, um Hilfe zu erbitten. Und dort wurde er jetzt auch am meisten gebraucht. Falls er denn mit dem Leben davongekommen war ...

Er wachte auf und merkte, dass er geschlafen hatte. Er fühlte sich wieder warm, angenehm warm und entspannt. Es war ein Genuss, einfach nur dazuliegen zu dürfen und die Augen geschlossen zu halten.

Plötzlich fiel draußen die Mauer ein, wie ein Erdrutsch im Winter an der Uferböschung eines Bachs, und im nächsten Moment schlug die Wache mit ihrer Glocke Alarm. Er rappelte sich auf, brachte seine Leute auf die Beine und stolperte nach draußen. Doch es war kein Angriff, nur wieder das Scharren der Schaufeln.

Vom Regen durchnässt kehrte er um. Doch jetzt konnte er nicht mehr einschlafen.

Es regnete noch immer. Das Wasser rann in schmalen Rinnsalen zwischen den Steinen der Hilfsmauern hindurch und sammelte sich in Pfützen. Die Pfützen flossen zusammen und wuchsen zu Seen, durch die die Männer voranstapften, während ihnen das Wasser bis halb zu den Knien ging.

André Barel und seine Leute waren vollauf damit beschäftigt, Rinnen in die Erde zu graben und das Wasser zu den untersten Schießscharten zu leiten. Diese verwandelten sich in rauschende, gluckernde Abläufe, durch die das Wasser hinausfloss, hinein in die Laufgräben der Osmanen. Die Männer grinsten grimmig. Heute sollten die Osmanen an etwas anderes denken als ans Stürmen.

André richtete sich auf und spürte, wie das Wasser unter der Rückenplatte hinab rann. Es war kalt, aber dadurch ließ das Jucken nach. Er war hierher in den Graben hinunter geflüchtet mit seinen zwei Feldschlangen, als es den Osmanen schließlich gelungen war, die alte Mauer zusammenzuschießen, die sowohl Minen als auch Spaten und Stricken widerstanden hatte. Die Bresche hatte sich zu einer riesigen Lücke vergrößert. Die Verteidigungslinie verlief nun innerhalb der Stadt, mit Hilfsmauern zwischen den Giebeln und Schützen hinter verbarrikadierten Fenstern. Nach und nach waren Häuser abgerissen und ihre Steine aufgeschichtet worden, eine zusammengeflickte Ringmauer um ein offenes Feld aufgewühlter Erde, das die Osmanen erobert hatten und auf dem sie nun Tag und Nacht arbeiteten, um es mit Hilfe von Spaten zu erweitern.

Alles war nun klitschnass und durchweicht: Kleider und Stiefel, Bretterstumpen und Brotscheiben. Dennoch schossen die Osmanen. Die Plankendächer über ihren Kanonen schienen dicht zu sein, und die Schützen lagen in ihren Schlupfwinkeln in den Felsen auf der anderen Seite des Wallgrabens, wo sie ihre Lunten am Brennen halten konnten. Von dort schickten sie ihre Grüße, eifrig und aufdringlich. Die großen Steinkugeln pflügten Gräben in den vom Wasser durchdrängten Boden, sodass der Lehm aufspritzte und die mühsam aufgestapelten Steine umherflogen. Es blieb nichts anderes übrig, als sich zu ducken und in irgendeine aufgeweichte Ecke zwischen den Mauerresten zu kriechen. Das Pulver musste man sparen, bis es wirklich gebraucht wurde.

Eine Stunde nach Tagesanbruch gab es die ersten Verluste. Einer der Männer wurde von einem Steinblock getroffen und mit einem zerschmetterten Schienbein davongetragen. Eine halbe Stunde später fiel ein Mann aus der Arbeitskolonne durch einen Kopfschuss. Es war ein Osmane. Das traf sie deswegen nicht minder schwer: Er war unersetzlich. Bis zum Mittag waren zwei weitere ausgefallen, die beide so schwer verletzt waren, dass man den Kaplan kommen ließ, um ihnen die Letzte Ölung zu erteilen. Innerhalb weniger Minuten war Bruder Giovanni da. Als er fertig war, blieb er. Die Osmanen schossen scharf und es war möglich, dass er wieder gebraucht wurde. Er setzte sich neben André Barel hinter den großen Steinhaufen.

So kam es, dass Bruder André unerwartete Gelegenheit bekam, sein Herz auszuschütten. Er ging mit aufgestauter Bitterkeit umher. Es fiel ihm schwer, sie auszudrücken, doch Bruder Giovanni hörte zu und schien zu verstehen. Es ging nicht nur um die Enttäuschung, jede Illusion eines glanzvollen Ritterlebens verloren zu haben. Die Enttäuschung saß tiefer. Eigentlich waren es die Illusionen selbst, weswegen er bitter war; wegen der Welt, in der er aufgewachsen war mit ihren falschen Vorstellungen von Ehre und Ritterlichkeit, in der irgendwelche prächtig gekleideten Herren in sicherer Schutzkleidung über einfache Leute hinweg ritten und sie mit ihren Lanzen aufspießten, während sie selbst schlimmstenfalls gefangen genommen und für gutes Geld, das ihre armen Landbauern zusammengekratzt hatten, freigekauft wurden. Irgendwie empfand er es als eine Art von Gerechtigkeit, hier zwischen all den Anderen im Lehm zu hocken. Und er rechnete es seinen Ordensbrüdern hoch an, dass sie das taten, ohne zu murren. Eigentlich war es ritterlicher – so wie Bonaldi neulich –, mit blutigen und lehmverschmierten Händen zu helfen, einen Schanzenarbeiter auszugraben, der unter einer zusammengestürzten Mauer lag, als wie seine Brüder zuhause unter einem wogenden Fliederbusch zu sitzen, um vor den bewundernden Blicken der Damen eine Lanze zu brechen beim Klang metallener Rosen, die über einer silberglänzenden Satteldecke klirrten. Der Grundfehler war, dass die Menschen irgendwann einmal diese falschen Vorstellungen entwickelt hatten.

All das versuchte er nun in Worte zu kleiden und Bruder Giovanni zu erklären, während das Regenwasser vom Rand seines Helms tropfte. Bruder Giovanni sah ihn mit seinen Kinderaugen an, vielleicht etwas verwundert, doch umso wohlwollender.

»Ich wünschte, ich hätte so viel Macht, dass ich die Welt verändern könnte«, schloss André.

Doch da sah Bruder Giovanni beinahe erschrocken aus.

»Die, die glauben, dass sie diese Macht haben, sind die gefährlichsten von allen.« Er nickte in Richtung der Bresche. »Glaubst du, dass Süleyman es gut meint? Er hat Macht und will die Welt verändern. Er glaubt, dass er besser regiert als unsere christlichen Fürsten. Und in mancher Hinsicht hat er wohl Recht. Nun will er die ganze Welt beglücken. Dass er einige Hunderttausende hier im Lehm dafür opfern muss, findet er sicher bedauerlich. Doch für eine gute Sache … Es geht ja um die Zukunft. Er weiß, wie sie sein soll, und er will dafür sorgen, dass sie so wird.«

»Aber was willst du dann tun? Man kann doch nicht zufrieden sein mit der Welt, so wie sie ist?«

»Nein, wer kann das schon? Und das Schlimmste ist, nicht einmal Gott hat die Macht, sie zu verändern. Nicht, bevor er alles neu macht. Und dennoch hat er eine Art wunderliche Liebe zu uns missglückten Geschöpfen, obwohl wir uns immer etwas Böses ausdenken, egal, welche Möglichkeiten er uns gibt. Deshalb hat er das Jüngste Gericht noch nicht über uns kommen lassen, sondern er ist dabei auszubessern und zu reparieren. Obwohl der Teufel die ganze Zeit am Schießen ist.«

»Was meinst du mit ausbessern?«

»Er vergibt. Er bringt den einen oder anderen dazu, dass er sich schämt und umzudenken beginnt.«

»Aber das reicht doch nicht, um die Welt zu verändern.«

»Zu irgendetwas reicht es immer. Es gibt eines, was du wirklich verändern kannst und das bist du selbst. Und je mehr das tun, desto deutlicher merkt man, dass etwas in der Welt geschehen ist.«

»Aber das geht zu langsam. Wir sollten die traurigen Zustände ändern, und zwar jetzt.«

»Du willst eine bessere Welt ohne Besserung und Buße? So etwas gibt es nicht. Sonst hätte Gott diese Methode schon längst angewandt.«

Jemand rief nach Bruder Giovanni und sie wurden unterbrochen. Bruder André war nicht richtig zufrieden. Er war ja willig, bei sich selbst anzufangen, aber er wollte gerne bei den anderen weitermachen. Mit Zwang, wenn es nicht mit Güte ging.

Einhundertneunundsechzig – das letzte Mal war er auf einhunderteinundsiebzig gekommen ...

André Barel lag im Großen Saal des Krankenhauses und zählte die Deckenbalken. Die Dachluken waren wegen der Kälte geschlossen, doch seine Augen hatten sich an das Halbdunkel gewöhnt. Er lag bewegungslos auf seiner Strohmatratze, ein Becher mit Wasser eingeklemmt zwischen seinem Bett und dem seines Nachbarn. Der Boden war über und über mit Matratzen bedeckt und nur an den Fußenden entlang verlief ein schmaler Gang.

Er hatte Fieber, hohes Fieber. Der Verband um seine Brust herum war klebrig. Sie hätten jetzt alle Steinsplitter herausgezogen, hatte Bruder Gierolamo gesagt. Doch es stach und brannte bei jedem Atemzug.

Im Halbschlaf hörte er, wie der Regen fiel. Er sah ihn in die Pfützen tropfen, während er mit der Hacke grub und einen kleinen Fluss bildete. Plötzlich schien die Sonne, die liebliche Aprilsonne über den Wiesen am Ufer der Loire. Er grub mit einem krummen Ast eine tiefe Rinne in den Sand zwischen zwei Grasbüscheln. Es sollte eine Mühle werden ...

Und da war Henriette, seine große Schwester. Er konnte ihre Stimme mit dem liebevoll spöttischen Tonfall hören.

»André wird Hospitaliter werden, Ritter von Rhodos, Ritter des Heiligen Johannes. Er wird ein Vogt werden oder ein Gutsverwalter, er wird dick und rund werden und auf Falkenjagd gehen, und er wird drei Diener haben, die ihm aus dem Sattel helfen.«

So hatten sie sich die Sache vorgestellt, als man beschloss, dass er über das Meer reisen und seine Sporen im Dienst der Kirche verdienen sollte. Er selbst hatte sich die Sache ungefähr so vorgestellt. Und nun lag er hier.

Würden sie je erfahren, wie es ihm dort drüben erging? Außer, dass er zu den vielen gehörte, die umgekommen waren, als Rhodos im Sturm genommen wurde? Und wenn er heimkäme, würde es ihm gelingen, ihnen eine Ahnung davon zu vermitteln, wie es in diesem Krieg zugegangen war?

»Gute Besserung, André. Heute ist dein Glückstag, Vigil für den Heiligen Andreas.«

Durch den Fieberschleier hindurch sah er Ritter Chalant, den Arm immer noch in der Schlinge, aber ansonsten gesund.

»Wenn es nur helfen würde, Andreas zu heißen«, sagte er müde. »D'Amaral hat auch so geheißen.«

»Umso mehr Grund hat der gute Apostel, uns einen besonderen Dienst zu erweisen.«

Er winkte und ging weiter. André versank wieder in seinen Fieberträumen. Er hörte den Alarm eines großen Angriffs der Osmanen, das Heulen der Jayalas, den durchdringenden Kriegsruf der Janitscharen, und das Geklirr von Stahl gegen Stahl.

Er erwachte. Der Lärm war noch immer zu hören. Er wandte mühsam den Kopf und sah den Unglückskameraden an, der ihm am nächsten lag.

»Stürmen sie?«

»Ja, bei der Bresche und bei den Engländern und unten bei den Italienern. Schon seit mehr als einer Stunde.«

André schloss wieder die Augen. Der Lärm und die Schüsse wurden lauter. Oder hörte sich das in seinem fiebrigen Hirn nur so an?

Er hörte die Glocken von St. Geneviève läuten. Der Kirschbaum wiegte sich weiß vor dem blauen Aprilhimmel. Die Glocke in der Schlosskapelle fiel mit ein. Bestimmt war es Sonntagmorgen. Sie würden zur Messe gehen.

Nein, er lag ja mit seiner Matratze auf dem kalten Ziegelboden. Doch die Glocken von St. Giovanni, von St. Marie du Château und die drunten in der Stadt läuteten. Jemand eilte vorbei – einer der dienenden Brüder. Er setzte sich den Helm auf, während er im Laufschritt den schmalen Gang zwischen den Betten entlanglief.

Ach so – es war Großer Alarm. Der wurde nur bei großer Gefahr ausgerufen und rief alle zu den Mauern. Sie waren also dabei durchzubrechen.

Er schloss wieder die Augen. Wenn sie durchbrachen, würde es nicht mehr lange dauern. Wahrscheinlich würde sie ihm an Ort und Stelle den Hals abschneiden. Wer so schwer verletzt war, war wertlos als Sklave.

Er faltete die Hände. Es kam eine große Ruhe über ihn. Er war nicht alleine. Er wusste es, ohne es in Worte kleiden zu müssen. Hier war jemand, der zwischen den Krankenbetten umherging, so wie in den Straßen von Kapernaum. Er blieb stehen, beugte sich nieder. Seine Brust hatte auch eine große Wunde. Seine Hände bluteten. Es schien, als wüsste er über all das Bescheid, was die zuhause nie verstehen würden. Er hatte alles miterlebt: Kälte und Regen, Schmutz und Ungeziefer, Schläge und Wunden, Todesfurcht und Niederlage. Dieser Gott, der in all das hinabgestiegen war, war sehr nahe. Es war gut, einen solchen Gott zu haben.

Als er wieder aufwachte, stand Chalant wieder da mit seinem Arm in der Schlinge und sah ihn an.

»Der Heilige Andreas hat an uns gedacht«, sagte er. Und dann erzählte er. Als es am hoffnungslosesten aussah, hatte der Himmel sich geöffnet und es hatte geregnet wie nie zuvor in diesem regnerischen Herbst. Die Gräben der Osmanen hatten sich in Flussbette verwandelt. Sie waren zusammengefallen und es gab kein Fortkommen mehr. Der ganze riesige Damm quer über den Wallgraben, den sie mit so viel Mühe gebaut hatten, um sich vor den Kanonen der Auvergner zu schützen, fiel hinunter in die Tiefe. Wieder mussten sie vor den Schießscharten auf der Mauer der Auvergner Spießruten laufen. Oder vielmehr, sie schleppten sich voran durch den Schlamm, und die Auvergner schossen außer sich vor Freude, weil sie nicht mehr wie machtlose Zuschauer dasitzen mussten. So brach der Angriff zusammen.

»Siehst du, der Heilige Andreas weiß, was er uns schuldig ist. Ich werde ihn wieder an dich erinnern.«

Er nickte gönnerhaft und ging. André schloss wieder die Augen und betete. Das mit dem Heiligen Andreas war ja schön und gut. Doch er wusste etwas Besseres.

Des Ruhmes und der Ehre wegen

In der Stadt wurde getuschelt. Niemand traute sich, es laut zu sagen, aber alle wussten es. Es war ein Unterhändler zur Mauer der Auvergner gekommen. Ein Genueser aus Chios, ein gewisser Girolamo Moniglia. Er hatte von freiem Abzug gesprochen, von der Möglichkeit, sein Leben zu retten anstatt für eine verlorene Sache zu sterben. Die auf der Mauer hatten ihn gebeten, sich aus dem Staub zu machen.

Beim Metropoliten wurde getuschelt. Roberto Peruzzi und andere reiche Bürger schlichen dort hinein, nachts, durch den Hintereingang, einer nach dem anderen. Der Mann bei der Mauer war zurückgekommen. Er hatte darum gebeten, mit ihrem Freund Matteo Via sprechen zu dürfen. Er hatte einen wichtigen Brief dabei. Doch Matteo lag krank darnieder, und den Brief wollte der Genueser nicht aus der Hand geben. Doch man brachte aus ihm heraus, dass es um wichtigere Leute ging als um ihn und Matteo. Es ging um einen Gruß des Sultans an den Großmeister. Die Männer auf der Mauer baten ihn wieder, sich wegzuscheren und sandten einen Schuss hinterher, um ihm zu zeigen, wie man in der Stadt darüber dachte.

Doch konnte man sich damit zufriedengeben? Man durfte doch wohl noch darüber sprechen. Beim Metropoliten wurden die Luken wieder zugeschoben und die Türen sorgfältig geschlossen.

Unterdessen schossen die Osmanen weiter und die Spaten hörten nicht auf zu scharren und zu schaufeln. Nun hatten sie auch die Mauer der Italiener erreicht und fraßen sich langsam unter ihr hindurch. Nachts schlichen sich kleine Boote in den Hafen, von Feraklos und Lindos, von Lango und St. Peter, beladen mit Mannschaften, Kugeln und Pulver. Der Großmeister räumte seine Kastelle und holte seine letzten Reserven nach Hause.

So ging das ein paar Tage lang, dann zeigte sich wieder ein Unterhändler ohne Brief und Flagge, aber gewiss mit Billigung der Osmanen. Er traf auf Totenstille. Der Großmeister hatte jedes Gespräch mit dem Feind verboten: Eine Stadt, die anfängt zu verhandeln, ist zur Hälfte verloren.

Selbst unter den Rittern wurde getuschelt. Es gab Männer unter den Großkreuzern, die ihre Türen schlossen und heimlich Besuch empfingen. Spät in der Nacht, wenn sie ihre Runde auf den Mauern gingen und die Wachen inspizierten, stießen sie auf andere Nachtwandler, setzten sich nieder und flüsterten im Dunkeln.

So kam es, dass der Großmeister eines Tages gegen Ende der ersten Adventswoche Besuch vom Metropoliten bekam, der in Begleitung zweier Großkreuzer und zweier vornehmer Bürger war.

Sie erhielten ein klares, eindeutiges Nein. Eine Kapitulation kam nicht in Frage. Vierhundert Jahre lang waren die Johanniter ein Schild der Christenheit gewesen. Immer hatten sie die härtesten Schläge hinnehmen müssen. Es war ihre Berufung und ihre Ehre, sich zu opfern. Sie hatten ihre Güter und ihr Eigentum, ihr Ansehen und ihre Stellung nicht bekommen, um sie zu genießen, sondern um in der Stunde der Not ihr Leben zu geben. In einer Welt, in der alle ihre Versprechen brachen, um das Leben zu gewinnen, war es ihre Berufung zu zeigen, dass man es frohen Herzens verlieren kann, wenn man Christus besitzt. Vielleicht könnten sie die verblendeten Fürsten der Christenheit aufwecken, solange es noch Zeit war, bevor der Goldene Halbmond über der Peterskirche und dem Vatikan, über dem Kölner Dom und über Notre Dame leuchtete.

Die Herren schwiegen und gingen. Doch der Metropolit kehrte zurück, diesmal mit einer großen Gesandtschaft vornehmer Bürger. Nun sprach er lange. Er lobte respektvoll den Willen der Ritter, als ein Opfer und Zeichen zu sterben. Doch er müsse auch für seine Herde sprechen, für jene armen Leute, die in Stücke gehauen, geschändet und wie Vieh verkauft würden. Da gab es Väter, die an ihre Frauen und Kinder dachten. War nicht der Großmeister ein Vater für sie alle? Was wollte er jenen Müttern sagen, die mit ihren Kindern im Arm dastanden und zu ihm hinaufsahen als ihre einzige Hoffnung?

Nun war es der Großmeister, der schwieg. Er antwortete nur, dass er mit Gott über die Sache sprechen wolle. Mit diesem Bescheid wurden sie entlassen.

Der nächste Tag war der 8. Dezember, der Tag der Unbefleckten Empfängnis der Jungfrau Maria. Der Großmeister ließ eine größere Prozession anordnen als je zuvor und führte sie selbst nach San Giovanni. Dort gab er vor allen Leuten das feierliche Versprechen, hier zu Ehren der Madonna eine Kirche mit dem Namen Immaculata Conceptio bauen zu lassen, falls sie durch ihre Fürbitte die Stadt retten würde. Er befahl, dieses Versprechen im Protokollbuch des Rats zu verzeichnen, das nun schon seit Monaten unbenutzt da lag.

Als die Große Prozession die Grande Rue hinaufzog, lag André Barel auf seiner Matratze und hörte der Litanei zu. Er war fieberfrei. Ob das nun an den Fürbitten des Heiligen Andreas oder denen Ritter Chalants lag – die Krankheit hatte sich gewendet und er wusste, dass er außer Gefahr war, für dieses Mal.

Er fühlte eine große Sicherheit. Die Gewissheit der Nähe Christi wich nicht von ihm. Auf wundersame Weise fühlte er sich von grenzenloser Barmherzigkeit getragen.

An diesem Abend machte Bruder Giovanni den abendlichen Rundgang. Er berichtete von dem großen Fest in der Kirche und von dem Weihegelübde des Großmeisters. André fragte ahnungslos: »Warum gehen wir denn nicht direkt zu Christus?«

Der Priester sah ihn mit großen Augen an. Doch in dem Blick des 19-Jährigen lagen keine ketzerische Kritiklust, sondern nur ein kindliches Fragen und ein selbstverständliches Vertrauen auf Christus, den Herrn. Bruder Giovanni nickte kaum merklich und sagte beinahe seufzend: »Das hätten wir vielleicht tun sollen.«

Am 9. Dezember trat der Rat zusammen. Der Großmeister berichtete, was die Bürgerschaft dachte. Was dachte der Rat?

Die Meinungen waren geteilt. Viele meinten, kein Ritter solle auf so etwas hören. Dass die Kaufleute daran dachten, ihr Leben zu retten, was menschlich. Doch das durfte nicht die beeinflussen, die getreu dem Ritterschwur den Forderungen von Ruhm und Ehre nachkamen.

»Der Ritterschwur – was war das?«, fragte jemand. Waren die Ritter nicht dazu da, Witwen und Wehrlose zu schützen? Trugen sie ihre Waffen nicht der Armen wegen? Waren sie nicht Hospitaliter? Ihr eigenes Leben sollten sie opfern, nicht das der anderen.

Während sie berieten, klopfte es an die Tür. Alle verstummten. Wer wagte es zu stören?

Der Anführer der Wache sah verlegen aus. Eine Abordnung der vornehmsten Bürger der Stadt …

Sie wurden hereingelassen und redeten unverblümt. Sie sprachen für ihre Familien und für ihr Volk. Wenn man durch ein offensichtliches Wunder Gottes freien Abzug erhalten konnte, sollte man ihn annehmen. Wollten die Ritter mit dem Schwert in der Hand sterben, sollten sie zumindest der Bürgerschaft erlauben, ihre Frauen und Kinder fortzuschicken. Würde man ihnen auch das verwehren, seien sie gezwungen, die Sache selbst in die Hand zu nehmen.

Sie übergaben ein Schreiben. Es war von den Vornehmsten der Bürgerschaft unterzeichnet, von Genuesern, Florentinern, Franzosen und Griechen. Es folgte eine lange, peinliche Stille.

Als die Abordnung gegangen war, beschloss man, die wichtigsten Experten anzuhören, die einäugigen Waffenbrüder Martinengo und Bidoulx. Man forderte einen absolut ungeschminkten Bericht.

Preian de Bidoulx durfte beginnen. Über den Rand seinen Harnischs hinweg war die schwarze Binde zu sehen, die er noch um seinen durchschossenen Hals trug. Er sprach nur kurz und kam gleich zur Sache. Mit der Verstärkung, die man vom Kastellan bekommen hatte, hatte man ungefähr 1.500 Mann, die noch auf ihren Beinen stehen konnten. Die Sklaven und Leute aus den Arbeitskolonnen waren fast alle tot oder verletzt. Mit größter Mühe konnte man genügend Leute zusammenkriegen, um eine Kanone zu versetzen. Die Hilfsmauern im selben Takt zu reparieren, wie sie zerschossen wurden, war unmöglich. Genügend Munition gab es noch für einen Angriff. Wenn man seine Meinung wissen wolle, dann war die Stadt verloren.

Der Großmeister wandte sich an Martinengo. Der Verband um seinen Kopf herum war zu einer weißen Schlinge um seine Schläfe und einen Lappen vor der rechten Augenhöhle zusammengeschrumpft.

Er berichtete über die Mauern. Ungefähr 200 Schritte hatte der Feind seine Gräben in die große Bresche hineingeführt. Der Spanische Turm lag in Ruinen, die äußere Mauer war gefallen, das Vorwerk zusammengestürzt und sie hatten die innere Ringmauer erreicht. Die Provenzalische Mauer stand noch ohne größere Lücken, doch die Bastion und die Türme waren zusammengeschossen. Bei den Italienern waren zwei Drittel des Vorwerks gefallen, nur die Sporne ganz außen am Meer waren in ihren Händen. Carrettos Turm war zerbröckelt, wurde aber noch gehalten, wenn auch unter großen Opfern. Weiter im Osten reichten die Gräben des Feinds bis zur inneren Ringmauer, die ausgehöhlt war.

Wie er die Lage einschätzte? Unhaltbar, falls nicht sehr bald der Entsatz käme.

Die Überlegungen dauerten lange. Alle sprachen. Viele dachten dasselbe. Sie selbst waren bereit zu sterben. Doch mit den Leuten in der Stadt war es etwas anderes.

Einige sprachen über die heiligen Reliquien. Durfte man sie in die Hände der Ungläubigen fallen lassen? Sollte die Heilige Jungfrau von Philerimos, die heiligste unter den Madonnen, die der Heilige Lukas selbst gemalt hatte, von ihnen befleckt und geschändet werden? Alle wussten, dass der Großmeister eine fast schwärmerische Liebe für sie hegte. Er hatte sie aus einem Bergkloster geholt, in der Stadt in Sicherheit gebracht und sie von neuem umziehen lassen, um sie vor den Kanonenkugeln der Osmanen zu schützen.

Dann ging der Rat zur Abstimmung über. Das Ergebnis lautete, keine Verhandlungen zurückzuweisen, wenn sich die Gelegenheit dazu bot.

Und sie bot sich. Auf heimlichen Wegen stieg das Gerücht hinunter in die Gräben der Osmanen und erreichte einen der Paschas. Am nächsten Morgen flatterte die weiße Parlamentärflagge über der Kapelle von Lemonitra. Eine weiße Flagge wurde über dem Koskinou-Tor gehisst. Zwei Offiziere der Osmanen stiegen aus den Gräben. Martinengo und Bidoulx gingen ihnen entgegen. Ohne große Worte übergaben die Osmanen einen Brief von Süleyman persönlich.

Früh an diesem Morgen hatte der Großmeister Bruder Giovanni zu sich gerufen. Er schien noch weniger geschlafen zu haben als sonst.

»Es ist wieder dasselbe. Ich brauche ein Wort, damit ich es schaffe. Hast du eines für mich?«

»Ich habe eines. Doch zuerst muss Bruder Großmeister zu dem bereit sein, was ihm der Heiland das letzte Mal gab.«

Der Großmeister sah seinen Kaplan verwundert an.

»Das, in dem es darum ging, mich dorthin führen zu lassen, wohin ich nicht will? Ich bin bereit dazu. Ich bin gewillt.«

»Wozu, Bruder Großmeister? Zu sterben?«

»Ja, auch zu sterben.«

»Doch zu leben?«

Der Großmeister schwieg und der Priester sprach weiter.

»Heimzukommen wie ein Flüchtling, besiegt und ohne Land? Wieder mit Papieren und Protokollen beginnen, mit Verhandlungen und Darlehen, mit aufsässigen Brüdern und unbezahlten Schulden?«

Der Großmeister schwieg immer noch.

»Weiterzumachen – trotz alledem? Zu glauben, ohne zu sehen? Mit Gott ins Dunkel zu gehen – nur mit Gott?«

Der Großmeister sah auf.

»Ich glaube, dass ich bereit bin. Auch dazu. Gott helfe mir.«

»Dann habe ich auch heute ein Wort für Bruder Großmeister. Es steht beim Propheten Jesaja: ›Wer ist unter euch, der den Herrn fürchtet und hört die Stimme seines Dieners? Und wenn er auch im Dunkeln wandelt und kein Licht sieht, so vertraut er doch auf den Namen des Herrn und hält sich an seinen Gott.‹«

Der Großmeister sprach aufmerksam nach, halb zu sich selbst: »Im Dunkeln wandeln ... kein Licht sehen ... und dennoch vertrauen. Wollte er mich *dorthin* führen?«

»Ich denke, ja«, sagte Bruder Giovanni. »Und vergiss nicht, was dort steht: sich an seinen Gott halten. Mitten im Dunkeln. Bruder Großmeister braucht das. Es sind jetzt so viele, die sich an Bruder Großmeister halten müssen.«

Der Brief des Sultans war ein Kapitulationsangebot, von Süleyman unterschrieben mit goldenen Buchstaben. Darin war von freiem Abzug die Rede für alle, die wollten, mit Waffen und Gütern, soviel sie mitführen konnten. Doch alles, was die Religion an Land, Burgen und Untergebenen besaß, sollte dem Sultan zufallen. Auf dieses sein Angebot forderte der

Sultan umgehend Antwort. Falls er kein bedingungsloses Ja bekäme, würde die Sache ihren Lauf nehmen. Niemand solle meinen, dass er davonkäme, weder Mann noch Frau, weder Hund noch Katz'.

Der Rat beriet stundenlang. Der erweiterte Rat wurde einberufen. Es gab so viele Fragen, so vieles, was man wissen wollte.

Am zweiten Tag wagte man nicht mehr länger zu zögern. Zwei Unterhändler wurden losgeschickt, Peruzzi und Passim, der Erste Richter, der Zweite einer der wenigen Ritter, die fließend Griechisch sprachen. Sie verschwanden hinter den Linien der Osmanen.

Nach etwa einer Stunde kamen zwei vornehme Osmanen über die Gräben geklettert und boten sich als Geisel an. Gleichzeit schlugen sie drei Tage Waffenruhe vor. Man verkündete eine Feuerpause und atmete auf. Die Osmanen meinten es ernst.

Am nächsten Tag kam der Richter zurück. Am Morgen waren sie von Süleyman in seinem roten Prachtzelt empfangen worden. Er hatte die Kenntnis jeglichen Briefs oder Vorschlags von Verhandlungen abgestritten. Das nahm man gelassen auf. Das gehörte zum Protokoll. Es war Sache des Besiegten, um Verhandlungen zu bitten. Das hatten sie auch getan. Und der Sultan hatte ihnen sein Angebot gemacht, genauso, wie es in dem Brief stand. Mit dem Zusatz, dass keine Mauern ausgebessert oder Verstärkung in die Stadt geführt werden dürfe, solange verhandelt wurde.

Und Passim?

Er wurde von Ahmed Pascha, dem Oberbefehlshaber, dabehalten. Erst am dritten Tag kam er zurück, in guter Verfassung und reichlich mit Essen und Trinken versorgt. Er hatte viel mit dem Pascha über die Belagerung gesprochen. Als gute Militärs verstanden sie einander. Er hatte die Osmanen nach ihren Verlusten befragt. 64.000 im Kampf und 40.000 bis 50.000 durch Krankheiten. Doch keiner solle glauben, dass sie deswegen geschlagen wären. Passim konnte schwören, dass er zwischen 8.000 und 10.000 Zelte gesehen hatte.

An diesem Tag – es war der 15. Dezember – brachen zwei neue Gesandte zu Süleyman auf. Sie sollten um eine Verlängerung der Waffenruhe und in paar Tage Frist bitten. Sie fragten vorsichtig an, mit vielen Erklärungen über die komplizierte Lage in der Stadt, in der acht Zungen, zwei Kirchen und eine Bürgerschaft, die aus mindestens zehn Nationen bestand, gehört werden sollten. Süleyman würdigte sie keiner Antwort. In ihrer Anwesenheit gab er Befehl, dass sämtliche Einheiten das Feuer eröffnen sollten.

Die Leute auf den Mauern, die es gewagt hatten, nach oben zu gehen und in der Dezembersonne ihre Glieder zu strecken, verschwanden eilends wieder in ihren Schlupflöchern. Selbst die Osmanen stiegen widerwillig wieder in ihre Gräben hinunter. Sie mussten sich nicht beeilen. Von den Mauern her kam kaum eine Antwort auf den Hagelschauer von Kanonenkugeln, der ihnen wieder entgegenprasselte.

In der Stadt wurde Großalarm geblasen und die Glocken läuteten. Die Kaufleute empfanden wieder Reue. Sie dachten daran, was in Belgrad geschehen war und sagten dem Großmeister, dass sie lieber mit ihm sterben wollten. Er dankte ihnen und sie nahmen ihre Plätze auf den Mauern ein.

Am zweiten Tag stürmten die Osmanen die Spanische Mauer, wurden aber wieder hinausgeworfen. Am nächsten Tag versuchten sie es wieder und es gelang ihnen. Wieder hörte man das Scharren der Schaufeln gegen die Mauern und Brechstangen, die Steine aus dem Boden brachen.

Die Nächte wurden kalt, etwas zu kalt für die Bürgerschaft auf den Mauern. Sie wachte durchfroren auf, unwillig, irgendetwas zu tun. Einer desertierte nach Hause in sein warmes Bett und wurde am Dachfirst aufgehängt. Doch mehrere taten es ihm nach. Es hatte keinen Wert, hart durchzugreifen.

Der Großmeister ließ ihre Anführer zu sich rufen und ging mit ihnen ins Gericht. Wie stand es mit ihrem Willen zu sterben? Sie entschuldigten sich damit, dass sie nicht gewusst hätten, dass es nur noch so wenig Munition gab. Der Großmeister seufzte.

Er wollte Zeit gewinnen, wenigstens noch einen Tag. Denn jede Stunde konnte der Entsatz eintreffen. Vor drei Nächten war die treue Galliga wieder in den Hafen hineingeschlüpft, mit Leuten aus Kreta beladen und mit Wein, der in dieser Stadt, in der die meisten seit zwei Monaten nur Wasser aus der Zisterne getrunken hatten, so sehr ersehnt wurde.

Er machte noch einen Versuch zu verhandeln. Dieses Mal schickte er Peruzzi alleine. Er bekam den Vertrag mit, den Bayezid, Süleymans Großvater, hatte aufsetzen lassen und in dem er seinen Fluch über jedem aussprach, der den Frieden brach, den man geschlossen hatte. Ahmed las ihn, zerriss ihn, zertrat die Schnipsel auf dem Boden und überschüttete den armen Peruzzi mit Schimpfworten und Beleidigungen.

Passim durfte einen dritten Versuch machen. Könnten sie sich eine Entschädigung für die Religion vorstellen für die Bürger, die man ihnen auslieferte? Ahmed antwortete, der Vorschlag sei eine Beleidigung. Der Sultan fordere ein einfaches Ja oder Nein. Etwas anderes dürfe ihm nicht zu Ohren kommen. Gleichzeitig schickte er zwei Männer zurück, die man ergriffen hatte, als sie Erde zur Mauer der Engländer brachten. Er hatte ihnen Ohren und Nase abschneiden und ihre Finger abhauen lassen und einem von ihnen einen Brief in die Jackentasche gesteckt, der voller Drohungen und genauso bluttriefend war wie der Arme, der ihn überbrachte.

Der Bogen war nahe daran zu brechen. Der Großmeister wusste es und gab nach. Er billigte die Kapitulation und sandte Passim zum Sultan mit dem Ja, das dieser forderte.

Ein Risiko wagte er aber noch einzugehen. Zwei Kaufleute durften als Begleitung mitgehen, um im Namen der Bürgerschaft zu verhandeln. Als Süleyman sein Ja bekam, zeigte er sich großmütig gegenüber seinen neuen Untertanen. Fünf Jahre Steuerfreiheit sowie das Recht, innerhalb von drei Jahren auszuwandern, und das Beste von allem: Freiheit für immer von dem verhassten Menschenschatz, nämlich von der Pflicht, ihre Söhne den Janitscharen auszuliefern. Es war der 20. Dezember, der Tag vor dem vierten Sonntag im Advent.

Abends zog der Großmeister wieder in seinen Palast ein, in dem er seit Juli nicht mehr gewohnt hatte. Langsam ging er die breite Treppe hoch und durch die dunklen Säle. Auf dem Boden lagen Stroh und Matratzen. Dort hatten die Wachen in Bereitschaft liegen müssen, als das Untergeschoss zum Krankenhaus hinzugenommen wurde. Immer noch lagen Pergamentrollen auf dem Tisch, die hervorgekommen waren, als sie nach Bayezids Vertrag gesucht hatten. Die Stühle standen immer noch ungeordnet im Kreis, so wie sie gestanden hatten, als der erweiterte Rat endlich auseinander gegangen war.

Er ging hinein in sein Arbeitszimmer und sank an seinem Schreibtisch nieder. Papierbögen und Konzepte lagen auf einem Stapel, zusammen mit Karten, Skizzen von Minengängen, Proben der Schwingmesser, die sie aus alten Deckenbalken zu schnitzen versucht hatten, und einem schmutzigen Stück Stoff mit zwei Blutflecken.

Bruder Giovanni kam mit dem üblichen Bericht aus dem Krankenhaus. Sechs Tote heute. Der Großmeister sah ihn an und machte eine müde Geste in Richtung der Stapel auf dem Tisch.

»Siehst du, das ist mein Aschehaufen. Und hier sitze ich wie Hiob.«

»Das ist eine große Ehre, Bruder Großmeister.«

»Eine Ehre?«

»Ja, eine Ehre, die nur Gottes Auserwählten zukommt. Auf dem Aschehaufen hat man nur noch Gott und genau dort kann man zeigen, dass das genügt. Nicht alle eignen sich für diese Aufgabe. Doch Gott weiß, welche er auserwählt. Wollte Bruder Großmeister noch etwas?«

»Nein, kleiner Bruder Giovanni. Das reicht für heute Abend.«

La Ritirata

Würde Süleyman sein Versprechen halten?

Am Anfang sah es so aus, als ginge alles gut. Wie es die Bürgerschaft gefordert hatte, verlegten die Osmanen ihre Leute und Zelte ein paar Tausend Schritte von den Mauern entfernt. Ihre Gräben lagen verlassen und leer. Nur ein paar Wachen standen bei den Kanonen postiert.

300 oder 400 Janitscharen rückten in die Stadt ein mit ihrem Aga an der Spitze, still, in mustergültiger Ordnung, scheinbar ungerührt. Sie wurden in Kasernen verlegt, vor die man nur ein paar symbolische Wachen stellte.

Man atmete leichter und nahm sich wieder seiner üblichen Sorgen an.

Keiner dachte daran, dass es nur noch drei Tage bis Weihnachten waren. Die Läden waren geschlossen, auf den Straßen lagen herabgefallene Steine und zerbrochener Hausrat, den niemand wegräumte. Durch die geöffneten Türen sah man, wie Menschen in ihren Kisten wühlen, Gobelins von den Wänden nahmen und heimlich ihre Tränen trockneten.

Das Schlimmste für viele war, sich zu entscheiden.

Für die Ritter und ihre Leute war die Sache klar. Für die ausländischen Kaufleute gab es ebenfalls kaum eine Wahl. Doch es fiel ihnen schwer. Viele waren auf Rhodos geboren und die Insel war ihre eigentliche Heimat.

Am schlimmsten war es für die Griechen. Rhodos zu verlassen hieß, alles aufzugeben für eine ungewisse Zukunft. Zu bleiben konnte heißen, überhaupt keine Zukunft zu haben.

Bereits am Abend nach der Kapitulation begann der Großmeister mit der Evakuierung. In dieser Nacht sandte er Martinengo und ein paar andere Ritter heimlich fort, die zu behalten für die Osmanen mehr als verlockend sein musste. Selbst Vater Gennaios bot man einen Platz an. Er lehnte ab.

»Der Hirte soll dort sein, wo die Schafe sind«, sagte er. »Wenn wir alle mitnehmen könnten, würde ich auch mitreisen. Aber solange einige dableiben müssen, bleibe ich hier.«

»Aber die Osmanen werden dich in ihren Dienst zwingen, wenn sie erfahren, wie du Martinengo geholfen hast. Und wenn du ›Nein‹ sagst, werden sie dich bei lebendigem Leib häuten.«

»Nicht, solange Gott mich gebrauchen will. Danach mögen sie es tun. Das gehört wohl zu den Leiden, die einen Augenblick lang währen und nicht viel wiegen. Auch wenn es sich in dem Moment nicht so anfühlt.«

Der Großmeister konnte nur noch fragen, ob er sich etwas wünschte als Dank für gute Dienste. Er bat um das, was in der Apotheke übrig war, und das wurde ihm versprochen.

Im Hafen wurde Tag und Nacht daran gearbeitet, die großen Schiffe startklar zu bekommen. Dort stand Preian de Bidoulx mit seinem schwarzen Band um den Hals und leitete die Arbeiten. Man kürzte Mastspitzen, holte kaputte Takelagen herunter und zerschnitt Segel, um andere damit zu flicken. Es gab keine Reserven mehr. Alles war aufgebraucht und die Werft glich einem ausgeplünderten Trödelladen.

Wie sollte man Ruderer herbekommen? Alle Osmanen, Schwarzen und Sarazenen waren jubelnd abgezogen, während sie dabei ihre verletzten Kameraden trugen und stützten. Von den freiwilligen, bezahlten Ruderern waren nicht mehr viele da. Der Großmeister ließ verkünden, dass die Familien und das Hab und Gut aller, die sich freiwillig zum Ruderdienst meldeten, bevorzugt behandelt würden, wenn es darum ging, den knappen Platz an Bord aufzuteilen.

Man begann damit, die Laderäume voll zu stauen. Im Archiv wurden Schränke und Regale geräumt. Teure Urkunden aus den ersten Jahren des Ordens, Bullen mit klappernden Siegelkapseln, vergilbte Pergamentbände mit Protokollen und Briefen wurden aufeinandergestapelt, zusammengepackt und an Bord gebracht. Doch vieles musste man zurücklassen. Der Vizekanzler rannte aufgeregt und händeringend in den Palast, ins Arsenal und ins Hospital und suchte nach dem Großmeister. Er brauchte unbedingt Bescheid. Und er bekam ihn.

Die Herbergen wurden nach und nach geräumt. Stühle, Tische und Betten ließ man dort. Kisten durften mitgenommen werden, aber nur, wenn sie als Stauraum verwendet wurden. Kleider, Bücher, Schüsseln und Töpfe durfte ein jeder nur so viel mitnehmen, wie er in einem Sack oder in einem zusammengeknoteten Laken tragen konnte.

Schwerer war es für die, die vermögend waren. Es gab viele schöne Wohnungen in der Stadt. Doch es war unmöglich, dass alle ihre holzgeschnitzten Schränke oder zusammengerollten Teppiche mit an Bord nahmen. Das meiste musste man dalassen. Ein Teil wurde an Freunde und treue Diener verschenkt, einiges zu Spottpreisen verkauft. Manches stand verlassen am Kai und verschwand in den dunklen Stunden der Nacht.

Am schlimmsten war es mit den Kirchen. Wieder musste der Großmeister eingreifen. Es war nicht daran zu denken, alle geliebten Heiligenbilder mitzunehmen. Statuen mussten geopfert werden. Von den Gemälden konnte man die berühmtesten mitnehmen: Philerimos, Lemonitra und ein paar andere. Reliquien, Kirchensilber und einen Teil der Gewänder wurden in ihre Kisten gepackt. Das war alles. Den Rest musste man zurücklassen.

Bruder Giovanni war einer von denen, die mit dem Einpacken beschäftigt waren. Man hatte ihn damit betraut, sich um die Madonna von Philerimos zu kümmern. Sie hatten sie auf den Fußboden der Kirche gelegt, auf eine dünne Brettertür, um sie mit Sackleinen zu bedecken. Er sah das schmale Gesicht mit der langen Nase und dem wehmütig verschleierten Blick, der in die Ferne gerichtet war, nach rechts, an ihnen vorbei und über sie hinweg, träumend und abwesend.

»Sie hat uns also nicht gehört«, sagte jemand.

»Zu so etwas taugt sie nicht«, sagte der dicke Küster respektlos und wickelte den Sack um sie herum.

Bruder Giovanni tat, als hörte er nicht. Er fragte sich manchmal selbst, ob man nicht Unmögliches von der kleinen Jungfrau begehrte. Ob man nicht etwas aus ihr machte, von dem weder sie noch die gesegnete Frucht ihres Leibes je gedacht hatten, dass sie es sein solle. War es da verwunderlich, wenn die Gebete vergeblich waren?

Zwölf Tage hatte der Sultan für den Abzug bewilligt. Die vier ersten waren vorüber und es war Heiligabend, die Vigil zum Geburtsfest des Heilands. Nachts wurde die Messe gefeiert, auf römische und griechische Weise. In allen Kirchen herrschte Gedränge. Man nahm Abschied – auch die, die zu bleiben gedachten. Man wusste, was die Osmanen mit den Heiligtümern zu tun pflegten.

Am Weihnachtsmorgen brach das Unglück herein. Während der vergangenen Tage waren die Osmanen, die nichts zu tun hatten, immer näher herangekommen und hatten sich vor den Mauern herumgetrieben. Nun brachen sie durch das Koskinou-Tor und begannen, sich umzusehen. Sie kamen in kleinen Gruppen, selbstbewusst und überlegen. Die Leute, denen sie begegneten, wurden wie Luft behandelt. Bald sah man sie überall: auf der Piazza, im Hafen, sogar drinnen in Collachium. Sie betraten die Kirchen, besahen sich die Heiligen und lachten über sie.

Dann fingen sie an, in all den Sachen herum zu stöbern, die man zum Einpacken bereitgelegt hatte. Sie befühlten Kleider und Stoffe, wogen Kerzenhalter und Zinnbecher in der Hand. Dann stellte irgendjemand einen Kerzenhalter nicht wieder zurück, sondern ließ ihn in seiner weiten Hose verschwinden. Der Besitzer protestierte und wurde zu Boden gestoßen. Mit blutiger Oberlippe kroch er davon, rette sich in seinen Hof hinein und versteckte seine Töchter im Gestrüpp hinter dem Gartenschuppen, während die Janitscharen sein Eigentum verteilten und weiterzogen.

Das Beispiel machte Schule. Erst nahm man sich das, was offen da lag. Dann begann man, Kisten und Schränke aufzubrechen. Als die Türen verriegelt wurden, versuchte man, die Schlösser zu sprengen. Waren sie zu fest, ging man zum nächsten Haus.

Ritter Chalant ging über den Platz unterhalb des Krankenhauses. Drei Janitscharen stellten sich ihm in den Weg. Er wich aus. Sie griffen nach seinem Schwert. Er hatte immer noch die rechte Hand in der Schlinge. Die linke legte er mit einem harten Griff um das Handgelenk des Osmanen. Doch es waren sechs Hände gegen eine. Sie grinsten ihn hasserfüllt an, nahmen sein Schwert heraus, prüften die Scheide, nickten zustimmend, hielten die Spitze unter sein Kinn und begannen damit, ihm sein Gehänge abzunehmen. Er ließ es geschehen. Seine ritterliche Ehre wurde geschändet. Doch er hatte in diesem Herbst viel gelernt. Es konnte eine Art Sieg sein, die Niederlage zu akzeptieren.

Im großen Innenhof des Krankenhauses hatten sich die Osmanen zunächst umgesehen. Als sie genügend Leute beisammenhatten, gingen sie die große Treppe hoch und in den Saal hinein. Dort war gerade das Mittagessen in den berühmten Silberschüsseln verteilt worden, der Stolz der Religion. Sie waren ein Symbol für die Sauberkeit in den Krankensälen und für die Achtung, die man den Kranken erwies.

Einer der Janitscharen beugte sich nieder, zog eine Schale zu sich heran, biss in den Rand und merkte, dass es Silber war. Er schleuderte den Inhalt dem Kranken ins Gesicht, klemmte sich die Schale unter den Arm und griff nach der nächsten.

Es gab noch andere, die sich die Beute teilen wollten. Die Grütze wurde auf den Boden geleert, die Schalen aufeinandergestapelt. Man zog die Decken von den Betten, um Bündel daraus zu machen. Oder doch lieber einen Matratzenbezug nehmen? Die Kranken wurden auf den Boden geworfen, die Matratzen aufgeschnitten und das Stroh herausgeschüttet. Verbitterter Protest erhob sich. Die Janitscharen lachten und zogen weiter.

An der Tür lag ein blinder Ritter, ein kleiner Aragonier. Ihm waren die Augen ausgeschossen worden. Sein Kopf war ein einziger Verband. Als ihm jemand die Essensschale wegnahm, schlug er in ohnmächtigem Zorn um sich, bekam ein Bein zu fassen und brachte den Dieb zu Fall. Die Silberschüssel krachte auf den Ziegelboden und der Janitschar schrie entrüstet, als der Blinde nach seiner Kehle griff. Die Kameraden eilten herbei, hoben den Spanier aus dem Bett, trugen ihn hinaus in die offene Halle, sahen sich um, wohin sie ihn legen konnten, und warfen ihn über das Geländer. Mit einem dumpfen Knall schlug er auf den Steinplatten im Hof auf und rührte sich nicht mehr. Sie wandten sich um und sammelten ihre Beute ein.

Einer der dienenden Brüder kam aufgebracht und atemlos die Grande Rue hinaufgeeilt. Er wollte den Großmeister benachrichtigen.

Das war bereits geschehen. Ritter Chalant, Passim und zwei andere Herren kamen im Laufschritt zwischen den Tortürmen heraus. Sie waren auf dem Weg zur Wohnung des Kastellans, wo der Aga der Janitscharen sein Quartier hatte.

Der Aga zuckte mit den Achseln. Er hatte keine Anweisung für einen solchen Fall. Übrigens auch nicht genug Leute, um sie durch die ganze Stadt patrouillieren zu lassen. Er konnte nichts machen.

Sie zogen weiter durch die Stadt, in der das Plünderungsgut zuhauf gestapelt war und grelle Frauenschreie aus den Fensterluken drangen. Sie kamen aus dem Stadttor heraus, kletterten mit langen Schritten über die Gräben und eilten weiter zu Ahmed Paschas Zelt.

Auch er war nicht gewillt, etwas zu tun. Sie mussten damit drohen, zum Sultan zu gehen, auch wenn man sie unterwegs in Stücke reißen würde. Da schrieb er einen Befehl an den Aga und sandte ihn per Eilboten dorthin. Ein paar Patrouillen wurden mitgeschickt, jede unter einem alten, erfahrenen Tschausch, einer jener handfesten, mit Knüppeln bewaffneten Unteroffiziere.

Die Herren atmeten auf. Also wollte Süleyman, dass der Vertrag eingehalten wird. Wie es die Höflichkeit verlangte, sprachen sie eine Weile mit dem Pascha. Er entschuldigte sich. Es waren nicht seine Leute, die sich so schlecht benahmen. Es waren die von Ferhad Pascha. Sie waren am Tag nach der Kapitulation gekommen, 15.000 Mann. Eigentlich waren sie auf dem Marsch in Richtung Osten gewesen – er sagte nicht: in Richtung Sofi in Persien –, doch Seine Kaiserliche Majestät hatte es am besten befunden, sie zurück zu rufen und nach Rhodos hinüber zu schiffen. Für alle Fälle ...

Auf dem Heimweg sagte jemand: »Was für ein Unglück, dass dieses Gesindel gerade jetzt gekommen ist. Es ist, als ob wir vom Unglück verfolgt sind.«

»Sag' lieber, dass wir von Gottes Güte verfolgt sind«, sagte Passim. »Wenn sie zwei Tage früher gekommen wären, hätte der Sultan uns nicht laufen lassen. Danke Gott dafür, dass er es sich nicht anders überlegt hat.«

Unten im Hafen stand Gianantonio Bonaldi auf dem Deck seines geliebten Schiffs und überwachte die Verladung. Sein linkes Bein war noch steif. An einem der ersten Dezembertage hatte er auf der Spanischen Mauer einen Säbelstich ins Knie bekommen und Bruder Gierolamo hatte sich geweigert, den Verband zu entfernen. Deshalb humpelte er jetzt umher, als habe er ein Holzbein.

Ein paar marodierende Osmanen waren da gewesen und hatten an dem Schiff herumgeschnüffelt, doch er hatte seine handfesten Kreter als Helfer und das reichte, um die Marodeure fernzuhalten. Doch drinnen in der Stadt auf der anderen Seite der Mauer schien es übel zuzugehen. Flüchtlinge kamen durch das kleine Katharina-Tor. Sie liefen auf den Pier hinaus. Einer von ihnen wurde zu Boden gestoßen und seines Bündels beraubt. Ein anderer stolperte zwischen zwei Männern voran, die ihn stützten. Lange Haare hingen ihm ins Gesicht und seine Augen waren starr vor Schreck. Es war Richter Fonteyn.

Bonaldi humpelte ihm entgegen und lud ihn ein an Bord. Der gute Doktor sank auf einer Kiste nieder, um sich so weit zu erholen, dass er sprechen konnte. Er war geplündert, ausgeraubt, zusammengeschlagen, misshandelt und beinahe ermordet worden ...

Bonaldi untersuchte seine Verletzungen. Er hatte blaue Flecken und rote Schwellungen von ein paar Knüppelschlägen, doch seine Knochen waren heil und er konnte alle Glieder bewegen. Mit Kastrofilaka, seinem guten Freund, den man unschuldig verdächtigt hatte, mit dem Feind in Briefwechsel zu stehen und den Fonteyn aufs Peinlichste befragt hatte, war man anders umgegangen.

»Der Doktor kann Gott danken«, sagte er. »Viele, die mitten im Frieden verhört wurden, haben anders ausgesehen.«

Doch der Doktor ließ sich weiter in aller Länge und Breite über die Behandlung aus, die ihm zuteil geworden war. Oh, diese grausamen Barbaren! Sie hatten ihn bettelarm gemacht. Sie hatten ihm alles genommen, was er auf dieser Insel verdient hatte. Ohne einen roten Heller in der Tasche und völlig ausgeplündert reiste er nach Hause.

»Schade um den Doktor«, sagte Bonaldi. »Ich finde, dass ich richtig reich nach Hause fahre.«

»Ja, ihr gewieften Kaufleute, ihr wisst euch immer zu helfen!«

»So habe ich das nicht gemeint. Alles, was ich bei mir hatte, habe ich ausgegeben. Für Sold und bessere Verpflegung und für Holzbeine für meine Leute. Mein Schiff ist verschuldet. Doch ich habe gelernt, dass es mehr wert sein kann, ein gutes Gewissen zu haben. Oder dem Schwächeren zu helfen. Ich glaube, dass ich nie mehr so furchtbare Angst haben werde, mein Geld zu verlieren.« »Wie der Doktor«, wollte er hinzufügen. Doch der arme Fonteyn sah so verstört aus, dass er die Worte nicht übers Herz brachte.

»Seht nur«, rief einer der Männer. Er zeigt zum Naillac-Turm auf der anderen Seite der Hafeneinfahrt. Auf der Krone des stolzen, schlanken Turms wurde die Fahne der Janitscharen gehisst. Ein Trommelwirbel ertönte trotzig in Richtung der Mauer, gefolgt von ihren grellen Pfeifen und Flöten, die man so oft von der anderen Seite des Wallgrabens her gehört hatte. Und zum Schluss hörte man den Muezzin mit seinem La ilaha ill-Allah. Kein Gott außer Allah. Kein

Christus. Es war Zeit für die Vesper und es war Weihnachten, doch es läuteten keine Glocken.

Die Plünderungen hatten aufgehört. Ein Teil des geraubten Guts wurde zurückgegeben. Doch kleinere Diebstähle gingen weiter. Keiner war mehr sicher, wenn die Offiziere sich abwandten. Über der Stadt brütete eine dumpfe Angst. Ständig strömten neue Leute zu den Kais mit ihren Säcken. Über viertausend standen jetzt auf der Liste.

Am zweiten Weihnachtsfeiertag bestieg der Großmeister sein Pferd, zum ersten Mal seit Mai. An seiner Seite ritten Bidoulx und Passim, es folgten vier Großkreuzer und am Schluss kam Antoine Golart mit zwei Packpferden.

Es war ein schwerer, grauer Tag mit Kälte und Regenschauern und einem scharfen, kalten Wind. Steifbeinig und unbeholfen stiegen die Pferde über Wälle und Gräben auf und nieder. Seit die Salpetermühlen aufgehört hatten zu mahlen, hatten sie sich kaum bewegen können.

Sie wurden vom Befehlshaber der osmanischen Wache empfangen und zwischen endlosen Reihen von Zelten, durch Absperrungen und neue Posten hindurchgeführt. Je näher sie dem Hauptquartier kamen, desto strenger wurde die Ordnung. Breitschultrige, glattrasierte Offiziere mit langen Schnurrbärten gaben leise ihre Befehle. Die Janitscharen empfingen sie bewegungslos, die Arme über der Brust gekreuzt und mit gesenktem Blick, ihre hohen, weißen Hüte leicht nach vorne gebeugt.

Sie kamen zu einem offenen Platz, der von lauter prächtigen Zelten umgeben war. Die Zelttüren wurden aufgeschlagen und Diener brachten Tabletts herein. Musik war zu hören. Man bat sie zu warten.

Der Wind blies heftig und scharf. Man wurde kalt, wenn man still im Sattel saß. Die erste halbe Stunde sahen sie sich um, wechselten ab und zu ein paar Worte und warteten darauf, absitzen zu dürfen.

In der zweiten halben Stunde nahm der Regen zu. Ihre Mäntel wurden klatschnass. Wenn sie sich rührten, rann das

Wasser vom Barett über das Gesicht und in den Kragen hinein. Die Pferde ließen ihre Köpfe hängen.

Golart saß da, sah seinen Großmeister an und fragte sich, wie lange er das aushalten würde. Doch der Alte sah ungerührt aus und fing an, mit Bidoulx zu sprechen. Golart verstand. Hier ging es um die Ehre der Religion. Sie waren besiegt, doch sie sollten ihre Niederlage spüren.

»Das ist eine Schande«, sagte Bidoulx. »Eine wohl kalkulierte Beleidigung.«

»Da bin ich mir nicht so sicher«, sagte der Großmeister. »Es ist Freitag. Sie haben ihren großen Feiertag, der erste nach dem Sieg. Er hat sicher gerade einen großen Empfang und dort drinnen drängen sich alle, um seine Hand zu küssen.«

Die zweite Stunde ging ihrem Ende entgegen. Große, nasse Schneeflocken hatten zu fallen begonnen. Sie legten sich wie Hermelinpelze auf die Pferdemähnen und auf ihre eigenen Schultern. Sie richteten sich auf und der Schnee fiel nass und schwer auf die Erde herunter. Allmählich brach die Dämmerung herein.

»Es wird dunkel«, sagte Passim. »Ich meine, auf Rhodos. Jetzt stellt er den Leuchter weg. Wie schon so oft früher.«

»Seltsam«, sagte Bidoulx. »Das Gott das einfach zulässt. Dort drüben liegen Ephesus und Milet und wie sie alle heißen, die Apostelstädte. Ich frage mich, ob es dort noch eine einzige christliche Seele gibt …«

»Ist das so verwunderlich?«, fragte der Großmeister. »Es ist genauso geschehen, wie Er es gesagt hat. Das mit dem Leuchter wurde ja zu Ephesus gesagt. Er sollte weggenommen werden, wenn sie sich nicht bekehrten. Und jetzt hat er ihn weggenommen. Er ist nicht besiegt. Nur wir Christen. Von der Welt und von unserem eigenen Fleisch.«

Sie schweigen wieder.

Golart sah auf die Schneeschicht, die auf seine Packpferde fiel. Sie waren mit schweren Körben behangen, die notdürftig mit Segeltuch bedeckt waren. Schwerer, feuchter Schnee lag auf ihnen. Zum Glück war das meiste darunter Metall. Gold und Silber, Schalen, Kannen und Töpfe, Geschenke an den Sultan und seine Paschas. Sie würden keinen Schaden nehmen.

Kurz nach Anbruch der dritten Stunde trat ein Herr mit goldbesticktem Mantel und schwellendem Turban aus dem größten Zelt und bat die Herren abzusitzen. Golart schwang sein steifes Bein so schnell wie möglich über den Sattelbogen und beeilte sich, dem Großmeister zu helfen. Doch seine Eminenz stand bereits auf dem Boden und schüttelte sich den Schnee aus den Mantelfalten.

Sie trugen die Körbe ins Zelt.

Abends traf er Bruder Giovanni, der ihn neugierig fragte: »Na, wie war er, Süleyman?«

»Ihn habe ich gar nicht gesehen. Doch der Großmeister war großartig. Nicht die geringste Klage.«

Der Priester nickte.

»Ja, das fehlt ihm noch. Mit den Weinenden zu weinen. Aber das kommt noch.«

Am Tag nach Weihnachten machten die osmanischen Patrouillen Ordnung in der Stadt. Doch sie taten auch etwas Anderes. Sie blieben an bestimmten Stellen stehen, zielgerichtet und ohne suchen zu müssen. Sie traten ins Haus und fragten nach bestimmten Personen. Man merkte schnell, nach wem sie aus waren: alle getauften Osmanen und alle freigelassenen Gefangenen, die Christen geworden waren. Es war zu spät, um jemanden zu warnen. Die Osmanen schlugen über der gesamten Stadt zu. Niemand entkam.

Sie wurden mit ihren Familien abgeführt, selbst wenn die Ehefrau schon immer Christin gewesen war. Alle Proteste waren vergeblich. Der Sultan holte sich einfach zurück, was ihm gehörte. Der Vertrag, den er abgeschlossen hatte, galt in diesem Fall nicht.

Ein Einziger entschlüpfte dem Netz. Es war Murad, Süleymans eigener Verwandter. Er war untergetaucht und hatte sich als französischer Kaufmann verkleidet. In der abendlichen Dunkelheit schlich er hinunter zum Hafen, um an Bord eines Schiffes zu gehen. Ein paar Arbeiter, die herumstanden, sahen ihm gleichgültig hinterher. Einer von ihnen schwenkte eine kleine Laterne. Die Patrouille der Osmanen im Turm am Pier kam angelaufen und ging geradewegs an Bord.

So wurde auch der Letzte eingefangen. Keiner konnte noch daran zweifeln, dass Süleyman ein wachsames Auge hatte und dass seine Hand so weit reichte, wie er selbst es bestimmte.

André Barel war wieder auf den Beinen. Sachen hochheben und tragen wie das Treffzeug konnte er noch nicht. Stattdessen wurde er zum Adjutanten des Großmeisters ernannt. Er empfing Leute, beantwortete Fragen, überwachte alle Regeln und Richtlinien, die der Großmeister Stunde um Stunde erließ. Er hatte ein gutes Gedächtnis. Immer mehr Leute wandten sich an ihn, wenn sie eine Auskunft brauchten.

Am fünften Tag nach Weihnachten funktionierte die Maschinerie allmählich. Der Palast leerte sich und die Leute liefen nicht mehr ratlos umher und fragten. Am Nachmittag waren die Säle verlassen.

Da geschah etwas Unerwartetes. Pferdehufe klapperten im Hof, die osmanische Wache wurde herausgerufen, eine Trompete schmetterte.

Als er zum Torbogen eilte, kamen sie bereits herbeigeschritten, drei vornehme Osmanen, ganz vorne ein junger Mann mit brauner Haut, teurer Kleidung und prächtigen Reiherfedern auf seinem Turban. Erst als der osmanische Schreiber sich vornüber mit dem Gesicht zur Erde beugte, verstand André, wer es war.

Zum Glück hatte er auch dafür seine Anweisungen: »Allen osmanischen Fahnen und Würdenträgern wird dieselbe

Ehre erwiesen wie den eigenen gleichrangigen.« Also: ein Knie auf den Boden, eine möglichst tiefe Verbeugung und dabei das Barett abnehmen.

Er hörte, wie der Dolmetscher nach dem Großmeister fragte. Ziemlich verwirrt stolperte er die Treppe hoch.

Der Großmeister ging seinem unerwarteten Gast würdig entgegen. Der Sultan war die Treppe hinaufgegangen, hinein in den ersten Saal. Nur zwei Leute begleiteten ihn.

Der Großmeister bedeutete André, an der Tür zu bleiben. Passim, den die Wache herbeigerufen hatte, kam herbeigestürzt. Doch auch er blieb an der Schwelle stehen.

Das Gespräch wurde auf Griechisch geführt. Als Dolmetscher benutzte Süleyman den älteren seiner Begleiter.

»Ahmed Pascha«, flüsterte Passim.

Der Sultan sprach lange und André hatte viel Zeit, ihn zu studieren. Er war jung, doch von Arbeit und Verantwortung gezeichnet. Sein Gesicht war bleich, obwohl er braune Haut hatte, ein Erbe seiner tatarischen Mutter. Sein Hals war lang und schlank, etwas nach vorne geneigt, wie bei einem Vogel. Das zartgliedrige Gesicht wurde von seiner Nase dominiert, einer riesigen Raubvogelnase. Die Augen waren klug, wehmütig und ein wenig müde.

»Er sagt, dass wir nichts zu befürchten haben ... Er verlängert die Zeit für den Abzug, wenn wir wollen«, flüsterte Passim.

Der Großmeister lehnte dankend ab, so viel konnte André verstehen. Er hatte gute Gründe dafür. Niemand von ihnen wollte auf der Insel zurückbleiben, wenn Süleyman abreiste. Und alle wussten, dass er abreisen wollte, sobald die zwölf Tage zu Ende waren.

Der Sultan nahm Abschied. Passim bekam Anweisung, ihn zum Tor zu geleiten.

»Weißt du, was er gesagt hat?«, fragte er, als er zurückkam. »Ich habe es auf der Treppe gehört. ›Es tut mir weh, den alten Mann aus seinem Haus verjagen zu müssen.‹ Als ob *das* die größte Sorge unseres Großmeisters ist!«

Vater Dominique kam ihm eiligen Schrittes entgegen.
»Habt ihr den Tyrannen gesehen?«

»Ja, aber wie ein Tyrann sah er wirklich nicht aus«, antwortete André. »Ist er nicht gerade eher unsere Hoffnung und unser Schutz?«

Vater Dominique gefiel diese Antwort nicht.

»Vielleicht … aber es ist doch furchtbar, unter solchen Bedingungen zu leben. Ohne Waffen und abhängig vom Willen eines anderen.«

»So leben die meisten hier auf dieser Welt«, sagte André. »Unsere französischen Bauern, zum Beispiel. Vielleicht will Gott, dass wir spüren, wie das ist.«

Vater Dominique machte eine Grimasse und ging mit einer schwer zu deutenden Geste seines Weges.

Passim, der vorausgegangen war, kam wieder aus der Kanzlei heraus.

»Unser Freund Murad ist tot. Er wurde heute Morgen erdrosselt. Die Osmanen im Hof haben es erzählt.«

Sie sahen sich an. War er nun ein Tyrann oder nicht?

Der erste Tag des neuen Jahres begann mit Chaos auf der Hafenpier.

Am Morgen hatte sich die Nachricht verbreitet: Heute segeln wir. Das Gedränge in den Stadttoren und auf dem Kai wurde unerträglich. Die Angehörigen wollten Abschied nehmen. Man weinte und küsste sich, ging an Bord und sprang wieder an Land, um noch einen lieben Cousin zu umarmen. Manche fanden ihr Schiff nicht, andere riefen nach Kindern, die verloren gegangen waren. Menschen fielen zwischen den Schiffen ins Wasser, alle eilten zur Reling und die überlasteten Brigantinen drohten zu kentern. Wer arm war, wollte seine einzige Ziege mitnehmen, und wer begütert war, noch eine Kiste. Man zankte und schubste sich. Die Wachen mussten mit ihren Schwertflächen schlagen, um die Leute daran zu hindern, übermäßige Deckslasten anzuhäufen, die die schwankenden Schiffe versenkt hätten.

Alle fragten nach dem Großmeister. Doch der war zur Abschiedsvisite zum Sultan geritten, sauber und standesgemäß gekleidet, um noch in dieser äußersten Stunde ein höfliches, entspanntes Gespräch zu führen, wie es von den Fürsten der Völker erwartete wurde.

Sogar Passim wusste, was er zu tun hatte. Als er am Abend als einer der Letzten den Palast verließ, traf er in der verlassenen Loggia eine Patrouille der Osmanen. Der Befehlshaber sprach Griechisch und bot ihm an, ein letztes Mal San Giovanni zu betreten. Die Höflichkeit ließ ein »Nein« nicht zu und er ging mit. Er tat es widerwillig. Vor drei Tagen hatte er hineingesehen, war aber an der Tür stehengeblieben. Auf dem Fußboden lagen die Splitter zerschlagener Bilder verstreut. Die Gräber der Großmeister waren von marodierenden Schatzsuchern aufgebrochen worden. Nun waren die Splitter aufgefegt. Die Heiligen standen mit verstümmelten Gesichtern da, als seien sie armlose und blinde Invaliden. Die Platten auf dem Boden hatte man wieder an ihren Platz gelegt. Sie waren mit Teppichen bedeckt.

»Das hier ist unserer Gebetsnische. Und dort steht unser Lesepult«, sagte der Osmane. »Morgen kommt Seine Kaiserliche Majestät, um dem Freitagsgebet beizuwohnen.«

»Werdet ihr mit allen Kirchen hier in der Stadt so verfahren?« fragte Passim.

»Selbstverständlich. Das ist das Praktischste. Alle Christen müssen vor die Mauern umziehen. Aus Sicherheitsgründen.«

Soso, dachte Passim. So halten sie ihre Versprechen. Doch dann dachte er an die Juden, die vor zwanzig Jahren von der Insel hatten wegziehen müssen. Warum sollte der Staat, der Gottes Auftrag bekommen hatte, die Menschen zu schützen, immer zuerst daran denken, sich selbst zu schützen?

Er verabschiedete sich.

»Sag mal«, sagte der Osmane. »Müssen wir unbedingt Feinde sein? Wenn wir uns zusammenschließen, könnten wir die Welt erobern.«

»*Das* ist nun nicht gerade das Wichtigste für uns«, sagte Passim vorsichtig.

»Denk mal darüber nach. Letztlich glauben wir doch an den gleichen Gott. Nur dass ihr Christen das mit Jesus hinzugefügt habt.«

»Das hat Gott gemacht und nicht wir. Und das ist das Wichtigste, was er getan hat. Ohne das wissen wir nicht, wer er ist und wir werden auch nicht nach Hause finden.«

»Wir werden ja sehen. Auf Wiedersehen. Wir sehen uns – vor dem Richter.«

»Ja. Vor Christus. Willkommen.«

Sie sahen einander in die Augen, lange und ohne mit der Wimper zu zucken. Dann salutierten sie voreinander, jeder von der Seite der Kluft, die sie voneinander trennte, nicht ohne Respekt.

Erst in der Abenddämmerung kam der Großmeister mit seinen letzten Rittern und ging an Bord des Flaggschiffs, die Galeere Santa Maria. Sie war die erste, die vom Kai unterhalb des Naillac-Turms ablegte. Jedes zweite Ruder war unbemannt. Den ungeübten Ruderern gelang es, sie zu wenden und sie glitt hinaus über die Hafenkette. Zum Glück war es windig, ein frischer Ostwind, und als sie vor St. Nicolas waren, hissten sie die Segel. Sie umrundeten die Landzunge und glitten hinter den Bergen von Trianda in Lee, um auf die anderen zu warten.

Die Berge waren in Schneewolken gehüllt, die dunkel und schwer wie Blei waren. Die Nacht schien aus ihnen herauszustürzen und Meer und Land in ihre Finsternis zu hüllen. Unter dem Achterzelt der Capitana saß der Großmeister auf einer Kiste. Hinter ihm stand William Weston, der Befehlshaber, die verstümmelte Hand unter seine Jacke gesteckt. Ein Finger war ihm weggeschossen worden an dem Tag, als er mit knapper Not die Englische Mauer gerettet hatte, der Tag, an dem Richard Craig mit den anderen gefallen war. Ringsumher, auf dem Puppdeck, auf dem Corsia und auf der Rambade saßen die anderen, eingehüllt in ihre schwarzen Mäntel, schweigend und ohne sich zu rühren, Bidoulx und Passim, Chalant, Golart, Barel und die hundertachtzig Anderen, die von ihren Sechshundert übrig waren.

Langsam kamen die anderen Schiffe um die Landzunge herum. Als die Große Karacke an St. Nicolas vorbeifuhr, hörten sie, wie die Trompeten La Ritirata bliesen, das Signal für den Rückzug, das nur an bösen Tagen gespielt wird, an denen man seine gefallenen Brüder auf dem verlorenen Schlachtfeld zurücklassen muss. Sie wussten, was das bedeutete. Der Orden vom Hospital des Heiligen Johannes des Täufers nahm Abschied von seinen Toten und schickte ihnen einen letzten Gruß.

Am Ufer hatten sich Menschen versammelt. Sie kamen aus der Stadt herausgeströmt, um zum Abschied noch einmal zu winken. Je mehr Schiffe sich dort draußen versammelten, desto mehr Lichter brannten an der Uferböschung. Es war wie ein Friedhof an Allerheiligen.

Die Griechen auf der Brigantine, die am nächsten war, hatten ein altes Soldatenlied zu singen begonnen:

> Mein Rhodos, werde ich dich jemals wiedersehen?
> Ins Land der Franken werde ich fahren.
> Irgendwo wartet eine fremde Küste,
> ein Kastell, das ich noch nie gesehen habe.
> Das Meer sieht so dunkel aus.
> Lang sind die Stunden des Exils.
> Mein Herz will so tapfer sein,
> doch es weint, wenn niemand es sieht.
> Mein Rhodos, werde ich dich jemals wiedersehen?

Da geschah etwas, an das sich die Ordensbrüder noch lange erinnerten. Der Großmeister weinte. Weinte, sodass alle es sahen, offen und ohne sich zu schämen.

Epilog

DAS, WAS IN DIESEM BUCH ERZÄHLT wird, ist tatsächlich passiert. Zeitgenössische Quellen berichten – oft ausführlich und dramatisch – über de l'Isle Adam oder d'Amaral, über Pomerolx und John Buck, über Den Wolf, Martinengo, Bidoulx, Fournon, Passim, Weston und andere Ritter, aber auch über Anasthasia und ihre Zwillinge, über Blas Diez, über den Juden Apella und Gianantonio Bonaldi, über Antonio Bosio und seine Wein-Geschäfte auf Kreta, über den Drachenkopf über dem Antonius-Tor, über Proviantmeister Iaxi, über Richter Fonteyn und seinen maurischen Diener.

Wer ihre Welt mit eigenen Augen sehen will, kann noch heute an der Grande Rue (heute: Straße der Ritter) oder auf der Mauer der Auvergner entlang wandern, hinunter auf die äußere Ringmauer steigen und an der inneren Ringmauer entlang an allen Türmen und Außenwerken vorbei spazieren, um die so hart gekämpft wurde. Die Osmanen haben sie unmittelbar nach der Eroberung wiederaufgebaut, so, wie sie waren, und so stehen sie unberührt bis in unsere Tage.

Diese Mauern haben vor vielen Jahren meinen Wunsch geweckt, mehr über das Drama zu erfahren, das sich hier abgespielt hat. Nun habe ich versucht, es nachzuerzählen, ohne von dem historischen Verlauf – soweit wir ihn kennen (und wir kennen ihn gut, oft sogar bis ins kleinste Detail) – bewusst abzuweichen. Ich habe versucht, die weißen Flecken auszufüllen, indem ich auch auf die Stimmen gehört habe, die uns wie ein entlegenes Echo von den Mauern erreichen, oder indem ich das las, was in Ratsprotokollen und Augenzeugenberichten zwischen den Zeilen stand. Auf diese Weise sind Figuren wie Bruder Franz, Bruder Giovanni, Bruder Gierolamo oder Vater Gennaios entstanden. Solche wie Barel, Chalant und Golart sind in den Quellen erwähnt, aber nur ihre Namen. Ich habe ihre Vornamen verändert aus Respekt vor der Integrität ihrer ursprünglichen Träger. Die Welt, in der sie sich bewegen, ist hingegen der Wirklichkeit nachgezeichnet, so, wie sie dokumentiert ist bis hinein in Details: die gespannten Trommelhäute der Glocken, die Narkoseschwämme, die Darmoperationen, der Meisterschuss gegen die Ziehleinen und vieles andere.

Einige fragen sich sicherlich, ob die Menschen zu jener Zeit uns so ähnlich waren, wie sie hier geschildert werden. Ich kann nur sagen, dass ich – je länger ich mich mit ihnen beschäftigt habe – immer mehr davon überzeugt bin. Eine wortgetreue Übersetzung ihrer Sprache würde in unseren Ohren sicher altmodisch klingen – ich habe versucht, sie so zu formulieren, wie sie in ihrer eigenen Sprache geklungen haben muss.

Nach einer schweren Überfahrt kamen die Flüchtlinge nach Kreta. Sie sahen mit Bitterkeit jene Flotte von 60 Galeeren, die die Venezianer hatten zusammenziehen lassen, um ihre Besitzungen zu schützen. Das war weit mehr als es bedurft hätte, um Rhodos zu retten. Nach und nach kam auch die Wahrheit heraus über die Entsatz-Truppen, die nie kamen. Franz I. hatte trotz des Krieges mit dem Kaiser gelobt, Schiffe zur Verfügung zu stellen, doch der Graf von Provence sabotierte seinen Befehl, bis es zu spät war. Überall begegnete den Männern der Religion derselbe passive Widerstand. Es war Krieg. Man wagte kein Risiko einzugehen. Selbst der Papst sandte die Infanterie, die er gesammelt hatte, schließlich in die Lombardei statt nach Rhodos. Die Ritter mussten auf eigene Faust handeln, die Schiffe beladen und in See stechen. Doch nun war Herbst. Ängstliche Schiffer setzten ihre Schiffe lieber auf Grund als in osmanische Gewässer zu segeln. Die Stürme forderten ihre Opfer. Ein Schiff sank vor Monaco, ein anderes wurde vor der Küste Sardiniens zum Wrack. Einige kamen nachts im Sturm abhanden, mit Mann und Maus, keiner weiß wo. Eines erreichte die griechischen Inseln, doch geriet mitten in ein Geschwader der Osmanen, schlug sich tapfer und kehrte übel zugerichtet zurück.

Acht Jahre lang lebten die Johanniter im Exil. Dass sie nicht in alle vier Himmelrichtungen zerstreut wurden, lag vor allem am Großmeister. Er durfte mit dabei sein, als sie in eine neue Heimat auf Malta geführt wurden, wo sie wieder ganz von vorne anfingen. Dort trafen sie auch im Jahr 1565 in einem letzten legendären Kräftemessen auf Süleyman, der im Herbst seines Lebens ein Leben voller Eroberungen damit krönen wollte, sich Malta zu Füßen zu legen und damit den Zugang nach Italien zu verschaffen; jene Basis, die nötig war für die große Invasion, die den Sieg des Islam vollenden und den Halbmond auf der Kuppel des Petersdoms befestigen sollte, so wie Mohammed der Eroberer ihn auf der Hagia Sophia angebracht hatte. Doch dieses Mal schafften es seine Generäle nicht, das Schloss Europas aufzubrechen und wir können alle dankbar dafür sein. Süleyman selbst blieb zuhause in Konstantinopel. Als die große Armada – die größte, die die Welt je gesehen hatte – besiegt umkehrte, sagte der Alte: »Mein Schwert scheint nur siegrich zu sein, wenn ich selbst es schwinge.« Ein Jahr später war er tot.

Martinengo, Bonaldi und Antonio Bosio wurden großzügig belohnt für das, was sie für die Religion in äußerster Not getan hatten. Der Zauberer Bosio kehrte als Verschwörer nach Rhodos zurück, schmuggelte Waffen hinein und bereitete einen Aufstand vor, musste seinen Versuch jedoch aufgeben und stattdessen die Kontakte zu Kaiser Karl pflegen, die dazu führten, dass Malta die neue Heimat der Ritter wurde.

Philippe Villiers de l'Isle Adam starb 1534 nach Jahren harter Arbeit und vielen Misserfolgen, als gerade ein neuer Tag anbrach.

Auf sein Grab schrieben die Ordensbrüder: V i c t r i x F o r t u n a e   V i r t u s. Das bedeutet: »Es gibt einen Glauben, der das Schicksal überwindet.« Am Ende entscheiden weder das Glück noch der Zufall, sondern der, der trotz unserer Fehler und Misserfolge den gebrauchen kann, der sich in seinen Dienst stellt.

B.G.